연인 때로는

타인

1

연인 때로는 타인 1

초판 1쇄 찍은 날 | 2017년 6월 1일
초판 1쇄 펴낸 날 | 2017년 6월 8일

지은이 | 도하엘
펴낸이 | 예경원

편집 | 유경화

펴낸곳 | 예원북스
등록번호 | 제396-2012-000132호
등록일자 | 2012. 7. 25
YRN | 제1-0186호

주소 | 경기도 고양시 일산동구 호수로 646-24 위너스21 Ⅱ 206A호 (우) 10401
전화 | 031-819-9431 팩스 | 031-817-9432
http://cafe.naver.com/yewonromance
E-mail | yewonbooks@naver.com

ⓒ 도하엘, 2017

ISBN 979-11-6098-285-5 04810
ISBN 979-11-6098-284-8 (세트)

도하엘 장편 소설

1

연인 때로는 타인

YEWONBOOKS ROMANCE STORY

CONTENTS

1. 싸움에 대한 男과 女의 차이

분위기가 싸하게 가라앉은 차 안. 전방을 주시하며 운전에만 집중한 남자와 조수석에 앉아 고개를 오른쪽으로 돌리고 창밖을 내다보는 여자가 만들어내는 침묵은 스산함마저 감돌게 했다.

제 속도를 내며 잘 가던 차가 차선 변경 신호도 없이 갑자기 앞으로 끼어드는 차에 속도가 확 줄었다. 재빨리 브레이크를 밟았던 세륜이 클랙슨을 거칠게 누르며 낮은 욕설을 내뱉었다.

"젠장! 운전을 발로 하나!"

세륜의 시선이 사이드미러 양쪽을 빠르게 오갔다. 그가 하려는 행동을 알아차린 연수는 사색이 된 얼굴로 벨트를 꽉 쥐었다.

"진세륜! 하지 마! 하지 말라고 했다!"

"입 다물어, 아연수."

연수는 왼손을 뻗어 세륜의 팔을 잡았다. 그녀가 그의 옷자락을 꽉 쥐고 하지 말라고 소리를 지르는데도 세륜은 옆 차선으로 끼어들더니 속도를 냈다. 앞 차와 닿을 정도로 아슬아슬하게 붙어서 달린 그는 오른쪽 사이드미러를 확인한 뒤에 핸들을 휙 틀었다.

"꺅!"

몸이 확 기울어지자 놀란 연수가 눈을 질끈 감고 소리를 질렀다. 세륜은 개의치 않고 룸미러로 멀어지는 뒤 차량을 확인하고는 의기양양한 미소를 지었다.

"진세륜! 양보 운전하라고 했잖아! 방금 얼마나 위험했는지 알아?"

하이톤의 목소리가 쩌렁쩌렁 차 안에 울리자 세륜이 얼굴을 구겼다. 이러다가 사고가 나면 다 우리 책임이다, 그걸 떠나서 죽고 싶어서 환장했냐, 등등의 잔소리가 이어지자 그가 고개를 돌려 연수를 노려봤다.

"아우! 잔소리 좀 그만해! 듣기 싫다고!"

"네가 운전을 똑바로 했으면 됐잖아! 내가 싫어하는 거 뻔히 알면서 왜 그러는데!"

"그러는 너는! 내가 늦게 끝날 거 같으면 미리 연락하라고 했지! 내가 기약 없이 기다리는 거 싫어하는 거 몰라?"

"회의가 늦게 끝난 걸 어떡하라고!"

"그놈의 회의! 회의! 회의! 누구는 회의 안 하는 줄 알아? 그보다 너네 회사 진짜 이상한 거 알아? 툭하면 직원들 굶겨가며 회의하는 데가 어디 있냐고! 퇴근 시간이 훌쩍 지나도록 계속 회의한다는 게 말이 돼?"

"지금 비상사태라 했잖아! 그리고 자꾸 우리 회사 무시할 거야? 말을 꼭 그렇게 할래? 그래, 너 대기업 다닌다 이거지?"

싸움의 주제가 계속해서 휙휙 바뀌었다. 처음 세륜의 운전 매너로 비롯된 싸움이 연수의 회사를 비하하는 것으로, 거기에서 세륜의 언행을 지적하는 걸로 흘렀다. 이렇게 계속 가다가는 과거에 서로가 잘못했던 것까지 끄집어져 나온다는 걸 두 사람 모두 잘 알고 있었다.

"아우! 진짜! 됐다! 그만하자!"

세륜은 말싸움이 길어질 것 같아 성질을 낸 뒤 입을 꾹 다물었다. 연수도 고개를 휙 돌리고는 씩씩거렸다.

연수는 그러지 않아도 많이 힘든 상태였다. 회사가 망할지도 모른다는 소문과 모 기업이 싼값에 사들이고 직원들 정리해고가 있을 거라는 소문에 모두들 망연자실한 상태였다. 그래도 어떻게든 회사가 다시 일어났으면 하는 마음에 사원 모두가 연일 야근을 하면서 일에 매달리고 있는 중이었다. 연수 또한 마찬가지이기에 피로가 쌓일 대로 쌓인 상태였다.

"힘들어. 피곤해."

낮게 중얼거리던 연수는 차창에 반사된 세륜의 옆얼굴을 훑었다.

오늘 세륜과 만나서 저녁을 먹고 영화를 보기로 했었다. 그런데 퇴근 직전에 잠깐 하자고 했던 회의가 길어졌고, 쉴 틈도 없이 진행되는 회의에 휴대폰을 들어다볼 여유가 없었다. 결국 약속한 시간을 훌쩍 넘기고야 말았다.

역시나 휴대폰에는 부재중 통화와 메시지가 잔뜩 와 있었다. 연수는 미안함에 서둘러 회사를 나와 세륜이 주차하고 기다리는 곳까지 달려갔다.

숨이 차서 헉헉대는 자신에게로 곧장 세륜의 고함이 쏟아졌다. 만나자마자 화를 내고 짜증을 내는 세륜 때문에 가뜩이나 피곤했던 연수도 심사가 틀어져 버렸다. 그 자리에서 두 사람은 한바탕 투닥거리고 나서야 차에 올랐다.

영화 예매 시간 때문에 둘은 저녁을 거르기로 했다. 만나자마자 한 작은 말다툼이 영화관에 도착하기 전에는 결국 싸움으로 번졌다.

"무슨 사람이 이렇게나 많아."

세륜은 오가는 사람들을 보고 눈살을 찌푸렸다.

영화관 근처에 도착하자 사람들이 넘쳐 났다. 쇼핑몰이 밀집한 지역이라 이는 어쩔 수가 없다. 덩달아 차까지 많아서 영화관 지하주차장 안으로 들어가는데 시간이 한참 걸렸다.

"어? 저기 자리 있다."

"어디?"

"……저쪽."

연수가 빈 주차 공간을 보고 무심코 내뱉은 말을 들은 세륜이 상체를 그녀 쪽으로 들이밀고 물었다. 연수는 입술을 삐죽이다가 마지못해 손가락으로 가리켰다. 세륜은 재빨리 그녀가 알려준 곳에 주차를 했다.

"내리자."

싸웠어도 영화는 봐야 한다. 이대로 그냥 집으로 가면 더 사이가 틀어진다. 그래서 조용히 영화관에는 왔다. 연수는 자존심 때문에 먼저 말을 하지 않으려 했다. 그런데 조금 전 주차 공간이 있다고 말을 해버렸고, 그게 지고 들어가는 것 같아 분했다.

연수는 차에서 내려 세륜을 휙 지나쳐 먼저 앞서 걸어갔다. 뒤에서 긴 한숨이 들렸지만, 그녀는 걸음을 멈추거나 돌아보지 않았다.

엘리베이터 앞에 사람이 많아 연수는 에스컬레이터 쪽으로 향했다. 물론 그곳에도 사람들이 바글바글했다.

"아!"

쫓기듯 걸음을 빨리 옮기는 연수의 어깨를 한 남자가 치고 갔다. 연수가 짧은 신음 소리를 내자 세륜이 성큼 다가와 어깨를 감싸 안았다.

"다쳤어?"

"아니."

"그러게 왜 먼저 가고 그래."

걱정만 해줬으면 좋았을걸. 꼭 뒤에 짜증과 한심함이 섞인 말을 해서 연수의 기분은 더 상해 버렸다. 그녀는 고개를 들어 세륜을 향해 뾰족하게 눈을 세웠다. 연수와 마찬가지로 시선을 내려 그녀를 보는 그의 눈도 날카로웠다.

"그만 노려보고 올라가기나 해."

그래. 니 노려보면 내 눈만 아프지.

연수는 눈에 힘을 풀고 몸을 돌렸다. 그녀가 에스컬레이터에 오르자 같은 계단에 성큼 오른 세륜은 터져 나오려는 한숨을 삼키고 연수의 어깨를 꽉 쥐었다.

이걸 때릴 수도 없고. 진짜 어떻게 확 해버리고 싶은데.

순간 확 치밀어 오르는 화에 몸이 훅 달아올랐다. 그리고 달아오른 몸은 다른 식으로 열기를 가라앉히기를 원하는 듯 손이 제멋대로 연수를 끌어당겼다.

이럴 때면 세륜은 제 자신이 너무나 한심하기도 하면서 복잡했다.

늘 꼭 싸우다가도 제 한심한 몸은 연수를 원했다. 진짜 미워 죽을 것 같은데도, 자신을 환장하게 만드는데도 참을 수 없는 욕구가 치밀어 올랐다. 왜인지는 모른다. 연수와 관련된 일이면 분노와 욕정이, 미움과 예쁨이, 싫음과 좋음이, 그 외 상반되는 모든 것들의 경계가 흐려진다. 그리고 그걸 연수는 싫어한다.

"놔!"

옆구리로 바짝 끌어당겼더니 한심하게 쳐다보고는 어깨 위에 올려진 손을 탁 쳐서 치워냈다.

"내가 무슨 치한이냐?"

"누가 치한이랬어? 왜? 뭐가 찔려?"

"찔리기는. 내가 뭘 했다고."

아웅다웅하는 사이 예매 층에 도착했다. 세륜은 자기 머리를 두어 번 헝클어뜨린 뒤 연수의 팔꿈치 부근을 약하게 잡고 자동 예매 기계 앞으로 향했다.

"진짜 무서워서 손도 못 대겠네."

"잘만 더듬으면서."

"더듬기는 누가! 아, 진짜. 하연수 때문에 돌아버리겠네."

터치만 해도 잘 눌리는 걸 세륜은 힘을 주고 꾹꾹 화면을 누르면서 자신의 화도 눌렀다. 오는 내내 싸웠으니 그만 싸우자고, 속으로 수 번 되뇐 그는 예약했던 표를 뽑았다.

"배고파."

"거기 식당 어렵게 예약했는데."

연수의 중얼거림에 오늘 예약했던 맛집을 떠올린 세륜이 아쉬움이 가득한 얼굴로 대꾸했다. 그의 말에 연수의 미간이 꿈틀거렸다.

"미안하게 됐습니다! 저 때문에 굶게 생겨서! 지금이라도 영화 말고 밥 먹으러 갈래?"

"아, 왜 또 갑자기 화내. 너 이거 개봉하는 날 무조건 봐야겠다고 했잖아. 나 회사에서 눈치 보면서 예매했거든?"

걸어가다가 딱 버티고 서서 노려보는 통에 세륜은 으득 이를 갈았다. 그들의 뒤에서 걸어오던 사람들이 갑자기 서서 길을 막아버리는 두 사람에게 비난의 눈초리와 함께 불평을 쏟아냈다. 세륜은 득도하는 마음으로 허공을 한 번 올려다본 뒤 고개를 숙여 연수를 응시했다.

"그냥 생각 없이 한 말이야. 화내지 마. 가서 팝콘이나 사자."

"생각 좀 하고 말해!"

모든 말에 꼬투리가 잡히자 울컥한 세륜은 연수의 뒷머리를 커다란 손으로 감싸고 힘주어 자기 가슴에 꽉 눌렀다.

"알았어. 생각하고 말할게. 그러니 그만 가자, 응?"

결국에는 연수를 품에 꽉 한 번 안고 나서야 세륜은 남은 화를 툭툭 털었다.

이런 싸움이 한두 번도 아니고, 계속 앙심을 품고 있어봤자 서로가 지친다. 그냥 풀어버리는 게 편했다.

"알았으니까 놔. 옷에 화장품 묻잖아."

뒷머리를 누르던 손이 부드럽게 쓰다듬고는 허리로 내려갔다. 연수도 세륜의 허리에 팔을 두르고 스낵코너로 걸음을 옮겼다.

사람이 많아서 한참을 기다린 끝에야 주문을 할 수가 있었다. 주문을 마친 연수는 세륜의 손목시계로 시각을 확인하고 발을 까딱였다.

"늦었지?"

"1분 남았어. 그리고 광고를 거의 10분 정도 할걸."

화해하고 나자 이제는 영화에 관심이 쏠렸는지, 연수는 개봉 몇 달 전부터 기대했던 영화의 초반 부분을 놓칠까 봐 초조해했다.

"음료 먼저 드릴게요. 여기 자몽에이드와 생수 맞으시죠?"

연수가 반색을 하고 에이드를 받아 들었다. 세륜은 자신의 몫인 생수를 받아 들고 빨대를 꺼내 연수의 에이드 잔에 꽂았다.

"몸에 안 좋은 걸 뭐가 좋다고 마시냐."

세륜은 음료수를 좋아하지 않는다. 단맛이 있는 탄산은 더 싫어한다. 그래서 그는 사이다가 쉰인 에이드를 좋다고 마시는 연수를 떨떠름하게 보다가 그녀가 맛있다고 입술을 감아올린 뒤 다시 쪽

들이켜자 표정을 풀었다.

연수가 빨대로 음료를 빨아들일 때 볼이 작게 파이면서 숨겨진 보조개가 드러났다. 웃을 때에도 보이지 않는 그 볼우물을 볼 수 있는 건 빨대로 음료를 마실 때나 면발을 후루룩 흡입할 때 정도였다.

세륜은 그때 보이는 보조개가 퍽이나 귀여웠다.

"맛있기만 한데, 뭐. 밍밍하게 팝콘에 생수 먹는 것보다 낫다."

"팝콘 나왔습니다."

연수의 말에 픽, 웃던 세륜은 직원이 건네주는 팝콘을 받아 들고 인상을 썼다. 그는 다른 주문을 받으려고 준비하는 직원을 불렀다.

"저기요. 그냥 반에 캐러멜 반인데 이렇게 주면 어떡합니까?"

"네? 아…… 맞는데, 뭐가 잘못됐나요?"

세륜은 단 걸 싫어하는 반면 연수는 단것에 사족을 못 썼다. 이처럼 입맛이 달라서 두 사람은 팝콘을 살 때 늘 반반씩 섞어 주문했다. 평소엔 이렇게 주문을 하면 커다란 팝콘 통의 가운데를 종이로 절반 갈라서 고소한 맛 반, 캐러멜 맛 반씩 나왔다. 그런데 오늘은 두 개의 맛이 뒤섞여 있었다.

마침 세륜은 다른 직원이 반반 메뉴를 다른 손님에게 주는 걸 보고 손가락으로 가리켰다.

"저렇게 줘야죠."

그의 지적에 직원이 당황해하다 고개를 숙여 사과를 하기 시작했다.

"아, 죄송합니다. 제가 오늘 첫날이라 깜빡하고 실수했습니다. 죄송합니다."

세륜이 다시 달라고 하려는데 옆에 있던 연수가 그의 팔을 잡고 흔들었다.

"영화 늦을 것 같아. 그냥 먹자. 응?"

"이렇게 섞였는데 어떻게 그냥 먹어."

불만을 터트리던 세륜은 연수가 커다란 눈으로 제발 자기 말에 따라달라고 올려다보자 포기하고 걸음을 옮겼다.

세륜은 상영관 입장 전에 직원에게 보여준 영화표와 도장을 받은 주차증을 자연스럽게 연수에게 건넸다. 연수는 가방에 그것들을 넣고 상영관 안으로 들어갔다.

자리는 맨 뒷자리 한가운데였다. 뒤에 사람이 있는 걸 세륜이 싫어해서 늘 이 자리였다. 예전에 한 번 그의 뒷자리에 아이가 앉은 적이 있었는데, 영화 보는 내내 의자를 발로 찼다. 영화가 끝나갈 무렵에는 아이가 마시던 음료수를 그의 어깨에 엎기까지 했다. 그 일이 있은 뒤로 세륜은 맨 뒷자리가 아니면 영화 보는 걸 과감하게 포기한다.

맨 뒤에 비어 있는 두 자리가 그들의 좌석이었다. 한 자리 옆에는 남자가 앉아 있고, 다른 빈자리 옆에는 여자가 앉아 있었다.

"하연수. 이쪽에 앉아."

그의 말에 빈자리에 앉으려던 연수는 세륜과 자리를 바꿔 앉았다. 세륜은 오른쪽에 앉아 있는 남자를 한 번 흘긋 본 뒤에 왼쪽 팔걸이를 올렸다. 연수가 먹을 수 있도록 팝콘을 가운데에 둔 그는 휴대폰을 꺼내 전원을 껐다.

"이거 벌써 리뷰 올라오더라. 엄청 재미있대."

"그래? 시작한다."

조명이 어둑해지고, 스크린의 화면 크기가 커졌다. 그리고 묵직한 음악과 함께 영화가 시작되었다.

세륜은 팝콘을 오른손에 가득 집어 들고 무심코 입안으로 절반 정도 털어 넣어 씹다가 이맛살을 구겼다. 입안에서 고소한 팝콘 맛과 캐러멜 팝콘 맛이 섞였다. 그는 씹다 말고 꿀꺽 삼킨 뒤 손에 남은 팝콘을 통에 다시 부었다.

연수를 보자 그녀는 맛과 상관없이 잘도 주워 먹고 있었다. 세륜은 생수로 입을 헹군 뒤 팝콘을 그녀가 편히 먹을 수 있게 들고만 있기로 했다.

영화 중반에 그 많은 팝콘을 혼자 다 먹은 연수는 세륜의 어깨에 편하게 기대서 엔딩까지 봤다.

"나, 정인하 팬 할까 봐. 아얏!"

연수의 이마에 손가락을 튕긴 세륜은 쓰레기를 챙겨 들고 자리에서 일어났다.

"얼어 죽을 정인하는 무슨. 또 무슨 팬 사인회네, 뭐네 해서 쫓아다녀 봐. 묶어놓고 집에 가둬 버린다."

"내가 좋다는데 뭐! 그리고 누가 쫓아다녀? 그때 우연히 길 가다가 팬 사인회하는 거 보고 딱 한 번 받아봤다!"

"어쨌든 ㄱ 긴 줄을 기다렸다가 받았잖아! 나 그때 너 엄청 기다렸었거든? 그리고 넌 내가 한수인 좋다고 쫓아다니면 기분 좋아?"

세륜이 방금 본 영화의 여주인공 이름을 언급했다. 그가 여배우 앞에서 얼굴을 붉히고 사인을 받는 걸 상상한 연수는 푸흡, 웃음을 터트렸다.

웬만한 배우보다 잘생긴 얼굴에 훤칠한 키, 늘씬하고 탄탄한 몸까지 외향적으로 모든 걸 다 갖춘 세륜은 학창 시절 때 몇 번 길거리 캐스팅도 받았었다. 그의 외모에 혹해서 가슴앓이하는 여학생들도 꽤 많았었다.

그런 그가, 여자들이 졸졸졸 따라다니는 그가 여배우를 쫓아다니는 건 좀 웃길 것 같았다.

빤히 자신을 올려다보는 연수에게 한 손을 뻗은 세륜은 그녀가 마주 잡자 단번에 힘을 줘서 일으켰다.

"누가 봐도 한수인은 예쁘니까 네가 쫓아다닐 수도 있지. 연예인인데 뭐."

"그게 예쁜 건가."

가끔 세륜은 남다른 미적 감각을 보였다. 객관적인 미인들에게는 시큰둥했고, 취향을 탈 법한 외모는 높게 평가했다.

"그럼 누가 예쁜데?"

"네가 예뻐."

6년이 넘는 연애 기간. 이런 질문에는 이골이 났고, 어떻게 하면 연인이 기분 상하지 않고 넘어갈 수 있는지를 알고 있었다.

김흥 없이 툭, 내뱉는 말에 세륜을 흘기면서도 연수는 기분이 좋은 걸 감추지 않았다. 그는 그녀의 이마를 다시 콩 쥐어박고 한

계단 내려갔다.

천천히 속도를 늦춰서 내려가는 건 뒤에서 따라 내려오는 연수를 위한 보이지 않는 배려였다. 굽이 낮을지라도 구두를 신은 연수가 계단을 내려가는 걸 힘들어하기에 세륜은 기꺼이 손잡이 및 지지대 역할을 했다.

"배고프지 않아?"

자신의 양쪽 어깨를 쥐고 내려오던 연수가 바짝 등 뒤에 붙더니 걱정과 애교가 섞인 목소리로 물었다. 등에 닿는 뭉클한 가슴과 한쪽 귓가에 닿는 따뜻한 입김이 오싹하리만치 짜릿하면서도 좋았다.

"배고파. 집에 가서 라면이나 끓여줘."

"계란도 넣어줄게."

"그건 빼고. 계란은 너나 좋아하지."

뒤에서 삐죽이는 소리가 들렸지만, 세륜은 못 들은 체했다. 마지막 계단을 내려오자 연수가 뒤에서 옆으로 자리를 옮겨왔다. 그는 익숙한 손놀림으로 그녀의 허리를 감아 바짝 끌어당기고 상영관을 빠져나갔다.

샤워를 하고 트레이닝 바지만 입은 채 수건으로 머리를 탈탈 털고 나온 세륜은 얼큰한 라면 냄새에 때로는 책상으로, 때로는 식탁으로 쓰이는 테이블 앞에 앉았다. 곧바로 연수가 냄비를 들고 왔고, 세륜은 냄비 받침대를 한 중앙에 놓았다.

"세 개 끓였어."

"잘했어. 뭐야. 계란 넣었어?"

"한쪽에 살짝 담그기만 했다. 조심히 건져 먹을 거야. 일부러 안 저었다고."

"넣는 순간 국물 맛이 달라진다니까."

하여튼 뭐 하나 맞는 게 없다.

분명 넣지 말라고 했는데 기어코 계란 하나를 넣은 연수를 노려본 세륜은 김치를 찾았다. 연수가 김치를 가져오는 사이 그는 국자로 계란을 떠서 앞 접시에 담고 면발과 국물을 덜어 그녀의 자리에 놓았다.

자기 것도 덜은 그는 젓가락으로 연수의 라면을 휘휘 젓고 입바람을 불어 식혔다.

뜨거운 걸 잘 못 먹는 연수는 식혀주지도 않고 자신이 먼저 먹는 걸 싫어했다.

세륜은 가끔 왜 자기가 이렇게 까다로운 여자를 다 맞춰가며 사는지 모르겠다는 생각을 했지만, 그러는 본인도 무던한 성격은 아니라는 걸 떠올리곤 픽, 웃었다.

"먹어."

"응. 잘 먹겠습니다."

피곤해서 손가락에 힘이 들어가지 않아 젓가락질을 못하겠다는 핑계를 내고 포크로 라면을 먹는 모습을 보고 세륜은 입매를 늘였다.

영화를 볼 때 저 혼자 팝콘을 다 먹었으면서도 금세 앞 접시를 비운 연수가 더 덜어달라고 그릇을 내밀었다. 세륜은 면발과 국물을 덜어 앞에 놓아주면서 경고를 했다.

"뜨거우니까 식혀서…… 야."

"앗, 뜨거!"

경고를 주기도 전에 연수가 포크로 면발을 들어 올리더니 호로록 빨아들이다가 도로 뱉었다. 세륜은 젓가락을 내려놓고 그녀의 턱을 쥐어 고개를 들어 올렸다. 입을 벌리고 혀를 내민 그녀가 그를 원망스레 바라봤다.

"김이 펄펄 올라오는 거 안 보여?"

"시근둘 아라찌."

혀를 내민 채로 불분명하게 말을 하는 걸 용케 알아들은 세륜은 내민 혀와 벌어진 입안으로 호, 입바람을 불었다. 많이 뜨거웠던 건 아니었는지 연수는 금방 자신의 혀를 입안으로 집어넣었다.

"너, 이 오빠 없이 어떻게 살래?"

"뭐래."

연수의 턱을 놓고 그녀의 라면을 젓가락으로 식히면서 세륜이 이 어린 걸 어떻게 키우나, 하는 근심이 가득한 얼굴로 말했다. 연수는 떨떠름하게 무시하고는 그가 식혀준 라면에 관심을 두었다.

라면을 다 먹고 설거지를 마친 세륜은 침대에 누워 눈을 감았다. 연수의 원룸은 그에게 굉장히 익숙한 공간이었다. 그녀의 체취가 가득한 곳에서 편안함을 느낀 세륜은 금세 가물거리는 정신에 몸의 근육을 풀었다.

약하게 들리던 물소리가 끊겼다. 세륜은 침대 아래로 가라앉는 몸을 애써 깨우고 눈을 떴다. 잠시 뒤에 머리에 수건을 두르고, 마찬가지로 몸에 커다란 수건을 두른 연수가 욕실에서 나왔다.

"휘이."

촉촉하게 물기를 머금은 새하얀 다리를 훑으며 시선을 올린 세륜이 말끔해진 뽀얀 얼굴을 보고 휘파람을 불었다.

화장을 지우면 연수의 입술은 유난히도 더 붉었다. 그녀가 너무 붉은 탓에 립스틱 발색이 잘 안 된다고 불만을 표하는 그 입술은 세륜이 가장 좋아하는 포인트였다.

새하얀 피부에 도드라지는 강렬한 레드는 아찔하리만큼 선정적이었다.

"뱀 나와!"

"요즘 초등학생들도 그런 허접한 미신은 안 믿는다."

연수는 침대 끝에 걸터앉으며 눈을 가늘게 뜨고 웃고 있는 세륜을 흘겼다. 스킨로션을 바른 뒤 머리에 둘러진 수건을 풀어내 왼쪽으로 고개를 기울여 탈탈 머리를 터는 연수를 보고 세륜이 몸을 일으켰다.

새하얀 목덜미가, 어깨와 목이 이어지는 우아한 선이 그를 유혹했다.

연수의 몸매는 가히 환상적이었다. 가늘고 여린 팔다리에 만족스러운 크기의 가슴과 힙. 선제석인 곡선이 유려하고 우아하게 흘러내렸다. 특히나 허리선과 골반 라인은 미칠 듯이 섹시했다.

그 곡선들이 자신의 딱딱한 몸에 맞춰올 때면 황홀함에 정신을 못 차리게 된다.

엉큼한 시선으로 연수의 뒤태와 옆태를 살펴보고 있는데, 그녀가 자리에서 일어났다.

"어디 가?"

"머리 말리고 올게."

"어. 자게 빨리 와."

연수가 다시 욕실로 들어가자 세륜은 침대에 몸을 뉘였다. 탄탄한 복근 위에 올려진 그의 손이 일정 속도로 까딱거렸다. 위잉, 헤어드라이어의 소리가 끊기지 않고 오랫동안 지속이 되자 그 손가락이 더 빠른 속도로 까딱였다.

"머리 말리는데 왜 이리 오래 걸려. 좀 자르라고 할까? 우리 연수, 머리 짧은 것도 예쁜데."

솔직히 말하자면 연수의 외모는 그렇게 뛰어난 편이 아니다. 그래도 조목조목 따져 보면 매력적이다. 쏟아질 것 같은 커다란 눈과 하얗고 깨끗한 피부, 붉은 입술, 그리고 왼쪽 뺨에 있는 작은 점마저 예뻤다.

그것도 자신의 눈에나 예쁘지, 남들 눈에는 평범한 수준이다. 그래서 참 다행이라고 생각을…… 하기는 개뿔. 은근히 남자가 꼬이는 타입이다.

특히나 입을 다물고 눈을 내리깔고 있을 때.

조용히 앉아 있는 모습은 남자의 아련한 감정을 들쑤신다. 애초에 자신도 그 분위기에 반했나. 한 치의 흐드러짐이 없는 반듯한 자세에 고요한 표정이 어우러져 섣불리 다가갈 수 없는 분위기를 자아낸다. 도도하고 고고함이 흐르는 그 고혹적인 자태에 반했었다.

분위기에 반해 다가간 남자들은 차갑고 딱딱한 그녀를 겪어보고 환상에서 깼다. 물론 개중에는 용케도 연수의 여린 면을 발견하고 반전 매력을 느껴 더 빠지는 남자들도 있었다. 바로 자신처럼.

"요즘은 접근하는 녀석들이 없나."

불현듯 그게 신경이 쓰이자 세륜은 벌떡 일어나 연수의 휴대폰을 찾았다. 가방에서 꺼내 메신저를 확인한 그는 통화 목록까지 확인하고 침대 사이드테이블 위에 올려두었다.

"하연수! 언제 나와!"

헤어드라이어 소리가 멈추자마자 세륜이 그녀를 불렀다. 욕실에서 몸에 수건을 두른 채로 나온 연수는 밤중에 소리 지르지 말라고 입 앞으로 검지를 세웠다.

"여기 방음 하나는 좋잖아."

"그래도 밤이잖아. 피곤하면 먼저 자지."

침대 위에 엉덩이를 걸친 연수가 바디로션을 찾았다. 막 그걸 집어 드는데 세륜이 그녀의 손목을 잡아 저지했다. 그녀의 목덜미에 코를 박고 숨을 들이켠 그는 수건의 매듭을 손가락으로 건드려 풀었다.

"바르지 마. 맛없어."

"아…… 으음. 피곤하지 않아?"

"응. 전혀."

단호하게 떨어지는 대답에 연수가 팔을 뒤로 뻗어 세륜의 목을 감쌌다. 목덜미를 지분거리는 뜨뜻한 입술에 나른한 숨이 흘러나왔다. 거추장스러운 수건을 밀어낸 커다란 손이 가슴 위와 허벅지 안쪽을 쓸어 만졌다.

"으응…… 세륜아……."

세륜의 어깨에 기대 한껏 목을 뒤로 젖힌 연수가 비음을 흘렸다. 그녀의 목덜미를 깨물던 그가 혀를 날름거리며 턱선까지 맛봤다. 부드러운 살결이 혀와 손에 착착 감기는 느낌이 좋아 그도 신음을 흘렸다.

연수의 볼을 감싸고 자기 쪽으로 돌린 세륜은 계속 탐을 냈던 붉은 입술을 머금었다. 촉촉한 입술을 빨아들이고 혀로 선을 더듬다가 입안으로 집어넣었다.

서로의 키스 스타일을 잘 알고 있었다. 어떻게 하면 짜릿한 자극과 황홀한 흥분을 주는지를 잘 안다. 그래도 늘 할 때마다 새로운 기분이 들고 질리지 않았다.

입안을 자기의 영역인 마냥 거침없이 헤집은 세륜의 혀가 연수의 혀를 찾아 옭아맸다. 강하게 빨아들이자 그녀가 숨을 빼앗겨 할딱였다.

연수의 몸을 돌려 자신의 다리 위로 끌어 올린 세륜은 몸을 비틀어 순식간에 그녀를 제 밑에 눕혔다.

"하아, 하아…… 아홋!"

한 손이 가슴을 쥐어 강하게 압박하고 다른 손은 엉덩이를 쥐었다. 세륜이 다시 목덜미를 지분거리다가 더 내려가 젖가슴에 얼굴을 묻었다. 그의 더운 숨이 예민한 살갗에 뿌려지자 연수는 자지러졌다.

"연수야."

세륜은 늘 관계를 가질 때마다 얼핏 들으면 애틋해하는 목소리로 자신을 불렀다.

마치 자신을 놓치기 직전의 사람처럼. 더 갖고 싶어서 안달 난 사람처럼.

"으응. 하윽!"

부름에 대답을 하는데 그가 뾰족하게 선 유두를 혀로 건드렸다. 한쪽은 그의 손가락에, 다른 쪽은 그의 혀와 입술에 희롱당하는 유두로 온 신경이 쏠렸다.

뭉쳐서 곤추선 유두를 혀로 굴리고, 살살 핥다가 이로 깨물고, 다시 혀로 뭉근하게 눌러 비비는 애무에 연수가 밭은 신음을 흘렸다. 자신의 머리칼 안으로 손을 집어넣고 밀어내지도 당기지도 못하고 느끼는 대로 몸을 움찔거리는 그녀의 모습을 세륜은 눈을 위로 치뜨고 감상했다.

"미치겠다."

연수의 부드러운 몸은 중독 그 자체다. 한 번 빠지면 헤어 나올 수가 없었다. 계속 찾게 되고, 떠올리게 된다. 한창 불타오르던 초반에도, 가끔 서로를 향한 마음이 예전보다 못하는 건 아닌지 하는 생각이 드는 지금도 연수의 몸은 시도 때도 없이 생각났다.

세륜은 그리웠던 몸에 제 애정을 모두 퍼부었다. 그녀의 몸에서 떨어지지 않는 자신의 손과 입술과 몸을 한껏 문지르고 비비면서 모두 가지려고 애썼다.

허벅지 안쪽에 머물던 입술이 더 깊은 곳으로 이동해 은밀한 여성을 건드렸을 때, 연수는 아득해지는 정신을 붙들기 위해 침대 시트를 쥐었다. 시트가 그녀의 손에서 잔뜩 구겨지며 반듯했던 모습을 잃었다.

"아아, 아…… 아앙!"

연수의 신음 소리와 그녀의 다리 사이에서 나는 질척거리는 소리가 묘한 화음을 냈다. 두 소리가 동시에 커졌다가 잦아들기를 반복했다.

세륜은 자신의 어깨와 등으로 올라온 가녀린 다리가 짧게 경련을 하는 것으로 그녀가 얕은 절정에 도달했음을 알아차렸다.

묘하게 반짝이는 입술을 손등으로 닦으면서 상체를 든 세륜이 시트를 쥔 연수의 손을 잡아 자기의 몸으로 가져가 댔다. 자신의 몸도 만져 달라는 그의 행동에 연수가 다른 손도 그의 몸으로 뻗었다.

탄탄한 상체를 작은 손이 더듬어갔다. 완벽한 모양을 이룬 근육이 그녀의 손길에 반응해 불끈거리며 위엄을 과시했다.

"아아, 좋다."

온 상체를 훑은 손이 복근 아래로 내려갔다. 세륜이 스스로 트레이닝 바지를 끌어 내리고 벗자 연수의 손이 몸집을 키운 남성을 부드럽게 쥐었다. 꺼칠한 음모 아래 뜨겁게 몸집을 키운 기둥을 쓸어 만지고 힘을 줘 쥐었다가 놓자 그가 허리를 튕기면서 얼굴을 일그러뜨렸다.

연수는 상체를 들어 세륜의 가슴 갈라진 곳을 혀로 쓱 핥았다. 그 부분이 예민한 그가 바로 몸을 떨어 반응했다.

"큭! 콘돔 있지?"

"시작 전에 물었어야 하는 거 아니야?"

요염한 미소를 지으며 눈매를 휜 연수는 자신의 남자를 정복한 매혹적인 여자의 모습이었다. 교활하기까지 한 그녀의 미소에 세륜이 상체를 숙여 어깨를 앙 물었다.

"아얏!"

"어디 있어."

"……늘 있는 곳에."

세륜은 몸을 일으켜 사이드테이블 서랍을 열었다. 콘돔 박스에서 콘돔 하나를 꺼낸 그는 이로 비늘을 벗겨내 페니스에 씌웠다.

연수의 다리를 가르고 자리를 잡은 그는 허리를 내려 여성 입구에 페니스를 맞췄다. 천천히 삽입을 한 세륜은 숨이 턱 막힐 듯한 쾌감에 이를 악물었다.

"연수야, 사랑해."

연수의 머리 양옆에 손을 짚고 허리를 움직이던 그가 사랑을 고백했다. 요즘 뜸했던 고백에 연수는 짙은 미소를 지었다.

"나도…… 흐응. 사랑해."

세륜의 허리에 다리를 감아 엉덩이를 높이 쳐든 연수가 팔로도 그의 상체를 감았나. 온몸으로 세륜을 결박하고, 그의 중심을 제 몸에 담은 그녀는 간드러지는 신음을 흘렸다.

끈적끈적한 땀이 배어 나오고, 질척거리는 소리가 끊이질 않았다. 서로에게 맞춰서 움직이던 몸은 세륜의 일방적인 속도에 무너졌다.

"흐으읏! 그만…… 하악!"

연수의 골반을 틀어쥐고 강하게, 빠르게, 격렬하게 허리를 움직이던 세륜은 그녀의 여성이 잔뜩 조이자 그도 자신을 풀어놨다.

"크윽!"

목에서 끌어 올려진 억눌린 신음을 내뱉고 세륜은 연수의 몸 위로 무너졌다. 감은 눈앞에 흰색 점들이 계속해서 명멸했다. 전율에 몸을 부르르 떨던 세륜은 연수를 끌어안고 희열에 휩싸였다.

세륜의 몸을 꽉 쥐느라 관절이 하얗게 변했던 연수의 손에 서서히 핏기가 돌았다. 그녀도 몸을 축 늘어트리고 그의 묵직한 무게를 만끽했다. 그의 무게가 주는 안정감. 연수는 그게 너무나 좋아 나른한 손길로 세륜의 머리카락을 매만졌다.

"좋다. 하연수. 좋아 죽겠어."

빼기 싫다는 듯 몇 번 움직인 세륜이 그녀의 몸 안에서 빠져나왔다. 아쉬움이 담긴 긴 키스를 한 그는 뒤처리를 하기 위해 욕실로 들어갔다.

욕실에서 나온 세륜은 연수의 옆에 누워 팔베개를 해주고 부드러운 여체를 자신의 몸에 가뒀다.

"하암. 잘 자."

"응. 잘 자."

굿나잇 인사와 짧은 키스.

세륜은 이거면 사는 데 충분하지 않나, 하는 생각까지 들었다.

이럴 때면 자신의 인생에 연수만 존재하면 될 것 같은 기분이 들었다. 그녀만 있다면, 옆에 있어준다면 뭐든 다 할 수 있을 것 같은 기분이. 뭐든 다 해주고 싶은 기분이 든다.

세륜은 이게 섹스 때문인지 가끔 혼란스러웠다. 물론 사랑이 기반이 되어 있다고 생각하지만, 섹스를 하고 난 뒤에 드는 생각이라서 묘한 기분에 마음이 무거워졌다.

"사랑해, 연수야."

세륜은 무거운 감정을 털어버리고자 연수의 귓가에 속삭였다.

이 말이 좋은지 슬며시 올라가는 연수의 입꼬리를 보자 스르륵 마음이 놓였다.

그래. 아까 싸운 게 계속 마음에 걸렸던 거다.

세륜은 눈을 감고 잠을 청했다. 막 잠에 들기 전, 그는 머릿속에 짧은 생각이 스쳐 지나갔다.

'다른 건 죽어라 안 맞는데, 몸은 너무나 잘 맞는다.'

영롱한 빗방울 소리. 물방울이 무언가에 닿아 튕겨지고 툭툭 터지는 알람 소리는 연수의 휴대폰에서 나는 소리였다.

비가 내리는 걸 좋아하는 연수는 아침에 이 알람 소리로 깨는 걸 좋아한다. 빈면, 세륜은 비라면 질색했다. 기껍지 않은 소리에 그의 등이 움찔거렸다.

알람 소리에 먼저 반응을 한 세륜은 떠지지 않는 눈을 억지로 뜨고 손을 뻗어 휴대폰 알람 소리를 껐다.

"아, 오늘 무슨 요일이지."

잔뜩 가라앉은 목소리로 중얼거린 그는 손바닥 살집이 있는 부위로 눈을 문질렀다. 그런데도 잠이 깨지 않아 그의 찌푸려진 이마가 좀처럼 펴지지 않았다.

"5분만 더."

연수도 알람 소리에 반쯤 잠에서 깨어났다. 그녀는 세륜의 품으로 파고들면서 잠투정을 부리기 시작했다. 그는 반사적으로 그녀의 등을 두드려 다시 잠을 재우면서 부드러운 여체를 만끽했다.

둘 다 벗고 잤기에 야릇하게 몸이 부딪히는 느낌은 세륜의 음욕을 키웠다. 그는 어찌할까, 하는 눈으로 연수를 보다가 고개를 저었다.

그러지 않아도 연이은 야근으로 지친 애인데, 또 했다가는 쓰러지는 꼴을 보게 될지도 모른다.

"오늘 연차 내고 쉴래? 내가 너 아프다고 회사에 연락해 줄게."

"아니. 가야 해."

갑자기 안쓰러운 마음이 들어 그는 애틋하게 연수의 볼에 입을 맞췄다.

이럴 땐 확 그냥 자신에게 시집오라는 말이 턱 아래까지 올라왔다. 그런데 아직은 둘 다 결혼 생각이 없었다. 아니, 연수가 더 생각이 없는 게 정확했다.

현실과 꿈, 이성과 감성 사이의 괴리감은 늘 세륜을 괴롭게 했다.

가만히 연수를 내려다보던 세륜은 자신의 휴대폰 알람은 울리지 않았다는 걸 떠올렸다. 그는 어제 영화를 볼 때 꺼놓고 도로 켜지 않았다는 걸 떠올리고는 침대에서 일어나 연수가 고이 개켜놓은 바지를 집어 들었다.

　휴대폰을 켤 때 나는 소리가 연수의 귀에 들어갈까 싶어 손으로 차단한 그는 드디어 오늘의 요일을 확인했다.

　끔찍한 수요일.

　뒤이어 들어온 메시지를 확인한 그는 작은 욕설을 내뱉었다. 입사 동기이자, 중학생 때부터 우정을 쌓아오고 있는 정진우에게서 온 메시지는 아주 끔찍했다.

　「휴대폰은 왜 꺼놓음? 회의 9시로 당겨짐. 너 PPT 다 작성했어?」

　"하연수, 일어나. 야, 나 빨리 가야 해!"

　"으응…… 먼저 씻어."

　세륜은 씻고 나와서 연수를 깨우기로 하고 먼저 욕실로 들어갔다. 빠른 속도로 씻고 나온 그는 아직 잠에 취해 있는 연수의 어깨를 흔들었다.

　"연수야? 일어나 봐. 응? 하연수, 연수 씨, 자기야, 달링?"

　흔들던 손길이 두드리는 걸로 변했다. 어깨와 등을 두드리는 손에 힘이 살짝 가해졌는데도 연수의 이마는 통증으로 인한 주름만 잡힐 뿐, 좀처럼 눈을 뜨지 못했다.

　속옷을 입고 바지를 걸친 세륜이 다시 다급하게 연수를 깨웠다.

　"연수야! 일어나 봐. 응?"

　연수의 등 아래로 팔을 집어넣은 세륜은 그녀를 억지로 일으켜 앉혔다. 가물가물 눈을 뜬 연수가 그에게 시각을 물었다.

"몇 시인데?"

"7시 30분 다 돼가."

"그럼 10분만 더."

최대 마지노선의 시간을 중얼거리고 다시 기절하는 연수를 팽개쳐 놓은 세륜은 그녀의 옷장을 열어 자신의 셔츠를 꺼냈다. 빨고 나서 다림질을 하지 않고 넣어둔 걸 확인한 그가 고개를 돌려 연수를 노려봤다.

"아우, 좀!"

세륜은 스팀다리미를 켜고 초조하게 다리를 떨었다. 치이익, 김이 나자마자 그는 와이셔츠를 다려 나갔다. 얼추 주름만 펴서 입은 그는 재킷을 찾아 들고 다시 연수를 깨웠다.

"연수야, 제발 좀 일어나라. 응? 나 지금 나가야 해. 못 일어나겠으면 내가 회사에 연락해 줄게."

세륜의 간절한 목소리에 드디어 연수가 눈을 떴다. 그는 부드러운 손길로 볼을 툭툭 두드려 잠을 더 깨운 뒤 그녀의 입술에 짧게 뽀뽀를 했다.

"출근하는 거야?"

"응. 나 회사에 급한 일 생겨서. 데려다주지 않아도 괜찮지? 지금 일어나서 씻고 준비하면 너 지각 안 하겠다."

"응."

"연락할게. 간다."

휴대폰과 지갑을 챙겨 든 세륜은 황급히 원룸을 나섰다.

일찍 나와서인지 차가 많이 막히지 않았다. 연신 손목시계를 확인한 세륜은 엘리베이터에 올라탄 뒤 휴대폰을 꺼냈다.

「출근 준비 중이지? 날씨 쌀쌀해. 이번 주말에는 코트 사러 가자.」

올해 초에 연수의 코트를 버렸었다. 겨울이 오기 전에 새로 사 주기로 했던 걸 떠올린 세륜은 주말 약속까지 잡고 엘리베이터에서 내렸다.

시언그룹 기획부. 그중 기획 조정 2팀에 소속한 진세륜 대리.

세륜은 자신의 자리에 앉자마자 컴퓨터를 켰다.

"왔어? 메시지 확인했나 봐?"

"야, 이 새끼야! 빨리 알려줬어야지!"

탕비실에 다녀왔는지 커피 잔을 들고 자신의 뒷자리에 앉는 진우에게 세륜은 버럭 짜증을 냈다.

"휴대폰이 꺼져 있는 걸 내가 무슨 수로? 그러게 누가 꺼놓으래?"

"내 휴대폰이 꺼져 있으면 연수한테 전화를 했으면 됐잖아!"

"아아. 너희 주말에 싸우고 화해 아직 안 한 줄 알았지. 같이 있었어?"

세륜은 말을 말자는 표정으로 진우를 쏘아보고 작성을 하다가 만 파일을 열었다. 정신없이 자료를 집어넣고, 가다듬고, 오타를 확인하는 사이 직원들이 하나둘씩 출근했다.

"진 대리님. 커피 타드릴까요?"

세륜은 흘끗 시선을 돌려 환한 미소를 짓고 있는 여자에게 필요 없다고 손을 내저었다.

권은정 사원. 지난 상반기에 새로 들어온 신입사원인 그녀는
OJT 때부터 세륜에게 사심이 있음을 숨기지 않았다. 그녀뿐만이
아니라 많은 여사원들이 그에게 호감을 가지고 있었다.

안타깝게도 세륜에게 오래된 연인이 있다고 알려져 있어서 여
사원들이 실연 아닌 실연을 당했지만, 어린 은정은 용감했다. 언
젠가는 꼭 자신의 남자로 만들겠다는 포부로 계속 세륜의 주의를
알짱대고 있었다.

"은정 씨, 나는 부탁할게!"

세륜의 옆자리인 김윤주 주임의 말에 은정이 어색하게 입꼬리
를 끌어 올렸다.

요즘 커피를 부탁하는 게 일종의 성차별로 인식이 되어서 많이
들 하지 않지만, 같은 여자끼리의 커피 심부름은 대체로 해당되지
않았다.

"네, 김 주임님."

달갑지 않은 기색으로 떨떠름하게 대답을 한 은정은 탕비실로
사라졌다.

마우스로 저장 버튼을 누른 세륜은 크게 숨을 토해내고 넥타이
를 잡아끌었다. 숨통이 조금 트이자 그는 9시 되기 1분 전이라는
걸 확인하고 미소를 머금었다.

"다 했어?"

"어."

"다 히기는 인쇄해야지."

"아, 맞다."

연수가 잘 출근했는지 확인하려고 휴대폰을 집어 들려던 세륜은 손의 방향을 바꿔 다시 마우스를 쥐었다. 인쇄를 하고 나자 곧장 서범기 과장이 회의를 시작하자며 자리에서 일어났다. 세륜은 인쇄물과 USB를 들고 회의실로 향했다.

한 시간이 넘게 회의를 했다. 회의를 하고 나온 세륜은 답답함에 넥타이를 풀었다. 회의 내용 중에 나왔던 이야기가 그의 마음을 묵직하게 만들었다.

"진 대리님, 무슨 일 있어요?"

자리에 앉다 만 강이호 주임이 세륜에게 물었다. 그는 나이가 세륜보다 두 살 더 많지만, 직급은 낮았다.

이직을 여러 번 했고, 다니던 회사마다 짧게 일했던 탓에 마땅한 경력이 없는 그는 이곳에 신입사원으로 들어왔다. 그 때문에 그는 대학 졸업을 하자마자 신입사원으로 들어온 세륜보다 직급이 높을 수 없었다.

세륜이 잘생긴 것과 인기가 많은 것, 좋은 학벌에 능력도 빠지지 않는 것 등에 은근히 자격지심을 느끼는 이호는 제발 세륜에게 무슨 일이 있기를 바라는 얼굴로 물었다.

"없습니다."

"있어 보이는데요, 뭘. 오늘 옷도 그렇고."

다려서 입기는 했지만, 평소보다는 깔끔하지 못한 걸 알아차린 이호가 그것으로 꼬투리를 잡았다.

"없으니까 일이나 하시죠."

"피곤해 보이시는 것도 그렇고. 어제 좋은 데 가셨나 봐요?"

그 좋은 데가 불건전한 곳을 암시하는 듯한 비아냥거리는 어투에 세륜의 이마에 주름이 잡혔다.

"강 주임님도, 참. 진 대리님 애인 있으시잖아요."

듣고 있던 민대영 사원이 세륜을 두둔했다. 이호가 거는 시비 대부분은 세륜이 무시하는 걸로 마무리가 지어지지만, 오늘 세륜의 표정이 아주 좋지 않았다. 무슨 사달이라도 나는 건 아닌지, 왜 이럴 때 정진우 대리님은 자리를 비운 것인지, 대영은 불안했다.

"뭐, 하도 애인을 보여주시지 않으니 정말 있나 하는 의문이 드네요."

세륜의 미간이 좁혀 들어갔다.

"하하, 강 주임님도 참. 진 대리님이 있는 걸 있다고 하시지, 왜 없는 걸 있다고 하시겠어요."

"말이 그렇다는 거지."

세륜은 상대할 가치를 느끼지 못해 몸을 돌렸다. 그는 휴대폰을 집어 들었다가 으득 이를 갈았다. 부재중이 꽤 와 있었고, 메시지도 와 있었다.

하나같이 다 자신을 탓하고 저주하는 글이 가득한 메시지.

"뭐냐?"

마침 온 진우가 세륜에게 물었다. 그는 세륜의 어깨 뒤에서 고개를 빼꼼 내밀어 메시지를 확인하고 키득키득 웃었다.

"아침에 깨우지는. 너 혼자 출근했냐?"

진우의 말에 이호와 대영이 관심을 보였다.

"아아, 여자 집에서 자고 출근?"

혼잣말을 가장해 은근슬쩍 말을 놓고, 거기에 비꼬는 이호에게 진우가 세륜을 대신해서 얼굴을 굳혔다.

"어감이 좀 듣기 거북합니다? 여자가 아니라 애인이라는 좋은 표현도 있는데. 그리고 남의 사생활에 왜 그리 관심을 갖습니까?"

"아니, 뭐."

세륜의 든든한 편인 진우의 방어에 이호는 어물쩍거리며 자기 자리로 돌아갔다. 대영은 괜히 이호랑 엮여서 남의 사생활이나 캐는 사람으로 취급받을까 봐 뻘쭘한 얼굴로 자신은 아니라는 시선을 보인 뒤 본인 자리로 갔다.

"진짜 옛날 성격 같았으면 저걸 확!"

진우가 이호 뒤통수에 대고 주먹을 휘둘렀다.

"아, 짜증나네. 내가 그렇게 깨워도 안 일어난 사람이 누군데."

"참아라. 너 아니면 연수가 누구한테 짜증 내겠냐. 그런데 그거 말할 거야?"

"……나중에 해야지. 아직 결정 난 건 아니잖아. 나 통화 좀 하고 올게."

죽을상을 하고 통화를 하러 사무실을 나가는 세륜에게 속으로 힘내라고 응원한 진우는 자신의 자리에 앉아 업무를 시작했다.

안다. 잘 알고 있다. 세륜이 그렇게나 깨웠으니 그의 잘못이 아니라는 걸 안다. 그런데 회사에 지각했고, 지금 때가 어느 때인데 지각을 하느냐고 혼이 나고 나자 이성을 잃었다. 그래서 다 네 탓이라는 원망이 가득한 메시지를 세륜에게 보내 버렸다.

연수는 휴대폰을 쥐고 한숨을 내쉬었다. 그녀는 조금 전, 세륜과 통화로 한바탕했다.

이게 그 종로에서 뺨 맞고 한강에 가서 눈 흘긴다, 일까.

미안하다고 사과를 했어야 하는데, 바쁠 때 전화를 해서 그러게 왜 깨울 때 일어나지 않았느냐고 잔소리를 하자 툭 터져 나와 버렸다.

어이없어하던 세륜의 목소리가 아직 귓가에 남아 있었다.

"왜 이러지, 진짜. 요즘 들어……."

지난 주말에 싸웠고, 어제 영화 보기로 하면서 화해했다. 그러다 영화 보러 가면서 싸우고, 또 화해했다. 그리고 오늘 또 싸웠다.

연애 초반에 취향이 맞지 않아서 억지로 서로에게 맞추려다 투닥거린 적이 있었다. 그러다 시간이 지나면서 싸움이 줄었다. 또 시간이 흘러 한동안 죽자 살자 싸움을 했고, 다시 좋아졌다. 몇 년째 이렇게 싸우고 좋아지는 게 반복되고 있었다.

"연수 씨, 뭐 해요?"

"아, 양 대리님."

동갑이지만 먼저 입사를 했고, 대리로 승진을 한 양미진은 회사 내에서 가장 친했다 휴게실로 들어온 미진이 그늘진 연수의 얼굴을 보고 걱정스러운 목소리로 물었다.

"아까 혼난 것 때문에 그래요?"

"아, 아니요. 그냥 좀."

"그럼? 또 애인하고 싸웠어요?"

연수는 내성적이고 사람에게 거리를 두는 편이라서 친구가 많이 없었다. 그런 그녀와 미진도 친해지는 데 꽤 시간이 걸렸었다. 친해지고 나서 가끔 연수의 연애 상담을 들어준 적이 있었기에 미진은 그녀가 요즘 애인과 많이 싸운다는 걸 알고 있었다.

"이번에는 제가 잘못했어요."

"그럼 미안하다고 하지 그랬어요."

"그게……. 사과를 하려 하면 꼭 뭔가 어긋나요. 그래서 더 싸우게 돼요."

깊은 한숨과 후회가 어린 표정을 보고 미진이 고개를 끄덕였다.

"……혹시 권태기 아니에요?"

연수도 그걸 생각해 보지 않은 건 아니다. 3년 전에도, 작년에도, 이번 여름에도 그걸 생각했었다. 그리고 그 생각을 할 즈음에 세륜과 헤어지거나 연락을 끊었다. 길게는 두 달까지도 헤어져 봤었다.

"막 싫은 것만은 아니에요. 엄청 좋을 때도 많아요."

"연애에도 사이클이 있대요. 아주 좋아 죽다가도 죽이고 싶을 정도로 미워지는. 언니 말로는 결혼 생활도 그렇다고 하더라고요."

"생각만 해도 끔찍하네요."

결혼 생활에 부정적인 사고를 가지고 있는 연수는 미진의 말에 더 질색 어린 표정을 지었다.

"마음 추스르고 들어와요. 사과 문자라도 보내든지. 먼저 들어 갈게요."

"네. 고마워요."

미진이 휴게실을 나가고 연수는 만지작거리던 휴대폰의 화면을 켰다. 메시지를 지웠다 썼다를 반복하던 연수는 결국 미안하다는 말만 적어서 보냈다.

"사과하는 것도 오랜만이네."

싸우고 나면 어물쩍 화해하는 게 태반이었다.

계속 화면을 보는데 숫자 1이 사라지면서 세륜이 메시지를 읽은 게 확인이 되었다. 하지만 1분이 지나도, 3분이 지나도, 5분이 지나도 잠잠했다. 답장을 기다리던 연수는 땅을 보며 한숨을 내쉬었다.

2. 싸워도 내 하나뿐인 연인

직장인들에게 일주일의 마감은 금요일이다. 금요일 밤부터 주말까지의 짧은 휴가를 만끽할 생각에 다들 행복해했는데, 퇴근 직전에 달갑지 않은 회식 소식이 들렸다. 그것도 팀 회식이 아닌 부서 회식이 갑자기 정해졌다.

드르륵, 의자를 끌고 세륜의 옆에 딱 붙은 진우는 파티션에 몸을 가리고 작게 속삭였다.

"아, 망할 회식. 오늘 한준이네 BAR에서 뭉치기로 한 거 어떡하냐. 늦게라도 간다고 해야겠지?"

"뭘 뭉쳐?"

"……약속 잊었어? 월요일에 여환이한테서 문자 받았잖아."

"아아."

"아아는 무슨. 정신을 어디다 놓고 다니냐?"

세륜은 말없이 들고 있던 볼펜을 책상 위로 툭 던졌다. 진우는 자신의 질문에 입을 꾹 다무는 그를 보고 쯧쯧 혀를 찼다.

"아주 징그럽게도 싸운다. 징글징글한 커플."

"네 자리로 가. 자꾸 의자 끌고 올래?"

돌아가라고 의자 다리를 발로 툭툭 차는 세륜에게 진우가 또 혀를 찼다.

"연수가 사과했다며."

"미안해. 딱 이 한 단어만 왔다고. 누가 봐도 싸우기 싫어 억지로 사과하는 거잖아!"

"그래서. 계속 연락 안 한다고? 매사에 쿨한 애가 왜 연수랑 싸우면 쩨쩨해지냐."

"죽을래?"

"차도남은 무슨 얼어 죽을. 속 좁은 놈인데."

회사 내에서의 세륜의 이미지를 비웃은 진우는 갑자기 나타난 이민상 차장이 회식 장소로 이동을 하자고 재촉하자 우렁차게 대답을 하고 자리에서 일어났다.

"자자, 가자. 가서 술이나 왕창 처마시든가. 취한 거 핑계 삼아 내가 대리 불러서 연수 집으로 보내줄게."

"안 가. 하연수가 먼저 만나러 올 때까지 안 간다고."

"너 그러다가 또 헤어진다."

"이 새끼가!"

가장 오래된 친구인 진우는 세륜이 괜한 오기를 부린다는 걸 알기에 실소를 흘렸다.

❖

　회식 장소는 언제나 그랬듯 삼겹살 가게였다. 기획부 다 같이하는 회식이라 인원수가 꽤 되었다. 윤기영 부장은 임원진들과 따로 회식이 있다고 빠졌다. 그로 인해 그다음으로 근속 연수가 오래된 이민상 차장이 상석에 앉아서 대우를 받고 있었다.

　"서 과장, 내가 군대에 있을 때 말이지……."

　또 시작된 이 차장의 군대 이야기에 과장들이 억지 미소를 지으며 장단을 맞췄다. 최대한 먼 자리에 앉은 진우와 세륜은 조용히 술잔을 기울였다.

　"진 대리님, 안주도 드세요."

　젓가락으로 잘 구워진 고기 한 점을 집어 세륜의 앞에 놓고 콧소리를 내는 은정에게 따가운 시선이 쏠렸다. 근처에 앉아 있던 다른 팀의 여직원들이 여우 짓을 하는 그녀를 노려봤다.

　"됐습니다. 권은정 씨 드세요."

　여자라면 아랫사람이라도 무조건 존대를 하고, 이름에는 꼬박꼬박 성을 붙여서 잔뜩 거리를 벌려놓는 세륜은 자신에게로 쏟아지는 여자들의 시선 속에서 고고한 자세를 유지하며 술잔을 채웠다.

　"계속 술만 드시면 속 버리세요. 무슨 안 좋은 일이라도 있으세요?"

대꾸도 없이 세륜이 술잔을 비우자 은정은 무시당한 것에 샐쭉한 표정으로 고기를 집어 먹었다.

"아, 벌써 10월이 지나가네요. 올해에는 여자 친구를 만들었어야 했는데."

같은 테이블에 앉아 있던 대영이 씁쓸한 얼굴로 비통함을 담아 말했다. 진우가 우쭈쭈, 하는 얼굴로 어깨를 토닥였다.

"제 여자 친구는 아직 태어나지 않았나 봐요."

"이 자식. 욕심이 많구나. 도대체 몇 살 차이를 원하는 거야."

"정 대리님!"

그런 뜻이 아닌 거 알지 않느냐는 항변이 섞인 부름에 진우가 고개를 끄덕였다.

"신입사원들끼리 어때? 은정 씨 남자 친구 없다고 하지 않나?"

"어머! 정 대리님!"

은정은 고개를 돌려 세륜을 본 뒤에 정색을 했다. 세륜은 전혀 관심이 없는데 저 혼자 난리인 은정에게 속으로 혀를 찬 진우는 쌈에 고기를 쌌다.

"우리 세륜 씨, 속 버리면 안 되니까. 자, 아!"

입 앞으로 바짝 다가온 쌈을 노려보던 세륜은 진우가 팔이 아프다고 낑낑대자 입을 벌렸다. 입안 가득 들어오는 쌈을 씹어 삼킨 세륜은 곧장 술잔을 들었다.

"진 대리님, 천천히 드세요."

대영이 걱정이 되는지 잔을 채워주면서 말했다.

"내버려 둬. 저 자식은 술병 한번 나봐야 해."

진우가 더 가득 채우라고 대영이 따르고 있는 술병을 확 기울였다. 술이 넘치면서 세륜의 손가락을 적셨다. 세륜이 사납게 노려보자 진우는 흥, 콧바람을 불고 새침하게 고개를 획 돌렸다.

"아, 벌써 두 시간째예요. 언제 일어난대요?"

"너 집에 가봤자 할 일 없잖아."

"내일 소개팅 있어요."

"하. 그래. 연말 얼마 남지 않았으니 힘내라."

탕탕, 대영의 등을 두드린 진우는 뭔가 이상한 분위기를 감지했다. 테이블이 뜨문뜨문 비어 있었다. 가방도 없는 빈자리를 확인한 진우는 때를 감지했다.

"야, 일어나. 가자. 여기 파장할 것 같다. 붙잡혀서 2차 가기 전에……"

"남은 사람들은 2차 가야지? 자, 다들 일어나자고!"

순간 남아 있는 사람들의 절반 이상이 굳어버렸다. 2차를 크게 외친 이 차장이 자리에서 일어나며 남은 인원의 얼굴을 확인하곤 같이 가자고 친히 이름까지 불렀다. 평소에는 직원들 이름을 바로 떠올리지 못하면서, 회식을 할 때면 불참한 직원까지 기억해 내는 이 차장의 능력이 발휘되었다.

"망할. 늦었다."

진우의 중얼거림에 세륜도 미간을 접으며 눈을 지그시 감았다.

요즘 돼지고기 가격이 소고기 가격 못지않다고 큰소리로 떵떵거리던 이민상 차장은 본인이 살 것처럼 굴더니 법인카드로 계산을 했다.

계산을 할 때 도망가려던 진우는 서범기 과장에게 걸렸고, 그는 조용히 사라지려는 세륜을 큰 목소리로 불러 잡았다.

그렇게 열일곱 명 정도가 잡혀서 호프집으로 끌려갔다.

세륜은 건너편에 앉은 진우를 노려보았다. 이를 갈면서 술을 마시는데 옆에 앉아 있는 은정이 자꾸만 몸을 기대 오고 하는 통에 짜증이 솟구쳤다. 그는 자신에게 기대지 못하도록 팔꿈치를 세워 은정의 팔을 툭 쳤다.

"그러고 보니 2팀에 우리 기획부서 인기남인 진 대리와 정 대리가 있었군."

2차에 와서도 계속 군대 이야기만 하던 이 차장이 뜬금없이 세륜과 진우를 찾았다. 진우는 인기남이라고 불린 것이 좋은지 여기 있다고 능청스럽게 손을 들었고, 세륜은 이 차장이 보지 못하게 고개를 숙여 표정을 구겼다가 폈다.

"허허. 그러고 보니 두 사람 애인 있나? 없으면 내가…… 아, 우리 신입사원이 진 대리를 마음에 두고 있나 본데?"

술이 들어가면 으레 나오는 것. 바로 외로운 남녀를 짝지어주고 놀리는 억지스럽고 재미없는 놀이.

세륜은 얼굴을 딱딱하게 굳혔다. 그 놀잇감이 될 생각이 없다는 완고한 태도에 진우가 나섰다.

"하하, 진 대리는 애인 있습니다."

"그래? 진 대리 애인이라면 상당한 미인이겠구먼."

이 차장의 말에 진우가 하하, 어색하게 웃었다. 그 어색한 웃음에 세륜의 시선이 날카롭게 꽂혔다. 서늘한 눈빛에 흠칫한 진우가 재빨리 고개를 끄덕였다.

"거기 우리 신입사원 이름이······."

"권은정입니다, 이 차장님."

"그래, 권은정 양. 은정 양은 임자 있는 진 대리 옆에 말고, 정 대리 옆에 앉지 그래?"

세륜이 아닌, 진우에게로 관심을 돌린 이 차장이 그와 은정을 엮으려 했다.

"아니요. 전 이 자리가 좋습니다."

딱 잘라 거절하는 은정 때문에 일순 분위기가 가라앉았다. 이 차장은 요즘 애들이 이렇게나 당돌하다는 걸 처음으로 겪어 놀랐고, 다른 사람들은 상사의 장단 하나 못 맞추는 은정에게 놀랐다.

"진 대리님. 좀 확실하게 해주시죠? 은정 씨 마음 받아주지 않을 거면서. 어장 관리도 아니고."

내내 조용히 있던 강이호 주임이 술이 올라 장소와 때를 가리지 못하고 또 세륜의 심기를 불편하게 했다.

"주임님!"

은정은 발끈했지만, 세륜이 자신의 마음을 알아주기를 바라는 눈치로 그를 힐끔거렸다. 순간 다시 세륜에게로 관심이 쏠렸다.

"그게 무슨 뜻입니까."

"아니, 뭐. 태도를 확실하게 해달라는 거죠. 받아줄 것처럼 굴지 마시고."

세륜이 들고 있던 잔을 내려놓았다. 진우는 조마조마한 얼굴로 그를 응시했다. 제발 옛날 성깔 나오지 마라, 수 번 속으로 되뇌었다.

"제 태도에 문제가 있었습니까. 전 제 애인 말고 다른 여자에게 시선을 준 적이 없습니다. 권은정 씨에게 남다른 행동을 한 기억도 없군요."

분위기가 더 딱딱하게 굳었다. 안절부절못하던 대영은 상사들의 표정이 좋지 않자 애써 웃으며 끼어들어 목소리를 높였다.

"에이, 진 대리님도 참. 대리님이 애인 되시는 분을 꽁꽁 감추니까 그렇죠. 6년 동안 만나셨다면서 사진도 보여주신 적이 없으니까 다들 긴가민가하는 거죠."

"6년이나 만났어?"

대영의 말에 이 차장이 감탄이 섞인 질문을 했다. 요즘 원나잇을 아무렇지도 않게 생각하는 젊은이들이 넘쳐 났고, 고작해야 몇 개월 사귀고 헤어지는 사람들도 수두룩했다.

훤칠하니 잘생겨서 배우 뺨치는 세륜이 한 여자와 오랫동안 연애를 하고 있다고 하자 이 차장은 그 상대방이 궁금해졌다.

"이번 기회에 진 대리 애인 얼굴 좀 보여줘. 그래야 다른 여직원들이 단념을 하지. 하하, 이거 기대되는구먼. 빨리 불러보게."

"차장님도 참. 어떻게 여기에 오라고 합니까. 회식 자리인데."

진우가 대영의 옆구리를 찌르며 이 차장에게 말했다. 대영은 일이 더 커지자 어쩔 줄 몰라 하며 세륜의 눈치를 봤다.

"술 많이 마셨으니 데리러 와달라고 해. 오면 그냥 얼굴만 보여주고 가. 애인 있다는 걸 보여줘야 애먼 아가씨들이 헛물 안 켜지.

이런 걸 요즘에 인증한다고 하던가? 하하하."

진우는 서 과장에게 도와달라는 시선을 보냈다. 서 과장은 이 차장의 성격을 익히 잘 알기에 말리지 못한다는 뜻을 담아 고개를 저었다.

가만히 앉아 있는 세륜에게 진우는 따라나오라는 시선을 보냈다. 세륜이 외면하자 진우는 담배를 피우지 않는 그에게 담배 하나 태우고 오자고 큰 목소리로 말했다. 마지못해 일어나는 세륜에게 이 차장이 꼭 애인을 부르라고 당부했다.

다시 이 차장의 일방적인 이야기가 시작되면서 사람들의 관심이 분산되었다.

가게 밖으로 나와 골목으로 들어간 진우는 주머니에서 담뱃갑을 꺼냈다.

"줄까?"

"끊었잖아."

"지금 피우고 싶어 죽겠다는 얼굴이라."

"됐어."

진우가 담배에 불을 붙이자 세륜은 멀찍이 떨어졌다. 세륜 쪽으로 연기가 가지 않게 손을 멀리 뻗은 진우는 넌지시 말했다.

"전화하지?"

"미쳤냐. 여기에 왜 연수를 불러."

"뭐. 네가 부르지 않겠다는데 뭐라 할 사람이 없기는 하지만. 그래도 부르지?"

"됐다고."

"계속 그렇게 삐쳐 있을 거야?"

"죽고 싶지?"

세륜이 주먹을 쥐자 진우가 진정하라는 듯 워워, 소리를 냈다.

"삐친 거 아니면 불러. 그냥 한번 보여주고 말지. 그럼 은정 씨도 계속 집적대지 않을 거고. 강이호가 이상한 시비도 걸지 않을 테고."

"싫어. 연수에 대해서 이러쿵저러쿵 지껄이는 거."

첫눈에 아, 여신이다 할 정도의 외모가 아닌 연수를 두고 세륜과 어울리지 않다는 이야기는 대학 시절부터 꽤 나왔었다. 연수는 크게 신경 쓰지 않는 눈초리였는데, 세륜은 못 견뎌 했다.

제 입으로는 얄미워 죽겠다고 험담을 해도 남이 자기 여자를 험담하는 꼴을 못 보는 게 남자지 암.

진우가 알겠다는 표정으로 고개를 끄덕였다.

"내일 주말인데 화해는 해야지."

"하아. 난 아직도 연수가 어렵다. 걔 한번 화내면 뭘 어떻게 해야 할지 모르겠어. 어떤 때는 내가 그렇게 못해주고 있나, 하는 자괴감도 들어."

"큭큭. 뭔지 알 것 같아. 자기 남자 자괴감에 빠지게 만드는 게 여자들의 특기지. 연수도 다를 바 없다니까. 착한 애가 너한테는 아주 악녀처럼 굴어. 아, 막 착한 건 아니지? 약았다고 해야 하나?"

"말 가려 해라. 연수 착하거든? 학교 다닐 때 모범상 받은 거 몰라?"

"네네. 죄송합니다. 그런 천사 같은 여자가 너 만나서 성격 버렸지. 네가 문제네, 그럼."

세륜은 눈썹을 꿈틀거리다가 길게 한숨을 내쉬었다. 차가운 공기에 뜨거운 입바람이 담배 연기처럼 흘러나와 허공으로 흩어졌다.

"다 피우고 와라. 나 들어간다."

"연수한테 전화라도 하지? 화해 안 해?"

"안 한다고! 회식 끝나고 한준이랑 여환이 보러 가자며!"

성질을 버럭 내고 끝까지 자존심을 굽히지 않는 세륜에게 진우가 고개를 절레절레 저었다. 그는 세륜이 골목을 벗어나자 휴대폰을 꺼냈다.

"너네 헤어지면 축배를 들 거다, 내가. 진짜 이 웬수들."

마음에도 없는 악담을 혼잣말로 중얼거리며 그는 연수의 번호를 찾았다.

금요일임에도 늦게까지 일을 하다가 집으로 돌아온 연수는 녹초가 되어 그대로 침대 위로 쓰러졌다. 그녀는 휴대폰의 화면을 켜고 부재중을 확인했다.

스팸 전화로 보이는 전화번호 말고는 부재중 기록이 없었다.

"진짜 화 많이 났나."

연수는 앨범을 열어 세륜의 사진을 찾았다. 예전에 사진을 찍어주겠다고 하자 그는 멋들어진 미소를 짓고 눈을 가늘게 떴다.

눈매가 길고 깊은 게 세륜의 매력 포인트다. 그는 이렇게 눈을 가늘게 뜨거나, 치켜뜨거나, 내리뜰 때 각기 다른 섹시한 매력을 풍겼다. 이런 눈과 오똑한 코, 반듯한 콧날, 적당히 얇은 입술, 날렵한 턱선의 조화는 아주 환상적이었다. 거기에 피부는 잡티 하나 없이 좋다. 그는 여자들이 좋아할 수밖에 없는 외모를 지녔다.

"잘생기긴 했네."

휴대폰에 있는 사진 속의 그의 얼굴을 손가락으로 더듬던 연수는 자신이 아는 세륜의 모습을 다 끄집어냈다.

고등학생 때에는 날카로운 눈빛과 거침없는 성격 때문에 반항적인 이미지가 강했다. 그게 수많은 여학생들의 마음을 뒤흔들었다.

막 대학생이 되어서는 남들이 소년과 청년의 그 경계에서 어중간한 매력을 풍길 때, 저 혼자 차가운 얼굴과 냉담한 태도로 눈에 띄어 선배들과 동기들 사이에서 인기가 많았다. 타 과였던 자신에게도 그의 유명세가 들릴 정도였다.

군대에 다녀와서는 더 남성다워진 기세와 차가움이 과묵함으로 받아들여지면서 진중한 면까지 더해져 인기가 하늘을 찔렀다.

늘 고백만 받던 그가 처음으로 고백한 여자가, 몇 달을 쫓아다 닌 여자가 바로 자신이다.

갑자기 여자로서의 뿌듯함이 올라오자 연수의 입매가 늘어났다.

"전화를 해볼까. 퇴근했겠지? 집에 가볼까."

고민을 하는데 휴대폰이 울렸다. 연수는 발신자를 확인하고 몸을 일으켰다. 목소리를 가다듬은 그녀는 전화를 받았다.

"여보세요."

[어디야. 우리는 회식 중인데.]

연수는 진우가 말하는 우리에 세륜이 포함되어 있다는 걸 말해주지 않아도 알아차렸다.

"세륜이는?"

[올래? 와서 어떤지 봐.]

"술 많이 마셨어?"

[그건 아닌데. 실은 네가 와줘야 해.]

진우는 연수에게 구구절절 다 설명하기 시작했다. 세륜이 널 너무 꽁꽁 감싸고 감춰서 그가 실존하지 않는, 아니, 가상에서만 존재하는 캐릭터와 사귄다는 이상한 소문이 났다고까지 오버를 한 진우는 연수에게 당장 이곳으로 오라고 했다.

"회식 자리에 내가 어떻게 가."

[이 차장님이 너 부르라고 했는데 세륜이가 전화를 안 하는 거라니까.]

연수가 볼을 부풀렸다.

"그러니까 세륜이가 날 부르지 않았잖아."

아직 화가 안 풀려서, 남에게 자신을 보이기 싫어서 부르지 않았는데 왜 가냐는 말이 숨겨져 있었다. 그것까지는 알아차리지 못한 진우는 그녀가 올 수밖에 없는 마지막 강력한 수를 두었다.

[신입사원 하나가 세륜이한테 몇 달째 작업 걸고 있는데 오늘은 좀 심하다. 그리고 네 존재 여부가 불명확해서 사람들이 둘을 엮는 분위기야. 내일이면 둘이 사귄다는 소문 돌게 생겼다고.]

와서 네 존재를 알리라는 진우의 말에 연수는 마지못해 장소를 물었다. 택시 타고 빨리 오라고, 택시비는 이 오빠가 주겠다고 진우가 낄낄거리는 걸 끝으로 전화를 끊었다.

싸웠어도 내 남자이니 남이 탐을 낸다는 소리가 굉장히 기분이 나빴다. 그러고 보니 연애 초반에도 하지 않았던 애인 단속을 하러 나가게 생겼다.

연수는 침대에서 일어서서 오늘 입었던 외투를 집어 들었다가 옷장 쪽을 쳐다봤다. 옷장 옆에 있는 전신 거울에 자신을 비춰 본 그녀는 입술을 깨물고 고민했다.

무릎 길이의 밋밋한 치마. 마찬가지로 단순한 디자인의 블라우스. 센스라고는 찾아볼 수 없는 사무직 여자의 옷차림.

연수는 블라우스 단추를 끄르면서 옷장 앞으로 걸어갔다.

애인이 언제 데리러 오냐는 이 차장의 끈질긴 질문에 세륜은 침묵을 고수했다. 그리고 부르긴 한 거냐는 말에 모호한 태도를 취했다. 이쯤 되자 모두들 포기하기에 이르렀다.

다들 거나하게 술에 취해갈 때 진우가 계속 시각을 확인하면서 초조한 모습을 보여 세륜은 이상했지만, 한준과 여환이 기다리고 있어서 그런가 보다 하며 넘겼다.

"어라, 나 잠깐 화장실 좀."

전화를 받으면서 나가는 진우의 뒷모습을 보고도 세륜은 무덤덤했다. 그랬던 그는 진우가 돌아왔을 때, 진우의 손에 손목이 잡힌 채로 같이 들어온 여자를 발견했을 때 초연함을 잃었다.

"누구…… 세요?"

연수의 얼굴을 보고 별 반응이 없던 사람들이 그녀의 옷차림을 훑고는 멍하니 쳐다봤다.

옷이 과하게 파여 신체가 드러나거나 하는 야한 원피스는 분명 아니었다. 길이도 요즘 여자들이 입는 일명 똥꼬치마에 비하면 양반이었다. 또 하나의 피부처럼 딱 달라붙는 것도 아닌, 그저 허리에 밴드가 있어서 허리선만 잡히는 원피스인데 연수의 몸매에는 너무 섹시한 옷이었다.

겉에 입은 카디건이 길게 늘어지는데 그것 때문에 더 야하게 보였다. 옆이나 뒤에서 보면 카디건만 입은 것처럼 보였다.

"하하, 화장실 갔다가 우연히 만났어요. 진 대리 데리러 왔답니다. 뭐 해? 애인 소개해야지."

진우가 이 일을 저질렀다는 걸 안 세륜은 잇새로 작게 욕을 흘리면서 자리에서 일어났다. 재킷을 챙겨 든 그는 연수의 옆으로 가 섰다.

"너 옷차림이 이게 뭐야."

낮게 연수의 귀에 중얼거린 세륜은 나기서 보자고 눈으로 경고하고 회사 사람들에게 연수를 소개했다. 곧장 연수에게 이것저것 질문이 쏟아졌다. 진우는 딱딱하게 굳은 얼굴로 자신을 서늘하게 보는 세륜의 눈치를 살피다 호들갑을 떨었다.

"연수가 주차할 곳을 찾지 못해서 주차 금지 구역에 비상등 켜 놓고 왔어요. 두 사람 먼저 보내야 할 것 같은데요. 아, 저도 갑자기 급한 일이 생겨서 이만 들어가 보겠습니다."

근처에 경찰차가 많이 다니니 빨리 가봐야 할 것 같다는 진우의 말에 모두들 어서 가보라고 인사를 했다. 연수는 차분하게 인사를 한 뒤 세륜의 에스코트를 받으면서 룸을 나섰다. 그들에게 섞여서 가게를 빠져나온 진우는 곧장 세륜의 발에 차였다.

"죽을래? 네 애인이야? 왜 네가 부르고 난리야!"

"도와준 은혜도 모르고. 아, 몰라. 나, 간다. 둘이 한준이네 BAR로 오든가 말든가."

툴툴대며 진우가 사라졌다. 세륜은 곧장 사나운 눈길을 연수에게로 돌렸다.

"얼어 죽을래? 또 감기 걸려서 누구 피를 말리려고!"

버럭 소리를 지르더니 카디건 단추를 다 잠가주고 들고 있던 재킷을 연수의 어깨에 걸쳐 준 세륜은 그녀의 머리 위에서 주먹을 쥐었다 폈다 했다. 당연히 그녀를 손대지 못하고, 그는 자신의 성질을 못 이겨 바닥을 발로 찼다.

그가 옷차림 걱정만 하는 걸 보니, 그래도 자신이 온 걸 기분 나빠하는 기색이 아니라 연수는 마음을 놓고 세륜의 옷자락을 잡아당겼다.

"화 많이 났어?"

"어."

"미안하다고 했잖아."

"……됐어. 어제랑 오늘은 지각 안 했고?"

"응."

서늘한 바람에 다리가 추운지 한쪽 다리로 다른 쪽 다리를 비비는 걸 본 세륜이 손을 뻗어 연수의 허리를 감싸 안았다. 뭔가 다르다는 걸 느꼈더니 눈높이가 달랐다. 그는 연수의 힐 높이를 보고 툴툴댔다.

"나랑 데이트할 때나 이렇게 신경 쓰지?"

세륜의 말에 연수는 그를 만날 때 정성껏 꾸민 적이 언제였는지 기억을 더듬다가 겸연쩍은 미소를 지었다.

"언제는 청바지에 티셔츠만 입어도 예쁘다며."

"그거야 어렸을 때고. 우리 나이가 몇인데. 스물아홉이다."

"변했어, 진세륜."

"누가 할 소리."

세륜의 턱 아래로 바짝 얼굴을 가져가 그를 노려보던 연수는 횡, 하고 찬바람이 불자 몸을 움츠렸다.

"추워. 집에 가자."

"대리 불러야 돼. 그리고 나 약속 있어. 한준이네 BAR에 갈 거야. 너 알아서 집에 가든가."

다 풀리지 않은 화에 괜한 심술을 부린 세륜은 휴대폰을 꺼내고서는 연수의 허리에 두른 팔을 풀었다. 연수가 따라오든 말든 신경 쓰지 않겠다는 태도로 냉정하게 돌아서서 걸어가며 휴대폰에 저장해 둔 대리운전기사 업체 번호를 찾던 그는 뒤에서 들리는 소리에 황급히 돌아섰다.

"아!"

"왜? 넘어졌어?"

놀라서 몸을 돌린 세륜은 눈을 휘둥그레 뜨고 연수를 살폈다. 그는 가만히 서 있는 연수의 모습에서 이상한 점을 발견하지 못했다. 그가 놀라서 자신을 살피는 모습을 보던 연수는 혀를 길게 내밀었다.

연수가 일부러 자신을 놀라게 하려고 장난을 친 걸 알아차린 세륜은 사납게 얼굴을 구겼다.

"장난이 치고 싶냐, 응?"

"어차피 나 여기다 버리고 가지도 못하면서."

"……알면 오든가."

세륜이 손을 뻗고 이리 오라고 네 손가락을 까딱였다. 연수가 느릿하게, 간을 보듯 걸어가자 그가 이맛살을 구겼다. 사정거리에 들어오자 냉큼 연수의 팔을 잡아당긴 세륜은 그녀의 목덜미에 이를 박았다.

"아파! 어딜 물어!"

"아주 사람 속을 뒤집어놓는 데는 선수다!"

세륜은 목덜미를 손으로 감싸고 아프다고 징징대는 연수를 데리고 주차장으로 향했다.

금방 도착한다는 대리기사의 말에 약하게 히터를 튼 세륜은 뒷좌석으로 옮겨 탔다. 먼저 뒷좌석에 타 있었던 연수가 담요로 다리를 감싼 걸 보고 그는 마뜩잖은 시선을 했다.

"자꾸 그렇게 볼 거면 나 집에 갈래."

"예뻐서 그런다. 보지도 못하게 할 거면 왜 그러고 나와?"

"진세륜, 짜증나. 그냥 예쁘다고 하면 될 거 가지고."

"하연수, 짜증나."

연수의 어투를 따라한 세륜은 상체를 그녀 쪽으로 빼고서는 카디건 앞자락을 쭉 잡아당겼다. 그리곤 벌어진 사이로 시선을 내려 안에 입은 원피스를 살폈다.

"이거 원래 이렇게 야했냐? 그거 맞지? 누나랑 가서 산 거."

육아 스트레스를 풀어야겠다고 지난 주말에 세륜의 누나인 세인이 연수의 집에 습격했다. 연수의 집에서 자고 있었던 세륜은 누나 때문에 연수에게 버림받았고, 그것 때문에 주말에 싸웠었다.

지금 생각해 보면 그냥 잠깐 누나랑 외출했다가 오는 거였으니 자던 잠이나 마저 자면서 기다렸으면 그만이었다. 그런데 그때는 연수가 자신을 버리고 가는 듯한 느낌에 사로잡혀 기다리지도 않고 집으로 돌아갔다. 시간이 조금 지나고 언니가 옷을 사줬다고 사진을 찍어서 보내줬는데 '나 없이 아주 신났구나' 하며 시비를 걸다가 전화로 연수와 싸웠었다.

"꼭 그렇게 봐야 해? 옷 늘어나."

"내가 속옷을 보는 것도 아니고."

치사해서 더는 안 본다고 손을 떼고 물러난 세륜이 멀찍이 떨어졌다. 연수는 입술을 삐죽이다가 그의 옆으로 엉덩이를 붙였다.

"떨어져."

"추워."

세륜의 한쪽 허벅지 위에 다리 하나를 올린 연수가 그의 가슴에 머리를 기댔다. 나란히 앉으면 연수는 꼭 다리 하나를 세륜의 한쪽 다리 위에 올렸다. 연수의 버릇이었고, 세륜은 그것에 익숙했다. 어느새 그의 커다란 손이 담요 속으로 들어가 연수의 무릎을 쥐고 부드럽게 다리를 매만졌다.

"다리 차가운 거 봐라."

종아리까지 내려간 손이 온기를 나눠 주고 다시 올라와 허벅지를 더듬었다. 성적인 욕망이 담긴 행동이기보다는 서로의 온기를 나눠 갖고 가까이 느끼고 싶은 행동에 가까웠다.

잠시 뒤 대리운전기사가 왔다. 그들은 집이 아닌 한준의 BAR로 향했다.

영업이 한창인 BAR는 손님들로 가득했다. 조도가 낮은 조명에 잔잔한 재즈가 흐르는 이 BAR는 톱 연예인이 찾기도 하는 곳으로, 회원제로 운영이 되고 있다.

이곳의 사장인 서한준.

그는 재벌가의 사생아, 혹은 집안에서 내놓은 자식이라는 수식어를 갖고 있었다. 하지만 온갖 특혜를 다 받고 누릴 거는 다 누리는 엄연한 재벌가 사람이었다.

BAR 안으로 들어서자 한준의 직원이 세륜을 알아보고 바로 한쪽을 공손한 손짓으로 가리켰다. 그곳에는 한준과 여환, 진우가 있었다.

박여환. 이들 중 가장 위험한 인물로 꼽을 수 있다. 그의 부친은 조직의 거물이었고, 하는 일이 꽤 위험한 것으로 알려져 있었다.

정진우. 한때는 잘나가는 사업가의 아들로 방탕한 생활을 했는데, 집안이 망하면서 정신을 차린 케이스다.

마지막으로 진세륜. 재벌까지는 아니지만, 준재벌의 집안으로 볼 수가 있다. 집안 사업은 그의 형이 물려받을 예정이다. 세륜은 형 밑에서 잔소리를 들어가며 일하기 싫다는 이유로 독립을 했고, 보란 듯이 스스로의 힘으로 대기업에 입사를 했다.

이 네 남자는 학창 시절부터 우정을 이어오고 있었다.

"어라? 하연수, 오랜만이네."

가장 먼저 그들을 발견한 여환이 인사를 해왔다. 진우가 재빨리 일어나 여환의 옆으로 옮겨갔고, 빈자리에 세륜이 인사도 없이 앉았다. 그리고 그 옆으로 연수가 자리했다.

"응. 안녕."

가장 가까이하기 싫은 사람은 당연히 여환이다. 집안이 위험하기도 했지만, 여환이 그리 올곧은 성품과 깨끗한 인격을 가지고 있지 않기 때문이었다. 그건 한준도 마찬가지였다. 여환과 가장 많이 어울려 다니는 그도 손대지 말아야 할 물건에 손을 댄다는 소문이 있다. 그리고 그 물건을 조달하는 게 여환이라는 이야기가 떠돌고 있었다.

연수는 오래전 이것에 관해서 세륜에게 물었다. 그는 단지 소문일 뿐이라고, 그 정도로 막 나가는 애들이 아니라고 했었다.

그럼에도 연수는 세륜이 이들과 친한 게 가장 마음에 들지 않았다.

"연수는 아직도 우리가 싫은가 봐."

여환이 빙글빙글 웃으며 말했다. 연수는 어깨를 으쓱이고 세륜의 팔에 얼굴을 기댔다.

가벼운 근황 이야기를 하고 네 남자는 술을 마시기 시작했다. 연수는 도수가 낮은 알코올을 홀짝였고, 세륜은 그녀가 심심해하지 않는지 가끔씩 고개를 돌려 확인했다.

"너네 볼 때마다 하는 말이지만, 진짜 오래 사긴다."

"난 둘이 사귀는 것 자체가 신기했어."

"난 연수가 세륜이를 몇 번이고 찼다는 게 신기해. 이 자식이 매달린 여자가 하연수라니."

여환, 진우, 한준의 연이은 말에 세륜은 타격을 받기는커녕, 콧방귀를 뀌었다. 반면 연수는 마지막 한준의 말에 기분이 팍 상했다.

"아직도 너 좋아하는 애들 많다. 유리가 네 안부 물어보더라."

여환이 또 빙글빙글 웃으며 연수의 심기를 건드렸다.

손유리. 그들이 고등학생 때 어울렸던 여자 아이들 중 하나로 세륜과 사귀기도 했었다.

"박여환, 입 다물어."

세륜은 여환에게 인상을 쓰며 경고했다. 여환은 이 정도 했으면 연수의 기분을 충분히 상하게 했다고 생각을 했는지 더는 하지 않겠다는 뜻으로 싱긋 웃었다.

"연수는 왜 데려왔어. 오늘 우리끼리 화끈하게 놀아볼까 했는데."

한준까지 가세하자 세륜은 미련 없이 자리에서 일어났다. 연수의 팔을 잡아 일으킨 그는 친구들에게 여자들과 재미있게 놀고 나중에 보자고 손을 흔들어 인사한 뒤 BAR를 나왔다.

번화가라 대리운전기사가 금방 왔다. 세륜의 집으로 향하는 내내 연수는 뾰루퉁한 얼굴을 했다.

집에 도착하고 세륜은 연수의 카디건 단추를 풀며 입을 열었다.

"애들이 한두 번 그러는 것도 아닌데 신경 쓰지 마."

"그러니까 문제인 거지! 매번 사람 열통 터지게 하잖아! 걔들 마음에 안 들어."

세륜은 또 난감한 상황이 일어난 것에 피곤한 얼굴을 하고 소파로 향했다.

애들은 연수를 마음에 들어 하지 않고, 연수도 마찬가지였다.

여환은 왜 특출날 거 없는 애한테 빠져서 자신들을 등한시하냐고 불만을 토했고, 한준도 비슷한 불평을 했다. 그나마 진우가 여자 잘 만났다고 한다.

많은 여자들과 즐기고 어울리는 걸 추구하는 여환과 한준은 한 여자에 목을 매는 걸 우습게 여겼다. 워낙 주위에 예쁘고 잘난 여자들투성인 그들의 눈에 연수가 차지 않는 건, 연수에게는 미안하지만 이해가 갔다.

솔직히 자신도 연수를 만나기 전에 그들과 어울려 남들이 봤을 땐 방탕하다고 할 만한 생활을 했었다. 그것 때문에 연수가 계속 자신의 구애를 매몰차게 외면했었다.

예전에는 같이 어울렸는데 연수와 사귄 뒤로 파티나 모임과 같은 걸 다 빠졌으니 자신에게 불만이 쌓였다는 걸 잘 안다. 그런데 그걸 꼭 자신이 아닌 연수에게 풀어서 곤혹스러웠다.

연수에게 그들의 이미지가 꽤 나쁘게 박혀 있어서 잘 지내도 시원찮을 판국인데 매번 원수처럼 구니 같이 만나게 되면 중간에 낀 자신만 피곤해졌다.

친구들에 대해서 이러쿵저러쿵 이야기하는 걸 질색하는 세륜이 입을 꾹 다물자 연수는 물러났다. 그녀도 계속 이야기하면서 감정 상하기 싫었다.

"씻을래."

연수가 카디건을 벗고 욕실로 향하자 세륜이 소파에서 일어나 뒤따랐다.

"같이 씻어."

욕실 앞에서 연수를 잡아 세운 그는 실물로는 처음 본 원피스임에도 곧바로 지퍼를 찾아 내렸다. 능숙하게 연수의 옷을 벗기고 자신의 셔츠 단추를 끄르면서 세륜이 상체를 숙였다.

"오빠랑 키스할래?"

"자꾸 오빠래. 내가 생일 빠르거든?"

연수는 툴툴대면서도 세륜의 목에 팔을 감았다.

눈을 감자 따뜻하고 촉촉한 입술이 맞닿았다.

12년 전.

입학한 지 일주일이 채 지나기도 전에 무리가 나뉘었다. 본능적으로 자신들과 맞는 상대를 찾아 무리를 지은 학생들의 사이에서 큰 이슈는 자신들이 어쩌면 직면할 수 있는 것이었다.

바로 일진과 왕따.

그중에서 일진에 관한 이야기는 매 쉬는 시간마다 나왔다. 소위 잘나가는 무리에는 외모와 집안 배경이 뛰어난 애들이 꼭 섞여 있었기 때문이다.

연수가 입학한 학교에는 같은 학년의 일진들 중 그러한 애들이 몇 있었다.

"들었어? 한준이 오늘 바이크 타고 왔대!"

"진짜? 학주한테 안 걸렸대?"

"걸렸는데 그냥 말뿐이지 뭐. 걔를 누가 건드려?"

"그보다 너 그거 들었어? 손유리랑 진세륜. 둘이 키스하고 있는 걸 옆 반 반장이 봤대."

연수는 책상 서랍에서 책을 꺼내면서 옆자리에서 들리는 이야기에 귀를 기울였다. 그녀도 교내에 떠도는 소문에 적지 않은 흥미가 있었다.

누구와 누가 사귄다. 어떤 선배가 후배 누구를 찍었다더라.

가만히 앉아 있어도 소문은 다 들을 수 있었다.

"반장! 담임이 찾아."

2반의 반장인 연수는 부반장의 말에 자리에서 일어났다. 그녀는 교실을 나서다가 반대로 들어오던 누군가와 어깨가 부딪혔다.

"미안. 괜찮아?"

같은 반 남자아이가 미안한 얼굴을 하자 연수는 괜찮다고 옅게 웃고는 교실을 나갔다.

복도에는 뛰어다니는 학생들과 그들을 피해 다니는 학생들로 북적였다. 연수는 그 복도를 지나 1학년 교무실로 들어갔다. 문이 열려 있어서 그냥 들어간 그녀는 곧장 담임 선생님 앞으로 걸어갔다.

"아, 왔니. 이거 설문 조사인데 애들한테 나눠 주고 점심식사 끝나면 걷어와. 그리고 이거는 수업 시간에 볼 인쇄물. 이것도 나눠주고. 또, 어디 보자⋯⋯."

줄 것을 더 찾은 뒤 온 김에 다 가지고 가라는 선생님의 말에 연수는 속으로 저 많은 걸 어떻게 가지고 가나 걱정했다.

담임 선생님이 팔 가득 안겨주는 인쇄물을 들고 단정하게 인사를 한 그녀는 교무실 문으로 향했다. 그런데 들어올 때에는 열려 있던 문이 굳게 닫혀 있었다.

"열어줘?"

도움을 청할까 말까, 고민을 하는데 뒤에서 낮은 목소리가 들렸다. 변성기가 이미 지난 낮고 울림이 좋은 목소리를 따라 연수는 몸을 돌렸다. 그때 긴 팔이 뻗어지더니 문이 열렸다.

"고맙습니다."

명찰이 없어서 같은 학년인지 아닌지 애매해 연수는 그냥 말을 높였다. 뒤늦게 그녀는 시선을 올려 남자애의 얼굴을 봤다. 남자애는 눈을 살짝 내리깔았다가 뜨는 걸로 인사를 받았다.

연수는 학교에 이렇게 잘생긴 애가 있었나 싶었다. 그녀는 처음 보는 얼굴이라 선배라고 단정 지었다. 실상은 같은 학년의 얼굴도 다 모르고 있었으니 성급한 판단이었다.

"야, 조심해."

연수의 팔이 한쪽으로 기울어지면서 위에 차곡차곡 쌓여 있던 인쇄물이 쏟아질 뻔했다. 남자애가 잽싸게 그걸 잡아주며 주의를 주었다.

"아, 감사합니다."

"들어줄까?"

"아니요. 괜찮아요."

친절을 베푸는 남자애에게 고개를 숙였다가 든 연수는 교무실을 빠져나갔다.

학교에서 가장 만만한 게 있다면, 반장일 거다. 선생님들은 심부름을 시킬 때, 귀찮은 일을 다 떠넘길 때에 반장을 찾았다. 반 아이들은 선생님께 자신들의 의견을 피력할 때, 대표로 잔소리를 들어야 할 사람이 필요할 때, 앞장설 리더가 필요할 때 반장을 찾았다.

중학생 때에도 반장을 도맡아했지만, 고등학생 때에 하는 반장은 더 귀찮고 힘들다는 걸 연수는 몸소 체험 중이었다.

교무실 안으로 들어간 연수는 담임 선생님께로 걸어갔다.

"선생님, 절 찾으셨다고요."

"어, 그래. 연수야. 정화 수업에 들어왔니?"

"아니요. 등교는 한 것 같아요."

2반의 문제아 김정화. 그녀뿐만 아니더라도 그 무리의 모든 학생들 때문에 선생님들이 골머리를 썩고 있었다. 정화는 날이 갈수록 문제를 일으키는 횟수와 수업에 참여하는 시간이 반비례하고 있었다.

"네가 반장이니까 그 애 좀 잘 다독여서 수업에 데리고 들어가."

"······제가요?"

"그래. 네가 반장이니까."

2반의 담임인 문효덕은 아침 회의 시간에 교장과 교감으로부터 간곡한 부탁이 담긴 당부를 받았다. 그뿐만이 아니라 반에 문제아가 있는 모든 선생님들이 똑같은 당부를 받았다.

수업을 빼먹고 저희들끼리 모여서 사고를 칠 궁리만 하는 애들을 어떻게 해서든 수업에 참여시키라는 당부에 해당되는 선생님들은 깊은 한숨을 내쉬었다.

어른들의 말이라면 무조건 눈빛부터 달리해서 듣는 애들이니 동급생이 설득하는 게 더 낫지 않겠냐고 자기들끼리 따로 회의를 했었다. 그 이면에는 귀찮은 걸 떠넘기고 잘못되면 슬그머니 발을 뺄 생각이 담겨 있었다.

"정화가 어디에 있는지 저는 잘 모르는데요."

"옥상이나 양호실, 아니면 체육 창고나 음악실 같은 곳에 있을 거다."

장소가 다 교내이기는 하지만 광범위했다. 연수는 언제 그곳들을 다 훑어보고 정화를 찾아서 수업에 데리고 가나 싶었다.

"선생님, 곧 수업이 시작되는데요."

"무슨 수업이지? 어디 보자……. 영어구나. 내가 구 선생님께 말씀드려 놓을 테니까 정화 찾아서 들어가."

싫다는 말이 목까지 차올랐지만, 연수는 단정하게 인사를 하고 교무실을 나왔다.

"옥상은 출입 금지 구역 아닌가? 일단 양호실부터 가야겠다."

혼자서 중얼거리는 사이 수업 시작을 알리는 종소리가 울렸다. 마음이 급해진 연수는 걸음을 빨리했다.

안타깝게도 양호실에는 선생님 혼자 계셨다. 연수는 그다음 목적지로 체육 창고를 정했다. 하지만 그곳에도 정화는 없었다.

연수는 고민을 하다가 음악실로 향했는데, 근처에 도착했을 때 수업 중인지 음악 선생님의 목소리가 들렸다. 수업 중인 음악실에 정화가 있을 리가 없었다.

"진짜 옥상으로 가야 하나."

위로 향하는 계단 앞에 서서 한숨을 내쉰 연수는 차근차근 계단을 밟아 올라갔다.

잠겨 있겠지 싶어서 대충 손잡이를 돌리고 팔에 힘을 줬는데 문이 벌컥 열렸다.

"악! 씹! 뭐야! 어떤 새끼…… 시팔! 너 뭐야!"

문이 열리자마자 쏟아지는 욕설에 연수의 눈이 화등잔만 해졌다. 그녀는 놀라서 소리를 지를 뻔한 걸 손으로 입을 막아 간신히 참았다.

　"죄송합니다. 다쳤어요?"

　"넌 이게 멀쩡해 보여? 너 누구야? 몇 학년 몇 반이야! 젠장할! 아, 씹."

　이마를 부여잡고 고래고래 소리를 지르는 남자애의 뒤로 노랗게 탈색을 한 남자애가 모습을 드러냈다.

　"박여환 머리통 깨졌나 보다."

　"시팔."

　욕이 입에 붙은 남자애가 마침내 이마에서 손을 떼고 본격적으로 연수를 노려보기 시작했다.

　연수는 박여환이라는 남자애를 살짝 겁에 질린 눈으로 쳐다봤다. 그녀도 여환에 대해서 잘 알고 있었다.

　학교의 최고 문제아 박여환. 입학식 날 검은색 리무진을 타고 당당하게 등교를 했었고, 보디가드를 데리고 다니는 조직 간부의 아들. 소문에는 그의 부친이 조직의 차기 보스라고 했다.

　연수는 그가 자신과 동갑이라는 걸 상기하고 입술을 달싹였다.

　"미안. 고의는 아니었어."

　"고의였으면 넌 죽었지!"

　몇 차례 더 욕설을 남발한 여환의 어깨에 팔을 걸친 남자애가 연수를 뚫어져라 쳐다봤다.

　"여기 올 애는 아닌 것 같은데."

"서한준. 팔 치워라."

여환이 어깨를 흔들어 한준의 팔을 떨쳐 냈다. 연수는 한준의 이름을 듣고 곧장 그의 프로필을 떠올렸다.

여환과 어울리는 왕자님. 사생아라고는 해도 본가에 들어갔으니 배경은 왕자님인데, 하는 짓은 개차반이라는 서한준.

연수는 그들의 얼굴을 머릿속에 담았다. 다음부터는 피해가야겠다는 생각을 하며 정화가 있는지에 대한 여부를 물었다.

"혹시 김정화 여기 없어?"

"김정화라면 아까 거기 간다고 했는데."

갑자기 들리는 다른 목소리에 연수는 고개를 돌렸다.

"어?"

연수의 입에서 의문이라기보다는 애매하게 알고 있는 상대를 갑자기 만났을 때 내는 소리가 나왔다. 그녀는 정신을 차린 뒤 안면이 있는 남자애에게 물었다.

"거기가 어디예요?"

"와, 뭐냐. 너 왜 우리한테는 말을 까고, 애한테는 말 높이냐."

여환이 황당하다는 표정을 지으며 말하자 연수는 남자애의 옷을 살폈다. 하지만 이번에도 명찰은 없었다.

"1학년…… 이야?"

"너, 애 몰라? 설마 우리도 모르나?"

연수는 천천히 고개를 끄덕였다.

여환은 뭔지 모르게 기분이 상한 얼굴을 했고, 한준은 묘한 웃음을 지었으며, 마지막 남자애는 무덤덤한 얼굴을 했다.

"가자. 어딘지 알려줄게."

"뭐? 야! 진세륜, 어딜 가?"

연수의 눈이 살짝 커졌다.

진세륜. 집안이 호텔 사업을 하고 있고, 비교적 사고를 많이 치지는 않지만 싸움 현장에 몇 번 같이 있었다고 했다.

세륜은 한준과 여환을 지나 연수의 옆도 지나쳤다. 연수는 어떻게 해야 하나 고민을 하다가 이곳에 정화가 없다고 했으니 물러나기로 했다.

"아까는 미안했어."

여환에게 사과를 한 그녀는 세륜이 내려간 계단을 따라 내려갔다.

수업에 들어가려면 층을 더 내려가야 하는데 세륜이 연수를 불렀다.

"야, 어디 가. 김정화 여기 있을 텐데."

"으응? 아…… 응."

따라오라는 고갯짓에 연수는 복도로 나갔다. 사용하지 않는 교실이 있는 층이었다. 이곳에 처음으로 와본 연수는 멈칫멈칫하며 세륜을 따라갔다. 그는 가장 끝에 있는 교실의 문을 열고 들어갔다.

"세륜아! 나 보러 왔어?"

하이톤의 목소리가 들렸다. 발소리가 들리는가 싶더니 예쁘장한 여자애가 세륜에게 안겨들었다.

연수는 두 사람의 포옹에 눈을 휘둥그레 떴다.

"뭐야? 얘는 뭔데?"

여자애가 사납게 눈을 치뜨고 세륜이 아닌 연수에게 물었다. 연수는 뭐라고 대답을 해야 하나 고민을 했는데 세륜이 대신 대답했다.

"김정화 찾으러 왔다는데."

"정화? 야, 김정화!"

"왜?"

여자애의 부름에 정화가 나왔다. 그녀는 자신의 반 반장인 연수가 찾으러 온 것을 확인하고 짜증을 냈다.

"뭐야. 반장, 설마 나 찾으러 왔어?"

"아, 너네 반 반장이야? 너 수업 들어가라. 나 세륜이랑 둘이 놀래."

유리는 정화의 등을 떠밀고 세륜의 팔에 팔짱을 꼈다. 정화는 얼굴을 찌푸리더니 유리에게는 대들지 못하고 발을 쾅쾅 굴러 멀어져 갔다.

"아, 고마워."

연수는 그들을 보지 않은 채 인사를 남기고 정화를 잡으러 걸음을 옮겼다.

수업에 들어가기 싫다는 정화를 달래서 반으로 돌아온 연수는 뒤늦게 깨달았다. 진세륜을 처음 본 곳이 1학년 교무실이었다. 그러니 1학년일 가능성이 크다는 걸 그제야 생각했다.

그날 이후로 연수는 정화를 찾으러 몇 번 교내를 휘저었고, 그

때마다 간간이 세륜의 도움 아닌 도움을 받았었다.

물론 여환과 한준이와 마주친 적이 있었다. 여환인 옥상에서 연수가 여는 문에 맞았던 일 때문인지 노골적으로 그녀를 비아냥댔다.

2학년이 되면서 정화와는 반이 갈렸고, 다행히 연수의 반에 문제아가 없었다. 그리고 3학년 때에도 학급 분위기를 해치는 학생이 없었다.

연수는 내리 반장을 할 정도로 모범생 그룹이었고, 정반대로 세륜은 일진이었다. 그러니 마주칠 일이 전혀 없었다.

연수는 동급생들이 전해주는 소문으로 세륜의 이야기를 들었다. 문제아들이 모여서 무슨 사고를 쳤는데 진세륜도 껴 있었다가 8할이었고, 나머지는 손유리와의 이야기였다.

친구들이 전해주는 여러 이야기들을 조합한 연수는 세륜이 나서서 사고를 치는 성격은 아니라는 걸 알게 되었다. 그렇다고 해서 그가 착하다는 건 아니었다. 어쨌든 친구들이 사고를 칠 때 방관하고 슬쩍 껐으니 말이다.

그녀가 진세륜의 이야기에 더 귀를 기울인 것은 그가 내키면 도움을 줬었기 때문이었다.

그래서 연수는 세륜을 이렇게 정의를 내렸다.

나쁜 무리의 가장 착한 사람이라고.

세륜은 스펀지로 연수의 몸에 비누칠을 한 뒤 물을 틀었다. 비눗물을 다 씻어내면서 그는 연수의 표정을 살폈다.

"무슨 생각해?"

"우리 처음 봤던 날."

"그건 왜?"

"그냥. 오랜만에 애들 봐서인지 생각이 났어."

"……별로 좋은 과거 회상이 아닌 것 같은데."

세륜은 들고 있던 샤워기를 위에 꽂고 연수의 가슴을 쥐었다. 벽에 그녀를 밀어놓고 쓸데없는 생각은 하지 말라는 듯 다른 감각을 키웠다. 세륜의 또 다른 손이 아래로 내려가 음모를 헤집었다.

"아아, 하웅……!"

클리토리스를 찾아 문지르고 자극을 주자 연수가 파르르 몸을 떨었다. 자연스럽게 갈라지는 다리 한쪽을 자신의 허리에 감은 세륜은 촉촉하게 젖은 여성 안으로 남성을 가져갔다.

귀두가 쓱 안으로 밀려들어 갔다. 여성이 조였다가 풀리면서 더 들어오라고 유혹을 했다. 콘돔을 하지 않아서 적나라하고 노골적으로 느껴지는 속살에 세륜이 몸서리를 쳤다.

연수는 그의 등을 감싸 안았다. 요동을 치는 등 근육을 훑은 손이 허리 아래로 내려갔다. 그녀가 더 깊이 들어오라고 그의 엉덩이를 끌어당겼다.

"크윽! 연수야."

반쯤 들어간 페니스를 자궁 끝까지 밀어 넣은 세륜이 진정하라

고 연수를 불렀다. 남자를 자신의 몸 안에 가둔 그녀는 짙은 충만
감과 희열에 차 가는 신음을 흘렸다.

"세륜아…… 빨리!"

연수의 재촉에 그가 허리를 움직였다. 작게 피스톤 운동을 하면
서 여성 안에서만 움직였다. 허리를 돌리면서 곳곳을 찌르자 연수
가 엉덩이를 들썩이면서 반응을 보였다.

세륜은 연수의 다른 다리도 팔 위에 올렸다. 그녀가 벽에 완전
히 등을 기대면서 그의 어깨를 꽉 부여잡았다.

"잘 매달려 봐."

짧은 경고를 한 세륜은 움직임을 키웠다. 거의 끝까지 빠져나갔
다가 한번에 꿰뚫고 들어가는 걸 반복했다. 여성 전체에 자극이
가자 연수가 자지러지면서 세륜의 이름을 소리 높여 불렀다.

"핫…… 하으응…… 세륜아…… 하앙!"

남성을 감싸는 주름을 만끽하면서 그는 빠르게 움직였다. 축축
한 애액이 계속해서 흘러나와 남성을 적셨다. 세륜은 여성이 자신
을 꽉 쥐는 느낌에 취해 눈을 지그시 감고 움직이는 데에만 집중
했다.

앞뒤로 움직이고, 오른쪽으로 돌리고, 다른 각도로 찌르고 들어
가는 걸 반복하자 여성이 더 바짝 조여들었다.

"하연수. 연수야."

잔뜩 가라앉아 음탕하게 자신의 이름을 부르는 허스키한 목소
리에 연수는 몸이 따끔거렸다. 그의 몸 말고도 그의 숨이, 그의 목
소리가 다 살갗을 스치면서 자극했다.

"륜아…… 아앙……."

여성 안이 뜨거워졌다. 그 뜨거움은 세륜의 이성마저 태워 재로 만들어 버렸다. 오로지 본능만이 남은 그는 거칠게 연수를 몰아붙였다.

상체로 연수의 몸을 짓누른 그는 엉덩이에 바짝 힘을 주고 허리를 놀렸다. 젖은 소리와 함께 허벅지끼리 부딪히는 소리가 커졌다.

부르르 몸을 떨면서 전율하는 연수가 높은 교성을 내질렀다. 쾌감에 젖어든 여체가 허물어지자 세륜은 허리에 둘러진 다리를 내리고 제 것을 빼냈다.

"뒤로 돌아."

아직 자신은 끝나지 않으니 협조하라는 투로 그가 연수의 몸을 돌렸다. 벽을 짚고 간신히 선 그녀의 다리를 벌리고 세륜은 단번에 페니스를 삽입을 했다.

세륜이 찌르고 들어오자 연수는 다시 흥분했다. 끝나지 않은 절정이 그녀 스스로 엉덩이를 움직이게 했다. 세륜은 자신의 움직임에 맞춰서 엉덩이를 흔들자 잘하고 있다는 듯 그녀의 어깨에 입을 맞췄다.

"흐응, 세륜아…… 아아아! 흐읏!"

남성을 계속 조였다 풀던 여성이 페니스를 끊어낼 듯 강하게 조였다.

"크읏! 할 것 같아!"

허리를 들썩거리던 세륜은 연수의 몸 안에서 쑥 빠져나가 우웃

빛 정액을 토해냈다. 울컥울컥 나온 정액이 연수의 몸에 뿌려졌다. 그리고 엉덩이 골에 묻은 정액이 부드러운 곡선을 타고 흘러내렸다.

3. 연인이 타인처럼 느껴질 때

회의 때 거론되었던 이야기가 쏙 들어갔다. 그리고 연수와 화해를 해서 세륜은 마음이 편안했다. 이처럼 연수와 싸우지 않은 날은 일이 잘 풀리면서 하루가 평화로웠다.

"진 대리님. 오늘 데이트하세요?"

연수를 소개시키고 난 뒤로 세륜은 다른 의미로 귀찮아졌다. 사람들이 돌아가면서 그가 휴대폰을 꺼내면 애인한테 전화하는 거냐고 물었고, 퇴근을 하면 애인 만나러 가냐고 물었다.

이제 막 연애를 시작한 것도 아니고, 6년이라는 긴 시간 연애를 하는 자신들에게 뭐가 그리도 궁금한 것인지 세륜은 못마땅했다.

그리고 가장 못마땅한 것은 그걸 묻는 사람이 대부분이 강이호 주임이라는 거였다.

"신경 끄시죠."

'아닙니다'로 대답을 일관하던 세륜은 결국 못 견디고 쏘아붙였다. 그런데도 강 주임은 비실비실 심기 거슬리는 웃음을 지으면서 계속 연수의 이야기를 꺼냈다.

"애인이 아주, 와. 6년을 사귈 만하던데요."

세륜은 얼굴을 굳히고 강 주임을 노려봤다. 비뚜름하게 입매를 휜 그가 을씨년스러운 목소리로 말했다.

"앞으로 제 애인 이야기는 그만하죠. 봐주는 것도 한계가 있습니다."

"봐줘? 무슨 말을 그렇게⋯⋯."

"강 주임! 이만 퇴근하지?"

서범기 과장이 말을 끊어내며 경고를 주자 이호는 그제야 사무실 안이라는 걸 상기했다. 그는 붉으락푸르락해진 얼굴로 먼저 퇴근한다는 인사를 하고 사무실을 나갔다.

"진 대리님, 참으세요. 강 주임님 최근에 썸 타던 여자분과 잘 안 됐대요."

"그래서? 실연당한 거랑 나랑 무슨 상관인데."

대영이 알면서 왜 그러냐는 시선으로 하하하, 호탕하게 웃었다. 그는 퇴근하는 세륜의 뒤를 따라가며 강 주임을 변호했다.

"진 대리님 부러워서 그러시는 거죠. 그냥 불쌍하게 여기세요. 그보다 저도 그때 보고 엄청 감탄했어요. 6년이면 대학생 때부터 만나신 건가요? CC?"

"같은 과는 아니었어."

세륜은 대영이 순수하게 궁금해하자 순순히 대답을 했다. 자기의 연애사를 남에게 이야기해 본 적은 처음이라 세륜은 겸연쩍었다.

"그럼 어떻게 만나셨어요? 소개팅?"

"소개팅 자리에서 보기는 했는데, 같은 고등학교를 졸업해서 알던 사이였어."

"그럼 고등학교 동창생을 대학 가서 소개팅으로 만난 거예요?"

"음."

그 대답을 끝으로 세륜은 더는 입을 열지 않았다. 대영도 눈치껏 그 이상 묻지 않았다.

세륜은 오랜만에 본가로 향했다. 조카의 생일이라 다 같이 모여서 생일파티도 하고 식사를 하기로 했다.

주차를 하고 차에서 내린 그는 뒷좌석에 실린 쇼핑백들을 꺼냈다. 지난 주말에 연수에게 코트를 사주면서 조카 선물까지 샀다. 연수가 전해달라고 한 선물들까지 포함해 손에 가득 쇼핑백을 든 그는 간신히 초인종을 눌렀다.

변함없이 잘 가꿔진 정원을 지나 현관 앞에 도착한 그는 문을 열고 기다리고 있는 누나, 세인과 마주쳤다.

"웬일로 마중?"

"연수가 네 손에 우리 서림이 선물 보낸다고 해서."

네가 양손 가득 들고 올 선물을 기다렸다고 말하는 누나에게 실소를 흘린 세륜은 집 안으로 들어섰다.

　"저 왔습니다."

　세륜은 부친 진경국, 모친 성주연, 형 진세훈, 형수님 강제희, 매형 이형진에게 한꺼번에 인사를 했다. 그리고 자신을 보고 달려오는 형의 아들이자 큰 조카인 석훈을 안아 들었다.

　"삼촌!"

　애교를 부리는 석훈의 머리를 쓰다듬고 바닥에 내려준 그는 매형의 품에 안겨 있는 서림에게 눈길을 돌렸다. 어렸을 때 낯을 가렸던 석훈이와는 달리 서림은 오랜만에 본 외삼촌에게 방긋방긋 잘도 웃어 보였다.

　"이건 다 뭐니?"

　성 여사가 막내아들의 손에 들린 쇼핑백을 보고 물었다.

　"연수가요. 오늘 일 때문에 못 와서 죄송하다고."

　"얘는 참. 낮에 전화했으면 됐지 뭘."

　말은 그렇게 하면서도 성 여사는 기분 좋아했다. 세륜은 연수가 전화했다는 말에 한쪽 눈썹을 끌어 올렸다.

　"연수가 전화했어요?"

　"응. 바빠서 못 온다고."

　세륜은 모친 모르게 가슴을 쓸어내렸다.

　연수는 이런 일에 있어서 무심했다. 사람들과 어울리는 것 자체를 어려워하는 연수는 타인에게 무관심한 면이 있었다. 그래서 본의 아니게 오해를 사는 경우도 있었다. 아니, 솔직히 말하자면 성격이 가히 좋지는 않다. 더 솔직하게 말하자면 개인주의가 강하고 조금 못돼먹었다.

몇 번이고 귀에 대고 집에 전화하라고 말하길 잘했다고 생각한 세륜은 세인의 말을 듣고 콧잔등에 주름을 잡았다.

"이거는 엄마가 좋아하는 육포네. 엄마가 견과류 들어간 육포 맛있다고 했었잖아. 이건 아빠 비타민제인가? 아빠, 비타민 다 떨어지지 않았어? 너 여자 잘 만났어. 이런 거 기억하고 챙기는 거 보면 연수가 진짜 착하고 됨됨이가 좋아."

세륜은 육포는 연수가 고른 거 맞지만, 비타민제는 자신이 골랐다고 말을 하려다 말았다. 그리고 그는 연수가 착하다는 말을 반박하고 싶었지만 참았다.

"걔 은근 고약한데."

혼자 중얼거린 세륜은 왜 연수가 착하지만은 않은지 하나하나 속으로 꼽았다.

손유리를 피해서 옥상에 있을 때였다. 은근히 한준을 무서워하는 유리는 이곳에 출입하는 걸 꺼려했다. 그래서 느긋하게 시간을 죽일 수 있었다.

"손유리가 펄쩍 뛰던데."

"왜."

여환이 정녕 모르냐는 시선을 던졌다. 옆에서 담배를 물고 있던 한준이 키득키득 웃더니 여환을 대신해 설명했다.

"2반 반장. 요즘 김정화 찾는 게 걔 임무라며."

"그런데."

굳이 2반 반장뿐만이 아니라 수업에 들어가지 않는 학생이 있는 반의 모든 반장들이 비슷한 임무를 맡았다. 그들 중 자신들의 반장은 일찌감치 포기를 했다.

"김정화 찾을 때마다 네가 같이 왔다고 손유리가 2반 반장 가만두지 않을 기세던데."

"……."

한준의 말에 세륜의 이마가 미미하게 찌푸려졌다. 여환은 행여나 2반 반장 편들어서 유리를 자극하지 말고 가만히 있으라고 했다가 문으로 자신의 이마를 친 걸 떠올리고는 이를 갈았다. 그러더니 자신의 이마에 멍이 들게 한 2반 반장의 이름을 모르고 있다는 걸 뒤늦게 깨닫고는 물었다.

"걔 이름이 뭐였더라? 하, 뭐였는데."

"하연수."

연수의 이름이 한준의 입에서 나왔다. 여환은 '아, 그랬지' 하는 태도를 보였고, 세륜은 한준이 연수의 이름을 정확하게 기억을 하고 있다는 것에 놀랐다. 알고 있는 여자애들도 자주 보는 게 아니면 헷갈려 해서 이름을 바꿔 부르는 게 한준의 못된 약점이었다.

"이름도 촌스럽네. 교복 입은 거 봐라. 펑퍼짐해 가지고."

"얼굴이 예쁘질 않은데 교복 죽여 입는다ㄱ 뭐가 달라지겠나."

묵묵히 두 사람의 이야기를 듣고 있던 세륜이 고개를 기울였다.

"예쁘던데."

"응?"

"뭐?"

자신들의 의견에 반하는 말을 하는 세륜에게로 여환과 한준이 동시에 고개를 돌렸다.

"설마 하연수가 예쁘다는 말은 아니지?"

"설마. 손유리가 여친인데."

손유리의 이야기가 나오자 세륜의 미간이 꿈틀거렸다.

여자 친구인 건 부인하지는 않겠지만, 그렇다고 자기 입으로 여자 친구라고 떠벌리고 싶지는 않다. 사귀게 된 것도 유리가 막무가내로 사귀자고 해서 만나게 된 거였다. 귀찮은 여자들 알아서 떨어트려 주고 하니 편해서 옆에 두기는 했지만, 그녀에 대한 애정이 크지는 않았다.

가끔 귀찮게 하지만 않으면 참 좋으련만.

세륜은 여환과 한준이 너 시력에 문제가 있는 것 같다고 호들갑을 떨자 자리에서 일어났다.

"어디 가?"

"잠자러. 음악실에 간다."

혼자 있고 싶다는 세륜의 말에 여환과 한준은 그를 잡거나 따라가지 않았다.

빈 음악실로 들어온 세륜은 맨 뒤의 구석진 자리에 벌러덩 누웠다. 잠깐 눈 좀 붙여야지 했는데 드르륵 문이 열리는 소리가 났다.

"우리 본 거 아니야?"

"몰라. 아 짜증나. 우리가 왜 걔를 피해 다녀야 해?"

문이 다시 닫히고 불평 어린 소리가 들렸다. 세륜은 유리와 정화의 목소리임을 확인하고 미간을 접었다. 그는 숨소리마저 죽였다.

"안 되겠다. 쟤 진짜 가만 안 둬. 야, 애들 불러."

"쟤 꼴통이라 건드리지 않는 게 좋을걸?"

"왜? 짜증나잖아. 확 밟아줘야겠어."

"세륜이 때문이 아니고?"

"죽을래? 우리 세륜이를 어디다가 갖다 붙여?"

유리가 진심으로 짜증을 내자 정화는 우물쭈물 말을 흐렸다. 유리는 상대도 되지 않는다고 펄쩍 뛰더니 한번 밟자고 난리를 쳤다. 정화는 그녀의 흥분을 가라앉힌 뒤 연수에 대해 이야기를 꺼냈다.

"쟤 중학생 때에도 반장이었대. 반에 왕따랑 괴롭히는 애들이 있었는데 선생님들이 다 모르는 체했다는 거야. 한참 뒤에 왕따당하던 애가 가출하면서 문제가 커졌는데, 담임이 쟤를 불러다 반장이 반을 제대로 통솔하지 못해서라고 혼을 내니까 제대로 일 저질렀다잖아."

"뭘 어떻게 했는데?"

"정식으로 학교에 왕따당하는 애랑 괴롭히는 애들 이름 적어서 제출하고 징계위원회 열어야 한다고 건의했대. 더불어 걔들 부모님께 다 직접 연락하고 교육청에두 고발하겠다고 했대. 그 일로 학교가 발칵 뒤집어졌다더라. 교장, 교감이 그 반 담임이랑 하연수 불러다가 물었는데, 자기는 담임 선생님 말대로 반장으로서 할 일을 한 거라고 하면서 담임 물 먹였다더라."

"진짜?"

"응. 걔는 자기가 왕따당하면 방송국에 제보할 애야."

정화의 말이 끝나자마자 드르륵 문이 열렸다.

"엄마야!"

"아 씨, 누구야?"

갑자기 열린 문에 기겁을 한 정화와 유리가 버럭 화를 냈다. 문을 연 사람은 연수였다. 그녀의 이야기를 하고 있었던 유리와 정화는 순간 꿀 먹은 벙어리가 되었다.

"김정화. 나 더는 수업 빼먹으면서 너 찾아다니고 싶지 않거든?"

"누, 누가 찾아다니래?"

연수의 목소리에 사람 기를 죽이는 묘한 카리스마가 있었다.

"싫으면 네가 전학을 가든가. 하다못해 다른 반으로 옮겨달라고 하든가. 너네 집 돈이면 충분히 할 수 있잖아. 아니면 내가 네 부모님께 말씀드릴까?"

"미, 미쳤어?"

수업에 빠지는 걸 부모님들이 알고는 있지만, 대놓고 누가 말을 전하는 것과는 차원이 달랐다.

"10분 전에 수입 종 쳤어."

"갈 거야! 진짜 재수 없어."

정화에 이어 유리도 연수의 면전에 대고 욕을 중얼거리면서 음악실을 나갔다. 어느새 음악실에는 연수와 세륜만이 남았다. 곧이어 연수도 음악실을 나갔다.

세륜은 잠이 달아난 얼굴로 일어나 앉았다. 그는 홀로 연수의 의외의 면을 알게 된 것에 얼떨떨했고, 한편으로는 속으로 그녀에게 감탄했다.

그 일이 있은 뒤로 연수에게 시선이 자주 갔다. 그러다 보니 그녀의 색다른 면을 더 발견하게 되었다. 대부분이 크게 칭찬을 할 만한 면은 아니었다.

주위에 애들이 많았다. 반장이라서인지 그 비슷한 애들이 주로 있었는데, 연수는 선을 긋고 대하는 것 같았다.

누군가에게 무슨 부탁을 받으면 들어주되 나중에 꼭 돌려줬다. 똑같이, 혹은 받은 것보다 더 크게.

부탁을 다 들어주는 것 같으면서도 혼자 하려고 하지 않았다. 가만 보면 부탁을 한 애도 끼어서 같이 하고 있었다.

학급 일을 도맡아 하는 것 같지만 자세히 보면 모두가 다 동참하고 있었고, 오히려 연수가 요령껏 피해가고 있었다.

운동회 날, 연수가 선생님이 자기에게 시키신 일과 반장으로서 해야 하는 다른 일들을 일일이 나열하는 걸 보게 되었다. 지나가다 그녀의 목소리에 멈춰 서서 들으면서 반장이 원래 일이 이렇게 많은 건가, 하는 생각을 했다.

꽤 바빠 보이는 연수가 도와달라고 할까 봐 다들 몸을 사렸다.

애들이 알아서 운동회 준비를 하고 각종 준비물을 챙겨서 응원과 경기를 하겠다고 하자 연수는 그럼 자신은 잠깐 교실로 올라가서 일을 마치고 오겠다고 했다.

햇볕이 쨍쨍 내리쬐는 게 덥기도 했고, 연수를 구경하는 재미가 있었던 때라 몰래 뒤따라갔다. 멀찍이 떨어져서 가다가 연수의 반 창문 앞에서 조심스럽게 안을 들여다봤다.

연수는 쉬고 있었다. 그것도 아주 편안하게 책상에 엎드려서.

처음에는 아픈 건가 걱정이 되었다. 그런데 그녀가 모로 고개를 돌렸을 때 귀에 꽂아진 이어폰과 느슨하게 늘어난 입매를 발견했다. 황당하게도 연수는 땡볕 아래에서 응원하고 경기하는 애들을 뒤로한 채 저 혼자 시원한 교실에서 그렇게 휴식을 취했다.

그 뒤로 몇 번 비슷한 상황을 목격했다. 다들 아등바등일 때 혼자 편하게 있는 걸.

자신도 모범생을 조금 깔보는 게 있었다. 학교의 규율에 무조건 순응하고, 순진하고, 재미없고, 혼자 손해 보고, 심지어 그걸 눈치 채지 못하는, 또는 그것을 당연하게 받아들이는 따분한 존재들이라고 생각을 했었다. 연수는 그 생각을 뒤집어놨다.

사람들의 신임을 등에 업어 그 좋은 머리를 이용해서 요령을 잘 피우고, 손해는커녕 자기 이득을 알뜰히 다 챙기고, 가끔 이기적인 데다가 개인주의 성향이 강한 모범생.

하연수가 흥미로웠다.

그 뒤로 2학년으로 올라갈 때까지 몇 번 김정화의 위치를 알려 줬었다. 일부러 안내해 주기도 했다. 그러면서 그녀가 정화를 어뜯게 제압하는지 구경했다.

그러던 언젠가 연수가 혼자 중얼거리는 소리를 들었다.

"진세륜 은근 착하네. 그렇게 생기지 않았는데. 더군다나 저 무리에서. 그건가? 나쁜 무리의 가장 착한 사람?"

연수가 내린 자신의 평가에 헛웃음이 나왔다.

연수는 선행을 하고 규율을 잘 지키고 착하게 행동하지만, 그게 전부가 아니었다. 정확하게는 착해 보이는 거였고, 고약한 성미도 있고, 선행을 나서서 하는 것 같지만 뒤로 물러나면서 자기 혼자 좋은 이미지는 다 챙겼다.

'그러면 너는 착한 무리의 가장 나쁜 사람이냐.'

어쨌든, 연수는 외모는 자신의 취향인 데다가 인격은 흥미로웠다.

밥을 먹고 케이크도 자르고 생일파티가 끝나자 세륜은 석훈과 놀아주느라 정신이 없었다.

"어? 연수 왔네?"

"응? 누구?"

석훈과 칼싸움 놀이를 하느라 초인종 소리를 놓친 세륜은 용케도 연수의 이름을 캐치했다. 세인이 인터폰으로 연수의 얼굴을 확인하고 대문을 열었다.

"연수 이모야?"

"어. 연수 이모 왔나 보다."

석훈이 들고 있던 칼을 놓고 현관으로 내달렸다. 세륜도 현관으로 가 연수를 맞이했다.

"늦었는데 뭐 하러 왔어."

괜한 타박을 놓으면서 세륜은 연수를 보고 입매를 늘였다. 그녀는 자신을 반겨주는 석훈을 한 번 안아주고 단정하게 세륜의 부모님과 형, 형수님, 누나, 매형에게 인사를 했다.

"어떻게 왔네?"

"일이 생각보다 일찍 끝나서 왔어요."

세인의 질문에 연수는 대답을 하며 세륜의 옆에 섰다. 몇 년째 보는 세륜의 가족들이지만, 연수는 이곳에 올 때면 늘 어색했다.

"저녁은? 먹었어?"

"응."

"거짓말. 여기 오느라 안 먹었지? 형수님, 연수 저녁 좀……."

"아니, 괜찮아!"

연수가 그러지 말라고 세륜에게 눈치를 줬는데, 그는 기어코 형수님께 저녁상을 차려달라고 부탁했다. 연수가 자신이 차려 먹겠다고 부엌으로 향하자 다들 만류했고, 그녀는 거실 소파에 앉으면서 황송함에 몸 둘 바를 몰라 했다.

"삼촌! 연수 이모! 나랑 놀아!"

"연수 이모 밥 먹고. 그리고 삼촌 좀 쉬자."

말은 이렇게 하면서도 세륜은 석훈이 건네주는 장난감 칼을 받아 들고 휘둘렀다. 연수는 이 모습을 보고 눈을 휘었다.

세륜은 잘생기기는 했으나 잘 웃지 않았고, 날카로운 눈매와 단호하게 맞물린 입술 때문에 첫인상이 차가웠다. 성격도 서글서글하지 않고, 타인에게는 말을 짧게 하고, 다정하고 상냥하지 않아서 그에 대한 일반적인 평가는 좋지 않았다.

하지만 세륜은 마음 한편을 내어준 사람들에게는 다정했고, 특히나 가족들에게는 굉장히 잘하는 편이었다. 집안의 도움 없이 살겠다고 독립해서 따로 나가 살지만, 부모님께 자주 전화를 드리고 잘 챙겼다. 그리고 조카들에 대한 사랑도 넘쳐 났다.

자기 사람에게는 모든 걸 내어줄 듯이 구는 사람이 세륜이었다. 연수는 이런 그의 여자라는 게, 그의 특별한 애정을 받는다는 것이 새삼 행복했다.

"세륜이, 쟤는 자기 애 생기면 엄청 잘할 거야. 그치?"

세인의 말에 연수는 하늘을 거닐다가 갑자기 현실로 뚝 떨어지는 기분을 느꼈다. 결혼 이야기가 나오는 건 아닌지 조마조마할 때 부엌에서 세륜의 형수인, 제희가 그녀를 불렀다.

"연수 씨, 식사해요."

"일어나. 밥 먹으러 가자."

세륜이 장난감 칼을 형에게 넘기면서 부자(父子)의 칼싸움이 시작되었다. 세륜은 연수를 일으킨 뒤 부엌으로 향했다.

"감사합니다. 먹고 제가 치울게요."

"아니에요. 나중에 제가 치울게요. 편히 먹고 나와요."

상냥한 제희에게 감사의 인사를 하고 연수는 식탁 의자에 앉았다, 세륜은 그녀의 맞은편에 앉아 반찬을 챙겨주기 시작했다.

"이거 먹어봐. 갈비 맛있더라. 먹기 싫어도 좀 먹어. 어떻게 된 애가 고기를 안 먹어."

안 먹는 게 아니라 좋아하지 않는 거였다. 있으면 조금 먹기는 했다.

세륜은 연수에게 넌 먹고 살이 좀 쪄야 한다고 하면서 계속 갈비를 권했다.

"먹다가 체할 것 같아."

"왜?"

"밥은 집에 가서 먹어도 되는데. 나 때문에 상을 두 번 차리셨잖아."

"뭐 어때. 남이야? 그리고 너 그럴 때마다 좀 그렇거든? 우리 가족이 너 잡아먹어? 좀 편하게 굴어라."

"어떻게 편해. 그리고 나 남 맞거든? 여기 우리 집 아니고, 우리 가족 아니니 불편한 건 당연하잖아."

딱 잘라 자신과 네 가족과 구분하는 연수의 말에 세륜이 입을 닫았다. 그는 순간 훅 치고 올라오는 화를 참아냈다.

성격이려니, 그녀가 겪은 환경 때문에 그럴 수 있겠거니 하면서 이해하려 해도 때로는 너무하지 않나 하는 생각이 들 때가 있었다. 그리고 무엇보다 이렇게 딱 잘라 자신의 가족을 배척할 때면 연수가 타인처럼 느껴졌다. 그리고 그 느낌은 정말 기분 더러웠다.

"한두 해를 보는 거야? 이제는 편해질 때도 됐잖아."

세륜은 꾹 인내하며 최대한 부드럽게 연수를 다독거렸다.

"세인 언니는 그나마 괜찮은데 다른 사람들은 도통……."

"다른 사람이라니. 너 말 좀!"

세륜의 지적에 연수는 자신의 혀를 깨물었다. 조금 지나쳤다는 걸 깨닫고 그녀는 입술을 말아 물었다.

세륜은 실수를 인지하고 고개를 숙이는 연수를 보고 길게 한숨을 내쉬었다. 지금처럼 몇 번이고 같은 이유로 싸운다. 그는 그게 지긋지긋했고 지리멸렬함을 느꼈다. 갑자기 피로감이 몰려와 그는 손으로 눈두덩이를 꾹꾹 눌렀다.

"됐어. 그만하고 먹기나 해. 국 뜨거우니까 잘 식히고."

마음 같아서는 자리에서 일어나고 싶었지만 그러면 연수가 혼자서 식사를 해야 하고, 그게 그녀에게 얼마나 큰 부담이 되는지 아는지라 세륜은 자리를 지켰다.

연수는 시원찮은 수저질로 음식을 비워 나갔다. 꾸역꾸역 다 먹으려는 걸 보고 세륜이 이마를 찌푸렸다.

"그만 먹어."

의자를 뒤로 밀고 일어난 세륜은 상을 치워 나갔다. 연수도 그를 도와 치우고 설거지를 하기 위해 고무장갑을 꼈다.

"내가 할게. 비켜. 네 말대로 남인 네가 여기서 설거지하는 거 웃기잖아."

"진세륜. 그런 게 아니잖아."

"그런 게 아니면 뭐?"

세륜의 시선에 냉기가 가득했다. 연수는 거실에 있는 그의 가족들을 생각해서 조용히 물러났다. 말 한마디라도 더 섰다가는 싸울 것 같아서 그녀는 뒤에 서서 세륜이 설거지하는 걸 지켜봤다.

설거지까지 마치고 거실로 나오자 석훈이 곧장 세륜에게로 달려들었다. 세륜은 조카와 놀아주기 위해 작은방으로 들어갔다. 연수는 쭈뼛쭈뼛 세인의 옆으로 가서 앉았다.

"서림이 많이 컸네요."

"벌써 두 살이라는 게 안 믿겨져. 서림이 낳을 때 진짜 죽는 줄 알았는데."

세인이 안고 있던 딸을 연수에게 건넸다. 연수가 조심스럽게 안아 들었지만, 아이를 안아본 경험이 많지 않아서인지 서림이 불편한 듯 울상을 지었다. 연수는 재빨리 아이를 바닥에 내려놓았다. 서림은 자리에서 일어나더니 뒤뚱뒤뚱 걸어 아빠에게로 가버렸다.

"안색이 별로야. 피곤해?"

"네? 아, 아니요. 요즘 회사 일이 많아서요."

연수는 대답을 하고 괜스레 옆에 있는 아기 장난감을 만지작거렸다. 아빠 품에 안겨 있던 서림이가 재롱을 부리자 모두의 시선이 그곳으로 향했다. 연수는 안도감과 함께 마른침을 삼켰다.

세륜의 가족들이 자신에게 말을 걸거나 관심을 가지면 긴장감에 숨이 막혀올 때가 있었다. 자신도 편하게 있고 싶다. 그런데 그게 잘 되지 않았다.

연수는 그린 듯한 미소를 지으며 서림을 봤다. 그녀는 낯선 곳에 혼자 따로 떨어진 느낌을 받았다. 계속 앉아 있기 불편해서 내일 일 때문에 일찍 들어가 봐야겠다고 말을 할까 말까 고민을 하는데 세륜이 작은방에서 나왔다.

세륜이 나오자 연수는 조금 편해졌다. 하지만 불편한 건 여전했다.

세륜은 마음이 상했는지 연수를 챙기지 않고 가족들과 이야기를 나눴다. 간간이 연수도 끼어서 대답을 하고 대화에 참여했지만, 그녀는 자신이 부유물처럼 그들과 섞이지 못하고 둥둥 떠다니는 걸 느꼈다.

자신은 섞이지 못하는데 세륜은 잘 섞여 있는 걸 보면 그가 타인처럼 느껴졌다. 현재 알고 있는 사람들 중 그 누구보다 자신과 가장 가까운 사람이지만, 순식간에 그는 멀어졌다.

연수는 문득 간담이 서늘해져 세륜의 팔을 잡았다. 그가 흘끗 돌아보더니 다시 고개를 돌렸다. 연수는 엉덩이를 움직여 그의 옆으로 더 가까이 붙어 앉았다.

"왜?"

그제야 다시 고개를 돌려 작은 목소리로 묻는 세륜에게 연수는 아무것도 아니라고 고개를 저었다.

"저희 이만 가볼게요. 내일 출근도 해야 하고."

석훈이 잘 시간이 되자 세륜이 그만 돌아가겠다고 말했다. 그를 따라 연수는 그의 가족들에게 다음에 오겠다고 인사를 남기고 집을 빠져나왔다.

"데려다줄게."

"아, 응."

보통 때라면 세륜은 연수에게 자신의 집이 가까우니 같이 가서 자고 가라고 했을 거였다. 그런데 그는 기꺼이 먼 길을 돌아서 연수를 데려다주고 자신의 집으로 돌아갔다.

혼자 자신의 집으로 돌아온 연수는 가슴이 갑갑해지자 입을 틀어막고 욕실로 향했다. 결국 체했는지 그녀는 먹었던 걸 다 게워냈다.

자신의 집으로 돌아온 세륜은 기분이 좋지 않아 맥주 한 캔을 비우고 잠자리에 들었다. 그는 마음 같아서는 소주 한 병을 벌컥 들이켜고 싶었지만, 다음날 출근을 위해서 참았다.

뒤척이다가 자정이 넘어서 겨우 잠이 든 세륜은 벨 소리에 잠에서 깼다. 눈을 뜬 그는 아직 사위가 깜깜한 걸 확인하고 낮게 욕설을 내뱉었다. 누가 이 시간에 전화를 하는 건가, 장난 전화나 잘못 건 전화면 가만두지 않겠다고 생각하면서 휴대폰을 집어 들어 발신자를 확인한 그는 내뱉었던 욕을 취소하고 전화를 받았다.

"왜. 여태 잠 안 잤어? 또 불면증 도졌어?"

[으윽…….]

연수의 신음에 세륜은 몸을 벌떡 일으켰다. 그의 맨살을 타고 이불이 흘러내렸다. 조금 서늘한 공기에 잠이 번쩍 깼다.

"뭐야. 연수야, 왜 그래?"

[세…… 륜아. 나, 아아…….]

"아파?"

[……응.]

간신히 대답을 하고 연수는 다시 끙끙 앓았다. 세륜은 침대에서 벗어나 손에 잡히는 대로 옷을 집어 입었다.

"기다려. 금방 갈게!"

파자마 바지를 벗고 청바지를 꺼내 입은 그는 바람막이를 들고 집을 튀어 나갔다.

차가 없는 도로는 한산했다. 그 도로를 세륜은 거침없이 달렸다. 속도위반 감시 카메라를 보고도 그는 속도를 늦추지 않았다.

최단 시간을 기록하며 연수의 집에 도착한 그는 시동을 켜놓고 원룸 건물 안으로 들어갔다. 계단을 성큼성큼 올라가 연수의 집 도어록을 해제하고 들어간 그는 신발을 신은 채로 안으로 들어갔다.

"하연수!"

"아흑……."

침대가 아닌 바닥에 엎드려 누워 울먹이는 그녀를 안아 들고 그는 황급히 집을 나섰다. 조수석에 연수를 앉히고 좌석을 뒤로 젖혀 안전띠를 매어준 그는 보닛을 돌아 운전석에 오르고 나서야 그녀의 상태를 살폈다.

"어디가 아파? 배? 언제부터 아팠어? 많이 아파? 이렇게 통증이 심했으면 나 기다리지 말고 119를 불렀어야지!"

대답을 하려고 입을 달싹이던 연수는 몸을 말고 흐느꼈다. 세륜은 근처 대학 병원을 떠올리고 곧장 차를 출발시켰다.

응급실에 연수를 안고 들어가 영화의 한 장면처럼 의사를 찾았다. 간호사와 의사가 달려와 연수의 상태를 살피고 나서야 그 전쟁이 끝났다.

세륜은 응급실 침대 위에 누워서 눈을 감고 잠이 든 연수를 내려다봤다.

스트레스성 어쩌고저쩌고했는데, 결론은 체한 거였다.

"하연수 때문에 진짜 못 살겠네."

분명 아픈 지 꽤 됐을 텐데 멍청하게 혼자 버텼을 거다. 그리고 다투고 헤어졌으니 아파도 전화 하나 하지 않았던 거다. 이럴 때에는 체면이고, 자존심이고 뭐고 챙길 게 아니라 전화를 해야 하는 게 맞는데도 연수는 혼자 해결하려고 한다.

"도대체 너한테 난 뭐야. 꼭 이렇게 사람 속을 뒤집어놔야 해?"

설마하니 아프다고 연락하는데 싸웠다고 매정하게 끊을까. 사람 나쁜 놈 만드는 데 도가 텄다.

세륜은 일어나면 한소리 좀 해야겠다고 생각하고 침대에 엎드렸다.

날이 밝고도 연수는 일어나지 못했다. 세륜은 연수의 회사에 전화를 걸어 아파서 결근을 해야 할 것 같다고 전했다. 그리고 자신의 회사에도 전화를 걸어 사정을 설명한 뒤 오늘 오후에 출근을 하겠다고 알렸다.

양쪽 모두 걱정과 함께 좋지 않은 소리를 들어서 그의 기분은 좋지 않았다. 잠도 제대로 자지 못해서 컨디션도 엉망이었다.

"세륜아?"

통화를 하고 응급실로 돌아온 세륜은 일어나 있는 연수를 발견했다.

"일어났어? 좀 어때?"

"괜찮은 것 같아."

미안하고 어색함이 만연한 표정으로 연수가 침대에서 내려섰다. 세륜은 말없이 그녀를 부축했다. 의사가 일어나면 퇴원하라고 했기에 그는 곧바로 병원비를 정산하고 그녀를 데리고 병원을 나섰다.

연수의 집으로 돌아온 세륜은 그녀를 침대에 눕히고 도로 밖으로 나가서 죽을 사 가지고 왔다. 연수는 세륜이 하라는 대로 고분고분하게 죽을 먹은 뒤 약을 먹었다.

"회사는?"

"오후에 갈 거야. 그보다 너 언제부터 아팠어."

"……집에 오고 나서."

"바로?"

"응."

"그런데 그걸 계속 버텼어? 너 바보야?"

연수가 원망이 가득한 눈으로 그를 응시했다. 싸웠는데 그럼 어떡하냐고 묻는 시선에 세륜은 자신의 머리를 거칠게 헝클어트렸다.

"나, 네 애인이야. 이것저것 다 따지지 말고 필요한 게 있으면 말하고, 필요하면 부르고 그러란 말이다! 너 혼자 세상 살아가는 것처럼 굴면 화난다고 했지?"

한두 번 있는 일이어야지. 계속 같은 말을 반복하는 자신이 한심하게 느껴졌다.

"알았어. 다음부터는 안 그럴게."

연수의 쉬운 대답이 더 화를 부추겼다.

"내가 이 말까지는 안 하려고 했는데. 너, 나한테 의지하기는 해? 내가 의지가 되기는 해?"

"……그럼."

"아닌 거 다 알아. 기대 봤어야 의지가 되는지 알지."

말을 하면서 세륜은 자신이 정말 한심한 남자가 된 듯한 느낌이 들었다. 아주 불쾌했고, 처참했고, 비통했으며 저열한 기분이 들었다. 그는 그 기분에서 벗어나고 싶었다. 한심한 남자라는 자괴감을 그만 떨쳐 내고 싶었다. 그리고 그 방법은 연수가 자신에게 완전히 의지를 하는 것밖에 생각이 나지 않았다.

바로 결혼이라는 제도.

"그럼 결혼할래? 하자. 너 혼자 아프고 하는 거 나 못 보겠다."

"세륜아?"

"해. 결혼하자고."

연수의 분위기가 차분하게 가라앉았다. 깊어지는 눈빛과 감정이 감춰지는 무덤덤한 표정. 나에게 다가오지 말라는 그 기운이 그녀에게서 풍겨져 나왔다. 자신에게는 굉장히 낯선 모습. 이 순간 연수는 완전한 타인이었다.

그 기세를 느낀 세륜은 허탈하고 서글퍼졌다.

"난 아직 결혼 생각 없어. 알잖아."

"'아직은' 인 게 맞아? 앞으로도 없는 게 아니고?"

"세륜아. 그러니까……. 너도 잘 알잖아. 응? 내가 결혼에 어떤 생각을 가지고 있는지. 너라서 안 하겠다는 거 아니라는 거 알잖아."

"다른 사람들과 날 동급으로 취급해서는 안 되지. 나니까! 나와 함께이니까 생각이 바뀌어야 하는 거 아니야?"

연수가 입을 벙긋거리다가 다물었다.

세륜은 목이 뜨거워졌다. 그는 자리에서 일어나 인사도 없이 그녀의 집을 빠져나갔다.

집에 들러 옷을 갈아입고 늦은 출근을 한 세륜은 오전에 처리했어야 할 일부터 차근차근 해나갔다. 동요 없이 묵묵히 일을 하는 겉모습과는 달리 그의 속은 뜨겁게 타올랐다. 울컥 화가 치밀어 오를 때 인상을 찌푸리는 걸 목격한 진우만이 그의 기분이 저조하다는 걸 알아차렸다.

"어째 술 사주고 싶게 만드는 표정이다?"

"뭐가."

보고서와 결재 서류를 제출하고 의자에 앉아 한숨 돌리는데, 뒤로 다가와 어깨를 짚은 진우가 콕 찌르듯이 하는 말에 세륜은 모르쇠로 일관했다.

"지금 당장 술은 안 되고, 쓴 커피 어때. 아주 진하게 내려줄게."

"생각 없어."

"생각 없어도 마시고 정신 차려. 너 계속 결재 서류 날짜 잘못 기입해서 인쇄 새로 하는 거 봤다."

계속 연수의 생각이 머릿속에서 떠나가지 않으니 일을 하는데 실수가 이어진 건 당연했다. 그것도 같은 실수를 연달아 저질렀다.

세륜은 결국 진우를 따라 휴게실로 향했다.

휴게실의 바로 옆에는 탕비실이 자리해 있는데 유리문과 유리 벽으로 되어 있어서 안이 훤하게 보였다. 휴게실과 탕비실에 아무도 없는 걸 확인한 세륜은 소파에 편하게 등을 기대고 앉았다. 진우는 탕비실로 들어가 커피를 내렸다.

진우가 커피머신에 원두가루를 과하게 넣는 걸 본 세륜은 눈살을 찌푸렸다. 그의 시선을 느꼈는지 진우가 슬쩍 눈치를 살피고는 원두를 도로 덜어냈다.

향긋한 커피를 내려 가지고 온 진우가 맞은편에 앉아 빤히 쳐다 봤다. 무슨 이야기든 들어줄 의향이 다분히 있다는 모습에도 세륜은 나직이 한숨을 흘릴 뿐이었다. 먼저 이야기를 꺼내지 않는 그에게 결국 진우가 물었다.

"요즘 자주 싸우는 이유는?"

"뭘 자주 싸워."

마치 이 커플은 무슨 문제가 있다는 확신이 담긴 질문에 세륜이 딘번에 부정하고 짜증을 냈다.

"맞는데 뭐. 그래, 알았어. 이번에는 왜 싸웠는데? 연수 아프다며. 병원 데려가느라 늦는다고 연락했잖아. 아픈 애랑 싸웠어?"

요즘 자주 싸우는 이유나, 이번에는 왜 싸웠느냐나, 질문이 거기서 거기라 세륜이 비뚜름하게 눈썹을 올렸다. 진우가 어서 대답하라고 재촉하자 마지못해 세륜의 입술이 열렸다.

"밤새 아팠대. 혼자 끙끙 앓다가 죽어가는 목소리로 새벽에 전화하더라."

진우가 고개를 주억거렸다. 더 이야기하지 않아도 왜 화가 나고 싸웠는지 이해했다는 태도였다. 세륜은 결혼 이야기를 꺼냈다가 무참히 거절당했다는 걸 이야기를 할까 말까 하다가 입을 닫았다.

"어쩜 싸우는 이유가 변함이 없냐. 같은 걸로 싸우는데도 지겹지 않나 봐?"

진저리 날 만큼 똑같은 일로 많이 싸웠다. 지금까지 그랬고, 보아하니 앞으로도 그럴 것 같다. 처음으로 이 같은 일로 싸운 게 아마 사귀고 세 달이 지났을 때이다. 맞다. 싸우고 이틀 뒤가 만난지 100일이 되는 기념일이었으니까.

세륜은 그토록 쫓아다닌 뒤에 사귀기 시작하고 첫 싸움을 했던 때를 떠올렸다.

두세 달 정도를 쫓아다닌 끝에 마침내 연수가 자신의 고백을 받아들였다. 보기만 해도 가슴이 떨렸고, 손을 잡는 정도에도 미칠 듯이 가슴이 뛰는 그녀의의 언세에 정신을 못 차렸었다.

강의가 끝나면 매일 연수를 보러 그녀의 학과 건물로 달려갔고, 같이 있고 싶어서 도강도 많이 들었다. 내 강의 말고는 모든 시간을 연수에게 할애했다. 그녀가 아르바이트를 하는 시간에는 학교 도서관에서 끝날 때까지 기다렸다.

순전히 시작은, 초기의 순탄한 연애는 자신의 노력 때문이었다고 봐도 무방했다. 마지못해 자신을 받아준 연수는 아주 느릿하게 마음을 주었다.

연수에게 맞추느라 모든 고집을 버렸고, 그녀가 원하는 대로 만남을 가졌다. 그러니 스킨십 진도가 느릴 수밖에 없었다. 그래도 좋았다.

진우, 여환, 한준과 술을 마실 때면 여자 이야기가 빠지지 않았고, 모든 남자들이 그러하듯이 자신의 은밀한 사생활 이야기도 서슴없이 다 털어놨다. 하지만 자신은 마땅히 털어놓을 에피소드가 없었다. 물론 있다고 해도 절대 이야기하지 않았을 테지만.

오랜만에 만났는데 어김없이 여자 이야기가 나왔다. 세륜은 입을 꾹 다물고 한준의 이야기를 듣기만 했다.

"계집애가 엄청 밝혀. 처음에는 유혹하는 눈짓이랑 슬쩍 만지는 손길이 좋았는데, 계속 그러니까 관심이 팍 식더라."

"관심이 왜 식어?"

"대놓고 룸으로 올라가자고 하는데 그럼 매력 없지."

도통 이해할 수 없다는 여환의 표정에 한준이 픽 웃었다. 수많은 여자들과 어울리지만, 정작 한준은 까다롭게 여자를 골라서 만났다. 한자리에서 여자들과 재미있게 놀지만, 따로 만나는 경우는 드물었다.

"세륜아, 이 새끼 미친 거 아니…… 시계 좀 그만 보지?"

여환이 노골적으로 짜증을 내며 타박하자 세륜은 손목시계에서 눈을 떼고 손을 뒤집었다. 시간을 그만 확인하겠다는 행동이었지만, 이미 빈정이 상한 여환은 한쪽 눈썹을 비죽 위로 끌어 올렸다.

"연수한테 허락받고 온 거 아니야?"

한준이 말하는 허락이라는 단어에 비아냥거림이 섞였지만, 세륜은 크게 반응하지 않았다. 옆에서 반쯤 졸고 있던 진우는 내내 시계를 보고 있던 세륜에게 몇 시인지를 물었다.

"넌 뭐 하느라 계속 졸아?"

"어제 잠을 못 잤단다. 클럽에서 밤새 놀았대."

여환과 한준이 진우를 향해 눈을 가늘게 떴다. 세륜은 다시 손목을 뒤집어 손목시계를 확인하려는 자신의 행동을 자각하고는 손을 아예 테이블 아래로 내리면서 무심하게 이야기했다.

"낮에라도 자고 오지 그랬어."

세 남자의 시선이 동시에 세륜에게로 돌아갔다. 여환은 조소를 날렸고, 한준은 고개를 저었으며, 진우는 혀를 찼다.

"왜?"

왜 그런 시선으로 보는 거냐고 가볍게 묻자 여환이 들으라는 듯 크게 한숨을 내쉬었다.

"하아. 이 자식 요즘 하연수하고만 놀더니 너무 순수해진 거 아니야?"

"그러게 말이다."

"세륜아. 이 형이 여기 오기 전까지 여자와 단둘이서 춤을 췄거든."

진우가 묘한 웃음과 의기양양한 표정으로 세륜의 어깨를 툭툭 두드렸다.

"춤은 무슨. 행위예술이지."

"미친놈."

뒤늦게 그들의 대화를 이해한 세륜의 미간이 좁혀 들어갔다.

클럽에서 놀다가 자신의 취향에 맞고, 서로 마음이 통하면 둘만의 은밀한 시간을 보내기 위해 장소를 옮긴다. 절대 집으로 가지 않고 근처 호텔에서 짧게 뜨거운 하룻밤을 보내거나, 기대 이상으로 좋으면 시간을 연장해서 낮까지 뒹굴거리는 게 여환과 진우의 단시간 만남 스타일이었다.

연애라고 칭하기에는 서로가 상대방에 대한 예의가 눈곱만큼도 없으니 만남이라고 표현을 했다. 오랫동안 봐온 친구들이지만 이 점은 꽤 마음에 들지 않았다. 사생활이니 뭐라 말을 하지 못하지만 못마땅했다.

세륜은 새삼 한준이 괜찮은 남자로 보여 온기 있는 시선으로 그를 응시했는데, 지나가던 여자가 알은체를 하자 '그럼 그렇지' 하는 눈빛으로 바뀌었다.

한준은 여자가 팔을 잡아끌자 못 이기는 척 자리에서 일어나 다른 테이블로 옮겨갔다.

"너 연수링 아직 안 잤지?"

"내가 그 질문 싫어하는 거 몰라? 너희들 사생활에 왈가왈부 안

하는 것처럼, 나에게도 예의는 지켜주지?"

오늘도 어김없이 똑같은 질문을 하는 여환에게 짜증이 난 세륜이 싸늘한 시선으로 경고를 했다. 그런다고 해서 기죽을 여환이 아니었다.

"곧 100일 아니야? 여행 가기로 했다며."

"오, 100일? 그럼, 드디어 자냐?"

세륜은 자신에게 상체를 당긴 진우의 가슴을 팔꿈치로 밀어냈고, 여환에게는 마른안주 하나를 집어 던졌다.

"새끼야. 저 혼자 고고한 척은. 우리 성인이고, 창창한 스물셋이거든? 그런 생각 안 하는 게 비정상이지."

"우리 세륜이 금욕 생활이 길다?"

"이번 기회를 놓치지 마라. 여자들 무슨 날, 기념일, 그리고 이벤트에 약하잖아. 적당히 분위기 잡고 연수 넘어트려."

여환이 주머니에서 지갑을 꺼내더니 깊숙한 곳에서 사각형으로 된 작은 물건을 꺼내 내밀었다. 세륜이 그의 손 위에 있는 콘돔을 짜증스러운 손길로 밀어내는데 옆에 있는 진우가 본인의 지갑에서도 콘돔을 꺼내 개수를 더했다.

"이 자식들이! 섹스가 다가 아니다. 연애도 안 하는 것들이 뭘 안다고. 적당히 해라."

급기야 세륜이 얼굴을 딱딱하게 굳히고 정색했다. 더 하다가는 화까지 낼 기세에 여환이 기가 막힌지 실소를 흘렸다.

남자들끼리 이 정도의 이야기는 아무렇지도 않게 오갔다. 십대 때부터 같이 야동을 공유하고, 그것을 함께 보기도 한 절친한 사이에 지금 한 말은 그렇게 심각하고 큰 장난이 아니었다.

여환은 세륜이 이렇게 변한 것이 마뜩잖았다.

"뭐냐. 우리랑 같이 이렇게 놀았던 진세륜은 어디 가고 딴사람이 앉아 있어. 그렇게 소중하냐? 고작 장난 가지고 우리들한테 화를 낼 만큼? 섭섭하다?"

그들만큼은 아니더라도 같이 붙어 다녔기에 남들이 보기에는 방탕한 생활을 했었다. 그래서 예전에는 이런 장난을 적당히 받아 주고 넘어가고 했는데, 요즘은 질색을 표하고 혼자 고고하게 구니 여환은 심기가 비틀렸다.

감정 하나 실리지 않은 것처럼 담담하게 말을 했지만, 여환이 이렇게 겉으로 감정 없이 굴 때가 가장 감정적이라는 걸 잘 아는 세륜은 항복을 하듯 두 손을 들어 올렸다.

"미안. 연수 이야기가 나오면 내가 예민해져. 좋아서 그래. 나만 보고 싶고, 나만 연수 이야기하고 싶어. 독점하고 싶어서 반응이 세게 나왔다."

원래부터 알고 있던 여자에게 뒤늦게 반하는 경험을 해보지 못한 사람들은 모른다. 이렇게 사랑스러운 사람을 왜 이제야 알아봤는지. 그녀가 주는 설렘에 심장이 크게 뛰고, 두근거림에 기쁨이 몰려오는 걸 지금에야 경험하는 게 무척이나 안타깝고 아쉬웠다.

진즉에 연수를 알아봤다면, 더 일찍 사귀었더라면 조금 더 많은 시간을 함께하고 행복했을 텐데, 내가 모르는 시간이 적었을 텐데 히는 아쉬움이 짙다.

"네가 지금 하연수한테 전전긍긍하는 것도 다 섹스를 하지 않아서야."

진우는 분위기가 심각해지지 않게 적당히 가볍게 대꾸를 했다. 세륜은 이번에는 정색하고 화를 내는 대신 진우의 어깨를 주먹으로 툭 쳤다.

"플라토닉 러브 몰라? 지금은 손만 잡아도 좋다."

"플라토닉은 개뿔. 진세륜, 요즘 짜증이 늘고 감정 기복이 심한 게 딱 욕구불만이네. 하연수한테 터트리지 못하니 여기 와서 우리한테 이러는 거잖아."

"박여환. 그만해라."

진우가 말렸지만 여환의 입은 계속해서 열렸다. 그동안 세륜이에게 쌓인 게 많았나 보다.

"솔직히 하연수랑 무진장 하고 싶잖아? 하고 난 뒤에 저 자식 어떻게 변하는가 보자. 나중에 가서 몸도 식고 마음도 식어서 우리랑 어울리고 싶다고 해도 안 받아줄 거다."

"자식이 괜한 심술이야. 너한테 섭섭한 게 많았나 보다. 그러니 오늘은 무슨 일이 있어도 하연수한테 달려가지 말고 끝까지 놀다 가는 거다?"

진우가 시계도 보지 말라고 세륜의 손목시계를 풀어가지고 가 자신의 주머니에 넣었다. 거기에 이어 휴대폰까지 뺏었다. 세륜이 다시 되찾아가려 하자 진우는 오늘 하루만큼은 자신이 하자는 대로 하자며 그의 등을 떠밀었다.

마침 한준이 테이블로 돌아오더니 여자들이 있는 테이블과 합석을 하자고 했다. 난박에 싫다고 하는 세륜을 억지로 끌고 간 그들은 금세 여자들과 어울려 놀기 시작했다. 세륜은 자기에게 말을 거는 여자들을 무시해 가며 술잔만 기울였다.

어차피 여자들과 어울려 노는 거 자신이 꼭 필요한 것 같지 않아서 세륜은 몇 번이고 자리에서 일어났지만, 그때마다 여환, 한준, 진우에게 잡혀서 도로 자리에 앉기를 반복했다. 계속 도망가려는 세륜 때문에 여자들과 자리를 파한 그들은 한준의 집으로 옮겨 동이 틀 때까지 술을 마셨다.

잠깐 잠을 자고 일어난 네 남자는 쓰린 속을 생수로 달랬다.

"아, 몇 시지? 정진우, 내 시계랑 휴대폰 내놔."

진우가 자기 전, 주머니에서 꺼내 장식대 위에 올려두었다고 손가락으로 가리키자 세륜은 끙 소리를 내며 자리에서 일어났다. 벽에 걸린 시계로 시각을 확인한 그는 잔뜩 찌푸리고 있던 눈매를 더 일그러트렸다.

"우리 연수 곧 강의 끝나겠다."

잠이 덜 깬 정신으로도 세륜이 학교에 가서 연수와 같이 점심을 먹기 위해 씻고 나갈 준비를 하는데 주어진 시간을 계산하는 사이 남은 세 남자의 불만이 쏟아지기 시작했다.

"난 왜 하연수랑 같이 논 것 같지? 하연수가 이곳에 있었던 것 같아."

"왜긴 왜야. 저 새끼 취해가지고 계속 하연수 찾았잖아."

"안 취했어. 세륜이 제정신으로 하연수 자랑했어."

"내가 왜 하연수 어디가 예쁜지를 알아야 해?"

가장 불만이 많은 여환의 말을 끝으로 다들 연수 이야기는 그만하자는 듯 고개를 돌렸다. 친구들이 불평을 하든 말든 휴대폰 기록을 살핀 세륜은 연수에게서 전화나 문자가 없자 미간을 접었다.

세륜은 곧장 연수에게 전화를 하고 싶었지만 강의가 막 시작했을 시각이라 포기하고 이제야 일어났다고 문자를 보냈다.

"진짜 진세륜, 어디 가서 그러지 마라. 연수, 예쁜 건 우리까지만 알게. 욕먹기 십상이다, 너."

진우가 세륜의 다리를 발로 차서 관심을 끌어낸 뒤 눈을 찡긋거리며 말했다. 세륜은 자신이 어제 연수 자랑이 심했나 싶어 멋쩍은 표정으로 입꼬리를 올렸다.

"한준아, 옷 좀 빌려줘. 나, 먼저 씻는다."

술 냄새가 밴 옷을 입고 갈 수는 없으니 한준에게 새 속옷을 받고 옷을 빌린 세륜은 욕실로 들어갔다.

말끔하게 씻고 나오면서 손을 모아 손바닥에 숨을 내뱉고 술 냄새가 나는지 확인한 세륜은 짙은 알코올 향에 눈살을 찌푸렸다.

"간다. 연수 화났나? 연락이 없네."

"얼뜨기같이 왜 저러냐. 하연수가 요물이구나, 아주."

여자들이 좋고고 달라붙어도 시큰둥하던 세륜이 연수가 좋다고 쫓아다닐 때부터 이상하더니, 빠져도 너무 빠졌다고 걱정 아닌 걱정을 하는 한준의 등을 툭툭 두드린 세륜은 재빨리 그의 집을 빠져나왔다.

학교로 가는 도중 연수에게 문자를 보냈다. 어제 애들이 휴대폰을 빼앗아서 연락을 못 했다고, 미안하다고, 혹시 화났냐고 문자를 보냈지만 학교에 도착을 할 때까지 답장이 없었다.

수업 중이라서 문자 확인을 하지 않는 거라 생각하면서도 어젯밤부터 연락이 없었으니 걱정했을지도 모른다고, 정말 화가 났다면 어떻게 풀어줘야 하나 즐거운 고민을 했다.

연수의 학과 건물에 도착한 세륜은 정작 자신의 오전 강의는 빼먹었지만 개의치 않았다. 연수의 강의실 문 앞에서 강의가 끝나기를 초조하게 기다렸다. 그리고 드디어 문이 열리고 학생들이 빠져나왔다.

쓰린 속 때문에 이마를 찌푸리고 벽에 느른하게 기대 서 있는 세륜에게로 여자들의 시선이 모여들었다. 도강도 여러 차례 해서 이미 연수와 사귀는 소문이 파다하게 났지만 여자들은 그를 보고 작게 감탄사를 흘리며 탐이 나는 시선을 보냈다.

"왜 이리 안 나와."

도통 연수가 나오지 않자 세륜은 벽에 기대고 있던 몸을 바로 세우고 강의실 뒷문으로 향했다. 반쯤 몸을 들이밀고 안을 살폈지만 연수가 보이지 않았다. 그는 강의실을 나오던 여학생을 붙잡고 물었다.

"혹시, 하연수 강의 안 들어왔어요?"

"네? 아, 네. 이 전의 강의도 같이 듣는데 오늘 안 왔어요."

세륜은 짐짓 당황했다. 고등학생 때에도 상위권 성적을 유지했던 연수는 대학에 와서도 강의에 목을 맸다. 고등학생 때와 달리 수업 침여가 싱적에 반엉이 되기에 그녀는 성실하게 강의를 들었다.

무엇보다 아버지의 도움을 최대한 받지 않겠다는 의지로 공부에 매달리면서 장학금을 노리는 그녀였다. 1학년 말에 장학금을 놓친 그녀는 등록금을 마련하기 위해 휴학을 하고 과외와 카페 아르바이트를 했었다. 한 번 휴학을 했던 것에 꽤 타격을 받았는지 연수는 복학한 뒤로 더 공부에 집중했다.

공부 때문에 몇 번이고 연수에게 차였던 전적이 있는 세륜은 그녀가 강의를 빠졌다는 사실에 걱정이 물밀듯이 몰려들었다.

세륜은 연수가 없다는 걸 확인하고 미련 없이 뒤돌았다. 휴대폰으로 그녀에게 전화를 걸면서 그는 초조하게 자신의 머리를 쓸어넘겼다.

"저기요."

신호음은 계속 들리는데 연수의 목소리가 들리지 않아 답답하던 찰나, 뒤에서 작은 목소리가 그를 불렀다. 세륜은 여느 때와 같이 모르는 여자가 자신에게 보이는 관심이라 여겨 무시하고 걸음을 옮기는데 조금 더 목소리를 키운 여자가 그를 다시 불렀다.

"저기요. 연수 언니……."

연수의 이름에 세륜은 곧장 반응했다. 몸을 반쯤 돌린 그는 귀에서 휴대폰을 살짝 뗐다. 혹시나 연수가 전화를 받을까 싶어 소리가 들릴 정도로 간격을 두었다.

"연수가 왜요?"

"아, 저 연수 언니랑 같이 아르바이트하는데요."

여자의 얼굴을 자세히 훑은 세륜이 기억이 난다는 듯 아아, 나직이 소리를 내고 고개를 끄덕였다.

연수는 지금 카페 겸 술집인 곳에서 아르바이트를 하고 있었다. 마음 같아서는 그만두라고 하고 싶지만 그러지 못했다. 그나마 다행히도 술을 팔기는 하지만 차분하고 조용한 카페 분위기가 더 강한 탓에 술을 마시는 손님들도 가볍게 한잔하고 가는 곳이라 크게 위험하지 않았다.

하지만 무엇이든 예기치 못한 일이 발생하기 마련이었다. 세륜은 불안한 마음이 들자 여자에게로 완전히 몸을 돌렸다.

"어제 연수 언니 아파서 조퇴했어요."

"조퇴? 언제요? 몇 시에?"

연수는 7시부터 11시까지 아르바이트를 했다. 어제 7시에 맞춰서 데려다줬고, 곧장 애들을 만나러 약속 장소로 갔다. 휴대폰을 빼앗긴 게 10시쯤이었고, 그 뒤로 연수의 귀가를 확인하지 못했기 때문에 계속 마음에 걸렸던 참이었다.

세륜의 얼굴이 심각해지고 그의 시선이 불안하게 흔들리다 가라앉자 여자가 기억을 더듬고는 우물쭈물 입술을 달싹였다.

"9시 못 돼서인 것 같아요."

세륜의 표정이 삽시간에 굳어졌다. 그때에는 휴대폰을 그가 가지고 있었다. 무섭게 얼굴을 굳히는 그를 보고 여자가 재빨리 고개를 숙여 인사를 한 뒤 자리를 뜨려 했다.

"저기요, 우리 연수 어디가 아팠어요?"

세륜에게 잡힌 여자는 화들짝 놀라고는 냉랭하게 묻는 질문에 잘 모른다고 도리질을 쳤다. 그가 대답을 해줄 때까지 놓아줄 것 같지 않자 여자가 눈을 도그르르 돌리고는 대답했다.

"아, 그게…… 식은땀을 흘리며 배가 아프다고…….""

거기까지 들은 세륜은 고맙다고 대충 말을 흘리고는 걸음을 옮겼다. 점차 빨라진 걸음은 두 계단씩 내려와 1층에 도착하고 난 뒤에는 뜀박질로 바뀌었다.

캠퍼스를 벗어나자마자 택시를 잡아탔다. 술기운이 남아 있는 탓에 차를 가져오지 못한 걸 한탄한 세륜은 정규 속도를 지키는 택시 때문에 속이 타들어갔다.

연수의 집에 도착할 때까지 전화를 걸었지만 연결이 되지 않았다. 뭐가 잘못된 건 아닌지, 혹시 쓰러진 건 아닌지, 걱정과 초조함으로 입술을 물어뜯던 세륜은 믿지도 않는 신에게 빌었다.

연수가 무사하기를 바라며 드디어 그녀의 집 근처에 다다른 세륜은 앞에 길이 막히는 걸 확인하고 그곳에서 내리겠다고 했다. 택시가 멈추자 지폐를 건네주고 거스름돈을 받지 않은 채 내린 세륜은 연수가 사는 원룸 건물까지 내달렸다.

9월, 여름이라 뜨거운 햇볕의 열기에 세륜의 등이 땀으로 젖었다. 연수의 집 앞에서 헉헉, 숨을 몰아쉰 그는 연달아 초인종을 눌렀다.

"연수야! 연수야! 하연수! 안에 있어?"

다급하게 연수의 이름을 부르던 세륜은 급기야 문을 주먹으로 두드렸다. 문에 바짝 붙어 서서 애타게 연수의 이름을 부르는데 안쪽에서 소리가 났다. 현관문 가까이에 누군가가 다가왔다는 걸 알아차린 세륜은 문을 두드리는 걸 멈췄다.

"연수야! 문 좀 열어봐, 응?"

간절한 목소리에 곧바로 문이 열렸다. 계속 마음을 졸이던 세륜은 벌컥 문을 잡아당겼다. 손잡이를 쥐고 있었는지 연수가 딸려 나와 그의 가슴으로 쓰러졌다.

"연수야!"

"세…… 륜아."

가물가물 눈을 뜨고 올려다보는 연수의 몸이 축 늘어졌다. 세륜은 그녀를 안아 들고 집 안으로 들어갔다.

침대 위에 연수를 조심스럽게 눕힌 세륜은 바싹 마른 자신의 입술을 혀로 핥고 마른침을 삼켰다.

그렁그렁 눈물이 고인 눈에 그의 마음이 서걱거리더니 아프게 조여들었다. 자기 몸이 갉아 먹히는 듯 고통스럽게 얼굴을 일그러트린 세륜은 애틋한 손길로 연수의 얼굴을 매만졌다.

"어디가 아픈 거야. 응? 왜 연락을 안 했어."

"그냥……. 스트레스성 복통 같은 거야."

"스트레스?"

"으응."

대답을 한 연수는 졸린다면서 눈을 감았다. 세륜은 그녀에게 아픈데 왜 연락을 하지 않았는지, 자신에게 데리러 와달라고 하지 않고 왜 혼자 조퇴를 했는지, 밤새 연락 하나 없었는데 혼자 끙끙거리며 아팠던 건 아닌지 묻고 싶어서, 아니, 꼭 물어야만 해서 연수의 어깨를 흔들었다.

"연수야, 왜 연락 안 했어? 9시쯤에 조퇴했다며."

"……연락을 왜 해?"

"왜라니? 나 네 애인이야. 네가 아픈 것도 모르고 있다가 남에게 들었을 때 얼마나 놀라고 걱정했는지 알아? 연락도 안 되고."

슬쩍 눈을 뜬 연수가 굳이 연락을 해야 하냐고 대꾸했다. 혼자 잘 집으로 돌아왔고, 오늘 아침에 곧바로 병원에 갔다 와서 약을 먹었다고 태연하게 말하는 그녀에게 세륜은 거리감을 느꼈다. 그리고 그 거리감은 그를 불안하게 만들었다.

"하연수. 네가 아프면 가장 먼저 알아야 할 사람이 나야."

"알았어. 다음에는 아프면 말할게."

"너 아픈 동안 난 아무것도 모르고 놀고 있었다는 게 얼마나 참담한지 알아?"

미안했다. 아픈 걸 몰라주고 혼자 내버려 둔 게 너무 미안해서 세륜은 어제 애들이 욕을 해도 휴대폰을 사수했어야 했고, 연수가 집에 잘 들어갔는지 확인했어야 했다고 자책했다. 그런 그에게 연수는 한숨을 내쉬었다.

"하아. 몰랐잖아. 그러니까 미안해할 거 없어."

"미안해. 너 아픈 줄 알았으면 술 마시고 놀지 않았을 거야. 마시다가도 달려왔을 거야, 알았다면."

"알았어. 알았으니까, 미안해하지 마."

대충 달래는 기색이 다분했다. 몰랐다고는 하지만 멍청하게 아픈 여자 친구를 두고 술을 마신 걸 자책하던 세륜은 연수가 귀찮다는 얼굴로 다시 눈을 감자 황당하기도 하고 조금씩 화가 올라왔다.

"하연수. 네가 연락을 했으면 이런 일 없었잖아!"

"왜 갑자기 화를 내?"

"화 안 나게 생겼어? 너 아픈 것도 모르고 난!"

방금 한 말을 이번에는 화를 내며 말하자 연수가 짜증 섞인 눈으로 그를 응시했다.

"내가 말 안 해서 몰랐잖아. 그래서 앞으로는 말하겠다고. 난 괜찮아. 뭐가 문제인데?"

세륜은 순간 말문이 막혔다.

연수가 아픈 걸 몰랐던 것에, 자신에게 말을 하지 않은 것에 서운해하자 그녀는 앞으로는 말을 하겠다고 했다. 혼자서 아파하다가 병원에 다녀오게 한 걸 미안해하자 괜찮다고 했다. 그러니 그녀의 말대로 문제가 될 게 없었다.

세륜은 연수가 잠을 좀 자겠다고 몸을 돌려 눕는 걸 망연하게 쳐다봤다. 그리고 그는 왜 자신이 화가 난 것인지 생각했다.

'그럼에도 화가 나는 이유는……. 자신은 심각한데 연수는 그렇지 않다는 거.'

자신은 일어나자마자 연수의 연락을 확인하고 부재중이나 남겨진 문자가 없어서 서운했는데 연수는 그러지 않고 있었다. 사귀고 난 뒤로 단 하루도 자기 전 연락을 하지 않은 적이 없었다. 그런 자신이 아침 늦게까지 연락이 없었는데 그녀는 걱정은커녕 마찬가지로 지금까지 연락을 하지 않았다.

'아팠다고 해도 어떻게 연락 한 번을 하지 않았을 수가 있지? 내가 남자라고 해도 전혀 걱정을 안 하는 건 아니지 않나? 또, 아프면 내가 먼저 생각나야 하잖아? 내 생각은 전혀 안 해? 아니, 아

예 신경을 쓰지 않는 거 아니야?'

순간 세륜은 자신 혼자 이 관계에 있어서 안달복달하고 안절부절못하고 있다는 걸 깨달았다. 하지만 세륜은 연수에게 자신의 불안함을 말하지 못했다.

너무 비참해서. 불안에 떠는 자신의 모습이 못나서. 연수가 이런 모습에 실망을 할까 봐. 그럼 그녀가 그만하자고 말을 할까 봐 두려웠다.

그래서 세륜은 표면적이고 일차원적인 문제를 들먹거렸다. 네가 아픈 걸 말하지 않아서 화가 난 거라고.

"연수야. 걱정돼서 그랬어. 화를 내는 게 아니라…… 걱정한 거야."

연수의 가녀린 뒷모습을 보며 세륜이 조심스럽게 입을 열었다. 연수가 천천히 몸을 돌려 그를 향해 누웠다.

"응. 앞으로는 아프면 꼭 연락할게. 나 지금 괜찮으니까 걱정하지 마."

세륜은 마치 기계처럼 뻣뻣하게 고개를 주억거렸다.

연수는 이제 갈등이 해결되고 화해했다고 생각을 했는지 희미하게 웃으며 눈을 감았다. 곧바로 새근새근 그녀가 잠이 드는 걸 확인한 세륜은 침대에 얼굴을 묻었다.

어제 술을 마실 때 연수의 자랑을 하자 다들 한마디씩 했다.

너무 연수를 좋아한다고, 연수도 네가 좋아하는 만큼 너를 좋아하냐고. 아니면 진세륜 불쌍해서 어쩌느냐고 농담으로 타박을 했다.

내가 더 좋아하면 어떠냐는 식으로 굴자 자연스럽게 섹스 이야
기로 흘렀다. 끝내주는 잠자리를 가지면 아무리 도도한 하연수라
도 쉽게 헤어지자는 소리를 못 할 거라는 저질스러운 농담으로 이
야기가 끝났었다.

"네가 지금 하연수한테 전전긍긍하는 것도 다 섹스를 하지 않아서
야."

진우가 장난으로 했던 말이 머릿속을 스쳤다. 농담과 다를 바
없어 가볍게 넘겼던 말이 떠올랐다.
자고 나면 불안함이 가실까? 나 혼자 우리의 관계에 목을 매는
것 같은 더러운 기분이 사라질까?
세륜은 침대에 묻은 얼굴을 돌리고 복잡한 시선으로 연수의 잠
든 얼굴을 바라봤다.

똑. 똑.
"진세륜 씨, 여기 계십니까."
익살스러운 목소리에 세륜은 아득해진 눈을 깜빡였다. 멍하니
손에 들린 커피 잔에서 시선을 떼고 고개를 움직였다. 진우의 주
먹 쥔 손이 테이블 위에 있었다. 다시 손가락 관절로 테이블을 두
드린 진우가 비식 웃었다.

"아, 무슨 이야기 중이었지?"

"같은 이유로 싸우는 데 지겹지 않으냐고."

"아아. 같기는 한데 미묘하게 달라. 별거 아니야. 연인끼리 싸울 수도 있지."

아주 오래전 한심하게 동요했던 자신의 모습을 떠올린 세륜은 불쾌감이 감돌자 애써 아무렇지 않은 척했다. 그러다 보니 예나 지금이나 불안한 마음을 숨기고 괜찮은 척하는 게 여전하다는 것이 씁쓸해졌다.

"말하는 거 보니 금방 화해하겠네. 괜히 걱정했잖아."

세륜은 입매를 늘였다. 하지만 웃는 것과는 달리 그는 절대로 이번만큼은 그냥 넘어가지 않을 생각이었다.

진우의 말처럼 같은 이유로 싸우는데 지겹지 않을 리가 없었다. 반복되는 싸움이 지겨우니까 헤어지기도 했던 거다.

스물셋에 만나 3년의 연애를 하다가 스물여섯 초여름에 일주일 간 헤어졌었다. 다시 사귀고 2년쯤 지난 작년에는 두 달 동안 헤어졌었다. 그로부터 1년 뒤인 올해 여름에는 헤어진 건 아니지만, 싸우고 이 주쯤 연락을 안 했었다.

싸움은 대부분 연수의 행동 때문에 발생했었다. 큰일이든 사소한 일이든 말하지 않고 의지하지 않는 그 빌어먹을 자립심에 거리감을 느껴 초조해진 자신이 닦달하다가 싸움으로 번졌었다.

세륜은 그 버릇을 기필코 뜯어고치겠다는 다짐을 했다. 특히나 이번에는 더욱더 연수의 고집을 눌러야 했다.

"결혼을······."

"응? 뭐라고?"

"아무것도 아니야."

청혼을 고민도, 생각도 하지 않고 단칼에 잘라낸 게 다시 떠오르자 부글부글 화가 끓어올랐다. 그리고 서운함에 기분이 저조해졌다.

물론 자신도 아직 결혼을 생각하고 있지는 않았다. 지금 연애만으로도 충분했다. 연애가 좋다고 해서 결혼하고 나면 더 좋을 거라고 생각하지 않는다. 당연히 결혼은 연수와 하겠지만, 아직 때가 아닌 것뿐이었다. 더 행복하고, 더 잘살기 위해 지금이 아닌 나중을 기약하는 거였다.

아까 연수에게 결혼을 이야기한 건 자신에게 도통 의지하지 않아 자괴감에 빠져 나온 말이었다. 날 떠올리고, 믿고, 의지하라는 말이나 다름없었다. 연수가 결혼하겠다고 하면 약혼을 먼저 하고 결혼식은 나중에 올리자고 했을 거다.

세륜은 이렇게 애써 자신을 다독였다. 연수의 거절에 상처받은 자신을 그렇게 스스로 위로했다.

"그보다 연수 괜찮아? 어디가 아팠던 거래?"

"소화불량."

"뭘 먹었기에?"

진우의 질문에 세륜은 다시 기분이 가라앉았다. 어제 자신의 집에서 불편하게 밥을 먹고 체했다고 말하지 못하고 그는 입 안쪽 여린 살을 깨물었다.

'갑자기 진짜로 당장 결혼을 하고 싶어지네.'

심술과 오기가 솟아오르자 그는 우선은 연수의 고집을 꺾고 생각을 뜯어 고치는 게 우선이라 판단했다. 나중에 그녀의 입에서 먼저 결혼하자는 소리가 나오게 만들겠다고. 아니, 무슨 일이 있으면 참고 참다가 버티지 못해 말하는 게 아니라 곧장 연락을 하게끔 만들겠다고 의지를 다졌다.

6년을 만나면서 바꾸지 못한 연수의 꼿꼿한 성격을 기필코 바꿔놓겠다고, 못된 자립심을 없애겠다는 헛된 희망을 품고 세륜은 커피를 마셨다.

원두를 얼마나 넣은 것인지 커피는 쓰디썼다. 미간을 찌푸린 세륜은 진우를 노려봤다.

"술 대신이라니까."

"너 다 마셔라."

"생각해서 진하게 내려줬더니만."

세륜은 연수의 집으로 돌아가 2차전 싸움을 벌일 걸 생각하고는 남은 커피를 비워냈다.

정신이 한결 맑아지자 이젠 걱정이 생겨났다.

"표정은 왜 또 그래?"

"건너편에 죽 가게 전화번호가 몇 번이었지?"

"연수 사다 주게? 잠깐만. 나 전화번호 저장해 놨거든."

이러든 저러든 하나뿐인 연인이었다. 아파서 누워 있을 연수가 걱정이 된 세륜이 죽 가게 전화번호를 물었다.

소화불량이니 밥을 먹지는 못할 테고, 아프면 혼자 알아서 죽을 끓여 먹으런 그 꼴을 보고 싶지 않으니 사 가는 게 낫다.

세륜은 아프니 죽을 사다 달라는 연락도 없는 연수 때문에 속이 다시 뒤집어졌다. 싸웠어도 힘들면 좀 연락을 하라고, 또 녹음기를 틀어놓은 것처럼 반복해서 잔소리를 할 생각에 머리가 아파왔다.

"지금 몇 시지? 너 바로 퇴근할 수 있어?"

늦게 출근했는데 일찍 퇴근하기 눈치 보이지 않으냐는 질문이 섞여 있었다. 세륜의 미간이 깊게 파였다.

"급한 일 다 마무리했어. 남은 일도 빨리 해야지."

눈치가 보이더라도 그 눈치 무시하면 그만. 세륜의 대답을 들은 진우가 직접 죽 가게에 전화를 걸었다. 무슨 메뉴로 할 거냐고 입 모양으로 묻는 진우에게 전복죽과 호박죽이라 답한 세륜은 손목시계로 시각을 확인했다.

정시에 퇴근을 하려면 남은 결재도 다 받아둬야 한다는 생각에 사무실로 돌아온 세륜은 일에 집중했다.

평소에는 꼼꼼하게 살펴서 오타 없이 출력했을 문서에 잘못된 숫자가 발견되어 다시 새로 출력한 걸 빼고는 퇴근할 때까지 다행히도 실수가 없었다.

6시가 되자 세륜은 컴퓨터를 끄고 자리에서 일어났다.

"과장님, 먼저 들어가 보겠습니다."

"아, 애인이 아프다고 했지? 일찍 들어가 봐."

세륜이 오전에 애인이 아파서 병원에 있다고 연락을 했을 때 그가 넘겼어야 할 시류를 받지 못해서 일에 차질이 생기자 좋지 않은 소리를 했던 서 과장은 미안함에 어서 가보라고 손을 내저었다.

"죽을병에 걸리셨나."

짧게 인사를 하고 지나치는데 강이호 주임이 작은 목소리로 이죽거렸다. 걸음을 멈춘 세륜은 느릿하게 몸을 돌렸다.

"강 주임."

딱 떨어지는 부름에 이호가 얼굴을 구겼다. 자신보다 어리지만 상사이기에 세륜이 이렇게 부르는 게 잘못된 게 아니지만, 그는 기분 나쁜 기색을 숨기지 않았다.

세륜은 또 자신에게 시비를 걸려고 폼을 잡는 이호를 보고 표정을 지웠다. 일일이 반응을 하는 것도 이제는 귀찮았고, 유치하고 저열한 시비는 무시하는 게 상책이지만 오늘 심사가 비틀릴 대로 비틀린 세륜은 기꺼이 그의 도발에 응해주기로 했다.

"전략기획팀과 내일 회의가 몇 시였죠?"

"오전 11시입니다."

갑자기 내일 있는 회의를 묻자 강 주임은 업무 수첩에 적어놓은 걸 확인하고 대답했다.

"전략기획팀에서 보내준 자료 피드백을 이번에는 강 주임이 준비해 보는 걸로 하죠."

"……네?"

"언제까지 제가 다 할 수는 없잖습니까. 승진하시려면 이제 그 정도 일 처리는 혼자 하셔야죠. 내일 출근하고 제가 검토한 뒤에 과장님께 보고 드리면 되겠군요. 그럼 수고하세요."

"네? 저기   긴 대리님."

갑자기 뚝 떨어진 일에 강 주임이 자리에서 어정쩡하게 일어나 세륜을 붙잡았다. 지금 그 일을 정말로 내일 아침까지 나보고 다 하라는 거냐는 시선에 세륜은 고개를 끄덕였다.

"그건 너무 부당한……."

"못 하시겠습니까."

"시간이 너무 빠듯하고, 갑자기 이렇게 일을 맡기시면……. 애인분이 아프다고 저에게 일을 미루시면 안 되죠."

꽤 강력하게 항의하는 말에 세륜이 픽 웃었다.

"전부터 과장님께서 강 주임보고 하라고 했던 일입니다. 여태 저에게 미뤘던 건 강 주임 같습니다만."

반박할 수 없는 사실에 이호의 입이 다물어졌다. 일이 잘못되면 책임을 지는 것에 큰 부담감을 느끼는 그는 최대한 뒤에서 서포트 하는 일만 골라 했다.

세륜은 손목시계를 흘끗 내려다봤다. 시간이 지체되자 그는 마지막 한 방을 날리고 이호를 상대하는 걸 그만두기로 했다.

"이번 일은 제가 하죠."

하찮고 능력 없는 사람을 보듯 이호를 본 세륜은 몸을 돌려 걸음을 옮겼다.

이미 그 일은 그가 다 끝내놓았다. 서 과장의 검토도 받았고 내일 회의에 쓸 자료만 인원수대로 뽑으면 된다.

사무실을 나서는 세륜의 입에 승리자의 미소가 걸렸다가 사라졌다.

죽 가게에 들러 주문한 죽을 사서 연수의 원룸 건물 앞에 도착한 세륜은 잠시 시간을 가졌다. 5분 정도 짧게 마음을 추스른 그는 죽이 든 쇼핑백을 챙겨 차에서 내렸다.

"겨울이네."

계절이 가을과 겨울의 경계에 아슬아슬하게 걸려 있었다. 11월의 싸늘한 공기가 머릿속을 맑게 개이게 했다. 상쾌하게까지 느껴지는 차가운 공기를 깊게 들이마신 세륜은 원룸 건물 안으로 들어갔다.

굳게 닫혀 있는 현관문을 노려보던 그가 도어록을 해제하고 집 안으로 들어설 때에는 차분하게 마음을 가라앉힌 상태였다.

4. 내가 모르는 내 연인

"내가 이 말까지는 안 하려고 했는데. 너, 나한테 의지하기는 해? 내가 의지가 되기는 해?"

의지 한다. 그것도 아주 많이.

"아닌 거 다 알아. 기대 봤어야 의지가 되는지 알지."

꼭 내가 너에게 '이렇게 의지를 하고 있어' 라고 일일이 다 설명해야 알 수 있는 건가? 우린 6년을 만났다. 그 시간 속에서 나는 슬며시 널 찾았고 네게 의지했다.

살아가면서 사소한 것까지 항상 의지할 수는 없다는 걸 알기에 스스로 하려고 했다. 아니, 타인에게 의지를 하는 게 얼마나 부질없는지를 일찍부터 깨닫고 뭐든 혼자 해왔다.

내 선에서 해결할 수 있는 거라면 더더욱 혼자 했다. 이런 내가 널 만나 투정 부릴 줄을 알게 됐고, 다시 의지하는 걸 배웠다.

그걸 차치하고서라도 난 언제나 네게 의지하고 있었다. 네가 옆에 있어주는 것만으로도, 네 존재만으로도 큰 위안을 받았다.

"해. 결혼하자고."

이런 식의 청혼 아닌 청혼이 달가울 리 없다. 싸우다가 홧김에 성의 없이 툭 내뱉는 말. 내가 얼마나 결혼에 부정적이고, 언젠가는 할 너와의 결혼에 신중을 가하는지 아는 네가 이렇게 무성의하게, 너무 쉽게 결혼을 이야기하면 화가 나고 서운하다.

"다른 사람들과 날 동급으로 취급해서는 안 되지. 나니까! 나와 함께이니까 생각이 바뀌어야 하는 거 아니야?"

다른 누구와 널 동급 취급한 적이 없다. 알면서도 그런 말로 나와 너에게 상처를 입히는 네가 밉다. 너와 평생 함께하고 싶어하는 걸 몰라주는 네 모습이 오히려 날 허탈하게 만든다.

'내 사랑을 믿지 못하는 건 너 아니니?'

연수는 세륜이 화를 낼 때 자신도 이런 생각이 들어서 화가 났다고, 상처받았다고 말하지 못했다. 늘 감정을 죽이고 감추던 게 꼭 그와 싸울 때 드러났다. 평소에는 짜증도 잘 내고 하는데 이상하게 그가 화를 내면 감정을 숨기게 된다.

그리고 자신의 감정을 말하지 못한 걸 뒤늦게 혼자 후회하고 서러워했다.

"세륜아. 진세륜."

세륜이 가버리고 혼자 남은 공간에서 연수는 그의 이름을 불렀다. 너무 늦은 부름이라 세륜은 듣지 못했고 되돌아오지 않았다.

연수는 이불로 몸을 감싸고 모로 누워 웅크렸다. 그녀의 버릇이었다. 외로울 때, 아플 때, 온기가 필요할 때 이런 자세로 최대한 자신의 온기를 모았다.

그 상태로 가만히 죽은 듯이 누워 있다 보니 시간이 째깍째깍 흘렀다.

불면증이 심했던 연수는 집에 시계를 두지 않았다. 초침이 움직이는 소리가 거슬렸고 더 불면증을 유발시켰기에 디지털시계를 놓았었다. 그런데 디지털시계에서 나오는 빛에도 예민해 잠을 자지 못해 없앴다. 그러니 시간이 흐르는 소리는 연수의 마음에서 들리는 소리였다.

째, 깍, 째, 깍.

뚝뚝 끊어지며 느릿하게 시간이 흘렀다.

조용한 공간에서 몇 시간이 지나도록 자신에게만 들리는 소리에 연수는 계속 미간을 찌푸렸다. 두통이 생기는지 머리가 지끈거리고 아파왔다.

띠 띠 띠 띠 띠 띠, 띠리릭.

갑자기 들리는 전자음 소리에 연수는 반쯤 내리감았던 눈을 떴다. 부스럭거리는 소리가 들리고 현관문이 닫혔다.

세륜이 집 안으로 들어서는 걸 본 연수가 침대에서 몸을 일으켰다. 한참 시선을 마주하던 그녀는 자신도 모르게 그를 향해 손을 내밀었다.

"하아. 하연수. 왜 울어."

죽을 먹이고 약을 먹인 뒤에 충분히 소화가 되면 이야기를 나눠서 풀든 싸우든 할 계획을 세웠던 세륜은 연수가 자신을 보자마자 울어버리자 탄식했다. 이렇게 울어버리면 더는 화를 내지 못하게 된다. 어영부영 또 넘어가겠다는 생각에 그는 나직이 한숨을 흘렸다.

죽이 든 쇼핑백을 테이블 위에 올려두고 침대에 앉은 그는 자신의 품 안으로 파고드는 연수의 등을 감쌌다.

"왜 우냐고. 아파?"

세륜의 목을 감싸고 그의 탄탄한 어깨에 얼굴을 묻은 연수는 고개를 끄덕였다.

세륜이 오지 않을까 무서워서, 그가 온 것에 안도해서 자신도 모르게 흘러내린 눈물이었다. 속상해서 가슴이 아파 운 것도 맞기에 아프냐고 걱정스럽게 묻는 그의 질문에 미약하게 고개를 끄덕였다.

"어디가 아픈데. 배? 아직 아파?"

세륜의 손이 두 사람의 밀착된 몸 사이로 파고들더니 연수의 납작한 배 위에 올려졌다. 위아래로 부드럽게 문지르던 그가 고개를 숙여 자신의 목을 감싼 팔을 깨물었다.

"아얏!"

"계속 대답 안 하지? 어디가 아프냐고. 배가 아픈 거 맞아?"

"……아니. 머리가 아파."

세륜의 손이 머리로 옮겨졌다. 이마에 손을 올리고 열을 잰 그가 툭툭 정수리를 두드렸다. 그리곤 뒷머리로 옮겨가 쓰다듬었다.

연수는 계속 신경을 거슬리게 했던 시곗바늘이 째깍거리며 움직이는 소리가 더는 들리지 않자 입술을 말아 올렸다.

세륜이 오자 마음이 편안해졌다. 내내 멍해졌던 정신도 들고 수축했던 몸의 근육도 부드럽게 이완되었다.

몸을 떼고 그녀의 미소를 본 세륜은 달리 해석을 했다.

"약았어. 전에는 넘어지지도 않았으면서 소리 지르더니 이제는 거짓 눈물까지."

"거짓 눈물 아니거든?"

"아, 짜증나 하연수. 눈물 하나에 어쩌지 못하는 내 자신은 더 짜증나."

"그런 거 아니라니까. 진짜 아팠어!"

그러려고 흘린 눈물이 아니었다고 반박하는 연수의 배에서 꼬르륵 소리가 울렸다. 민망함에 얼굴이 발개지는 귀여운 모습을 본 세륜은 눈매를 휘어 웃었다.

"죽 먹고 약 먹어."

바닥으로 내려와 앉은 세륜이 차가운 온도에 이맛살을 구겼다. 다시 일어나 보일러 온도를 높이고 연수가 앉을 자리에 방석을 둔 그는 쇼핑백에서 죽을 꺼냈다.

　세륜이 씻으러 간 사이 먼저 씻고 나온 연수는 침대에 누워 눈을 감았다. 그가 욕실에서 만들어내는 소음을 자장가 삼아 얕은 잠에 빠져들던 그녀는 조금 전처럼 혼자 침대에 누워 있었지만 다르게 느껴졌다.

　세륜이 다 씻었는지 물소리가 뚝 끊겼다. 연수는 그가 나올 때를 맞춰 아까처럼 몸을 말았다.

　"그러고 자면 근육통 오겠다. 불편해 보여."

　"추워."

　"보일러 온도 올려줘?"

　"아니. 이불이 차가워서."

　투정이었다. 억지스러운 말을 하면서 투정을 부리자 세륜은 헛웃음을 내뱉었다. 침대 위로 올라와 웅크린 몸을 감싸 안자 연수가 몸을 펴고 그의 가슴에 바짝 등을 붙였다.

　"내일 출근할 수 있겠어?"

　"응. 해야지."

　"아침에 데려다줄 테니까 일찍 일어나. 또 늦잠 자면 가만 안 둔다."

　"일찍 깨워주든가."

　세륜이 연수의 귓불을 깨물었다. 깨워도 못 일어나는 사람이 누구냐고 투덜대던 그는 자리에서 일어났다.

　"어디 가?"

"불 꺼야지."

불을 끄러 걸음을 옮기던 세륜은 휴지통에 무언가가 구겨져 버려진 걸 발견했다. 무심히 스쳐 지나간 그의 시선이 다시 그곳으로 향했다.

연수는 영수증이든 고지서든 다 잘게 찢어서 버렸다. 잔뜩 구겨 놓은 게 그녀의 짜증이 덕지덕지 묻어나 있어서 세륜은 뭔지 궁금해 상체를 굽히고 휴지통에서 그걸 꺼냈다.

"이거 뭐야?"

"응? 뭐가? 아……."

몸을 돌린 연수는 세륜의 손에 들린 구겨진 종이를 보고 흠칫 몸을 떨었다. 그가 종이를 펴서 내용을 확인하자 그녀가 난감한 표정을 하고 입술을 짓이겼다.

"이게 뭐냐고, 하연수."

"아, 그게……."

세륜이 종이에 적힌 낯설지 않은 이름을 몇 번 읊조리더니 생각이 났는지 얼굴을 굳혔다.

"그 여자 빚 독촉장이 왜 여기에 있어?"

연수 친부의 여자들 중 하나. 그녀의 아버지는 결혼과 이혼을 반복했다. 그리고 결혼하지 않고 동거를 한 여자들도 있었다. 그 여자들 중 한 명의 이름이 적힌 빚 독촉장에 세륜의 눈이 싸늘하게 잠겼다.

"왜 여기에 있는지 설명하라고."

"며칠…… 전에 만나자고 연락이 왔었어. 아버지 말을 듣고 투자했다가 망했다고 나보고 갚으라잖아."

"뭐? 하. 그게 말이 돼?"

세륜이 얼토당토않은 말을 듣고는 기가 막힌지 삐뚤어진 시선으로 연수를 응시했다.

"당연히…… 안 되지? 나도 이상해서 엊그제 아버지한테 연락했어. 난 이 빚 갚을 수 없다고 했어. 그랬더니 아버지가 투자는 자신은 모르는 일이래."

오죽 만만했으면 전남편의 딸을 찾아와 없던 일을 만들어내서 자신의 빚을 갚으라고 했을까.

그 생각에 분한 연수는 몸을 파르르 떨었다. 어이없고, 황당하고, 짜증이 나 그 종이를 곧장 구겨서 휴지통에 버렸다. 바로 휴지통을 비웠어야 했는데 일이 바빠 여유가 없었고, 아프고 하는 통에 까맣게 잊고 있었다.

불행히도 그걸 세륜이 발견한 거였다.

"그제 아버지랑 연락했다고? 너, 왜 또 말 안 한 건데."

"신경 쓰이게 하고 싶지 않아서……. 내가 갚을 빚도 아니고. 그러니까……."

"하연수. 내가 아버지랑 관련된 일은 작은 거 하나라도 다 이야기하라고 했지."

또 같은 싸움이 반복될 조짐이 보였다. 아니, 이미 싸움은 시작되었다.

"세륜아. 이번 일은 정말 나도 황당해서……. 너한테 말하면 네가 더 화내니까……. 너 화내는 거 싫단 말이야."

"네 일에 내가 화내는 게 뭐. 당연한 거 아니야? 내가 이 이야기 몇 번 하는 줄 알아? 왜 계속 도돌이표야? 지긋지긋하지 않아?"

"지긋지긋하다니?"

연수의 눈에 상처가 깃들었다. 하지만 세륜은 참았던 화가 폭발해서 그녀의 상처가 눈에 들어오지 않았다.

"하연수! 너 도대체 날 어디까지 끌어내리는 거야! 네가 날 얼마나 비참하게 만드는지 알아?"

"세륜아?"

연수가 가장 타인으로 느껴질 때는 당연히 자신을 받아주지 않을 때였다. 자신을 믿지 못하고, 자기가 옆에 있어도 의지하기는커녕 저 혼자 살아가는 것처럼 굴 때면 연수가 눈앞에 있어도 멀리 있는 것 같았다.

그리고 그녀에 대해 자신이 모르는 게 있다는 것이 끔찍하다. 연수에게 무슨 일이 생기든 자신은 그녀가 말하지 않으면 끝내 모른다. 이것도 우연히 발견하지 못했다면 평생 몰랐을 거다.

어쩌면 이런 일이 더 있을지도.

"혹시 아버지나 아버지의 여자들과 문제 있었던 적 있어? 내가 모르는."

"없, 없어. 지금 잘 지내고 있는데 문제라니."

세륜은 더듬는 말에서, 회피하는 시선에서 다른 일들도 있었다는 걸 알아차렸다.

교제를 시작하고 초반에만 해도 연수가 아버지 일로 많이 힘들어했었다. 어느 순간부터는 그런 기색을 많이 보이지 않아서 이제는 괜찮은 줄 알았다. 그런데 아니었나 보다.

세륜은 자신이 연수에 대해서 완전히 다 모르고 있다는 것에 순간 머리카락이 쭈뼛 섰다. 소름이 돋았다. 자기가 모르는 하연수가 소름 끼쳤다.

그는 연수가 제 손에 쥐어져 있는지 궁금했다. 그녀를 가졌는지, 소유했는지 의문이 들었다. 잡았다고 생각했는데 손을 펴면 아무것도 없는, 혹은 허상을 쥐고 있는 건 아닌지 두려웠다.

아니, 분명 쥐었다. 그런데 모래처럼 손안에서 흘러내려 빠져나갔다. 그걸 다시 모아 쥐면 또 빠져나갔다. 난 그걸 반복하고 있는 거였다.

세륜은 언제가 되면 그녀를 다 가질 수 있을지 아득하게 느껴졌다. 그러면서 두려웠다. 평생 그녀를 보면서 초조해하고, 조급해하고, 아쉬워하고, 안타까워할까 봐.

6년. 그 이상의 시간도 이렇게 보내야 하는 건 아닌지 하는 생각이 든 그는 연수를 서늘하게 일렁거리는 눈에 담았다. 그리고 성큼성큼 다가갔다.

처음 싸우고 난 뒤로 연수에게서 눈을 뗄 수가 없었다. 전보다 더 초조하게 굴고 있다는 걸 인지했지만 어떻게 해야 할지를 몰랐다.

연수가 자신을 좋아하는지, 왜 자신과 만나는지, 너무 귀찮게 쫓아다니니까 마지못해 받아준 것인지 계속 부정적인 생각으로 이어졌고 불안감은 쌓여갔다.

"무슨 생각해?"

"응? 생각은 무슨. 운전 중이잖아."

100일 여행. 아르바이트도 빼고 겨우 시간을 내서 가는 둘만의 첫 여행이었다. 방학 때, 여름이면 누구나 다 간다는 바다 한 번 가지 못했고, 두 사람이 사귀고 맞는 첫 기념일이기도 해서 세륜은 연수에게 여행을 가자고 조심스럽게 청했다. 걱정과 달리 연수는 흔쾌히 그의 제안에 응했다.

"표정이 심각해서. 무슨 걱정 있어 보여."

"걱정은 무슨."

세륜은 목적지인 안면도에 도착하기 전, 마지막 휴게소로 들어갔다. 각자 화장실로 향하고 먼저 나온 세륜은 연수가 커피를 마시고 싶다고 했던 게 떠올라 미리 사놓을 생각으로 줄을 섰다.

몇 차례 뒤를 돌아보자 여자 화장실에서 연수가 나왔다. 세륜은 곧장 자신을 발견하고 다가오는 모습이 마음에 들어 근사한 미소를 지었다. 그의 뒤로도 줄이 길게 나 있어 사람들로 복잡했다. 그는 거기서 기다리고 있으라고 입 모양으로 말을 한 뒤 줄어드는 줄에 앞으로 두어 걸음 내디뎠다.

드디어 차례가 와 커피를 주문한 세륜은 몸을 돌렸다.

"어? 어디 갔지?"

기다리고 있으라고 한 자리에 연수가 보이지 않았다. 그 주변을 두리번거렸지만 그녀의 모습을 찾을 수가 없었다.

"어딜 간 거야."

세륜은 커피를 내리는 직원의 뒷모습을 보고 다시 주위를 살폈다. 그의 한쪽 다리가 바닥을 빠른 속도로 때렸다. 초조하게 발을 굴리던 그는 카운터 위에 가볍게 올려둔 손가락도 까딱이기 시작했다.

"커피 나왔습니다. 아이스 아메리카노 한 잔과 아이스 카라멜 모카 한 잔 맞으시죠?"

"네."

커피가 나오고 뒤에 기다리는 손님이 많아서인지 직원은 급하게 움직였는데 오히려 허둥지둥 대고 손은 더 더뎌졌다. 홀더를 간신히 끼워준 직원의 손에서 커피를 낚아챈 세륜은 급히 걸음을 옮겼다.

사람들이 바글바글한 곳에서 나와 한자리에 서서 그는 한 바퀴 천천히 돌았다. 도는 속도와 달리 그의 동공은 빠르게 움직였다.

"연수야! 하연수!"

양손에 커피를 들고 연수의 이름을 부르는 그를 사람들이 돌아보더니 이내 무관심하게 도로 고개를 돌렸고 여자들 일부가 그의 수려한 외모에 빤히 쳐다봤다.

연수를 찾지 못한 세륜은 줄지어 있는 가게를 따라 걸었다. 그리고 마침내 그녀를 찾았다.

허벅지 길이의 반바지에 티를 입었을 뿐인데도 세륜의 눈에는 연수에게서 차원이 다른 아름다움이 보였다. 그냥 서 있는 것뿐인데도 반듯하게 선 자세와 시선을 아래로 내리고 생각에 잠긴 모습에서 고고함이 흘렀다.

그녀의 그런 특유의 분위기에 반했던 세륜은 잠깐 그 자리에 멈춰 서서 연수를 응시했다.

"연수······."

연수를 찾아 안도의 미소를 띤 세륜이 그녀의 이름을 부르며 한 걸음 막 떼었을 때 한 남자가 쭈뼛거리며 다가가는 게 보였다. 연수의 시선이 위로 올라가며 낯선 남자를 눈에 담았다.

"시팔."

굉장히 오랜만에 적나라한 상스러운 욕이 툭 튀어나왔다. 그는 빠르게 다가가 연수의 뒤에 바짝 붙었다.

"뭐야? 아는 사람이야?"

연수는 고개를 비스듬하게 위로 들어 올려 세륜과 시선을 맞추고 고개를 저었다.

그녀의 얼굴에는 낯선 사람에 대한 거부감과 함께 어쩔 줄 모르는 기색이 가득했다. 하기야 사람들이 다가오는 걸 달가워하는 성격이 아닌데다 낯을 가리니 그럴 만도 했다.

"무슨 볼일이시죠?"

마음 같아서는 욕을 지껄이고 위협해서 쫓아내고 싶었지만, 연수가 보고 있어 최대한 정중하게 물었다. 남자는 우물쭈물하더니 아니라고, 사람을 잘못 봤다고, 죄송하다고 사과를 한 뒤 자리를 피했다.

"저 자식이 뭐래?"

"몇 살이냐고, 어디 가냐고 묻던데."

딱 예상했던 그대로라 세륜의 얼굴이 구겨졌다.

"그러니까 왜 돌아다녀. 너 없어져서 깜짝 놀랐잖아."

"아, 미안."

남자가 사라지자 한결 편해지는 표정과 순순히 나오는 사과에 세륜의 표정이 누그러졌다. 그는 그녀가 빤히 쳐다보고 있는 커피를 괜한 심술에 느릿하게 건네주었다.

"여기까지 왜 왔어? 뭐 좀 사려고?"

"아니. 잠깐 통화 좀 하느라."

사람들이 줄지어 서 있는 곳을 차근차근 훑어보며 묻던 세륜은 무슨 통화냐고 무심코 물었다. 딱히 대답을 바란 게 아닌 가벼운 질문이었는데 묘한 정적이 흐른 뒤 연수가 그냥이라고 말을 흐렸다. 그의 시선이 그녀에게로 떨어졌다.

"뭐야. 남자랑 통화했어?"

"남자는 무슨. 그런 거 아니야."

이맛살을 구기며 묻는 세륜에게 부정을 한 연수는 빨리 가자며 그의 팔을 잡아끌었다.

다시 차에 올라 운전을 하던 세륜은 분위기가 바뀌었다는 걸 느꼈다. 휴게소에 들어가기 전에는 그가 잡생각에 빠졌다면, 이번에는 연수가 그랬다.

연수가 창밖을 응시하면서 포옥, 한숨을 내쉬는 걸 본 세륜이 물었다.

"무슨 생각해? 너 아까 했다던 그 통화 때문에 그러지? 누구랑 통화했어?"

"응? 뭐라고 했어?"

질문도 놓칠 정도로 딴생각에 잠긴 걸 보고 그가 눈매를 좁혔다.

"누구랑 통화했냐고."

"아무것도 아니야. 왜 자꾸 물어?"

연수의 목소리에 가시 같은 뾰족함 담겼다. 세륜은 곁눈질로 그녀를 보고 입술을 짓이겼다.

그러지 않아도 불안한데 연수가 뭔가를 감추려 드는 태도를 보이자 더 동요되고 심장이 빠르게 뛰었다.

마른침을 삼킨 세륜은 차가워진 손으로 핸들을 강하게 쥐었다.

"아무것도 아니라며. 그런데 왜 말 안 해주는데?"

"아무것도 아니니까. 갑자기 왜 그래?"

"지금 네가 이상하게 굴잖아. 무슨 일인데."

"이상하게 굴다니?"

연수는 세륜에게로 몸을 틀었다.

"너 지금 날카로워. 내가 하면 안 되는 질문했어?"

"그 질문 싫어하는 거 눈치챘으면 더는 묻지 말아야 하는 거 아니야?"

"네가 지금 고민하는 것 같아서 물었어. 내가 도움이 될 수도 있잖아. 그리고 그 고민 내가 좀 알면 안 돼? 왜 말 못하는 건데? 뭘 숨기는 거야!"

"네가 도움 못 되는 거니까 말 안 하는 거지! 너한테 이야기한다고 해결될 일 아니야! 그리고 내가 뭐든 시시콜콜 다 말해야 해?

이건 내 일이야! 네가 뭔데 왜 화를 내?"

"하연수! 너 말 그렇게밖에 못해? 뭐? 네가 뭔데? 나 네 남자 친구거든?"

"남자 친구라고 뭐든 다 말해야 해? 왜? 남자 친구가 뭐라고!"

"뭐? 남자 친구가 뭐라고? 하."

점점 고양이 되면서 목소리가 커졌다. 흥분으로 두 사람의 몸이 들썩거렸다. 연수의 말에 상처받고, 한편으로는 참지 못할 화가 치밀어 오르자 세륜은 입을 꾹 다물었다. 험한 말이 쏟아질 것 같아 참는데 연수가 마지막까지 그의 가슴을 할퀴었다.

"이래서 연애 같은 거 하기 싫었어."

이 말 한마디에 세륜은 가슴 아래가 뜨거워지고 욱신거렸다.

"하연수. 심하다. 내가 그렇게 잘못했어? 아무리 내가 얼뜨기같이 널 쫓아다니고 혼자만 좋아한다고 해도 이건 심하잖아. 내가 널……."

세륜의 얼굴이 참혹하게 일그러졌다. 자신의 입으로 연인을 짝사랑하고 있다고 말을 한 그는 사귀기 전 연수에게 여러 번 거절을 당했던 것보다 더 비참해서 말을 이을 수 없었다.

그런 그의 표정을 본 연수도 얼굴을 찌푸렸다. 자신이 상처를 줬다는 걸 알아차린 그녀는 미안하고 난감해졌다.

한참을 불편한 침묵 속에서 차만 시원하게 질주했다.

아르바이트 시간을 빼느라 다른 아르바이트생에게 부탁을 하고, 사장님의 허락도 받느라 힘들었다. 오랫동안 성실하게 일을 했기에 사장님은 흔쾌히 허락을 하셨지만 다른 아르바이트생이 며칠 내내 투덜거렸었다.

그렇게 어렵게 여행을 떠나게 되었고, 거기에 첫 기념일이라 연수도 기대를 하고 고대했었다.

이대로 계속 가다가는 이번 여행이 나쁜 기억으로 남을 수 있었다. 자신이 예민하게 굴었기에 연수는 먼저 사과하기로 결심했다. 무엇보다 계속 세륜의 눈치를 보기 힘들었다.

"미안해. 내가 말이 심했어."

사과에도 세륜은 반응이 없었다. 무안해서 발개진 얼굴을 감추려 고개를 돌린 연수는 다시 한숨을 포옥 내쉬었다.

"아버지 전화였어. 아버지가 좀 보자고 전화하신 거야."

"그게 그렇게 감출 일이었어?"

납득이 되지 않는다고, 거짓말을 하는 거 아니냐는 의심이 깔려 있는 질문이었다. 연수는 고민을 하다가 이야기를 조금 털어놨다.

"아버지가 재혼하신다고, 그분이랑 식사하자고 전화하셨어. 그래서 심란해서 그랬던 거야."

세륜의 고개가 연수에게로 향했다가 다시 정면으로 돌아갔다.

"재혼? 그런 이야기 안 했잖아. 혹시 어머니는……."

"어릴 때 돌아가셨어."

"……그랬구나. 몰랐어."

더는 화를 낼 수 없는 연수의 상황과 쉽게 말할 수 없는 이야기라는 걸 받아들인 세륜의 목소리가 조금 누그러졌다. 하지만 심정은 더 꼬이고 복잡해졌다. 온갖 번민에 사로잡힌 것 같았다. 연수에 대해 아무것도 모른다는 불안감은 더 증폭되었다.

사과와 설명에 이해해 줄 거라고 생각을 했는데 세륜은 여전히 무겁게 가라앉아 있다. 연수는 자신이 한 말을 곱씹고는 다시 조곤조곤한 목소리로 사과했다.

"정말 미안해."

"어."

사과를 받아들였지만 이미 연수의 말에 상처받은 세륜의 표정은 나아지지 않았다.

펜션에 가기 앞서 바다에 먼저 들렀다. 주차를 하고 차에서 내린 세륜은 연수의 어깨를 감싸고 걸음을 옮겼다. 백사장으로 내려가자 모래에 얕게 폭폭 발이 빠졌다.

"물에 들어갈까?"

일부러 밝게 묻는 그녀에게 희미한 미소를 지어 보인 세륜은 고개를 저었다.

"한여름이면 모를까. 감기 걸릴지도 몰라."

"발만 담그자. 응?"

세륜이 다시 고개를 젓자 연수가 입술을 말아 물었다. 타인의 기분을 풀어주는 것에 능숙지 않았고, 세륜 때문에 자신도 불편해지자 그녀도 계속 기분이 상해갔다.

"나 혼자 들어갈래, 그럼."

신발을 벗고 양말까지 벗은 연수는 그대로 물 쪽으로 뛰어갔다. 무릎까지 들어갔다가 나오고, 다시 들어가 발로 물장구를 치는 아이 같은 모습을 눈에 담으며 세륜은 감정을 추슬렀다.

계속 보고 있어도 질리지 않을 것 같다. 한 여자가 이렇게 사랑스러울 수도 있는지 매 시간이 감동이었다. 그만큼 불안했다. 언젠가는 잃어버릴까 봐.

조금 더 깊이 들어간 연수는 파도가 조금 높게 일자 놀라 물 밖으로 나왔다. 그 모습을 보고 있던 세륜은 그녀가 적잖이 놀란 것 같아 한달음에 달려갔다.

"괜찮아?"

"응."

"이제 그만 놀아."

신발을 벗어놓은 곳까지 도로 연수를 데리고 온 세륜은 입고 있던 셔츠 단추를 풀어 벗었다. 안에 반팔티를 입고 있었지만 연수는 갑작스런 탈의에 깜짝 놀랐다.

"어? 잠깐만!"

다리를 굽히고 앉은 그가 벗은 옷으로 연수의 다리에서 물기를 닦아냈다. 제지할 틈도 없이 벌어진 일이었다.

한쪽 발을 들어 올렸기에 그녀는 그의 어깨를 잡고 균형을 잡았다. 발밑까지 물기를 닦고 모래를 탈탈 털어낸 그는 양말과 신발을 차례로 신겨주었다. 그의 행동을 물끄러미 보던 연수는 손길하나하나에 애정이 묻어나자 눈이 시큰거렸다.

"세륜아. 너 혼자 날 좋아하는 거 아니야. 나도 너 많이 좋아해."

순간 그의 손이 멈칫했다. 남은 발도 닦아주고 양말과 신발을 신겨준 뒤에 그는 천천히 몸을 일으켰다.

그의 눈이 깊게 가라앉아 있었다. 고개를 숙여 연수와 한참 눈을 맞춘 그가 입을 달싹였다.

"펜션으로 가자. 그리고 우리 자자."

"……응?"

"여기까지 와 1박을 하면서 그냥 갈 거라고 생각한 건 아니지?"

"저기, 세륜아?"

연수도 내심 생각하고 각오했던 일이었다. 하지만 이렇게 노골적으로 그가 같이 자자고 할 줄은 몰랐기에 놀랐다.

"너랑 자고 싶어. 아니, 난 너랑 자야겠어."

무미건조한 표정이었지만 그의 눈에 열기가 감돌았다. 조금씩 욕정이 차오르는 눈동자 속에 있는 자신의 모습을 본 연수는 몸이 따끔거리는 걸 느꼈다.

세륜은 거절하지 않는 모습을 망설임이 아닌 허락이라 여겼다. 아니, 그녀의 망설임을 더는 참을 수 없었다.

연수의 손목을 잡은 손이 억세지는 않았지만 느슨하지도 않았다. 그는 그대로 그녀를 주차를 한 곳으로 데리고 갔다.

예약한 펜션에 도착해 챙겨온 짐을 다 안으로 들여놓은 세륜은 연수의 팔을 잡아 끌어당겼다.

"저기, 잠깐!"

"왜?"

연수의 허리를 야릇하게 매만지며 세륜이 고개를 비뚜름하게 숙였다. 네가 하고자 하는 말을 들어주기는 하겠지만, 멈추지는 않겠다는 결의가 담긴 그의 얼굴을 본 연수가 눈동자를 굴렸다.

"아직…… 점심 전인데?"

조금이라도 더 같이 있고 싶다는 세륜의 채근에 이른 새벽부터 출발을 했으니 밤이 되려면 한참이나 남았다.

"낮에도 자는 데 무리 없어."

"밝, 밝잖아!"

"어두운 게 좋아? 그래, 그럼."

연수는 세륜이 내뿜는 기묘하고 묵직한 분위기에 새삼 그가 남자라는 걸 인식했다.

세륜의 성격이 막 좋지만은 않다는 걸 잘 알고 있었다. 같은 고등학교 출신의 친구들이 다 한가락 했고 그도 못지않았다. 하지만 자신을 쫓아다니는 동안 친절, 상냥, 배려를 일삼았기에 아까부터 보였던 그의 모습이 낯설었다. 그런데 무섭다기보다는 긴장감이 들었다.

세륜은 연수에게서 손을 떼고 외부로 이어지는 유리문으로 향했다. 슬쩍 밖을 내다보자 옆에 또 다른 공간으로 이어지는 문이 보였다. 꽉 닫혀 있었지만 그는 그곳이 프라이빗 스파 시설이 있는 곳이라는 걸 알아차렸다.

세륜은 커튼을 치고 몸을 돌렸다. 커튼을 기어이 통과한 여린 빛이 어둑해진 방 안을 희미하게 밝혀 사물을 감지할 수 있도록 도와주었다. 약간의 시간이 지나자 시야가 어둠에 완전히 익숙해졌다.

"그럼…… 이제 됐지?"

세륜은 왼쪽 손목에 채운 시계를 풀었다. 연수에게로 느릿하게 다가가며 그 시계를 테이블 위에 툭 내려놓았다. 탁, 짧은 소리에 그녀의 몸이 움찔거렸다.

"세륜아……."

"어둠 말고 또 뭐가 필요해? 말만 해."

연수의 앞에 선 그가 나직하게 물었다. 이미 절반쯤 멍해진 정신이었기에 그녀는 그의 질문에 곧장 대답하지 못했다.

"초를 켜줄까? 침대 위에 장미꽃을 뿌려줘? 아니면 끈적거리는 음악을 틀어줘?"

그게 널 유혹하는데 도움이 된다면 다 들어주겠다. 난 지금 머릿속에 너랑 하는 생각밖에 없다.

뒷말을 속으로 삼킨 그가 연수의 볼을 손끝으로 건드렸다. 대답을 하라는 듯 가볍게 두드리자 연수가 바들바들 입술을 떨며 대답했다.

"……아니."

"맨정신이 힘들면 알코올의 힘을 빌려도 되고. 혹시나 해서 와인도 챙겨왔어."

"……아니. 싫어, 그건."

"다행이네. 술김에는 나도 싫거든. 그럼, 벗을까?"

세륜은 자신의 상의 밑단을 팔을 교차해 잡아 위로 끌어 올려 단숨에 벗었다. 그는 머뭇거림 하나 없이 바지 벨트를 풀었다. 긴 벨트가 바지에서 빠져나와 바닥에 떨어트린 상의 위에 안착했다. 이어서 바지 버클이 풀렸다. 지이익 지퍼를 내리는 소리가 몹시 자극적으로 귀를 긁었다.

희미하게 보이는 탄탄한 몸. 지퍼가 다 내려가 벌어져 골반에 걸쳐진 바지. 벌써 부풀기 시작한 남성을 본 연수가 화들짝 놀라 시선을 올렸다.

"나도…… 벗어?"

도도하고 어쩔 땐 시크하기까지 한 연수가 파르르 떠는 모습으로 자신도 벗느냐는 엉뚱한 질문을 하자 세륜의 입매가 위로 휘었다.

아주 사랑스럽고도 귀여운 반응이었다.

"쿡쿡. 하연수, 너 진짜…… 사람 미치게 한다."

세륜은 고개를 숙여 연수의 볼에 자잘하게 키스했다. 뺨을 지분거리는 애무에 그녀의 입에서 떨리는 숨이 새어 나왔다. 곧 뜨거운 숨을 토해내게 될 붉은 입술로 그가 자신의 입술을 옮겨갔다.

"다 안 벗고도 가능해. 그런데 오늘은 벗자."

달콤한 호흡이 입가를 간질였다.

"너…… 너무 야해."

"칭찬 고마워."

칭찬이 아니라고 항변하려던 연수는 뜨거운 혀가 자신의 입술을 핥자 눈을 크게 떴다. 방금 제 입술을 핥은 혀가 세륜의 것이라는 걸 인지하고는 그의 어깨를 밀어냈다.

근육이 잡힌 단단한 어깨를 밀어냈지만 꿈쩍도 하지 않았다. 손바닥에 닿는 높은 체온에 손을 거두려 하자 그가 그 손을 잡아 더 몸에 붙였다.

"사랑해, 하연수."

"……나도."

이번에는 세륜의 눈이 크게 뜨였다. 좋아한다는 말은 조르고 졸라 들어봤지만, 사랑한다는 말은 처음이었다.

"너도 하연수를 사랑한다고?"

그가 다시 정확하게 말을 하라는 듯 그녀를 응시했다.

"사랑해, 진세륜."

또박또박 입술이 움직였다. 세륜은 '사랑해'와 자신의 이름을 말하는 그녀의 입술 움직임을 기억하기 위해 짙은 눈길을 박았다. 그 움직임이 멈추자 그는 급하게 입술을 밀어붙였다.

부드러운 연수의 입술에 자신의 입술을 비비면서 세륜은 연수의 뒷목을 잡고 살짝 기울이게 했다. 더 바짝 빈틈없이 붙은 입술에 그가 만족스러운 신음을 흘렸다.

"하아…… 응!"

세륜이 아랫입술을 깨물고 빨아들이는 키스를 하자 연수가 본능적으로 입술을 벌려 부족한 숨을 쉬었다. 그 틈을 놓치지 않고 그가 안으로 혀를 밀어 넣었다.

타액이 섞이는 야릇한 소리와 그가 연수의 타액을 끌어다 삼키는 소리, 두 사람이 내뱉는 가쁜 숨소리, 들뜬 신음 소리가 그들을 에워쌌다.

안으로 숨어드는 혀를 옭아매고 희롱하던 세륜은 연수가 다리에 힘이 빠져 기대 오자 입술을 뗐다.

"방으로 가자."

연수를 안아 든 세륜은 그 순간에도 그녀의 다리를 매만졌다.

매끈한 살결을 느끼면서 성급하게 방문 잎으로 디기긴 그는 연수에게 빨리 문을 열라는 눈짓을 했다. 그녀가 문손잡이를 잡아 내려 열기가 무섭게 그가 발로 문을 찼다.

다행히도 거실에서 어둠을 선호했던 연수의 취향에 맞게 방 안은 커튼이 다 쳐져 있어서 어둑했다.

"씻고 싶은……."

"그럴 여유 없어."

침대 위에 눕히고 올라타는데 연수가 상체를 일으키고 샤워를 요구하자 세륜은 단칼에 잘라낸 뒤 입을 맞췄다. 그녀가 중심을 잃고 뒤로 넘어지는 걸 그가 팔을 잡아당겨 앉혔다.

"팔 들어봐."

볼에 자잘하게 입을 맞추면서 그가 어린아이를 꾀듯 살살 구슬렸다. 연수의 상의를 위로 끌어 올리면서 손가락에 닿는 살결에 세륜의 행동이 빨라졌다. 상의를 벗기고 곧장 등 뒤로 손을 옮겨 브래지어 후크까지 풀어냈다.

"아홋…… 아!"

침대 아래로 상의와 브래지어가 떨어졌다. 위는 더는 벗길 것이 없자 연수를 밀어 눕힌 세륜은 그녀의 가슴을 양손에 쥐고 주물렀다. 연수의 여린 신음에 더 흥분한 그는 포식자로 돌변해 그녀의 목덜미를 깨물어 잇자국을 남기기 시작했다.

둘이서 가벼운 애무도 해본 적이 없었다. 그래서 세륜은 느긋하게 모든 걸 느끼면서 하고 싶었지만, 그의 사정이 여의치가 않았다. 이미 분신은 자기가 들어가야 할 연수의 다리 사이를 찌르면서 성화를 부렸다.

"아, 아……."

가슴을 모으고 얼굴을 비비는데 연수가 입술을 깨물면서 소리를 참아내는 게 느껴졌다. 세륜은 고개를 들어 그녀의 표정을 살폈다.

"아파?"

자신의 손에 힘이 많이 들어갔나 싶어 힘을 빼고 부드럽게 돌려만지면서 물었다. 손바닥을 찌르는 유두를 뭉근하게 누르자 연수의 몸이 흠칫 떨었다.

세륜은 손을 내려 납작한 배를 쓰다듬고 바지 버클을 만졌다. 연수가 차마 볼 수 없다는 듯 주먹 쥔 손으로 눈을 가렸다. 부들부들 떨리는 입술이 달싹였지만, 다행히도 그의 행동을 막는 소리가 나오지는 않았다.

툭, 버클이 풀리고 지퍼가 내려갔다.

"연수야, 엉덩이 들어봐."

"세륜아……."

"어서."

무엇인가 말을 하려던 연수가 엉덩이를 들었다. 세륜은 반바지와 속옷을 한꺼번에 벗겨내 침대 밖으로 던졌다. 자신의 바지와 속옷을 벗는 그의 시선은 진득하게 연수의 몸 위를 배회했다.

가녀린 어깨와 가느다란 팔. 모양 좋은 가슴과 홀쭉한 배. 아름다운 허리선과 골반 라인. 그리고 오므라진 다리 사이의 은밀한 삼각지.

검은 음모가 감추고 있는 그 안이 미치도록 궁금한 세륜은 그녀의 발목을 쥐었다.

발목을 입술로 훔치자 연수가 다시 입술을 깨물었다. 종아리를 지나 무릎을 혀로 핥자 흐느끼는 소리를 결국 토해냈다.

"흐으윽…… 아!"

맞붙은 무릎을 강제로 벌리고 그녀의 다리 사이에 자신의 상체를 끼운 세륜이 자세를 낮췄다.

"안, 안 돼! 세륜아!"

연수가 경악을 해도 그는 멈추지 않았다. 부드러운 허벅지를 매만지던 손이 음모를 헤치고 클리토리스를 찾아 희롱했다. 음핵을 문지르는 손길에 순간 눈앞이 깜깜해지는 걸 경험한 연수가 몸을 들썩였다.

"괜찮아. 느껴. 연수야, 내가 널 얼마나 사랑하는지 느껴봐."

낮게 가라앉은 목소리에 몸이 따끔거렸다.

세륜은 길게 갈라진 틈에 손가락을 끼워 문지른 뒤 입구를 찾았다. 여성을 문지르자 연수가 몸을 꼬며 어찌할 줄을 몰라 했다. 민망함에 버둥대던 그녀는 그가 입구에 손가락 하나를 슬쩍 밀어 넣자 몸이 경직되더니 고통을 호소했다.

"아, 아파!"

"연수야, 아파? 아직 안 될 것 같아?"

세륜은 당장 들어가고 싶었지만 연수가 아파하자 손가락을 빼냈다. 대신 뒤로 물러나 고개를 숙여 여성에 입술을 묻었다. 애액이 흘러나오는 여성에 뜨거운 숨을 불어 넣자 연수의 두 다리가 부르르 떨었다.

세륜은 혀로 여성을 핥고 안으로 조금씩 밀어 넣었다.

"하응…… 아, 싫, 싫어…… 제발…… 세륜아…… 흐으읏, 아
앙!"

연수가 두 다리로 세륜의 어깨를 밀어냈다. 하지만 그는 물러나
지 않고 그녀의 엉덩이를 쥐고 계속 애무를 해나갔다. 그의 끈질
긴 애무에 연수의 신음은 커져 갔고 조금씩 쾌락에 빠져 달뜬 숨
을 내뱉었다.

"아훗…… 흐으응! 세륜아! 아아!"

주체하지 못하는 쾌감에 연수가 손을 뻗었다. 이상한 곳으로 빨
려 들어가는 자신을 좀 붙잡아달라는 손짓에 세륜이 몸을 일으키
고 그 손을 잡았다.

"하아, 하아, 하아……."

"하아……."

가쁘게 숨을 쉬는 연수와 달리 길게 숨을 내쉰 세륜은 젖은 입
가를 손등으로 닦고 다시 자리를 잡았다. 여성 입구에 남성을 대
고 문지르자 애액이 귀두를 적셨다.

충분히 젖었으니 괜찮을 거다.

"들어갈게."

"잠깐, 악!"

허리를 내려 남성 끝을 넣었는데 연수가 단말마의 비명을 지르
더니 인상을 썼다.

"연수야?"

"아, 아파."

당장 삽입하고 싶은 걸 참고 공들여 애무를 했다. 얕은 절정까지 한 번 경험한 연수가 계속 고통을 호소하자 세륜은 당황했다.

"연수야, 아파? 왜 계속 아픈 거지?"

"처, 처음이니까……."

더 넣지도 빼지도 못하던 세륜은 연수의 말에 굳었다. 그의 시선이 아직 이마를 구기고 있는 그녀의 얼굴을 훑었다.

"어?"

"응?"

세륜의 의문에 뭐가 잘못됐냐는 듯 연수가 되물었다. 그는 순간 입 밖으로 나가려는 질문을 꿀꺽 삼켰다.

'너, 그 새끼랑 안 잤어?' 라는 질문을 도로 삼킨 세륜의 얼굴에 환한 미소가 걸렸다.

연수에게는 1년 정도 사귄 남자가 있었다. 대학 선배였던 그 남자를 아주 질색하는 세륜은 그에게 맹렬한 질투심도 갖고 있었다.

정말 이기적인 생각이지만, 그는 연수의 처음을 자신이 가진다는 사실에 승리감과 더불어 척추를 타고 흐르는 짜릿함을 느꼈다.

"연수야, 사랑해. 아파도 조금만 참아줘, 응?"

연수의 귀에 대고 연달아 달콤한 고백을 하면서 세륜은 제발 자신을 받아들여 달라고 애원했다.

연수의 고개가 끄덕여지자 그는 입술을 감아올리고는 천천히 허리를 내렸다.

뜨거운 기둥이 여성을 꿰뚫고 들어왔다. 못 참을 정도는 아니었지만 강제로 벌어지는 여성이 뻐근했다.

"헉! 흐윽……."

"크윽!"

끝까지 자신을 밀어 넣은 세륜은 격한 쾌감을 못 이기고 자신도 모르게 허리를 흔들었다. 연수가 그의 움직임에 딸려 흔들렸다. 그가 작은 목소리로 읊조렸다.

"미안. 사랑해."

연수가 괜찮다고 그의 목을 감싸 안았다.

점점 세륜의 움직임이 거세졌다. 강하게 밀고 들어갔다가 나오기를 반복하던 그는 연수도 점점 통증보다는 쾌감을 느낀다는 걸 알아차리고는 남자로서 가슴이 벅차올랐다.

"하아, 아앙!"

"크읏!"

연수의 몸 밖으로 빠져나온 세륜은 피가 섞인 정액을 그녀의 배 위에 쏟아냈다.

여운을 느끼고 잠시 뒤 뜨거운 물을 적신 수건을 가지고 와 연수의 몸을 닦아준 세륜은 그녀의 옆에 누워 부드럽게 품에 안았다.

부끄러운지 연수는 눈을 감고 여린 숨을 내쉬고만 있었다. 세륜은 지금 이 순간이 영원했으면 했다.

그동안 부피를 키우던 불안감이 가라앉았다. 그저 행복하기만 한 그는 인정했다.

연인 사이에 섹스는 아주 중요한 거라고.

첫 관계 이후로 세륜은 크게 안정이 되어갔다. 그럼에도 그는 가끔 연수에게서 거리감을 느꼈다. 그럴 때면 그는 집요하게 그녀를 안았다.

시간이 조금 더 지나고 연수가 자세히 이야기를 해주면서 그녀가 아버지와 문제로 오랫동안 힘들어해 왔다는 걸 알게 되었다. 조금씩 연수에 대해 알아가면서, 만족스러운 관계를 가지면서 불안감은 줄었다.

연수에게 성큼성큼 다가가던 세륜은 침대 바로 앞에서 우뚝 멈춰 섰다.

6년을 넘게 만나면서 연수의 아버지 때문에 불안했다. 언제부턴가 다시 부친의 일을 감추려고 드는 연수 때문에 불안했다. 그럴 때면 섹스로 풀었다. 몸이 이어지면 불안감이 줄어들었다.

하지만 요즘은 그렇지 않았다. 예전과 달리 불안감에 휩싸여 더 애타게 연수를 안았고, 그 순간에도 불안했다. 알기 때문이다. 6년이 넘게 경험해 왔기 때문이다. 연수는 앞으로도 자신에게 감출 것이고, 의지를 하지 않을 거라는 걸 무의식중에 알고 있기 때문이었다.

자신은 더는 예전처럼 섹스로 불안감을 해소하던, 그 찰나를 영원이라 생각하던 어리숙한 남자가 아니었다.

"하연수. 연수야."

연수의 이름을 부른 세륜의 얼굴이 참담하게 일그러졌다.

"화…… 많이 났어? 다음부터는 정말로 꼭 이야기할게."

세륜이 고개를 저었다. 그는 깊은 한숨을 내쉰 뒤 입술을 달싹였다.

"그 약속이 몇 번째인지 알아?"

"……."

셀 수도 없이 많아서 연수는 대답하지 못했다.

"연수야. 나도 지친다. 계속 이러는 거 지긋지긋해."

지긋지긋하다는 말이 또 나오자 연수의 얼굴이 삽시간에 굳었다.

"그래서? 뭐, 또 헤어지기라도 하자는 거야?"

세륜은 서늘한 시선으로 그녀를 노려봤다. 그는 쉽게 이별을 꺼내는 연수가 원망스러웠다.

"생각이 그것밖에 안 들어?"

"그럼?"

세륜은 마른침을 삼켜 감정을 꾹 눌렀다.

"……결혼하자. 연수야. 나 그만 가슴 졸이고 싶어. 조금 더 나은 환경에서 너 고생 안 하게 준비하고 결혼하고 싶었는데, 안 되겠어. 내가 불안해서 안 되겠어. 결혼하자."

"왜 또 결혼 이야기야. 너도 결혼 생각 없었잖아."

"없었던 게 아니야! 조금 더 후를 생각했는데, 생각이 바뀌었어. 하자, 결혼."

아침에 섣부른 청혼을 했다가 그는 무참하게 거절당했다. 거절당한 그나 거절한 자신이나 다 상흔이 새겨졌다.

그런데 하루도 지나지 않아 세륜이 또 결혼 이야기를 하자 연수는 짜증과 더불어 화가 났다.

"난 아직 아니야. 아직 생각 없어."

"아침에도 물었지만, 아직인 거 맞아? 아예 없는 거 아니고? 나랑 결혼할 생각은 해?"

"……하고 있어."

이번에는 연수에게서 긍정적인 대답이 나왔다. 질문을 하고 짧은 시간에 극도로 긴장했던 세륜은 나직하게 숨을 내쉬었다.

"하고 있었으면 됐어. 그거면 돼. 넌 나중에도 아직이라고 할 게 뻔해. 그만 미루고 결혼하자."

"싫어!"

긴장을 풀기가 무섭게 연수의 거부가 있자 세륜은 다시 긴장했다.

"왜? 왜 싫다는 건데? 내가 이렇게 하자고 하는데, 애원하는데 그렇게 싫어? 좀 생각을 하고 말해! 어떻게 1초도 고민 안 할 수가 있어? 나 좀 보라고! 불안하다고! 미칠 것 같다고!"

"난 불안하다는 네가 이상해! 날 못 믿는 거잖아!"

"네가 믿음을 줬어? 매번 속이고, 말 안 하고, 혼자 끙끙 앓고! 내가 너에게 해주고 있는 게 도대체 뭐야! 이렇게 내 입으로 말하게 해서 꼭 비참하게 만들어야 해? 그래야 속이 시원해?"

"비참하면 말하지를 마! 누가 말하래? 그러는 너는 나를 나쁜 사람 만들어야 속이 시원해? 꼭 그렇게 날 몰아가야겠냐고!"

말을 마친 연수가 씩씩거렸다. 세륜의 가슴도 크게 부풀었다가 가라앉기를 반복했다. 목소리는 커질 때까지 커졌고, 감정은 상할 대로 상했다.

세륜은 벽을 마주하고 있는 기분이 들었다. 이는 연수도 마찬가지였다. 그리고 두 사람은 서로가 같은 생각을 하고 있다는 걸 알았다.

순간 맥이 빠졌다. 서로에게 닿지 않는 이야기를 고래고래 악을 써가며 말하는 꼴이 우스웠다.

"그만…… 하자. 연수야, 나 더는 안 되겠어."

직전까지 목소리를 높여 소리를 지르던 것과 달리 세륜의 목소리에 힘이 쭉 빠졌다. 연수는 그가 자신을 단념하려 하고 있다는 걸 느꼈다.

"……그래."

몇 번의 헤어짐을 겪으면서 두 사람은 이별은 참 쉽고 허무하다는 걸 안다. 이번에도 그랬다.

세륜은 허탈한 웃음을 내뱉고는 옷을 찾아 입었다. 그리고 그는 연수에게 눈길을 주지 않고 터덜터덜 집을 빠져나갔다.

쾅. 현관문이 닫히자 연수는 침대 위로 늘어졌다. 영혼이 빠져나간 듯 멍한 눈동자가 허공을 응시하다 눈꺼풀에 가려졌다.

5. 바쁜 일상 속의 이별

자면서 또 끙끙 앓았다. 악몽을 꾸고 가위에 눌려 옴짝달싹도 못하고 불편한 자세로 누가 제발 도와주기를 바랐다.

"헉!"

벼랑 끝에서 저 아래로 떨어지는 듯한 허공에 붕 뜨는 불쾌한 기분을 느끼는 순간 눈이 번쩍 떠졌다. 연수는 짧은 경련을 일으키고는 거친 숨을 내쉬면서 눈을 깜빡였다.

흐릿한 동공이 초점이 맞춰지는 동안 계속해서 흔들렸다.

"몇 시지?"

잠에서 깬 나른함보다는 뭔지 모를 당혹스러움이 섞인 목소리.

연수는 현실 속에서 눈을 떴다는 걸 알았지만 기억나지 않는 꿈속에서 깨지 못하고 아직도 갇혀 있는 기분에 사로잡혔다. 그녀는 현실이라는 걸 일깨우기 위해 몸을 움직였다. 고개가 반대편으로 돌아가고 그녀의 시선에 창문을 통해 들어온 햇볕이 잡혔다.

"……아침?"

연수는 침대 사이드테이블로 손을 뻗었다. 휴대폰을 늘 놓아두는 곳을 더듬는 손에 휴대폰이 잡혔다.

"헉!"

시각을 확인하는 눈이 커지는가 싶더니 잠에서 깰 때보다 더 경악에 찬 신음이 나왔다. 벌떡 일어난 연수는 침대를 벗어나 곧장 욕실로 직행했다.

어제 갑자기 회사를 빠진 것도 모자라 오늘은 지각 위기였다. 씻고 나와 출근 준비를 하는 연수의 손이 바쁘게 움직였다. 그러던 중 옷장을 연 그녀의 움직임이 뚝 끊기듯 멎었다.

깔끔하게 잘 다려진 그녀의 옷과 다려지지 않은 채 옷장 안에 걸린 세륜의 셔츠. 복잡한 눈길로 세륜의 셔츠를 보던 연수는 손을 들었다. 세륜의 셔츠 쪽으로 향하는가 싶던 손이 반대쪽으로 움직였다.

"하아. 늦겠다."

단정한 오피스룩에 코트를 걸친 연수는 원룸 건물을 나서 종종걸음으로 급히 걸어가다가 길 한가운데에 우뚝 섰다. 그녀는 고개를 숙여 자신이 입은 코트를 눈에 담았다.

며칠 전에 세륜이 사준 코트였다.

눈썹을 일그러트린 연수는 지각을 면하기 위해 다시 걸음을 옮겼다. 부쩍 싸늘해진 공기가 피부를 스쳐 지나간다

'이게 가장 잘 어울린다. 예쁘네, 하연수.'

바람을 피해 고개를 숙인 연수의 눈에 세륜이 잘 어울린다고 칭
찬했던 와인 색상의 코트 자락이 비쳤다.

눈을 감아도 얼마 지나지 않아 자신의 뒤척임에 화들짝 깰 만큼
잔뜩 예민해 있었다. 거의 뜬눈으로 밤을 지새운 세륜은 동이 트
자마자 일어나 앉았다. 그는 혼미한 정신에 마른세수를 하면서 터
벅터벅 욕실로 들어갔다.

"젠장."

대부분을 자신이 연수의 집으로 가서 밤을 보냈다. 자기 공간에
애착이 강한 연수는 밖에서 자는 걸 내켜 하지 않았다. 잠자리가
바뀌면 불면증이 심해지는 게 큰 이유이기도 했다.

그런 그녀가 자신의 집에 정을 붙이는 데에 시간이 걸린 건 당
연했다. 하지만 그녀의 흔적은 빠르게 남겨지기 시작했다. 처음
연수를 자신의 집에서 재울 때 설레서 한꺼번에 이것저것 다 사다
놨었다.

세륜은 칫솔꽂이에서 연수의 칫솔을 꺼내 들었다.

"이거 바꾸고 몇 번 안 썼는데."

그는 습관적으로 물을 틀어 연수의 칫솔을 씻어서 다시 칫솔꽂

이에 꽂아두었다. 가라앉은 눈으로 그걸 보던 세륜은 자신의 칫솔을 집어 들었다.

샤워를 하고 머리를 털고 나온 세륜은 출근까지 꽤 많은 시간이 남았음에도 준비했다. 옷장 문을 연 그는 한쪽에 자리한 연수의 옷을 보고 나직이 한숨을 내쉬었다.

세탁소에서 드라이클리닝이 되어 비닐에 감싸 걸어져 있는 옷들. 작년에 한준의 BAR에서 파티를 했는데, 그때 억지로 사서 입힌 아찔한 미니드레스도 있었다. 자신의 옷장에 걸려 있는 연수의 옷 대부분이 몇 번 입지 않은 옷이었다.

"아, 세탁소."

세륜은 자신의 셔츠 개수를 눈대중으로 확인한 뒤, 세탁소를 마지막으로 언제 갔는지 가늠했다. 오늘 퇴근하고 들러야겠다는 생각으로 그는 맡겨야 할 셔츠들도 챙겨서 출근하기로 마음먹었다.

코트를 팔에 걸치고 다른 손에는 세탁소에 맡길 셔츠가 담긴 쇼핑백을 들고 집을 나선 세륜은 지하주차장으로 내려와 어제보다 더 서늘해진 공기에 손을 주머니에 찔러 넣었다. 코트가 바닥으로 떨어질 듯 말 듯 아슬아슬하게 그의 팔에 걸쳐졌다. 다행히 조수석으로 던져질 때까지 코트는 그의 팔에서 떨어지지 않았다.

"도로가…… 한산하네."

평소보다 한 시간이나 일찍 집을 나섰다. 아마도 한 30분쯤 지나면 차가 꽉꽉 막히기 시작할 거다. 그 짧은 시간의 위대함을 느끼던 세륜은 여유롭게 운전을 했다.

신호에 걸려 서서히 속도를 늦추다 잠시 정차를 했다. 바로 앞의 횡단보도로 몇몇의 사람이 건너갔다. 그사이 그의 옆 차선에 차 한 대가 멈춰 섰다.

신호가 바뀌고 서서히 출발을 하려는데, 신호가 바뀌기 전부터 슬금슬금 앞으로 굴러가던 옆 차선에 있던 차가 갑자기 앞으로 끼어들었다.

"젠장! 아침부터!"

그 차를 따라잡기 위해 속도를 높이던 세륜의 귓가에 이명처럼 연수의 목소리가 스쳐 지나갔다.

'진세륜! 양보 운전!'

블랙박스에 찍힌 사고 장면을 방송하는 프로그램을 본 이후로 연수는 그의 잘못된 운전 습관에 대해 걱정을 하기 시작했었다. 그 걱정을 처음에는 달가워했는데, 나중에는 잔소리로 받아들이게 됐다.

'사고 나면 우리도 다쳐! 그리고 무섭다고 했잖아! 속도 좀 낮춰, 무섭다고!'

"하아."

액셀러레이터를 밟은 세륜의 다리에 힘이 빠졌다.

❖

아침의 우울한 감상은 회사가 있는 건물로 들어가면서 옅어졌고, 사무실로 들어갔을 때에는 완전하게 지워졌다. 아니, 아직 확 와닿지 않는 이별 뒤의 번잡한 감상에 빠져 있을 수 없었다.

딱딱하게 얼굴이 굳은 이원호 팀장과 눈이 마주친 연수는 재빨리 고개를 숙여 인사를 한 뒤 자리로 향했다. 같은 팀의 양미진 대리와 막내 주은성의 표정도 좋지 않았다. 아마도 옆 사무실의 직원들 얼굴도 다를 바가 없을 거였다.

"하연수 주임."

"네, 팀장님."

연수가 사무실로 들어와 눈이 마주친 뒤로 원호의 시선은 계속 그녀를 따랐다. 연수가 자리에 앉자마자 부른 그는 그녀가 일어나려 하자 앉아서 들으라고 손짓을 했다.

"몸은? 괜찮아?"

"네. 괜찮습니다."

딱딱하게 부른 것치고는 걱정을 하는 투라 연수는 속으로 안도했다.

"안색이 아직 안 좋은데."

지금 사무실 안에 있는 사람들 중, 그 누구도 안색이 좋지 않았다. 연수는 그것을 고려해 고개를 저었다.

"정말 괜찮습니다."

그럼 됐다고 손을 내저은 원호는 담뱃갑을 들고 사무실을 나섰다. 그의 뒤를 은성이 따랐다,

"어제 무슨 일 있었어요?"

옆자리의 미진에게 목소리를 낮춰 물은 연수는 자신의 책상 앞에 놓인 파일을 들었다. 미진이 그 파일은 어제 있었던 회의의 보고서라고 알려준 뒤에 깊은 한숨을 내쉬었다.

"우리도 우리지만, 영업팀은 더 죽을상이에요."

연수가 다니고 있는 회사 비크(Vic)는 LED에 사용되는 유기형 광체를 제조, 판매하는 중소기업이었다. 연구실은 경기도 쪽에 따로 있었고 그곳에 연구원들과 품질관리팀이 있다. 나머지 경영지원팀과 영업팀은 이 건물의 6층에 자리하고 있었다.

중소기업의 최대 단점은 회사의 생명이 짧다는 거다. 물론 오랫동안 시장에서 살아남는 중소기업도 있지만, 불행하게도 비크는 중소기업의 한계의 길을 걷고 있었다.

동종업계는 계속해서 생겨나고 있었고, 대기업의 연구에 밀리고, 거래처도 빼앗기고 있었다. 새로운 제품군을 만들기 위해 연구를 하고 있지만 몇 년째 상용화시킬 만한 제품은 만들지 못하고 있으니 회사가 위기에 빠진 건 당연했다.

회사 생존의 유일한 희망은 영업팀이 새로운 판매처를 뚫는 것과 연구팀이 새로운 제품군을 만들어내는 것이었다.

"계약 다 안 됐대요?"

"네. 말도 마요. 영업팀 팀장님이 화풀이를 우리한테 하고 갔잖아요. 우리는 놀고먹는 취급하더라고요."

영업팀과 연구팀에 비해서 일에 대한 부담감은 적지만, 회사가 망할지도 모르는 판국에서 받는 압박감은 똑같았다.

경영지원팀은 자신들에 비해 돈을 쉽게 벌고 있다고 여기는 영업팀과 오래전부터 마찰이 있었다. 받는 연봉이 다른데 정시 퇴근하는 게 뭐 그리도 고까운지 모르겠다. 영업팀의 비아냥을 듣기 싫어서라도 야근을 자처하고 있었다.

물론 회사가 문을 닫을지도 모르는 불안한 상황이니 어떻게든 이 위기를 이겨내 보려고 없는 일도 찾아서 하고 있었다. 하지만 경영지원팀에서 뭘 어떻게 할 방도가 없었다. 답이 나오지 않는 답답한 회의가 전부였다.

"대표님은요? 나오셨어요?"

연구원들을 닦달하려고 경기도로 넘어간 대표가 일주일째 돌아오고 있지 않았다.

"팀장님 말씀으로는 오늘 오신다던데요. 그보다 연수 씨, 얼굴이 창백해요. 왜 이리 기운이 없어요. 아직도 아픈 사람 같아. 하루 더 쉬지 그랬어요."

연수는 맥없이 웃어 보이며 고개를 저었다.

지하주차장에 주차를 한 세륜은 코트를 챙겨 내렸다. 입을지 말지 고민을 하던 그는 다시 조수석에 던져 두고 엘리베이터로 향했다.

세륜은 사무실이 있는 층이 아닌 1층 버튼을 눌렀다. 굳이 일찍 사무실로 들어가고 싶지는 않아 1층에서 내려 회사 건물 내에 있는 커피숍으로 향했다.

의미 없이 메뉴판을 훑으며 아메리카노를 주문하던 그는 연수가 좋아하는 다디단 카페모카가 눈에 들어오자 시선을 내리깔았다. 그러다 계산대 앞에 있는 쿠키에 눈길이 닿았다.

"연수가 좋아하는 거네."

연수는 이 카페의 초코가 박힌 까만 쿠키가 종종 먹고 싶다고 문자를 남겨놓을 때가 있었다. 그러면 잊지 않고 퇴근 전에 들러사 갔었다.

집에 이어서 회사에서도 그녀의 흔적을 발견한 세륜은 헛웃음을 내뱉었다. 그사이 나온 커피를 받아 든 그는 창가 쪽으로 향했다.

"진짜 헤어진 건가."

아직은 모호했다. 분명 어제 헤어지자고 했지만 아닌 것 같기도 했다. 이번 여름에도 이렇게 싸워서 이 주일간 연락을 하지 않았었다.

"그때는 헤어지자고 말을 했던가."

기억을 더듬던 세륜은 그땐 고성이 오갔지만, 헤어지자는 말은 하지 않았었다는 걸 생각해 냈다. 그때와의 차이를 의식해도 지금 이 상황이 명확하지 않아 그는 찜찜한 기분에 이맛살을 구겼다.

뚜껑을 열어 적당히 식힌 커피를 한 모금 마신 세륜이 자신의 속보다 덜 쓰린 커피 맛에 눈매를 좁힐 때 익숙한 목소리가 테이블 근처에서 들렸다.

"어? 일찍 출근했다?"

카페 문을 열고 들어와 계산대로 향하던 진우는 세륜을 발견하고 방향을 틀어 다가갔다.

"어. 너도 출근이 이르다?"

"안산에서 오느라 일찍 출발했더니 그렇게 됐다."

집이 한번 무너지고 난 뒤, 진우의 부모님은 경기도 안산으로 옮겨가셨다. 지금 그곳에서 작지 않은 식당을 운영하시는데, 진우는 뜬금없이 평일에도 갑자기 내려가 부모님을 뵙고 왔다.

"어머님, 아버님은 건강하시지?"

"응. 너는 왜 일찍 왔어? 연수 집에서 자고 오는 거 아니야? 아, 잠깐만. 나 커피 좀 사 오고."

일찍 일어나서 피곤하다며 진우가 카페인이 절실한 얼굴로 계산대로 향했다. 세륜은 자신의 커피 잔을 물끄러미 내려 보다가 들고 일어나 그를 따랐다.

"아메리카노 한 잔이요."

"이거 샷 추가해 주세요."

계산을 하려고 돈을 꺼낸 진우는 뒤에서 들리는 목소리에 깜짝 놀라 움찔했다. 진우는 세륜을 노려보고는 그가 주문한 샷 추가 가격까지 같이 계산했다.

졸린 눈을 비빈 진우는 고개를 푹 숙이고 커피가 나올 때까지 서서 졸았다. 자신의 샷 추가한 커피와 진우가 주문한 커피가 나오자 받아 든 세륜이 팔꿈치로 그의 옆구리를 찔렀다.

"하암, 졸려. 나 니코틴도 필요한데."

세륜은 담배를 피울 곳을 찾는 진우와 함께 그들의 사무실보다 한층 더 위에 있는 야외 휴게실로 향했다.

주머니에서 담뱃갑을 꺼낸 진우가 하나를 빼어 물려고 하는데 세륜이 그걸 낚아챘다.

"어? 피우게?"

"어. 불 좀 줘봐."

난간에 커피 잔을 놓은 세륜이 손바닥을 내밀자 진우가 지포라이터를 건넸다. 담배를 새로 꺼내 문 진우는 세륜이 불을 먼저 붙이고 자신에게 라이터를 들이밀자 담배 끝을 가져다 대고 깊이 빨아들였다.

자신에게 도로 건네주는 라이터를 챙긴 진우는 짧게 기침을 토해내는 세륜을 응시했다.

손가락 사이에 걸린 담배를 내려다보는 세륜의 미간에 주름이 잡혔다. 오랜만에 들이마시는 연기는 목 뒤로 넘어가기 전에 기침과 함께 토해졌다.

"오랫동안 끊었으면서 왜 다시 펴? 이리 내놔."

"내가 입 댄 거다. 간접 키스하게?"

세륜의 담배를 빼앗아가려던 진우는 찝찝한 표정으로 손을 거뒀다.

"연수 아픈 건 어때? 연수 집에서 안 잤어? 설마 둘이 아침부터 또 싸웠어?"

연수의 집에서 자고 난 다음 날이면 세륜의 출근 시간은 지각은 아니지만, 평소보다 늦었다. 대부분은 연수를 회사에 데려다주고 길을 돌아오기 때문이었다. 아주 가끔은 데려다주지 않는 날도 있지만, 연수가 출근할 때 그도 같이 집을 나서기 때문에 늦었다.

"거기서 안 잤어."

담배 필터를 입술에 물고 세륜은 볼이 폭 패일 정도로 빨아들였다. 매캐한 연기가 입안을 가득 채웠다. 깊이 들어온 연기가 뇌까지 스며들어 눈앞을 아찔하게 했다. 오랜만에 접한 니코틴은 빠르게 몸 안을 돌아 순간적으로 머릿속이 핑 돌게 했다.

눈을 지그시 감은 세륜은 다시 담배를 빨아들였다. 이번에는 그리웠던 니코틴의 씁쓸한 맛을 볼 수가 있었다.

"무슨 일인데? 또 뭐로 싸웠냐. 그거 알아? 내가 너한테 묻는 질문들 중 가장 많은 게 연수랑 싸웠냐, 이 말인 거?"

진우의 장난스런 말에 세륜은 실소를 흘렸다.

"그 질문 더는 안 할지도 모르겠다."

"응?"

"……헤어졌어, 어제."

긴가민가했는데 세륜은 진우에게는 명확하게 단정 지어 이야기를 했다. 순간 당황하던 진우가 고개를 기울이더니 픽, 웃었다.

"크게 싸웠나 보네?"

"진짜야."

이번에도 단호한 대답을 한 세륜은 서서히 그 스스로도 이별이라고 받아들였다. 그러면서 그의 눈이 살짝 커졌다. 그는 연수와의 이별에 뒤늦게 충격을 받았다.

"진짜?"

"어. 진짜. 어제 헤어지자고 했고, 연수도 동의했어."

아니. 연수가 헤어지자고 했고, 자신이 동의했었나.

세륜은 어제의 기억이 일순 통째로 날아간 것 같았다. 그는 곰곰이 어제를 떠올렸다.

헤어진 건 맞는데 그 과정이 흐릿했다. 고작 몇 시간 전의 일인데도 말이다. 잠을 자지 못해서인지 멍했다.

내가 지친다고 했고, 결혼하자고 했고, 연수는 싫다고 했고, 믿지 못한다고 하다가 그만하자고 했지.

겨우 어제의 일을 상기한 그는 서로가 또 상처 되는 말을 했다는 걸 깨달음과 동시에 다시 화가 치솟았다.

"헤어졌다가도 다시 만나겠지, 너희는."

"이번에는 좀 다를지도. 그래야 반복되는 걸 끝내거든. 똑같은 패턴이 지긋지긋해."

"……뭐야. 심각한 거야? 다르다니? 진짜 완전히 쫑난 거야?"

세륜은 연수와의 이별에 아직 갈피를 잡지 못했다. 전에도 헤어졌다가 다시 만났었기에, 이번에도 다시 만날 거라는 생각이 들었다. 그 생각을 하자 충격이 조금 가셨다.

그는 연수가 지금 무슨 생각을 하고 있을지 궁금했다.

자신은 이리도 번잡한데, 그녀도 그럴까. 그녀는 지금 이별이라고 받아들였을까. 우리가 정말 헤어진 게 맞는 걸까.

헤어진 게 확실하든 안 하든, 하나는 확실했다. 이번만큼은 연수에게 져 줄 생각이 없다는 거. 반복은 이제 없어야 했다.

"헤어졌어. 끝났다고."

세륜은 강하게 나가기로 결심했다.

연일 회사 사정은 나아지지가 않았다. 부서끼리 서로 탓하는 소리도 오갔고, 미래가 점점 보이지 않는 회사에 몇몇은 과감하게 포기를 하고 있었다. 벌써 영업팀에서는 대리 한 명이 사직서를 제출했다.

"죽겠네요. 이번 주말도 끔찍했어요."

미진의 말에 연수도 고개를 끄덕였다.

세륜과 함께가 아닌, 오랜만에 혼자 지낸 주말이 지나갔다. 그런데 주말 같지도 않은 주말이었다. 토요일에도 출근을 했고, 연일 야근에 체력이 고갈된 데다 정신적인 스트레스까지 받아 일요일에는 주구장창 잠만 잤었다.

그나마 일 덕분에 세륜과의 이별에 무딘 게 다행인 걸까.

하지만 그렇게 바빠도 꼬박 세륜을 떠올렸다. 만나온 시간이 있으니 헤어졌다고 해서 딱 잘라지는 건 아니었다.

머리로는 세륜과 헤어졌다고 생각을 해도, 아직 그를 잃은 상실감을 확 느끼지 못해서인지 가슴이 아프지는 않았다.

세륜 생각도 잠깐일 뿐. 연수는 이별의 아픔보다는 피로감을 더 크게 느꼈다.

"하아. 피곤하네요."

"대표님 서울에 오셨다는데, 도대체 어디에서 뭘 하시는 건지 모르겠어요."

"오셨대요?"

"네. 어제 팀장님하고 통화하는 걸 들었어요. 두 분이서 싸우던데요. 뭔지 모르지만 팀장님이 안 된다고 소리치더라고요."

대표와 이원호 팀장은 대학 선후배 사이였다. 그래서 회사에 무슨 일이 생기면 원호가 가장 먼저 알았고, 때문에 경영지원팀이 소식을 가장 빠르게 접할 수 있었다.

대표와 원호가 통화를 했다면 지금 회사의 위기가 더 커졌는지 아닌지를 이미 들었어야 했다. 연수의 시선이 팀장님의 빈자리로 향했다.

"팀장님 아직 무슨 말씀 없으셨죠?"

"네. 우리 커피 한잔하러 갈까요?"

출근하자마자 회의실로 모였는데 회의 중간에 원호는 전화를 받더니 사라졌다. 은성은 자리에 앉아 컴퓨터 모니터로 빨려 들어갈 듯이 무언가에 집중 중이었고, 연수는 미진과 영업팀에서 던져주고 간 문서를 정리 중이었다.

미진의 제안에 시각을 확인한 연수는 고개를 저었다

"곧 점심시간인데요?"

"그러네요. 그럼 점심 먹으러 가요."

"지금이요? 아직 20분 정도 남았어요."

"빨리 먹는다고 눈치 줄 사람 없잖아요. 가요."

과감하게 컴퓨터 화면을 끈 미진이 자리에서 일어났다. 원호가 언제 들어올지 모르지만 벌써 지갑까지 챙겨 든 미진 때문에 연수도 그녀를 따라 일어났다.

"은성 씨, 밥 먹으러 가요."

"네? 아, 네. 아, 아니요. 저는 따로 먹을게요."

미진의 부름에 과하게 놀란 은성은 황급하게 마우스를 클릭하더니 하하, 어색한 웃음을 흘렸다. 미진은 재차 권하지 않고 사무실을 나섰고, 연수도 지갑을 챙겨 들었다.

"은성 씨, 점심 맛있게 먹어요."

"네. 하 주임님도 식사 맛있게 하세요."

웃고 있는 은성의 얼굴에 경련이 일어났다. 연수는 그의 그런 태도에 의아했지만 미미한 미소를 짓고 사무실을 나섰다.

연수와 미진은 자주 가는 백반가게로 갔다. 가게 주인은 평소보다 빨리 온 두 사람에게 금세 오늘의 메뉴를 가져다주었다.

"저, 회사 그만두려고요. 곧 결혼도 할 거예요. 일 그만두고 결혼 준비에만 집중하려고요."

뚝배기 안에서 펄펄 끓는 된장찌개의 국물 맛을 보던 연수의 숟가락이 맥없이 떨어지며 소리를 냈다.

"네? 그만둔다고요?"

연수는 담담한 표정으로 고개를 끄덕이는 미진을 응시했다.

"나 일전에 선봤다고 했잖아요. 그 사람이랑 결혼할까 해요."

여자 나이 스물아홉. 미진 본인은 아직 한창이라고 생각하지만, 부모님들의 걱정이 이만저만이 아니라서 억지로 선을 봤다. 생각보다 괜찮은 사람이라서 조금 더 만나보겠다고 했던 게 채 한 달도 되지 않았다.

연수는 미진의 결혼이 급작스러워서 축하할 타이밍을 놓쳤다.

아니, 회사를 그만둔다는 말이 먼저 나왔던 터라 축하해야 할 일인지 아리송했다.

"벌써 결혼 이야기가 나왔어요?"

"상견례 곧 해요. 선이라서 그런지 빠르네요."

"그런데 일은 왜……."

"회사가 불안정하니까 많이 힘들기도 하고, 그 사람도 그렇게 스트레스 받아가며 굳이 일 안 해도 된다고 하네요."

연수는 문득 세륜을 떠올렸다. 어렵게 들어간 회사가 조금씩 기울기 시작했을 때가 여름이었다. 그때 정 힘들면 그만두고 다른 일을 찾으라고, 아니, 일하지 않아도 된다고 했었다. 너 하나쯤은 잘 먹여 살릴 자신이 있다고 했었다.

어렵게 들어간 회사에 애착이 많다는 걸 알기에 진심으로 하는 말이 아니라, 세륜은 그렇게 분위기를 띄워 위로를 하려고 했던 거였다. 그런데 그때 자신은 말꼬리를 잡아 화를 냈고, 싸우고 이주일간 연락을 끊었었다.

"누구나 다 스트레스받잖아요. 힘들지 않은 일이 어디 있어요."

"그렇기야 하죠. 연수 씨 애인도 전에 일 그만두라고 했다고 하지 않았어요? 지금은 안 그래요?"

연수는 대답을 하는 대신 뚝배기 안으로 떨어진 숟가락을 꺼냈다. 그리고 질문을 돌렸다.

"정말 결혼하세요? 일 그만두시고?"

"네. 실은……."

무언가를 이야기하려던 미진이 입술을 잘근잘근 깨물다가 어렵

사리 입을 열었다. 연수는 차분히 기다렸다.

"어제 대표님과 팀장님 통화 내용 들었다고 했잖아요."

"아, 네."

"회사가 넘어갈 것 같아요."

"넘어간다고요? 어디로요?"

"우리 회사 빚이 많대요. 원자재를 한꺼번에 많이 수입했는데 제품 판매는 저조하고, 연구에 투자 많이 했는데 실패했고, 전에 정부과제도 중도에 탈락했잖아요. 그게 쌓이고 쌓여서 금액이 꽤 되나 봐요. 대표님은 빚을 떠안을 바에야 그 빚을 해결해 준다는 곳에 특허권이랑 회사를 다 팔 생각인가 봐요."

연수는 차분하게 생각을 했다. 회사를 파는 게 그리 나쁜 것만 은 아니라는 판단이 들었다.

"그냥 대표님이 바뀌는 거 아닌가요, 그럼?"

"아닌 것 같아요. 당장 잘릴 수도 있고, 아니면 다 계약직이 되 었다가 결국에는 잘리는 것 같아요. 그러니 팀장님이 길길이 날뛰 셨겠죠."

연수의 안색이 어두워졌다. 이미 입맛을 잃은 미진은 수저를 내 려놓고 물 잔을 집어 들었다.

"······결국엔 잘린다고요."

연수도 입맛이 싹 사라져 숟가락을 내려놓았다.

"연수 씨. 실은 어제 그 통화 은성 씨도 들었어요."

"아, 그래요?"

"네. 연수 씨도 빨리 알아봐요. 보니까 은성 씨, 새로운 일자리 알아보는 것 같던데요. 아침에 출근하자마자 선배라는 사람에게 전화하더니 면접 이야기도 하더라고요. 여기저기 다 알아보는 것 같아요."

연수의 눈이 커졌다가 본연의 크기를 찾았다. 그녀의 입에서 짧은 숨이 토해졌다. 마른침을 삼킨 그녀는 눈을 질끈 감았다가 떴다.

연수는 옅은 배신감이 들었다. 지금 모두가 다 힘든 상황이었다. 같이 힘을 내지는 못할망정 미진과 은성이 자기 살 길을 찾고 있다는 것에 실망했다. 이해는 하지만 그랬다.

아니, 실은 두 사람은 알고 있었으면서 살 길을 찾아놓고 여유가 생기자 자신에게는 뒤늦게 이야기를 해준 것에 서운하고 소외감을 느껴 화가 났는지도 모른다.

연수는 표정을 갈무리하고 미진에게 옅은 미소를 지었다.

"……네. 언제까지 일하세요?"

"인수인계도 필요 없을 것 같아서 금방 그만둘 것 같아요."

미진의 표정은 굉장히 후련해 보였다.

회사에서 같이 일을 할 때에는 매일 얼굴을 보고 일상을 공유하고 함께하는 동지이지만, 그만두고 나가면 금방 멀어지는 게 동료라는 존재였다. 그동안 들어왔다가 나간 사람들이 몇 있었기에 이 관계가 단발적이라는 걸 잘 안다. 그래도 미진과는 그러지 않을 거라 생각을 했었다.

미진과 자신은 회사라는 공통분모 때문에 이어졌던 거니 그녀가 회사를 그만두면 남들처럼 멀어지는 게 당연했다. 연수는 그

당연함과 예외란 없다는 것을 또 깨닫고 허탈했다.

서운함, 소외감, 허탈함. 이런 걸 느끼고 싶지 않아서 사람들을 멀리했다. 하지만 늘 바보처럼 누군가를 가까이하고 매번 깨달았다. 무미건조한 관계를 혼자 특별하게 여기다가 혼자만 상처받았다.

연수는 미진을 앞에 두고 깊은 생각에 잠겼다.

아버지, 아버지의 전처, 그리고 세륜에 이어 회사까지. 연수는 자신의 주위가 한꺼번에 흔들리자 온몸의 기운이 쭉 빠졌다.

초반에는 틈만 나면 휴대폰을 들여다보다가 시간이 조금 지나자 그것도 평소처럼 드문드문했다. 그렇다고 해서 아예 휴대폰을 손에서 놓은 건 아니었다. 진동이 울리면 재빠르게 발신자 확인을 했다.

주머니에 넣어둔 휴대폰의 진동이 울리자 곧장 발신자부터 확인한 세륜의 눈동자에 신경질이 얽혔다. 깔아놓은 어플이 지금 뜨는 번호는 보이스피싱이라는 경고를 알려주고 있었다.

"누구 전화인데 그래?"

"보이스피싱."

"대출 전화만큼 흔해졌지, 그게. 문자도 많이 오지 않냐? 그런데 아직도 연수한테 연락 안 했어?"

수신 거부한 휴대폰을 물끄러미 내려다보는 폼에 진우가 혀를 차면서 물어보자 세륜이 단번에 사나운 시선을 했다.

"내가 왜 먼저 연락해? 그리고 헤어졌다니까."

깔끔하게 이별을 받아들이고 정리하는 것처럼 굴지만 과연 그게 진짜일까, 지금 화를 내는 게 진짜일까 하는 의심이 가득한 눈초리로 세륜을 보던 진우는 고개를 저었다.

진우의 의심은 틀린 게 아니었다. 시간이 조금 지나자 세륜의 화는 누그러진 상태였고 이별을 조심스럽게 주워 담고 있었다.

"이번 주말은 뭐 할래?"

지난 주말에는 본가에 갔다. 부모님은 부부 동반 여행을 가서 계시지 않았고, 형네 가족만이 자신을 반겨주었다. 연수는 뭐 하는데 주말에 혼자 이곳에 왔느냐는 형수님의 질문을 받았다. 대답 대신 형에게 석훈을 돌봐줄 테니 데이트를 하고 오라고 급히 화제를 돌렸다.

세훈은 그럼 오랜만에 둘이 가까운 곳이라도 여행을 다녀올 수 있게 도와달라 했고, 세륜은 선뜻 받아들여 홀로 주말 내내 석훈을 돌보기로 했다. 그런데 그걸 전해 들은 세인이 냉큼 서림이를 데려와 맡겼다.

조카 두 명을 돌보느라 주말을 날렸다는 이야기를 들은 진우는 나중에 애 낳으면 연수는 애 잘 보는 남편이 있어서 편하겠다고 말을 했다가 서늘한 눈초리를 받았다.

"본가는 안 가."

"왜. 조가기 예뻐 죽겠다며."

지난 주말이 지옥까지는 아니었지만, 천국도 아니었다는 세륜의 표정에 키득키득 웃은 진우는 다 태운 담배를 비벼 껐다. 옆에서 커피를 마시고 있던 세륜도 다 비워내고 종이컵을 버렸다.

"어? 야, 이거 눈이지. 첫눈 아니냐? 오, 이번 겨울의 첫눈."

진우의 호들갑에 세륜이 허공을 응시했다. 그의 말대로 하얀 눈송이가 폴폴 떨어지고 있었다. 이마와 콧잔등, 뺨과 입술에 떨어진 눈송이가 사르르 녹았다. 세륜은 입술에 남은 물기만 손가락으로 닦아내고 고개를 내렸다.

"눈 맞네. 첫눈."

주머니에 손을 넣은 세륜은 휴대폰을 만지작거렸다. 늘 첫눈이 오면 연수에게 달려가거나 통화를 했다. 비를 좋아하는 연수는 눈은 지독히도 싫어한다. 추운 걸 싫어해서 겨울과 관련된 건 다 싫어했다. 그걸 알면서도 첫눈이 오면 연수와 같이 봤다.

그때 연수가 뭐라 했더라. 내게 몇 없는 낭만적인 일면 중 하나라고 했었나.

"첫눈 핑계로 연수에게 전화를…… 윽!"

세륜이 진우의 명치를 때린 뒤 경고가 섞인 시선을 주었다. 절대 먼저 연락하지 않겠다고 고집을 부리는 걸 보고 진우는 고개를 절레절레 저었다.

"하연수는 첫눈을 봐도 감흥 없을 거다."

연수는 자신과 직접적인 관련이 없으면 무감했고, 다른 여자들처럼 낭만을 좇지 않았다. 일상이 냉소적이라고나 할까. 첫눈이 내리는 날 연인에게 전화를 해야겠다는 생각을 먼저 할 타입이 아니다, 싸우고 헤어진 연인에게는 더더욱

"올 겨울은 더 추울 거래."

"매해 뉴스에서 하는 말이지."

"너 빨리 화해 안 하면 연수 없이 더 추운 겨울을 보낼지도 모른…… 으악!"

세륜의 발이 닿기 전 재빨리 피한 진우가 안으로 달음박질을 쳤다. 그를 쫓아간 세륜은 진우가 바깥과 다른 온도에 몸을 부르르 떠는 게 불쌍해 보여 참았다.

진우의 앞에서는 새침을 떨었지만, 세륜은 퇴근을 하자마자 연수가 좋아하는 베이커리 가게로 향했다. 연수가 생크림이 다른 가게들과 차원이 다르게 맛있다고 극찬을 한 베이커리 가게는 그녀와 그의 집 반대 방향에 위치해 있어서 자주 가지는 못하는 곳이었다.

연수가 좋아하는 생크림이 듬뿍 올라간 케이크와 생크림만 따로 더 구매한 세륜은 그녀의 집으로 향했다.

원룸 건물에서 조금 떨어진 지점에 주차를 한 그는 고민을 하기 시작했다.

"오늘도 야근하려나."

소매를 살짝 올려 손목시계를 흘끗 본 세륜은 초조하게 핸들을 손가락으로 두드렸다.

"그냥 집에 놓고 나올까?"

어떻게 전해줄지 결정하지 않아 시동을 켜놓은 상태였다. 집에 놓고 오기로 결정한 세륜은 차 시동 버튼으로 손을 뻗었다. 시동을 끄자 차 안은 더 적막해졌다.

"우렁각시도 아니고 이것만 놓고 가기에는……."

두 사람은 헤어지자고 한 뒤로 그동안 연락을 하지 않았었다. 그래서 선뜻 집에 들어가 놓고 나올 수는 없었다.

연락도 없이 케이크만 달랑 놓고 사라지는 건 좀 웃겼다. 그렇다고 케이크를 사다 놓고 기다리는 것은 화해하자고 하는 모습으로 보이니 마뜩잖았다.

"헤어져 놓고 이러는 자체가 웃기는 거겠지."

세륜은 그동안 헤어진 게 맞다고 생각을 했으면서도, 조만간 연수와 다시 만날 거라는 생각도 했다. 하지만 연수가 먼저 손을 내밀기를 기다리고 있는 중이라 먼저 연락을 하기는 싫었다.

"진짜, 하연수 연락 안 할 거냐. 이번만은 좀 먼저 숙이고 들어와라."

일단 기다렸다가 연수와 마주한 뒤 그녀가 사과하고 다시는 그러지 않겠다고, 이 상황을 모면하려는 게 아니라 진심이 어린 약속을 하면 화해하고 케이크를 주자.

세륜은 연수에게 화해할 기회를 주기로 했다.

그녀의 집에 아직 불이 켜져 있지 않으니 퇴근을 하지는 않았을 거다. 세륜은 낮게 한숨을 쉬고 전방을 주시했다. 길을 오가는 사람들 속에 그가 찾는 연수는 없었다.

지나가는 사람들을 무심하게 응시하던 세륜의 눈이 살짝 커졌다가 가늘게 좁혔다. 이제는 몇 다니지도 않는 길에 드디어 연수가 모습을 드러냈다

"뭐야. 머리 잘랐어?"

연수의 머리카락 길이가 껑충 짧아졌다. 그전에는 어깨에서 한 뼘 정도 아래, 가슴 부근까지 오는 기장이었는데, 지금은 어깨 정도까지로 짧아져 있었다.

변한 연수의 모습에 세륜은 일순 당황했다.

3년 전쯤에 딱 한 번 연수가 어깨 위로 머리를 자른 적이 있었다. 처음으로 헤어지고 일주일 만에 만났을 때 머리가 많이 짧아져 있었다. 흔히 여자들이 실연을 당하거나 이별을 맞았을 때 하는 행동을 연수가 했었다.

마음 정리를 했다는 연수에게 싹싹 빌고 다시 사귀었었다. 머리를 자른 이유는 당연히 굉장히 마뜩잖았지만, 단발이 굉장히 잘 어울렸다. 그런데 연수는 그 뒤로는 다듬는 수준 아니면 절대로 자르지 않았다.

그런 연수가 지금 머리카락을 잘랐다는 것에 세륜은 패닉에 빠졌다.

"머리를 잘랐어."

3년 전을 제외하고는 싸우고 연락을 하지 않는 사이에 연수가 머리를 자른 적은 없었다. 심지어 작년에 두 달간 헤어졌다가 다시 만났을 때에도 긴 생머리는 그대로였다.

세륜은 그때처럼 연수가 자신과 달리 이별을 받아들이고 마음 정리에 들어갔다고 생각할 수밖에 없었다.

"하연수. 히연수. 너, 진짜!"

세륜은 주머니에서 휴대폰을 꺼냈다. 그는 거침없이 단축번호를 눌렀다. '내 연수'라고 저장이 된 그녀에게 전화가 걸렸다.

세륜은 원룸 건물에 거의 도착한 그녀가 휴대폰이 울리는 걸 뒤늦게 알아차리고 멈춰 서서 핸드백을 열어 안을 뒤적거리는 걸 확인했다.

연수가 휴대폰을 꺼내더니 가만히 서서 화면을 응시하는 모습이 보였다. 신호는 계속 가는데도 그녀는 받을 생각이 없다는 듯 그 상태로 서 있었다. 그리고 잠시 뒤, 띠리릭거리며 수신음이 끊겼다.

"하, 뭐야. 끊어?"

어이가 없어 헛웃음을 내뱉은 세륜이 차에서 내리려고 차 잠금을 풀었다. 막 차 문을 열려고 하는데 연수가 휴대폰을 쥔 채로 원룸 건물 안으로 쌩하게 들어갔다.

"뭐야. 하연수, 지금 이게 뭐냐고."

세륜의 눈썹이 삐딱하게 위로 올라갔다. 그의 눈가가 파르르 떨리고 주먹을 쥔 손이 부르르 떨렸다.

"왜 전화를 안 받아? 받기 싫어? 뭐야. 우리 진짜 헤어진 거야?"

연수는 사라지고 없는데, 세륜은 그녀가 전화를 끊었던 그 자리를 계속 응시하면서 물었다.

싸우고 난 뒤에 감정이 풀리지 않아서 전화를 안 받을 수도 있지만, 두 사람이 싸운 게 하루 이틀이 아니었다. 싸우고 헤어지자고 소리친 뒤 하루 이틀 정도 연락을 하지 않은 적은 많았다. 그렇게 이삼 일 정도 지나 연락을 하면 연수는 늘 전화를 받았다. 공식적으로 헤어졌다고 생각하는 그때도 꽤 지난 뒤에 연락을 하면 받았었다.

그런데 이번은 달랐다. 머리도 자르고, 연락을 피했다. 머리를 자른 것도 불안한데 난생처음으로 연락을 피하자 위화감이 감돌았다.

"그만…… 하자. 연수야, 나 더는 안 되겠어."

세륜은 연수에게 마지막으로 했던 말을 떠올렸다. 그는 뒤늦게 자신이 내뱉은 말의 무게감에 짓눌렸다.

"……그래."

더는 안 되겠다는 말에 수긍을 한 연수의 목소리가 귓가에 울렸다. 세륜은 자신의 전화를 가차 없이 수신 거절을 한 연수를 생각하자 간담이 서늘해졌다.

"너는 진짜 내가 아무것도 아니야? 일부러 전화를 무시할 만큼? 내가 그것밖에 안 돼?"

따져야 할 상대는 없는데 세륜은 계속 한자리를 응시하면서 물었다. 그의 목소리가 꽉꽉 눌렸다. 분노와 서운함, 원망과 자조가 섞인 목소리가 불안하게 떨렸다.

간신히 충격에서 헤어 나온 세륜은 차 시동을 걸었다. 그는 성급하게 그 자리를 벗어났다.

앞 차와의 안전거리와 신호를 여러 번 놓친 탓에 세륜은 그 횟수만큼 급정거를 했다. 사고가 날 뻔한 위험한 운전을 끝마치고 아파트 지하주차장에 주차를 한 그는 차에서 내리지 않고 휴대폰을 쥐었다.

집에 도착할 때까지 연수에게서는 어떠한 연락도 오지 않았다.

전화 거부와 연락이 없는 연수. 세륜은 당혹스러움과 섭섭함을 넘어 자신을 통제할 수 없을 정도로 화가 치솟았다.

"하, 하하. 진짜 너무한다, 하연수."

세륜은 고개를 돌려 조수석에 있는 케이크 상자와 생크림이 담긴 봉투를 거친 손길로 들어 올렸다.

집으로 돌아온 세륜은 케이크 상자와 봉투를 거실 테이블 위에 던지고 부엌으로 향했다. 그는 냉장고를 열어 소주병을 꺼냈다. 뚜껑을 따자마자 맥주를 마시듯이 소주를 벌컥벌컥 들이켰다.

역하고 쓴 알코올이 목 뒤로 연달아 넘어갔다.

"큽, 콜록! 콜록! 윽!"

넘어가던 알코올이 역류하자 세륜은 입을 틀어막고 싱크대로 향했다. 입에서 손을 떼자 삼키지 못한 술이 토해졌다.

"씹. 미친놈. 나 혼자 쇼한 거야. 애초부터 연수는 나만큼은 아니었던 거라고."

늘 언제나 자신만 전전긍긍. 애타하는 건 내 몫이고, 연수는 초연했다. 그렇지 않은 적이 있다고 해도 아주 드물었다. 더 좋아한 사람은 나. 더 사랑한 사람도 나. 연수는 자신만큼의 감정이 아니었다.

그래서 연수의 사랑이 불안했다. 그래서 다그치기도 했다. 그래서인지 연수를 사랑하면서 비참했던 날들이 많았다.

헤어졌어도 자신은 끝이 아니라고 생각했는데, 연수는 아니었던 거다. 3년 전처럼 연수는 자신을 정리하고 있었다. 아니, 이미 정리했을지도 모른다. 그러니 전화를 무시했겠지.

한번 시작된 부정적인 사고는 무섭게 몸집을 키웠다. 세륜은 연수의 사랑이 자신처럼 크지 않았다고, 진실하지 않았다고 단정 지었다. 그러면서 그는 그녀가 이별을 받아들였다고 판단을 내렸다.

"6년인데, 넌 왜 그렇게 빨라? 너무 쉽게 날 정리해서는 안 되잖아."

세륜은 그 자리에 주저앉았다.

어색한 분위기 속에서 미진과 부진한 점심을 먹고 돌아온 연수는 약한 두통과 피로감에 엎드려 눈을 감았다. 그 불편한 자세로 쉬고 있는데 어깨 부근이 간지러워 고개를 들었다.

그 순간 무언가가 잘려 나가는 소리가 났다.

싹둑.

소름 끼치는 가위질 소리에 고개를 돌린 연수는 자신의 옆에 바짝 붙어서 가위를 들고 있는 미진과 눈이 마주쳤다. 뭐에 놀란 것인지 미진은 눈을 크게 뜨고 있었고 입은 벌어져 있었다.

"뭐 하세요?"

"어떡해! 연수 씨, 이거 어떡해요?"

미진의 시선이 바닥으로.향하자 연수도 고개를 숙였다. 바닥에는 검은 머리카락이 잘려 떨어져 있었다. 연수는 그것이 자신의 머리카락이라는 걸 알아차리고 잘린 부분을 만지작거렸다.

"미안해요! 여기 어깨 부근에 실밥이 있기에 이걸 잘라주려고 했거든요. 갑자기 연수 씨가 일어날 줄 몰랐어요."

미진이 연수의 팔에 있는 가느다란 실을 가리켰다. 미진은 그것을 잘라주려고 했는데 연수가 기척을 느끼고 갑자기 일어나면서 흘러내린 머리카락이 미진의 가위질에 잘려 나간 것이었다.

"어떡하죠? 정말 미안해요! 아, 많이 잘려 나갔어요. 진짜 미안해요."

미진은 난처하고 미안한 표정으로 두 손을 모아 빌었다.

일부러 그런 게 아닌데다 실밥을 잘라주려고 했던 것이기도 하고, 점심을 먹고 난 뒤로 분위기가 묘해졌기에 화를 내기에는 타이밍이 좋지 않았다.

정말로 미안해서 어쩔 줄 몰라 하는 미진에게 연수는 엷게 웃었다.

"괜찮아요. 머리카락은 다시 자라는걸요."

"그래도……. 이거 잘라야 할 것 같은데요. 많이 잘려 나가서 티가 나요."

"퇴근하고 미용실 가서 자르면 돼요."

"정말 미안해요. 내가 미용비 줄게요. 응? 아, 연수 씨 파마도 할래요? 아니면 염색? 내가 해줄게요."

미진이 허둥지둥 지갑에서 돈을 꺼냈다. 연수는 거절을 했지만, 미진이 강경하게 나온 탓에 받을 수밖에 없었다.

"그럼 커트비만 주세요. 염색이랑 파마는 생각이 없어요."

"진짜 미안해요. 건너편에 헤어숍 꽤 괜찮아요. 거기로 가요. 내가 예약해 줄게요."

연이어 사과를 한 미진이 곧장 예약을 했다. 그 탓에 연수는 정시에 퇴근을 해서 회사 건너편에 있는 헤어숍으로 향해야 했다.

딱 잘린 기장에 맞춰서 머리카락을 잘라 달라고 했더니 직원이 어깨 부근이라 뻗칠 수 있다고 했다. 조금 더 자르고 펌을 하는 게 어떻겠냐고 했지만 연수는 거절했다.

공들여서 커트를 해준 직원이 샴푸를 하면서 두피 마사지도 시원하게 해주었다. 두피 마사지 하나에 쌓였던 피로가 확 가시자 연수는 기분 좋게 집으로 향했다.

"어? 내 건가?"

집에 거의 도착을 했을 무렵, 뒤늦게 휴대폰이 울리는 걸 알아차렸다. 핸드백 안에 넣어두었던 휴대폰을 찾아 꺼냈을 때 가장 눈에 먼저 들어온 건 밝기가 낮은 화면이었다. 뒤이어 발신자가 세륜이라는 걸 확인하자마자 휴대폰이 꺼졌다.

연수는 멍하니 새카만 휴대폰 화면을 응시했다.

"하필 이럴 때."

방전이 돼서 꺼진 휴대폰이 다시 켜질 리가 없었다. 전원 버튼을 눌렀지만 켜지나가 노노 꺼지는 휴대폰을 망연자실하게 보던 연수는 배터리를 갈 생각에 급히 집으로 내달렸다.

현관문을 열고 집 안으로 들어온 연수는 여분 배터리를 찾는데 한참이 걸렸다. 그녀는 엉뚱하게도 화장실 안에서 배터리를 간신히 찾아 갔았다. 그런데 그것도 충전이 되어 있지 않았던 건지 아예 켜지지도 않았다.

"보조배터리 같이 사자고 했을 때 살걸."

예전에 세륜이 인터넷으로 보조배터리를 사면서 필요하냐고 물었었다. 그때 필요 없다고 했던 걸 후회하며 연수는 휴대폰에 곧장 충전기를 꽂았다.

"휴대폰부터 바꿔야겠다."

3년이 지난 휴대폰은 표면이 벗겨져서 지저분했다. 배터리 수명도 다했는지 충전을 해도 완충이 되지 않았고 금세 방전이 돼서 꺼졌다.

겉으로는 차분하게 앉아서 충전이 되기를 기다렸지만, 연수의 심장은 두방망이질을 쳤다. 내내 아무렇지도 않았는데 세륜의 전화에 걱정이 물밀듯이 몰려드는 한편, 안도감도 들었다.

그만하자고 하고 뒤도 돌아보지 않고 가버린 그가 먼저 연락을 해줘서 감사했다.

어느 정도 충전이 됐을 거라 생각을 한 연수는 휴대폰 전원을 켰다. 바로 세륜에게 전화를 할 것 같던 그녀는 입술을 말아 물고 고민에 빠졌다.

"전화해서 뭐라 하지? 왜 전화했냐고?"

용건이 뭐냐는 직설적인 질문과 다를 바 없다는 생각에 연수는 고개를 저었다. 만약 세륜의 화가 풀리지 않은 상태라면 딱히 이유 없이 전화했다고, 용건 없이 전화해서 미안하다고 삐딱하게 굴 테고 그러면 또 싸우게 될지도 몰랐다.

세륜이 화해를 하기 위해 전화를 한 것인지, 아니면 마저 싸우려고 전화를 한 것인지부터 알아야 대응을 잘할 수 있을 텐데 그걸 알 방도가 없었다.

"어쨌든 화를 풀어주려면 전화해서 미안하다고 해야겠지?"

그런데 세륜은 문자로, 혹은 전화로 짧게 사과하는 걸 싫어한다. 그러니 전화해서 만나자고 하거나 찾아가야 했다.

그보다 늘 그러지 않겠다고 하면서도 반복된 실수를 하는 터라 사과가 먹혀들어 갈지가 의문이었다. 이번에는 단단히 화가 난 것 같은데.

"어떻게 하든지 간에 또 싸울 것 같아. 왜 전화를 해가지고. 휴대폰은 왜 그때 꺼진 거야!"

예상치 못한 시점에, 생각보다 빠르게 먼저 전화를 해서 당황하게 만든 세륜을 원망하던 연수는 문득 전화를 받지 않은 데다 이 시간이 흐르도록 회신이 없었으니 그가 더 화가 났을지도 모른다는 생각이 들었다.

전화할 자신감이 푹 사그라졌다.

풀리는 일이 하나 없다고 짜증 섞인 한숨을 내쉰 연수는 입술을 잘근잘근 깨물었다.

❖

받지 못한 세륜의 전화에 잠을 설친 연수는 퀭한 얼굴로 집을 나섰다. 회사에 도착한 그녀는 미진과 아침 인사를 나누다가 굳어 버렸다.

"네?"

"어제 첫눈이 와서인지 더 추워진 것 같다고요."

"아…… 첫눈."

생각해 보니 어제 점심을 먹고 회사로 돌아오는 동안 눈이 잠깐 내렸었다. 첫눈이라는 말에 자연스럽게 휴대폰을 확인했었다. 첫눈이 오면 어김없이 세륜에게 연락이 왔었기 때문이다. 하지만 지금 상황에서 그에게 연락이 올 리가 없다고 여겨 금세 도로 휴대폰을 집어넣었다.

눈은 짧게 내리다 말았고 미진이 실수로 자신의 머리카락을 잘라 버리는 사고를 겪으면서 첫눈이 왔다는 걸 잊어버렸다.

"설마…… 첫눈이라……."

"응? 뭐라고 했어요?"

미진의 질문에 고개를 저은 연수는 눈을 질끈 감았다.

첫눈이 내려서 세륜이 뒤늦게라도 전화를 했을지도 모른다. 어쩌면 집 앞으로 찾아왔을지도 모른다. 첫눈을 핑계 삼아 화해를 하려 했던 것일 수도 있었다.

연수는 어제 원룸 건물 앞에 주차되어 있었던 차들을 떠올렸다. 추워서 웅크리고 걸은 탓에 주변을 확인하지 않았다. 당연히 어떤 차가 주차되어 있었는지 알 리가 없었다.

아침부터 안절부절못하던 연수는 점심시간이 되자 미진에게 양해를 구하고 세륜의 회사로 향했다.

세륜이 점심 식사를 했을지 시각을 확인하던 연수는 1층 카페에서 조금 더 기다렸다가 연락을 할 생각에 그곳으로 걸음을 옮겼다.

"어? 세륜…… 아."

연수가 향하려던 카페에서 세륜이 문을 열고 나왔다. 진우와 다른 직원들과 함께 나오던 그는 이야기를 나누던 동료에게 무슨 이야기를 들었는지 픽, 웃었다.

연수의 걸음이 점점 느려졌다.

싸우고, 헤어지고, 떨어져 있는 시간에 세륜이 웃으면서 지내고 있다는 걸 확인한 그녀는 말로 표현할 수 없는 이상한 감정들이 뒤엉켜 생겨났다. 가슴이 싸해지면서 간들거리는 것 같고 손끝은 차가워졌다.

"어? 연수?"

진우가 먼저 연수를 발견했다. 진우의 말에 고개를 돌린 세륜은 연수를 확인하고 얼굴을 굳혔다.

멀뚱히 서 있는 연수의 얼굴이 파리하게 질려 있어서 진우가 세륜의 등을 떠밀었다. 진우는 눈치껏 호기심 어린 눈으로 보는 동료들을 데리고 사라졌다.

6. 이별을 결심하다

연수의 앞에 선 세륜은 그녀의 짧아진 머리카락을 다시 확인하자 기분이 가라앉았다. 당연히 반가워하기는커녕 말이 딱딱하게 나갔다.

"어쩐 일이야?"

"⋯⋯응?"

"여기 왜 왔냐고."

"아⋯⋯. 어제 전화⋯⋯."

세륜의 눈빛이 차가워지자 연수는 입을 다물었다. 조금 전까지 웃고 있던 그가 싸늘하게 얼굴을 굳힌 걸 본 연수는 속이 뜨거워졌다. 눈가도 뜨거워지려 하자 그녀는 고개를 떨궜다.

"니, 그러고 있어?"

급하게 오느라 코트를 놓고 왔다. 연수는 그의 지적에 자신의 옷차림을 인식하고는 얼굴을 붉혔다. 세륜은 그녀를 내려다보다가 눈썹을 일그러트리고는 뒤돌았다. 몇 걸음 걸어가다가 멈추는 게 따라오라는 것 같아 연수는 걸음을 옮겼다. 그녀의 발소리를 들은 그도 다시 걸음을 내디뎠다.

카페 안으로 들어온 세륜은 가장 안쪽 자리에 연수를 앉히고 자신의 커피를 테이블 위에 놓은 뒤 계산대로 향했다. 그녀가 좋아하는 카페모카를 주문하고 기다렸다가 받아온 그는 연수의 앞에 놓아주고 맞은편에 앉았다.

불편한 침묵이 지속되었다. 커피만 홀짝홀짝 마시던 연수는 겨우 입술을 달싹였다.

"어제 전화 말이야……."

"아, 그거. 잘못 걸었어. 설마 그것 때문에 여기 온 거야?"

시니컬하게 대답을 하고 날카롭게 묻는 그의 질문에 연수는 민망하면서도 당혹스러웠다. 그녀는 자신이 착각했다는 사실에 창피해 얼굴이 달아올랐다.

세륜은 또 발개진 연수의 볼을 보고 미간을 접었다.

코트도 놓고 올 만큼 정신없이 온 연수에게 지금 자신이 굉장히 속 좁게 굴고 있다는 걸 알지만, 어제 받은 상처 때문에 그에겐 보듬어줄 여유가 없었다.

세륜은 고개를 돌려 연수의 얼굴을 회피했다.

"잘못 걸었던 거구나."

"어. 헤어진 연인한테 술 마시고 전화하거나 그런 거 아니야. 실수였어. 그 전화가 이제 와 신경 쓰였어?"

말하고 나니 왜 빨리 그 전화를 신경 써주지 않았느냐고 따지는 것 같아 세륜은 자신의 혀를 깨물었다.

"어제 전화를 일부러 안 받은 게 아니라 배터리가 방전이 돼서 끊어졌어."

세륜의 눈이 가늘게 접혔다. 그는 그러지 말자고 다짐해 놓고 따져 묻기 시작했다.

"끊은 게 아니라 끊어졌다고?"

"끊은 거 아니야!"

"진짜 수신 거부가 아니라고?"

"정말이야. 받으려 했는데 방전이 됐어. 갑자기 휴대폰이 꺼져서 얼마나 당황했는데. 배터리를 바꾸고 다시 전화하려 했는데 다른 배터리도 충전이 안 되어 있었어. 그래서 바로 충전기를 꽂았는데 휴대폰이 오래돼서인지 충전이 한참 걸렸어. 늦게라도 전화하려 했는데…… 그랬는데…… 그러니까, 그게……."

연수가 무슨 변명을 하든 거짓일 거라 생각을 했지만, 성심성의껏 장황하게 설명을 하는 모습을 보자 마음이 무거워졌다. 자신의 냉대에 당혹스러워하면서도 애써 풀어보려 하는 모습은 평소의 연수와 비교하면 그녀가 하는 말이 거짓이 아니라는 알게 했다.

변명을 하던 연수가 입을 다물고, 자신이 오해했다는 걸 알게 된 세륜도 입을 닫았다. 또 불편한 침묵이 흘렀다.

이렇게 마주하고 보니 세륜은 연수가 자신을 사랑해 왔다는 걸, 사랑하고 있다는 걸 새삼 깨달았다. 그게 아니라면 연수의 성격상 이렇게 찾아오지는 않았을 거다. 그녀가 자신을 아주, 꽤, 많이 사랑하고 있다는 걸 눈으로 확인하자 안도감이 들었다.

그는 분명 알고 있었다. 그런데 순간의 판단력이 흐려지면 그녀의 사랑을 망각했다.

세륜은 어제 자신 혼자 멋대로 생각하고 판단 내려 연수를 비난했던 자신에 대한 혐오감에 빠졌다. 부끄럽게 행동한 어젯밤 자신의 모습에, 방금 전 연수에게 했던 못난 모습에 자조했다.

연수의 말대로 그녀의 사랑을 믿지 않았다. 한순간이라도 그래서는 안 되는 걸 자신은 반복해 그녀의 사랑을 의심했다.

"연수야."

부드럽고 낮게 울리는 자신의 이름에 연수는 세륜의 얼굴을 보지 않았지만, 그가 자신의 말을 믿기 시작했다는 걸 알았다. 동시에 그가 처음에는 자신의 말을 믿지 않았다는 것도 깨달았다.

연수는 언제부터 세륜이 자신의 사랑을 믿지 않았는지를 떠올렸다.

시작은 확실히 세륜의 사랑이 더 컸다. 하지만 조금씩 자신의 사랑도 커갔고, 그의 사랑 못지않게 부피를 키웠다. 그럼에도 세륜은 처음처럼 자신의 사랑을 믿지 않아 불안하다고 할 때가 있었다.

사랑한다고 말하면서 반짝거리던 그가, 지금은 사랑한다고 말하면서 그늘이 지기 시작했다. 세륜의 말대로 자신은 그를 비참하세 만들고 있었다.

연수의 몸이 잘게 떨렸다.

그가 쉬는 낮은 한숨, 지리멸렬한 표정, 지친 얼굴. 싸움이 많아질수록 그의 사랑은 다쳤다. 그리고 그는 상처받았다. 전부 다 자신 때문이었다.

세륜의 상처가 자신 때문이라는 자책감이 쓰나미처럼 몰려들면서 순간적으로 숨이 턱 막힐 듯한 통증이 심장에 가해졌다. 그러면서 딱 한 가지 생각이 떠올랐다.

'그가 나 때문에 그만 아파했으면 좋겠다.'

연수는 그를 사랑한다면, 그가 아파하는 걸 원치 않는다면 그만 놓아주어야 한다는 생각이 들었다. 아니, 언젠가 그가 정말로 지쳐서, 사랑만 가득했던 그가 상처로 얼룩져서 결국에는 그것만 남을까 봐 간담이 서늘해졌다.

잠시 패닉에 빠졌던 연수는 정신을 차리고 아련한 눈길로 세륜을 응시했다.

"세륜아, 미안해."

"······뭐?"

"나 만나면서 많이 힘들어했잖아. 아버지와 아버지의 여자들과의 일을 감췄던 거. 네 가족, 지인들에게 거리감을 두었던 거. 그러면서 너 불안하게 한 거 전부 다. 그러지 않겠다고 해놓고 매번 약속을 어겼던 거 미안해."

고개를 들고 세륜을 응시하는 연수의 얼굴은 이내 차분해져 갔다. 허둥지둥대던 모습이 사라진 그녀는 반듯한 자세에 고요한 표정으로 세륜을 바라봤다. 그녀 특유의 고고함마저 흘렀다. 세륜이 반했던 그녀만의 분위기가 내려앉았다.

연수가 엷게 웃었다. 오래 만나서일까. 세륜은 그 웃음 하나로 그녀가 무엇을 생각하는지 읽었다.

끝을 받아들이는 슬픈 미소. 그녀는 지금 자신이 반했던 그 모습으로 진짜 이별을 이야기하려고 했다.

세륜은 부디 자신의 예감이 틀리기를, 그녀의 표정을 잘못 읽은 것이기를 바랐다.

"난 앞으로도 너에게 말하지 않는 일이 있을 거야. 그럼 계속 널 불안하게 만들겠지."

하지만 늘 그랬듯, 그의 바람은 무참하게 깨졌다.

"절대 변하지 않겠다? 우리가 계속 같은 이유로 싸우는데도? 네가 조금만 변해주면 우리 더 좋아질 수 있어. 내가 큰 걸 바라는 거야?"

"세륜아. 우리 안 되는 거 억지로 하지 말자. 그만…… 하자."

"억지로? 우리 사랑이 억지였어?"

"그게 아니라……."

연수는 말실수했다는 걸 깨닫고 변명하려 했지만, 세륜이 말을 끊어서 이을 수가 없었다.

"좋은 이별이라는 거 없다고는 하지만 이건 너무하네. 하연수, 너 잔인해. 사과하고, 우리 사랑을 억지라고 부정하고, 종래엔 끝내자고? 모든 정이 다 떨어지네. 미련 남지 않게 하려는 거야? 내가 계속 질척댈까 봐?"

"곡해하지 마!"

"곡해해야 해! 그러지 않으면 난 너한테 매달리겠지, 또! 헤어지고 싶으면 하연수, 너 나쁜 년 좀 해라. 너 마음먹은 거잖아. 절대 나 돌아보지 않을 거잖아. 그럼 더 잔인하게 굴어. 네 생각을 하면 치가 떨릴 정도로 해봐, 한번."

오기였다. 이별을 막기 위해 매달리는 대신 오기를 부렸다. 그렇게까지 나에게 상처를 줄 수 있느냐는 객기였다.

"세륜아, 이러지 마."

"너야말로 이러지 마."

연수의 눈망울이 흔들리고 부옇게 물기가 어리기 시작했다. 그럼에도 그녀는 눈에 힘을 줬다. 눈물을 참는 모습이 애잔했다. 세륜도 왈칵 눈물이 쏟아질 것 같아서 주먹을 꽉 쥐었다.

"우리 그만하자."

"……진짜 끝내자고?"

"응. 미안해."

연수는 마지막까지 세륜의 바람을 잘게 찢어발겼다.

"너 여기 왜 왔어. 내 화 풀어주려고 온 거 아니었어? 당장 나 보고 싶어서 옷도 제대로 입지 않고 급하게 온 거 아니었어? 그런데 왜 이래."

"……미안해."

연수의 미안하다는 말은 변함이 없었다.

매달려도, 오기를 부려도, 그 어떤 짓을 하며 발버둥을 쳐도 연수는 자신과 헤어지려 한다.

세륜은 낙담했다. 지금 이 상황에서 동의하면 되돌릴 수 없게 된다는 걸 알았지만 무너진 자존심에 마지막까지 오기를 부려 자신의 입으로 이별을 이야기했다.

"그래. 헤어지자."

역시나 말을 내뱉고 세륜은 바로 후회했다. 그는 자신이 한 말의 무게에 또 짓눌렸다. 숨을 쉬기 힘들 만큼 헤어지자는 말이 그의 심장을 아프게 조였다.

연수와 헤어지고 세륜은 오후 내내 일에 집중하지 못했다. 그는 결국 퇴근 시간이 되자마자 그녀를 찾아갔다.

"하연수. 이야기 좀 해."

회사 앞에서 기다렸다가 건물에서 나오는 연수를 무작정 잡아 끌고 간 세륜은 그녀를 차에 태웠다.

"아직 할 이야기가 남아 있어?"

"우리 만난 세월이 몇 년인데 고작 20분 정도 이야기하고 끝낼 수 있겠어?"

"……무슨 이야기를 더 해야 해?"

정면만 꼿꼿하게 보는 연수의 옆얼굴을 보던 세륜이 정말로 궁금했던 걸 물었다.

"이해가 안 가. 왜 그토록 아버지 일을 꽁꽁 감추는 거야? 내가 못 미더웠어? 그래서 혼자 속앓이했던 거야?"

아버지 이야기가 나오자 역시나 단번에 연수의 입술이 굳게 다물렸다. 이유를 들을 때까지 놓아주지 않겠다는 세륜의 의지를 읽은 것인지 낮게 한숨을 내쉰 그녀가 털어놓기 시작했다.

"……진저리 난다고 했었어. 아버지 일을 듣기 싫다고 했었어.
지긋지긋하다고 화를 냈었어."

"내가?"

"응. 듣기 싫으니 그만 이야기하라고 화냈던 거 기억 안 나?"

"그건 너한테 악영향을 끼치니까 휘둘리지 말고 끊어내라는 뜻
으로 한 말이었어. 감추라는 게 아니었어."

연수는 고개를 저었다.

"아버지 이야기만 하면 답답하다는 듯 쳐다보고, 충고하고, 그
러다 보면 싸우니까 이야기하기 싫었어! 너는 겪어보지 않아서 모
르잖아. 넌 가족과 행복하지만, 난 그렇지 않아! 행복한 가족을 가
진 네가 충고하면…… 더 상처받았어."

세륜은 말문이 막혔다. 그는 연수가 듣는 입장을 고려하지 못했
다는 걸 이제야 알았다.

연수의 말이 맞았다. 처음에는 이해하려 했지만, 힘들어하는 모
습을 보고 화가 났었다. 늘 너만 상처받는데 왜 휘둘리냐고, 아버
지의 연락을 받지 말라고, 이용당하지 말라고 했었다. 그러면서
은연중에 아버지 험담을 했던 것도 같다.

의도한 건 아니었지만, 모멸감도 느꼈을 거다. 어떤 사람이라
하든 그는 연수의 아버지였다. 아버지를 욕하는 연인을 보며 느꼈
을 연수의 감정에 눈앞이 깜깜해졌다.

아버지 일을 털어놓으면 화를 냈으니 감추려 했던 건 당연했다.
그런데 감추면 또 자신에게 의지를 하지 않는다고 화를 냈다.

세륜은 자신의 모순된 행동에 혀를 내둘렀다.

"미안해. 내가 잘못했어."

세륜은 지체 없이 자신의 잘못을 시인하고 사과했다.

"그게 다가 아니야."

"다가 아니라고?"

"그만할래. 더는 이야기하고 싶지 않아."

세륜은 차에서 내리려는 연수를 재빨리 붙잡았다.

"내가 또 실수한 게 있어? 그럼 이야기해."

"네 잘못 없어. 내 문제야."

"뭔데? 제발. 답답해. 연수야, 솔직하게 다 털어놓자. 우리가 함께한 시간이 얼만데 이렇게 끝내. 다 털어놓고 최선을 다해봐야지. 설사 정말 끝내더라도 이렇게 모르는 채로는 싫어. 제발, 연수야."

"⋯⋯말 못 해."

"하연수! 내가 복장 터져 죽는 꼴을 꼭 보고 싶어? 정말 끝까지 이럴 거야? 이야기 좀 해, 응?"

"⋯⋯."

"연수야."

연수는 그 이야기는 절대로 하고 싶지 않았다. 하지만 한참 동안이나 간곡하게 부탁하는 세륜 때문에 털어놓을 수밖에 없었다.

"네가 충고하면 나 가끔은 네가 나처럼 가족들과 틀어져 버렸으면 했어. 그때 내가 똑같이 가족을 버리라는 말을 한다면 넌 어떻게 반응할까 궁금했어. 네 가족을 만나면 그래서 더 불편했어.

너무나 좋은 네 가족들에게 그런 생각을 했던 내 자신이 경멸스럽고 무서웠어. 그런 생각하지 말자고 다짐했어. 그런데 아버지 이야기하면 넌 또 충고를 했고, 그럼 또 같은 생각을 하게 돼. 그래서 아예 아버지 일을 말하지 않으려 했어. 그래서 말할 수가 없었어."

세륜의 행복한 가족을 보면서 추악한 질투를 했다는 걸, 그 질투심이 심할 때엔 너도 나처럼 가족들과 멀었으면, 나밖에 없었으면 하는 생각을 했다는 걸 말할 수 없었다. 연인의 불행을 바랐다고 어떻게 말을 할 수 있었겠는가.

"연수야."

"이런 끔찍한 생각을 했던 내가 너무 싫어. 최선을 다해보자고? 이렇게 다 까발리고 널 앞으로 제대로 사랑할 자신이 없어. 나는 또 그런 생각을 할지도 몰라."

연수는 자기 자신이 부끄러워서 손으로 얼굴을 가렸다.

세륜은 순간 말문이 턱 막혔다. 그는 저 손에 가려진 표정이 어떠할지 생각하자 가슴 아래가 욱신거렸다.

연인 사이에서도 자격지심이 있을 수 있었다. 세륜은 연수가 자신과 가족에게 그런 생각을 했다는 것에 놀라기는 했지만, 이해가 갔다. 자신은 갖지 못한 화목한 가족을 갖고 있는 그에게 열등감을 느낀 걸 세륜은 이해했다.

"네 잘못이 아니야. 나라도 그랬을 거야. 네가 그런 생각을 하게 된 건, 내가 널 배려하지 못해서 그런 거야."

"내 자신이 너무 추악해. 너한테 이런 모습 보이고 싶지 않았어!

평생 보여주고 싶지 않았어! 그런데 왜 자꾸 묻는 거야! 말하기 싫다고 했잖아! 말하기 싫다고 하면 한 번쯤은 그냥 내버려 둬도 되잖아!"

연수가 발악을 하듯 소리쳤다. 자신의 삐뚤어진 질투와 추악한 생각을 강제로 고백한 그녀는 어쩔 줄을 몰라 했다.

보이고 싶지 않은 모습이라.

하지만 자신은 늘 연수의 일거수일투족을 다 알고 싶어했다. 그래서 그녀가 뭘 감추려고 하면 더 파고들어 곤욕스럽게 만들었다. 지금도 그랬다. 우린 모든 걸 다 알아야 하는 사이라고 강요함으로써 그녀의 자존심을 깎아내렸다.

세륜은 그게 연수에게 부담감을 주었다는 것을, 그녀가 자신을 창피하게 여기도록 만들었다는 것을 깨달았다.

미안하다고, 그래도 넌 추악하지 않다고 말한다고 한들, 그게 연수에게 위로가 될까.

세륜은 어떻게 그녀를 위로해야 할지 몰라 터져 나오려는 한숨을 삼켰다.

"연수야. 난 가끔 권태기가 아닐까 싶었어. 아니, 권태기가 있었어. 그땐 너랑 자고 나면 마치 섹스가 전부인 것 같은 거야. 그럼 죄책감이 들더라. 사랑이 아니라 몸이 목적인가 싶어서 마음이 불편해졌어. 섹스를 하려고 너를 만나는 건가 싶었어. 우리 다른 건 다 안 맞아도 몸은 진짜 잘 맞잖아. 너와 나는 섹스에 만족해서 이어지는 관계가 아닐까 하는 생각이 들기도 했어. 그런데 또 지나고 나면 네가 너무 좋아 미칠 것 같아. 그땐 내가 널 진짜 사랑하는구나 싶어서 안도감이 들었어. 그러면 이상하게 더 너한테 갈구하게 되더라. 내가 이만큼 사랑하니까 더 사랑해 달라고. 그걸 또 섹스로 풀었어. 자, 이러면 이러든 저러든 나에게는 섹스가 다인 것 같지 않아? 나 너 보면 섹스부터 생각해. 가끔은 네가 싫다고 하면 강제로라도 할 마음을 먹은 적도 있었어. 끔찍하지 않아? 연인을 강제로 범할 생각을 하다니."

"……무슨 말을 하는 거야."

"너만 추악한 생각하는 거 아니야. 이런다고 내가 널 경멸하고 미워할 것 같아?"

자신의 바닥까지 내보여서 창피해하는 연수에게 세륜도 똑같이 자신의 저열함을 드러냈다.

"그거랑은 달라!"

"연수야. 누구나 다 속에 똬리를 틀고 있어. 나도 그래."

세륜은 얼굴을 가린 연수의 손을 잡아 내렸다. 그녀는 그래도 끝까지 그를 돌아보지 않았다.

"이제 알았잖아. 내가 조심할게. 그러니까……."

"세륜아, 나는 다 털어놨어도 또 되풀이될 거라는 걸 알아. 그래서 두려워."

모르는 게 약일 때가 있다. 상대방이 다 알게 되면 무지라는 약이 더는 존재하지 않기에 더 조심하게 된다.

자신은 아버지와의 일을 지금보다 더 세륜에게 말하지 않고 숨길 거다. 그가 아버지에 대해 왈가왈부하지 않겠다고 한들, 아예 신경을 끊을 수는 없을 거였다.

세륜은 약속대로 묻지 않겠지만 전보다 더 불안해질 테고, 여전히 아무것도 해줄 수 없다는 것에 더욱 비참해할지도 모른다. 그런 그를 보고 자신은 안타까워하겠지.

서로가 지치는 길을 계속 걷는 거다. 그러다 보면 왜 지치는 이 짓을 또 하는 거냐면서 여러 번 그랬던 것처럼 서로를 비난하는 날이 오게 될 것이다.

이유를 알았다고 해도 변하는 게 없을 거다. 반복은 계속될 거다.

"연수야. 어차피 인생은 쳇바퀴처럼 굴러가. 돌고 돌아. 반복하는 거라고."

"똑같은 싸움에 나만 지친 거 아니잖아. 너도 반복되는 싸움이 싫어서 내가 변하기를 바랐잖아."

연수의 말에 정곡을 찔린 세륜은 할 말이 없어 입을 다물고 고개를 숙였다.

한참 침묵이 흘렀다. 적요한 공간에서 두 사람이 내쉬는 숨소리만 희미하게 울렸다.

"그래서 정말 끝내자는 거야?"

"……응. 미안해."

세륜은 초조하게 핸들을 손가락으로 두드렸다. 그러다 어느 순간 그의 손가락이 움직임을 멈췄고, 그의 얼굴이 차분하게 잠겼다.

"이렇게 되기를 바란 건 아니야."

"나도 그래."

"진짜로 너와 헤어지게 될 줄은 몰랐어. 이게 정말 헤어지는 이유가 되는 건지도 모르겠어. 이것 때문에 헤어질 줄은 몰랐어. 난 그저 예전부터 꼬여 있었던 매듭을 풀고 싶었던 것뿐이었어."

"……."

그저 단순하게 생각을 했다. 연수가 바뀌면 다 해결될 거라고 안일하게 생각했다. 그 매듭을 꼰 사람이 정작 본인이었다니……. 연수만의 문제가 아니었다.

"우리의 싸움을 전적으로 네 탓으로 했던 거 미안하다."

"세륜아……."

어쩌다가 이렇게 일이 복잡하게 꼬였을까. 어쩌다가 여기까지 오게 됐을까. 정신을 차려보니 두 사람은 완전한 정리를 목전에 두고 있었다.

"그만 갈게."

"아니, 데려다줄게."

이런 상황에서도 그의 차를 탈 정도로 뻔뻔하지 못했지만, 연수는 내리지 않았다. 굳이 고집을 부려가면서 그의 마지막 배려를 무시할 수 없었다.

"……연수야. 우리 나쁘게 끝난 건 아니지? 서로 미워하면서 끝내는 건 아니지?"

"……응."

"그래. 그거면 됐어."

세륜은 부드럽게 핸들을 돌렸다. 그는 규정 속도를 지켜가며 연수의 집 앞에 도착했다. 인사 없이 내리는 그녀의 뒷모습을 좇던 그의 눈동자가 텅 빈 공간을 담았다.

두 사람은 그렇게 허망하게 끝이 났다.

몇 번 겪었던 것과 달랐다. 예전에는 허무함과 더불어 짜증과 화가 났었다. 가슴이 아파 술을 마시기도 했다. 그런데 지금은 놀라울 정도로 아무렇지가 않았다. 차라리 아프거나 괴로운 거라면 더 나았을 거다. 이별의 아픔을 잊고자 술에 빠져 지냈다면 좋았을 거다.

그저 텅 빈 느낌이다. 허무함 그 이상. 아예 무(無)인 것 같다.

"더 마실래?"

잔을 들고 느릿하게 돌려가며 잔 속에서 양주가 흔들리는 걸 무감한 얼굴로 보고 있는 세륜의 어깨를 진우가 툭 치며 물었다.

"아니. 별로 안 당긴다."

잔을 비우지 않고 도로 내려놓는 세륜을 맞은편에 앉은 한준과 여환이 못마땅한 눈초리로 바라봤다.

"더 독한 술로 바꿀까? 한준아, 술 바꾸자."

"됐어. 내일 출근해야 해. 정진우, 너도 그만 마셔라."

"내일 주말이잖아. 우리 출근해야 해? 뭐 일 있었나?"

주말 출근에 놀라 다급하게 묻는 진우에게 세륜이 고개를 저었다. 놀랐다가 팍 식은 진우가 그를 노려봤다.

"정신 놓고 살아? 괜찮다고 하더니 정신 줄을 놨네."

혀를 쯧쯧 차는 한준에게 그러지 말라고 진우가 고개를 저었다.
그런데 옆에 있던 여환이 한술 더 뜨기 시작했다.

"왜 헤어졌냐?"

절대 연수 이야기는 하지 말자고 해놓고 기어코 묻는 여환에게
진우가 '하지 마'라고 입 모양으로 말했지만, 그는 멈추지 않았
다.

"보지 않아도 뻔하지. 하연수 걔가 불만 가질 게 뭐가 있어. 너
만큼 애인한테 잘하는 사람이 어디 있다고. 예전부터 마음에 안
들었어. 네가 오냐오냐 다 받아주니까 기고만장해가지고는."

"내가 잘못해서 헤어진 거야."

여환은 일부러 연수를 욕했다. 헤어진 게 궁금해서가 아니라,
모든 일에 감흥을 잃어버린 것 같은 세륜의 반응을 이끌어내려고
연수를 욕하며 자극했다. 속으로 쌓아두다가 더 탈이 날까 싶어
터트리라고 한 것인데, 세륜은 무덤덤했다. 평소라면 연수 욕하지
말라고 표정부터 굳힐 녀석이 조용하자 더 위화감이 들었다.

"하연수한테 지극정성이었던 네가 잘못한 게 뭐 있어."

"있어. 나 잠깐 화장실 좀."

세륜이 사라지자 세 남자는 상체를 앞으로 당기고 은밀한 회담
을 갖듯이 목소리도 낮췄다.

"방금 내가 연수 제대로 안 깠냐? 좀 약했지?"

"평소보다는 약한 것 같기는 한데. 네가 연수에 대해 좋게 이야
기한 적이 없어서 네 입에서 연수 이름만 나와도 세륜이 하지 말
라고 짜증 냈었는데."

"그러니까 말이야. 차라리 몇 날 며칠 술에 취해 행패 부리는 게 낫지. 저렇게 아무렇지도 않은 것처럼 멀쩡히 생활하면서 심드렁하게 구는 거 좀 위험한 거 아니냐? 얘가 감정이 사라진 것 같잖아. 진우야, 하연수 좀 불러봐라."

"웬일이냐. 여환이 네가 먼저 연수를 찾고. 연수 보고 싶으면 네가 불러. 그런데 네가 부른다고 오려나?"

"안 오겠지. 내 전화번호 가지고 있다면 아마 수신 거부 목록에 들어가 있을걸. 네가 전화해 봐. 그나마 너랑 친하잖아."

"나 몰래 연수에게 전화 걸다가 세륜이한테 들켰어. 싸늘하게 보는데 소름이 돋더라. 이번에는 가만 안 둘걸. 난 회사에서 날마다 본다. 세륜이랑 싸우면 불편해져."

"그럼 어쩌라고? 나랑 가장 사이 안 좋은 거 몰라?"

여환과 진우의 투닥거림을 듣고 있던 한준은 두 사람의 시선이 자신에게로 몰리자 인상을 썼다.

"싫어. 안 해. 걔 은근 나 싫어해. 내 전화도 안 받을걸. 그리고 헤어진 애들 왜 또 붙이려고 해."

연수에게 전화 거는 걸 자신에게 떠밀려는 여환과 진우에게 한준은 정색하며 말했다.

"그럼 그냥 두자고?"

"우리가 헤어진 애들 불러다가 뭘 할 수 있는데? 그냥 세륜이한테 여자나 소개해 줘."

"하연수 싫어하는 나보다 더하네. 너도 걔들 보고 있으면 짜증 났었냐?"

"짜증나는 커플이었지."

한준의 말에 킥킥 웃은 여환이 그의 어깨에 팔을 올렸다.

"서한준. 너 연수 싫어해?"

"연수 안티 모집하자는 거냐? 뭘 그런 걸 물어."

"오, 괜찮네. 하연수 안티 클럽. 그런데 난 연수 싫은 것까지는
아닌데."

"정진우, 네가 싫어하는 사람이 있기는 하냐?"

"아주 대단한 우정이다. 친구의 헤어진 연인 안티 클럽 결성하
고."

"안티 이야기는 한준이, 네가 먼저 했잖아. 그리고 나 싫어하는
사람 많은데."

연수를 부르자는 의견에서 안티 클럽으로 이야기가 흘러갈 때
여자 무리가 다가와 한준에게 말을 걸었다. 역시나 한준은 여자들
의 이름이 기억나지 않는지 근사하게 웃으며 많은 여자들에게 했
던 '자기'라는 호칭으로 대화를 나누었다.

같이 합석할 거냐는 한준의 질문에 당연한 걸 뭘 묻느냐는 표정
으로 여환과 진우가 자리를 비켜주었다.

화장실에서 돌아온 세륜은 여자들이 합석한 걸 보고 자리에 앉
지도 않고 인사를 했다.

"나 간다."

친구들이 붙잡을 틈도 없이 돌아서서 가게를 나온 그는 차가운
공기를 깊이 들이마시면서 휴대폰을 꺼냈다.

대리운전기사를 부르고도 그는 계속 휴대폰을 만지작거렸다.

그러다 그는 연수와의 메신저 창을 열었다.

"2주가 다 되어가네."

마지막으로 메신저를 주고받은 날짜를 확인한 세륜은 씁쓸하게 읊조렸다. 그는 천천히 연수와의 메신저를 되감기했다.

「출근 준비 중이지? 날씨 쌀쌀해. 이번 주말에는 코트 사러 가자.」

"아. 그날이네."

연수의 집에서 잔 다음 날. 좀처럼 일어나지 못하는 연수를 못 깨우고 혼자 출근을 했던 날이다.

세륜은 그 메신저의 앞뒤로 시간을 확인했다. 아침에 출근을 묻는 메신저는 앞으로 며칠씩이나 건너가야 했다.

언젠가부터는 아침에 안부를 묻는 게 뜸해졌고, 그걸 이상하게 여기지 않고 여상하게 넘겨왔다.

그는 계속 메신저를 되감아 확인했다.

둘 다 주고받는 메신저가 짧았다.

「뭐 해?」

「퇴근했어.」

「피곤해. 잘래.」

「잘 자.」

대부분이 다 평일에 보낸 것들이었다. 금요일 저녁이나 주말에는 같이 있었기 때문에 메신저를 하지 않은 건 당연했는데, 가끔 하루씩 빠진 날도 있었다. 아마도 이날은 퇴근하고 자기 전에 짧게 통화만 했을 거다.

세륜은 메신저 창을 닫고 통화 목록을 열었다. 연수가 자신의 전화를 받지 않았던 그 기록을 제외하면 마지막 통화가 메신저를 마지막으로 주고받은 날짜와 똑같았다.

대부분이 회사에 있을 시간에 한 번, 그리고 퇴근 후 자기 전에 했던 통화다. 통화 시간이 채 1분이 되지 않는 것도 있었다.

세륜은 지난 며칠간 헤어진 이유를 납득하기 위해 애썼다. 반복되는 싸움만으로 자신들이 헤어진다는 걸 받아들일 수 없었다. 그리고 그는 연수가 어떤 생각을 했든 탓할 생각도, 미워할 마음도 없었다.

다른 이유가 더 필요했던 그는 작은 이유를 찾은 듯했다.

"우린 그것만이 문제가 아니었을지도."

어쩌면 그거는 하나의 핑계에, 계기에 불과했을지도 모른다. 메신저들을 보면서 세륜은 그걸 깨달았다.

미진이 결혼 준비를 이유로 퇴사를 하겠다고 했다, 이원호 팀장은 회사가 대기업에 인수가 될 것 같은데, 전 직원들 자르는 일이 없이 정규직을 그대로 유지할 수 있게 조율 중이니 재고해 볼 것을 권했다. 하지만 결혼을 하면 곧장 아이를 가질 거고, 여러 가지 이유로 일이 힘들 것 같다며 미진은 끝내 퇴사를 고집했다.

인수인계 없이 미진의 퇴사가 결정됐다. 어수선할 때 퇴사하는 게 미안하다며 며칠 더 근무하겠다고 했지만, 원호는 더는 할 일이 없을 것 같다며 고개를 저었다.

미진 하나 빠졌을 뿐인데 사무실은 휑했다. 다른 곳을 알아보던 은성은 영업팀의 동기가 사표를 내지 않기로 결심했다는 소리를 듣고 그도 회사에 남기로 결정한 듯 조용했다.

다행히도 서너 군데에서 회사 인수 의사를 보내왔고, 대표는 그 중에서 가장 좋은 곳을 골라 컨택했다. 자신의 이익보다는 직원들을 우선해서 인수 결정지을 거라는 대표의 공지 메일을 닫고 연수는 하다가 만 업무에 열중했다.

"하 주임, 정시에 퇴근해. 은성이 너도."

"팀장님 어디 가세요?"

"대표님이랑 다녀올 곳이 있어서."

원호가 거기서 곧바로 퇴근할 거라 돌아오지 않는다는 말을 남기고 사무실을 나갔다.

"하 주임님. 혹시 우리 회사 인수해 가겠다는 곳, 어디인지 들으셨어요?"

"아니요. 은성 씨는 들은 거 있어요?"

"저도 없어요. 팀장님께 여쭤보았는데 알려주시지 않으시더라고요."

"아직은 기밀인가 보죠."

어떤 회사인지 알아야 조금이라도 대비를 할 텐데, 하며 은성은 다시 파티션 너머로 사라졌다.

원호가 이야기한 대로 정시에 퇴근을 한 연수는 집 근처 마트에 들렀다. 그동안 장을 보지 않아서 사야 할 물건들이 꽤 되었다.

"샴푸가 어디 있지."

보통 한 브랜드를 사용하기 시작하면 꾸준하게 그 브랜드만을 고집했다. 연수는 이번에도 어김없이 집에 있는 것과 똑같은 브랜드를 찾았다. 샴푸를 집어 들어 카트에 넣은 그녀는 순간 멈칫했다.

카트 안에 있는 샴푸 두 개.

자신이 샴푸를 다 사용해 가면 세륜도 비슷한 시기에 다 사용했다. 그래서 구매를 할 때 그의 것까지 두 개를 사는 버릇이 들었다.

"하아."

세륜을 생각하지 않으려 했지만 소소한 것에서 그를 떠올렸다. 평상시에는 크게 신경 쓰지 않았던 것들이 다 그와 엮여 있었다.

연수는 도로 샴푸 하나를 놓아두고 카트를 밀었다.

"아, 치약도 사야 하지."

여분이 하나 있었는데 세륜이 집에 치약이 다 떨어져 당장 쓸 것도 없다고 가져갔었다. 가는 길에 하나 사라고 했더니 나중에 같이 장 보면서 몽땅 사자고 했었다.

치약을 사면서도 세륜을 떠올린 연수는 볼을 부풀렸다.

이것저것 다 사다 보니 카트가 가득 찼다. 피곤한 퇴근길에 그것들을 다 들고 갈 생각을 하자 눈앞이 캄캄해졌다.

연수는 왜 들고 갈 것을 생각하지 않고 무작정 다 담았는지 어리석은 자기 자신을 탓했다.

이렇게 장을 많이 보게 될 경우에는 세륜을 불렀고, 그의 차에

실어 날랐었다. 그런데 이제는 그러지 못한다는 걸 계산을 끝마치고 나서야 깨우쳤다.

"우리 만난 세월이 몇 년인데 고작 20분 정도 이야기하고 끝낼 수 있겠어?"

헤어지던 날 세륜이 했던 말이 떠올랐다. 그의 말대로 6년을 넘게 만났기에 쉽게 끊어낼 수가 없었다.

"택배 하실 거면 빨리 신청하세요. 8시가 마지막 배송입니다."

"네?"

계산을 마친 연수가 카트에 도로 물건을 담고 고뇌하는 걸 본 직원이 다른 손님의 물건을 계산하면서 말했다. 덕분에 그녀는 세륜의 생각에서 벗어났다.

"택배요. 차 가지고 오셨어요?"

"아니요."

"그럼 고객센터에 가서서 택배 신청하세요. 혼자 들고 가시기에는 물건이 많아 보이네요."

"아, 네. 감사합니다."

아주머니의 말에 연수는 뒤늦게 마트에 택배 서비스가 있다는 걸 생각해 냈다. 한 번도 사용을 한 적이 없어서 곧바로 떠올리지 못했다. 그녀는 고객센터 쪽으로 카트를 밀었다.

택배 서비스를 신청하고 집으로 돌아온 연수는 침대로 곧장 걸어가 누웠다.

"아, 보일러."

집 안의 공기가 서늘했다. 세륜은 날씨가 추워지면 집에 돌아오자마자 보일러 온도부터 높이라고 했었다.

또 세륜의 생각에 빠졌다. 마트에서 헤어지던 날 세륜이 했던 말을 떠올려서일까. 그날이 눈앞을 스쳐 지나갔다.

"이게 정말 헤어지는 이유가 되는 건지도 모르겠어."

세륜은 이별의 이유를 찾으려 애썼다. 자신이 이런 추악한 질투를 했다고 해도 괜찮다고 했다. 그러면서 자신이 이야기한 이별을 그는 잘 받아들이지 못했다.

세륜이 자신의 사랑을 의심해도, 그 이유가 자신의 행동 때문이었으니 탓하지 않는다. 그가 자신으로 인해 비참해하는 게 더는 싫었다. 사랑하는 남자가 자신 때문에 그러는 게 정말 싫다.

반복되는 싸움에 서로가 상처받는 걸 그만두어야 한다고 생각했다.

"이유가 안 되는 걸까."

이미 헤어졌으니 이유는 의미가 없을지도 모른다. 그런데 연수는 뒤늦게 이별의 이유에 대해 생각했다.

그때는 충분한 이유라고 생각했었다. 그런데 지금은 그의 말대로 인생이 쳇바퀴 굴러가는 것처럼 돌고 도는 반복이라면, 이런 반복되는 싸움은 별게 아닐지도 모른다는 생각이 들었다.

세륜이 이별의 이유를 차근차근 찾아갈 때, 연수는 이별의 이유가 모호해졌다.

❖

회의를 하고 나온 세륜은 곧장 진우와 위층에 있는 야외 휴게실로 향했다. 날이 많이 추워지면서 야외 휴게실을 찾는 사람이 없어 텅 비어 있었다.

"담배 줘?"

진우가 담뱃갑에서 담배 하나를 꺼내 세륜의 입술에 물려주었다. 불까지 붙여준 그는 황당한 상황에 웃음부터 터트렸다.

"푸하하하. 야, 이게 무슨 경우래."

"지금 이거 결정 난 거지?"

"그런 것 같은데. 법무팀은 벌써 시작했다잖아. 살다 보니 이런 일도 있구나."

"하. 뭐, 이런 경우가."

세륜도 결국 헛웃음을 흘렸다.

연수가 다니는 회사 비크가 지금 세륜이 다니는 시언그룹으로 넘어왔다. 법무팀에서 인수합병을 진행하고 있었고, 조만간 비크의 직원들이 이 회사로 오기로 결정이 났다.

비크는 연구를 기반으로 한 회사였기에 경기도에 있는 연구소에 대부분의 자본을 투자했고, 남은 부서는 어느 건물의 사무실을 임대해서 사용하고 있었다. 그래서 회사 건물이 따로 없다. 가장 중요한 건 비크가 가진 기술력이었기에 연구소는 그대로 두고 임대 사무실을 없애기로 결정이 났다. 따라서 임대 사무실에서 일을 했던 직원들은 시언그룹으로 옮겨올 예정이었다.

즉, 연수와 세륜은 같은 회사에 다니게 된 것이었다.

"어, 음. 어때? 매일 연수를 보게 될지도 모르는데."

이별을 한 사람 답지 않게 세륜은 큰 변화 없이 일상을 이어갔다. 물론 진우가 보기에는 영 아니었지만, 다른 사람들이 보기에는 그랬다. 그래서 그가 오랜 연인과 헤어진 걸 아무도 모르고 있었다.

이런 상황에 연수가 이곳으로 오게 됐으니 참 묘하게 일이 흘러가고 있었다.

"모르겠다. 복잡해."

담배 연기를 내뿜으면서 세륜이 생각이 많은 얼굴로 허공을 응시했다.

연수와 헤어진 지 일주일이 훌쩍 넘었다. 그동안 보고 싶지 않았다면 거짓말이다. 그런데 막상 이렇게 보게 되자 당혹스러웠다.

진우는 가라앉은 세륜의 분위기에 지금 웃을 때가 아니라는 걸 깨닫고는 표정을 갈무리했다.

"연수는 이 상황을 알고 있을까? 혹시 뭐 연락 온 거 없어?"

"없어."

세륜도 그게 굉장히 궁금했다.

"연락해 볼 거야?"

"연락해서 뭐라 해."

"뭐. 같이 일하게 됐으니 잘해보자. 이런 거? 아, 좀 아닌가."

"……죽을래."

"너희들 평생 안 볼 사이가 된 거야?"

"……헤어졌다고 다 원수가 되냐. 왜 평생 안 봐."

진우를 포함해서 모두들 세륜이 연수와 어떻게 끝을 냈는지 자세히 듣지 못했다.

보아하니 서로 악감정을 갖고 헤어진 건 아닌 것 같다. 그래서 더 어떻게 반응을 해야 할지 모르는 것 같았다.

진우는 이 상황이 두 사람에게 어떤 영향을 끼칠지 자못 궁금해졌다.

기쁜 소식이 있다고 박수를 두 번 크게 쳐서 연수와 은성의 관심을 모은 원호는 충격적인 이야기를 했다.

"이직이라는 겁니까?"

"그렇다고 볼 수 있겠지. 아마 업무는 비슷하면서도 달라질 거야."

회사를 인수해 가는 기업으로 시언그룹이 최종 낙점이 됐다는 말에 연수의 두 눈이 크게 떠졌다. 기뻐하는 은성과 달리 할 말을 잃은 연수는 뒤이은 대화에 넋이 빠져나가는 줄 알았다.

"관리부로 안 가나요?"

"우리 영업 직원들은 똑같이 영업부로 간다고 하더라. 우리는 기획부서로 가."

말이 관리부였지, 회사 사업계획에 관련된 일을 하기도 했었다. 그러니 업무가 비슷하면서도 다르다는 원호의 말이 틀린 건 아니었다.

"기획부서라. 괜찮은데요?"

"그런데 우리들 다 뿔뿔이 흩어질지도 몰라. 다 각기 다른 곳으로 배정될 수도 있어. 영업 직원들도 마찬가지이고."

원호는 내 직원들 다 자신의 밑에 그대로 두고 챙겨주고 싶었는데 그러지 못할 것 같다면서 매우 안타까워했다.

"기획부서 어디로……."

마른침을 삼킨 연수는 간절한 눈으로 원호를 바라봤다.

세륜과 헤어지고 마음의 정리가 다 된 상태가 아니었다. 그러니 아직은 그를 보면 힘들어질지도 모른다.

"글쎄. 기획부에 팀이 여러 개라. 아, 하 주임 애인이 그 회사에 다닌다고 하지 않았나? 부서가 어디라고 했지?"

"기획조정이요. 2팀…… 이요."

세륜과 오래 만났기 때문에 어느 회사에 다니는지 정도는 다 알고 있었다. 원호의 질문에 멍한 상태로 대답을 하던 연수는 말을 흐렸다. 그녀가 사생활은 거의 이야기하지 않았기에 당연히 다들 세륜과 헤어진 걸 모르고 있었다.

연수가 헤어졌다고 말을 하기도, 안 하기도 어려워 우물쭈물하는 사이 원호가 말을 이어갔다.

"하 주임, 잘 하면 애인 얼굴 매일 보겠는데?"

"아, 매일이요."

"하 주임? 괜찮아? 많이 놀랐나 봐? 그간 애인한테 들은 거 없었어?"

"네에……."

원호는 며칠 내로 다 정리가 될 것이라면서 마음의 준비를 하라고 한 뒤 자리에 앉았다.

연수는 조용히 일어나 사무실 밖으로 나왔다. 자판기에서 커피를 뽑아 비치된 의자에 앉은 그녀는 들고 나온 휴대폰 버튼을 눌렀다. 그새 또 배터리가 다 떨어진 것인지 화면이 어둑했다.

연수는 세륜과의 메신저 창을 열었다.

「혹시 소식 들었…….」

메신저를 보내기 전에 휴대폰이 짧게 진동하더니 꺼져 버렸다.

"휴대폰을 당장 바꾸든가 해야지."

입술이 말라와 혀로 축이던 연수는 차라리 휴대폰이 꺼진 게 잘된 거라 생각했다.

소식 들어서 알고 있었다면 뭐 어찌할 건가. 왜 이야기하지 않았냐고 따질 것도 아닌데. 또 무슨 소식을 말하는 거냐고 묻는다면 뭘 어찌할 건가. 앞으로 같은 회사에 다니게 되어서 얼굴을 보게 될지도 모른다고, 보면 인사하자고 할 수도 없는 노릇인데.

무엇보다 대뜸 용건만 딱 이야기하고 끝낼 것인가. 그건 좀 아니지 않나 싶다. 그렇다고 해서 잘 지냈냐고 묻는 것도 아니지 싶었다.

이제는 연락을 쉽게 할 수 없었다. 메신저 하나도 해도 될지에 대한 고민을 하는 사이가 됐다.

연수는 연인이 아니라 타인이 되면 이런 것이구나, 하는 걸 경험하자 기분이 묘해졌다. 정확하게는 우울감이 들었다.

한참 뒤 연수는 꺼져 버린 휴대폰을 들고 자리에서 일어났다.

시언그룹으로 첫 출근을 하는 날.

연수는 회사 앞에 도착할 때까지 심란함에 한숨만 폭폭 내쉬었다.

전 비크 직원들 모두 인사과에서 짧은 면담을 마치고 바로 사원증을 받았다. 이례적인 입사로 인해 신입사원의 특혜인 연수 기간 없이 곧바로 부서배정이 되었다.

경력 입사라 볼 수 있으니 당장 실무를 하면서 업무를 익히라는 회사 측의 뜻이었다.

"이제 새로운 곳에서 다시 시작하는 거네."

원호의 말에도 연수는 사원증에 적힌 팀 이름에서 시선을 떼지 못했다. 패닉에 빠져 반응이 없는 연수와 달리 은성은 한껏 긴장한 상태였다.

"다들 잘해보자고. 하 주임?"

원호는 연수의 어깨를 가볍게 두드렸다. 그제야 고개를 들고 자신을 보는 그녀의 얼굴이 창백한 걸 알아본 그가 걱정스레 바라봤다.

"하 주임. 괜찮아?"

"아, 네. 팀장님은 괜찮으세요?"

"나야 안 괜찮을 게 뭐 있어. 하 주임이 걱정이지."

원호는 운이 좋게도 전략기획 3팀의 과장 자리가 비면서 그 자리를 채우게 되었다. 은성은 원호와 같은 전략기획 3팀으로 배정을 받았지만, 연수만 다른 곳으로 배정되었다.

"하 주임이라면 잘할 수 있을 거야. 잘할 거라 믿지만 혹시나 힘들면 언제든 찾아와."

"네. 그럼 먼저 가보겠습니다."

연수는 원호에게 가볍게 묵례를 하고 은성에게는 눈인사를 한 뒤 돌아섰다. 그녀는 전략기획 부서의 옆 사무실로 들어갔다.

차례로 1팀, 2팀, 3팀으로 나뉜 걸 확인한 연수는 자신이 배정받은 팀으로 향했다. 다행인지 불행인지 그곳은 텅 비어 있었다.

"2팀에 일이 있어서 오신 거예요? 그 팀 지금 회의실에 있을 텐데요."

낯선 사람인 연수가 사무실로 들어올 때부터 주시하고 있던 옆 팀의 사람이 그녀가 2팀에서 머뭇거리는 걸 보고 친절히 2팀의 행방을 알려주었다.

회의실에 있을 테니 기다리라는 말에 연수는 조금의 시간을 벌었다는 생각을 했다. 다시 요동치려는 마음을 가라앉히려던 찰나, 사무실 문이 활짝 열렸다.

"아, 2팀 왔네요."

옆 팀의 사람은 가장 먼저 문을 열고 들어오는 남자의 주위를 잡아 연수를 향해 고개를 까딱였다.

문을 열고 들어오자마자 자신을 봐달라고 손을 흔드는 옆 팀의 신 대리에게 왜 그러느냐고 눈썹을 까딱이던 진우는 어딘가를 보라는 고갯짓에 고개를 돌렸다. 그리고 연수를 보고 눈을 키웠다.

"어? 설…… 마?"

이미 비크를 인수한다는 공지를 들었기에 그곳에 다닌 연수가 자신의 회사로 오게 될 거라는 건 알고 있었다.

조금 전 회의 때 우리 팀에 인원 보충이 있을 거라는 서 과장의 말에 설마설마했다.

'연수가 우리 팀으로 오는 거 아니야?'라고 업무 수첩에 적어 넌지시 세륜에게 보여주었다. 하지만 딴생각에 잠긴 그는 그 메모를 보지 못했다.

회의가 끝날 때쯤 연수가 올 수도 있으니 각오해 두라고 장난 삼아 말을 했다가 멍했던 세륜의 눈빛이 싹 변하는 걸 보고 가장 먼저 회의실을 빠져나와 도망쳤다.

그 덕분에 그 누구보다 가장 먼저 시한폭탄을 마주하게 되었다.

"어라?"

서로를 보며 난감한 눈빛을 주고받던 진우와 연수는 다른 사람의 목소리에 고개를 돌렸다.

어느새 기획조정 2팀의 모든 사람이 다 사무실에 들어와 있었다.

연수의 시선이 다른 이들을 다 스쳐 지나가고 세륜과 마주했다.

'우리처럼 최악의 이별 상황을 경험하는 사람이 있을까. 아마도 없을 거다.'

연수와 세륜의 머릿속에 비슷한 생각이 스쳐 지나갔다.

이별이 최악이라는 게 아니었다. 두 사람은 서로에게 악담을 퍼붓거나 불행하라고 저주하는 이별을 하지 않았다. 물론 연수 쪽이 조금 일방적이었기는 했으나 세륜은 끝내 그녀의 뜻을 받아들였다. 두 사람은 허무할지언정 비교적 점잖은 이별을 했다.

이별은 최악이 아니었지만, 이별 뒤의 상황은 최악이었다. 그 누구도 이렇게 서로를 마주하게 될 줄은 몰랐다.

"안녕하세요. 오늘부로 기획조정 2팀에 합류하게 된 하연수입니다."

세륜이 느릿하게 눈을 깜빡이는 사이 시선을 돌린 연수는 사람들을 향해 인사했다.

"하연수 씨, 일찍 왔네요. 기획조정 2팀의 서범기 과장입니다."

범기는 연수와 가볍게 악수를 한 뒤 소개에 나섰다.

"방금 회의 때 비크에서 우리 팀으로 인사 발령이 난 직원분이 있다고 말했지? 여기 하연수 씨, 직함은 주임. 맞죠?"

경력이 인정되어 그대로 주임직을 맡게 된 연수가 고개를 끄덕였다. 서 과장은 마저 팀원들 소개를 했다.

"이쪽은 정진우 대리, 김윤주 주임, 강이호 주임, 민대영 씨, 권은정 씨, 마지막으로 진세륜 대리."

예전에 연수가 세륜의 회식 장소에 잠깐 들렀던 날, 1차에서 중간에 도망을 갔던 윤주를 제외하고 다들 연수를 뚫어지게 쳐다봤다. 고개를 숙여 인사를 하면서도 눈은 끝까지 연수를 탐색하는 직원들을 본 서 과장이 눈살을 찌푸렸다.

"다들 왜 그러지?"

"저기, 혹시 진 대리님의……. 그때 회식 때 오셨던 진 대리님 애인분 맞으시죠?"

세륜과 연수가 서로 알은체를 하지 않아 다들 긴가민가한 눈초리를 주고받았다. 이럴 때는 눈치 없는 척하며 질문을 하는 게 막내의 역할이라 대영이 총대를 멨다.

내내 짧은 숨을 들이켜며 내쉬던 연수는 대영의 질문에 길게 호흡했다.

"진 대리의?"

서 과장이 놀란 눈으로 연수를 살폈다. 그날 잠깐 인사만 하고 갔었고, 오피스룩을 입은 연수와 그날 세륜의 애인이라고 했던 여자의 이미지 차이가 커 한눈에 알아차리지 못했던 그는 두 사람을 번갈아 쳐다봤다.

다른 직원들도 연수가 그날 본 세륜의 애인이 맞는 듯한 분위기에 꽤 놀란 표정을 했다. 진우만이 속으로 쩔쩔맸다.

"아, 이제야 기억나요. 두 사람 알고 있었어요? 진 대리, 왜 말 안 했어?"

낯선 연수에게 답을 듣기보다는 다들 세륜의 입이 열리기를 기다렸다.

"우리 팀으로 오는 줄은 몰랐습니다. 과장님께서 회의 때 누가 우리 팀으로 배정되는지 말씀 안 하셔서 저도 지금 알았습니다."

세륜의 설명에도 다들 미심쩍은 표정을 하자 연수가 설명을 덧붙였다.

"오늘 이곳에 와서야 팀 배정을 받았어요."

그러자 다들 수긍하는 듯 고개를 끄덕였다.

"그랬군. 난 누구인지 말해도 모를 거라 생각했지. 진 대리의 애인인 줄 알았으면 미리 알려줬지. 두 사람도 꽤 놀랐나 봅니다?"

그들의 대화를 듣고 있던 파티션 너머의 옆 팀원들까지 모두가 놀랐다. 하기야 당사자들만 하겠느냐마는.

"자자, 이렇게 서 있지 말고 일 시작들 해. 하 주임은 나와 먼저 면담부터 합시다."

서 과장은 연수를 데리고 회의실로 향했다.

사람들을 지나치면서 연수와 세륜의 시선이 스쳐 지나갔다. 연수가 표정을 감췄지만, 동공이 흔들리는 것에서 어찌할 바 모르는 당혹스러움을 세륜은 읽어냈다.

회의 때부터 이상한 감각이 스멀스멀 올라왔다. 그리고 연수를 봤을 때는 머리부터 등골을 타고 흘러내려 온몸으로 퍼지는 긴장감에 침이 바싹 말랐다.

"자리는 정 대리님 옆으로 해야겠네요?"

"아, 내 옆자리가 비어 있네."

김윤주 주임의 질문에 진우는 비어 있는 옆자리를 쳐다봤다. 서 과장의 자리에서 훤히 들여다보이는 쪽이 진우가 앉아 있는 곳이었다. 진우야 원래부터 남의 신경에 무던한 편이라 개의치 않아 했지만 다들 그 자리를 피했다. 그 덕분에 진우의 옆자리가 비어 있다.

윤주의 말에 그 자리는 연수의 자리로 낙점됐다.

"그날 봤던 것과 다르던데요? 역시 여자는 꾸미기 나름이라니까. 오늘 보니 꽤 평범하네. 왜 저러고 왔지?"

예전에 봤을 때와 달라서 실망이라는 어조와 조롱기가 섞인 말에 세륜의 얼굴이 딱딱하게 굳었다. 그의 싸늘한 시선이 이호에게 닿았다.

"강 주임. 꾸미기 나름이라니요. 회사가 한껏 꾸미고 패션쇼하러 오는 곳입니까?"

"아니, 저는 그 말이 아니라……. 그때와 달라서 다른 사람인 줄 알았다는 거죠. 그리고 저 혼잣말인데 왜 그러십니까?"

연수를 두고 이러쿵저러쿵 떠드는 걸 질색하는 세륜에게서 점점 화가 오르는 기색을 읽은 진우는 그의 어깨를 두드리며 참으라고 낮게 중얼거렸다.

"강 주임님. 조금 기분 나쁘네요. 방금 그 말, 여자 비하 발언 아닌가요? 그렇게 따지면 남자도 꾸미기 나름이에요."

진우의 시선이 윤주에게로 옮겨갔다. 팔을 앞으로 교차해 팔짱을 끼고 이마에 주름까지 만든 그녀는 이호를 삐딱하게 올려다봤다.

"내가 언제 여자 비하 발언을 했다고……. 그냥 꾸미면 보기 좋다는 거지."

"'여자는' 이라는 말이 모든 여자를 묶은 거잖아요! 그리고 꾸민다는 말에 은근히 성적인 게 섞여 있는 것 같은데요? 남자들에게 잘 보이기 위해 꾸며야 한다는 거예요?"

"아니, 그런 뜻으로 한 말이 아니라……."

"듣는 사람이 그렇게 받아들이면 잘못된 말이라는 거 몰라요? 예전과 달리 작은 말실수로도 철컹철컹할 수도 있어요! 저는 상당히 기분이 나쁜 말이었어요. 은정 씨도 그렇지?"

"네. 네?"

연수를 보고 혼자 딴생각에 빠져 있던 은정이 자신의 이름이 불리자 얼결에 대답을 했다가 다시 반문했다. 하지만 윤주는 살포시 무시하고 이호를 몰아붙였다.

"봐요. 은정 씨도 그렇다 하잖아요."

세륜과 진우, 그리고 윤주와 은정, 어떻게 끼어들지도 못하고 보기만 하고 있는 대영까지. 자기편이 하나도 없다는 걸 확인한 이호는 그런 거 아니었다고 우물쭈물 말하고는 황급히 사라졌다.

"어우. 진짜 저 인간은 왜 저러나 몰라. 대영 씨, 물들면 안 돼요."

"하하, 네. 그럼 저는 회의록 작성할게요."

대영이 재빨리 회의록을 핑계 삼아 자신의 자리로 돌아갔다. 은정은 얼굴을 팩 일그러트리고는 진우의 빈 옆자리를 쏘아보더니 사무실을 나가 버렸고, 윤주는 자신의 자리에 앉아 업무를 시작했다.

모두가 자리로 돌아가고 진우는 세륜의 자리 옆에 서서 파티션에 몸을 기댔다. 그는 문서를 찾는 듯 여러 파일을 열었다가 닫는 세륜을 보고 헛웃음을 흘렸다.

열었다 닫는 파일이 작년 거였다. 같은 회사는 각오하고 있었지만 같은 팀이라는 것은 대비하지 못했는지 어지간히도 충격받은 모습이었다.

"많이 놀랐어?"

자신에게만 들리는 작은 목소리에 세륜이 시선을 올렸다.

"연수만큼 할까. 얼어붙었던데."

정작 긴장해서 얼어붙은 건 자신이면서도 그는 연수가 더 걱정되었다.

"나중에 연수랑 따로 이야기 좀 해라."

"어."

"설마 했는데 정말 연수가 올 줄은. 내가 입방정을 떨어서 그런가. 자, 한 대 쳐."

진우가 팔에 힘을 팍 주고는 세륜에게 내밀었다. 실없는 농담으로 풀어주려는 진우의 배려를 세륜은 기꺼이 받아들였다.

퍽, 소리가 나자 윤주가 무슨 일인지 싶어 고개를 돌렸다. 아무 일도 없었다는 듯 무표정한 얼굴로 자리에 앉아 컴퓨터를 들여다

보는 세륜과 원망 가득한 시선으로 그를 보는 진우를 보고 의아한 표정을 했다.

"무슨 일 있어요?"

"아니. 내가 움직이다가 진 대리의 손에 부딪혔어. 김 주임, 일 해."

윤주의 시선이 돌아가자 진우는 자신의 자리로 돌아갔다.

서 과장과 면담을 마치고 사무실로 돌아온 연수는 진우에게로 넘겨졌다. 그와 함께 부서 사람들에게 인사를 하고 휴게실로 향했 다.

"어? 인사 다 하셨어요?"

"김 주임, 여기 있었네? 우리 것도 부탁해도 될까?"

마침 탕비실에서 커피를 내리려던 윤주는 진우의 부탁과 윙크 를 받고 기꺼이 원두를 추가했다.

"사무실로 돌아가야 하는 거 아니야?"

"잠깐만 쉬다가 가자."

진우가 괜찮다고 고개를 끄덕이자 연수는 마지못해 그가 권하 는 소파에 앉았다.

"살이 좀 빠진 것 같다."

"회사가 이렇게 되고 많이 바빴어."

"그래."

세륜과 함께가 아닌 연수와 단둘이 있어본 적이 거의 없어 무슨 이야기를 해야 할지 몰라 진우는 작게 끙, 앓았다.

세륜이 연결 고리였지만 두 사람이 헤어진 지금 그의 이야기를 꺼낼 수가 없었다. 연수도 마찬가지였는지 눈을 내리깔고 차분하게 앉아 있을 뿐이었다.

"커피 드세요."

"고마워."

"감사합니다."

윤주가 건네주는 커피를 받아 든 진우와 연수는 한 모금 마시고 테이블 위로 내려두었다.

"진 대리님하고 오랫동안 연애하셨다면서요? 그러면 곧 결혼하시겠네요?"

사귄 지 4년이 지나고서부터 자주 들었던 질문이었다. 연애 오래 했는데 결혼은 언제 하느냐고, 이 질문을 수없이 들었다.

이제는 듣지 못할 거라 생각했던 그 질문을 들은 연수는 어색한 미소를 지었다. 진우는 두 사람이 헤어졌다는 말을 할 수가 없어 먼 곳만 바라봤다.

"아직 결혼 생각이 없으시구나. 늦게 하세요. 일찍 해서 좋은 거 없더라고요."

"결혼하셨어요?"

"저요? 아니요. 저 이제 겨우 스물일곱 살이에요. 저 말고 친언니요. 저보다 한 살 많은데 결혼을 빨리했어요. 애들이 지금 다섯 살, 두 살인데 둘 다 아들이라 돌보기 엄청나게 힘들어요. 요즘 언니가 육아 우울증 걸려서 매일 조카들 봐주러 일찍 퇴근해요."

아무리 피가 이어진 조카지만 하루 이상 돌보면 정말 힘들다고 하소연을 하는 윤주를 보며 연수는 세륜을 떠올렸다.

조카들을 제법 예뻐해서 한 달에 한 번 이상씩은 꼭 보러 갔다. 그도 석훈이와 놀아주고 나면 힘들다고 다음 날 종일 축 늘어졌었다.

"그래서 김 주임이 요즘 퇴근이 빨랐구나? 아, 이런. 나 잠깐 통화 좀하고 올게."

진우는 부르르 진동이 울리는 휴대폰을 들고 양해를 구한 뒤 사람이 없는 탕비실로 들어갔다.

"정 대리님하고도 동창 맞으시죠?"

"네. 동창이에요."

"말 놓으셔도 돼요."

초면임에도 윤주가 살갑게 다가오자 사람들에게 거리를 두는 편인 연수는 불편했지만, 자신에게 호감을 보이는 그녀에게 무작정 차갑게 굴 수는 없어 미미한 미소를 지었다.

"제가 원래 동료들에게 말을 못 놓아요."

"진 대리님하고 비슷하시구나. 아, 아니다. 진 대리님은 여자들에게 절대 말을 안 놓으세요."

"……그래요?"

"네. 정 대리님은 여자든 남자든 후배들에게 편하게 다가가시는데, 진 대리님은 엄청 무뚝뚝하시거든요. 여사원들에게는 꼭 존댓말 하시고 남사원도 몇 명 빼고는 말을 높이세요."

자기 사람 아니면 귀찮다는 인식이 강한 세륜은 애초부터 가까이 다가오지 못하게 그런 식으로 굴었다. 특히나 여자들에게는 더 심한 편이었다.

연수는 익히 잘 알고 있어 고개를 끄덕였다.

"진 대리님, 우리 사이에서는 차도남이라 불리세요. 차도남 진 대리님이 6년이나 만난 여자 친구가 있다는 이야기에 다들 얼마나 놀랐는데요. 애인분께는 어떻게 하시는지 궁금했어요. 아마 다들 많은 게 궁금할걸요? 진 대리님께는 물어보지 못한 게 많거든요."

새로 온 동료로서보다 세륜의 애인으로서 궁금함이 더 많은지 윤주는 계속 그의 이야기를 꺼냈다. 세륜의 이야기가 이어지자 옅은 미소를 유지하지 못한 연수는 자연스럽게 화제를 돌렸다.

"저도 궁금한 게 있어요. 조금 전 잠깐만 인사를 나누어서 팀원들이 잘 기억이 나지 않는데 알려줄래요?"

"아, 과장님은 면담하셔서 아시죠. 진 대리님하고 정 대리님이 계시고, 강이호 주임님이 있어요. 나이는 서른한 살이에요. 그런데 되도록 마주치지 마세요. 사람이 좀 꼬였거든요. 특히나 진 대리님한테요. 조금 전에도 사무실에서 강 주임님이⋯⋯. 어휴, 하여튼 사람이 별로예요."

서른한 살의 주임. 자신보다 어린 세륜과 진우, 둘을 상사로 두고 있었다. 그들과 성격이 맞지 않으면 사이가 원만하지 않을 수도 있다고 생각한 연수는 알겠다고 고개를 끄덕였다.

"그리고 민대영 씨가 있는데 저랑 동갑이에요. 착하고 순박해요. 그리고 또…… 권은정 씨. 나이는 스물다섯이고 당돌한 성격이에요."

윤주의 마땅치 않은 표정을 보면 되바라진 성격이라 말하는 듯했다.

연수는 문득 예전에 진우가 신입사원 하나가 몇 달째 세륜에게 작업 걸고 있다는 말이 떠올랐다. 하지만 이제 그것에 관여할 수 없으니 고개를 흔들어 생각을 지웠다.

회사의 전반적인 상황에 관해 이야기를 해주던 윤주는 통화를 마친 진우가 돌아오자 먼저 들어가 보겠다고 자리를 떴다.

"우리도 그만 일어나야 하지 않아?"

"어, 잠깐만. 난 커피 남았어."

진우는 다 식은 커피를 홀짝이다가 휴게실 문이 열리자 일어났다. 그는 연수에게 하하, 너털웃음을 흘리고는 뒷걸음질 쳤다.

딱 봐도 사고치고 감당하지 못할 현장에서 벗어나고 싶어하는 몸짓이었다. 연수는 말없이 진우를 흘겨보고는 다가오는 남자를 응시했다.

휴게실로 들어온 세륜은 잘해보라는 듯 어깨를 두드린 진우가 사라지자 연수의 맞은편에 앉았다.

한동안 침묵이 흘렀다. 세륜이 마주 앉자 시선을 내려 테이블 위를 응시하던 연수는 그의 숨소리에 집중했다.

"연수야."

잘 지냈는지, 어떻게 지냈는지, 혹시 무슨 일이 있었던 건 아닌지, 연수의 근황이 궁금했다. 하지만 그 질문을 하고 나면 정말 타

243

인처럼, 너무 먼 사이처럼 느껴질 것 같아 질문을 삼켰다.

세륜이 이름을 부르고 말이 없자 연수가 고개를 들었다. 계속 침묵만 유지할 수 없어 그녀가 이 황당한 지금의 상황 이야기를 먼저 꺼냈다.

"……알고 있었어? 우리 회사가……. 내가 이쪽으로 오게 될 거."

"응. 너희 회사가 휘청할 때부터 우리 회사가 욕심내고 있다는 소문이 돌기는 했어. 이번 일이 확정되었다는 걸 알게 된 건 얼마 안 됐어."

"그랬구나."

두 사람 다 앞으로 한 회사에 함께 다니게 될 거라는 걸 알면서도 서로에게 연락을 하지 못했다.

"네가 우리 팀으로 올 줄은 몰랐어."

연수를 마주하고 나자 당혹스러움은 사라졌고 긴장감도 사그라졌다. 처음에는 최악의 상황이라 생각했는데, 그게 아니라는 생각으로 바뀌었다. 그저 그녀가 자신의 눈앞에 있다는 사실에 세륜은 안도감이 들었다. 그래서인지 그의 목소리는 담담했다.

헤어졌다고 인정하고 받아들였지만 아직 완전하게 끝내지 못했다. 연수를 당장 제 안에서 지울 수 없었다. 아마 그러기에는 그 시간이 아주 길게 걸릴 거다.

그 긴 시간 동안 연수를 보지 못한다면 많이 힘들리라. 헤어지더라도 연수는 보면서 살고 싶었다. 이별을 받아들이는 그 고통이 연수를 보지 못하는 고통을 이기지 못했다.

세륜은 자신이 연수를 많이 보고 싶어했다는 걸 깨달았다.

"아무래도 내가 일을 그만두는 게……."

"연수야. 우리 나쁘게 헤어진 거 아니라며. 그럼 다시 못 볼 사이 아니잖아."

세륜이 다정하게 타이르려 했지만, 그에게 했던 말과 자신의 추악한 내면을 드러냈던 것이 창피해 연수는 자신의 얼굴을 감쌌다.

"그렇다고 해서 매일 얼굴을 볼 수 있는 건 아니잖아. 내가 다른 일을 찾는 게 나을 것 같아."

"너 회사가 안 좋아지면서부터 많이 힘들어했잖아. 좋은 기회가 왔는데 그만둔다고? 네가 더 힘들어질 게 뻔해."

"그래도 이건 아니야. 우리가 같이 일을 하는 건 불편할 거야. 지금도 그렇잖아. 난 이렇게 널 마주하게 될 거라고는 생각도 못 했어."

"그럼 내가 그만둘게."

"세륜아!"

드디어 연수의 입에서 자신의 이름이 나오자 세륜의 입술이 위로 살짝 올라갔다.

놀라서 감춘 얼굴을 드러내며 경악에 찬 표정을 보여주는 그녀에게 그는 미소를 지우고 단호한 표정을 지었다.

"정 불편하면 내가 그만둘게. 네가 다녀."

"네가 다니던 직장이야! 그런데 왜 네가 그만둬? 내가 그만두는 게 맞아. 그보다 너는 정말 나랑 같이 다닐 수 있어?"

"못 다닐 거 뭐 있어. 난 크게 불편하지 않아."

전혀 개의치 않는다는 그의 표정에 연수는 가슴이 따끔거렸다. 그리고 묘하게 기분이 나빠졌다.

"하연수. 현실적으로 생각해. 여기 좋은 직장이야. 연봉도 높고 네가 다니던 곳보다 복지도 좋아. 그런데 나 때문에 그만둔다는 거 어리석은 짓이야."

"나는……."

연수가 막 입을 떼려던 찰나, 노크 소리가 들리더니 휴게실 문이 열렸다. 누가 휴게실로 들어오면서 노크를 하나 싶었더니 진우였다.

"크흠. 이만 가봐야 할 것 같은데."

세륜은 알았다고 고개를 끄덕였다. 그는 연수에게 그만 일어나라는 눈짓을 보냈다.

"일 끝나고 보자. 마저 이야기해. 일단은 가서 일해."

"……응."

연수는 진우를 따라 사무실로 돌아왔다. 어느새 비어 있던 책상에는 컴퓨터가 새로 놓여 있었고 필기류도 있었다.

"내가 일단 필요한 물건들 받아다 놨거든? 더 필요한 거는 비품실에서 가져다 쓰면 돼."

진우에게 몇 가지 이야기를 듣는데 세륜이 자리로 돌아왔다. 연수는 그가 사무실로 들어올 때부터 온 신경을 다 그를 향해 세웠다. 그는 곧장 자신의 자리에 앉아 일을 시작하는 듯했다.

세륜은 정말 같은 공간에서 일하는 게 큰 상관이 없는 것 같아 연수는 심기가 비틀렸다.

점심시간에 다 같이 구내식당으로 내려왔다. TV에서나 보던 구내식당에 연수의 눈이 휘둥그레졌다.

예전에 세륜이 회사에서 뷔페 비슷하게 나온다고 했을 때 믿지 않았는데 그의 말이 사실이었다.

"먹고 싶은 거 담아."

내내 간격을 두고 있던 세륜의 목소리가 바로 뒤에서 들리자 연수의 어깨가 흠칫 떨었다.

"응."

세륜이 건네주는 식판과 수저를 받아 드는데 두 사람에게 팀원들의 얄궂은 시선이 닿았다. 오전 동안 둘이 말없이 일에만 몰두해서 실망하던 참이었다.

모름지기 사내 커플이라면 일을 하던 도중에 오가는 은근한 눈빛이 있고, 주위 사람들은 그것을 훔쳐보는 재미가 있는데 그런 게 전혀 없어서 둘이 싸운 건 아닌가 싶었다.

사이가 좋으면 사이가 좋은 대로 소문이 나고, 싸우면 더 많은 이야기가 도는 게 사내 연애다. 이왕이면 전자가 좋았다. 그러지 않아도 팀원들의 눈치가 이상해지고 있었기에 세륜은 일부러 연수의 뒤에 섰다.

"그거 고기다."

연수가 기계적인 손놀림으로 반찬을 담아내는 걸 보고 세륜이 낮게 속삭였다. 고기를 잘 먹지도 않으면서 담으려 하는 걸 보니 어지간히 정신이 어지러운 상태인 것 같았다. 그는 자신이 집으려 던 숙주나물을 연수의 식판 위에 올려주었다.

"오."

뒤에서 세륜의 모습을 보고 있던 팀원들이 야유를 보내거나 미소를 짓거나 아니꼽게 바라봤다.

"내가 할게."

"신경 쓰지 마. 자연스럽게 행동해. 네가 그러면 사람들 장난기만 부추기는 거야."

같이 일하는 것도 아무 상관 없어, 사람들 신경도 안 써. 참 태연하게 구는 세륜에게 괜히 부아가 치민 연수는 음식을 대충 담아 몸을 홱 돌렸다.

연수의 맞은편에 앉은 세륜은 그녀가 식판을 쏘아보는 것에서 지금 화가 났다는 걸 알아차리고는 슬며시 미소를 지었다.

어느 부분에서 연수가 짜증이 났는지를 잘 알았다. 지금 굉장히 당혹스럽고 혼란스러운 상황인데 자신 혼자 휘둘리지 않는 게 짜증이 난 거였다.

'나 혼자 휘둘렸던 적은 더 많거든?'

그러니 이 정도는 감내하라는 얄궂은 심술이 솟아났다.

점심 약속이 있는 서 과장을 제외하고 모두가 자리에 앉았다. 보통은 이렇게 팀원들이 다 같이 식사를 하지 않았다. 오늘은 새로운 동료가 왔기에 함께 식사하기로 했다.

물론 몇몇은 세륜과 연수의 관계가 지루한 일상에 재미로 와닿

앉고, 그들에 대해 더 알고 싶어서 이 자리를 놓치지 않았다.

"먹을 게 많은데 풀떼기만 골랐냐."

"연수, 고기 안 좋아해."

"아하. 연수야, 많이 먹어라."

진우가 연수에게 먹는 게 부실해 보인다고 타박을 하자 세륜이 대변했다. 그런데 그 와중에도 연수는 꿀 먹은 벙어리마냥 입을 다물고 식판만 쳐다봤다.

맛있게 먹으라는 인사 뒤에 모두 식사를 시작했다.

묘하게 어색한 기류가 흘렀다. 사무실에서 마주쳐도 반가워하는 기색이 없더니 계속 말없이 일만 하고 밥도 조용히 먹는 두 사람의 분위기를 다들 슬슬 심상치 않은 걸로 읽어가고 있었다.

"두 분 싸우셨나?"

꼭 싸웠기를 바라는 투였다. 이호의 질문에 사레가 들렸는지 작은 기침을 하는 연수를 본 세륜이 진우에게 등을 두드려 달라는 눈짓을 하고 자리에서 일어났다.

정수기로 가 물을 뜨면서 세륜은 연수를 응시했다.

'아주 티를 다 내는구나. 나 지금 앞에 있는 남자와 굉장히 불편합니다, 광고를 하고 있네.'

연수가 계속 자신을 불편해하자 세륜은 수틀렸다. 자신들의 상황이 만나면 하하 호호 웃으며 마주할 수 없다는 걸 알지만, 모르는 체하거나 투명인간 취급을 하는 등 타인으로 대하는 건 정말 싫었다.

물을 떠서 돌아온 세륜은 남들 몰래 연수를 노려본 뒤 물 잔을 건넸다.

이전이라면 당연하다는 듯 받아들였을 텐데 사람들 시선을 의식해서인지 연수가 조심스러운 표정으로 고개를 숙여 감사함을 전하자 기분이 또 팍 상했다.

"얘들 사이좋아 죽는 커플입니다. 지금은 장소가 장소이니만큼 조심하는 거죠."

세륜은 일할 때는 일만 하고, 얼마나 바람직한 커플이냐는 말을 지껄이는 진우에게 조용히 하라는 의미를 담아 발을 찼다.

"아, 우리가 너무 쳐다봤죠? 죄송해요."

"아니에요."

괜찮다고 답을 한 연수는 세륜이 떠다 준 물을 다 비워내고 다시 식사를 이어갔다.

식사를 끝내고 사무실로 올라가려는 연수를 중간에 낚아챈 세륜은 1층 카페로 그녀를 데리고 갔다.

"일 끝나고 이야기하기로 했잖아."

샷을 추가한 진한 커피를 한 모금 마신 세륜의 눈썹이 꿈틀거렸다. 그의 시선이 연수의 앞에 놓인 것에 닿았다.

달달한 핫초코에 그녀가 좋아하는 쿠키까지 사왔는데 하는 말이 참 정 없었다.

"퇴근하고 또 보면 되겠네, 그럼."

"진세륜, 지금 장난해?"

"이 상황에서 장난이 나오겠어?"

"……퇴근하고 봐. 갈래. 그리고 사람들 있을 때 이렇게 불러내지 마."

동료들과 함께 있는데 쏙 빼올 때부터 연수는 연신 툴툴거렸다. 그 덕분에 황당한 상황에서 조우하고 느낀 어색함이 반감되었다.

"간다?"

간다고 해도 말없이 쳐다만 보고 있자 연수가 찜찜한 표정으로 물었다. 오전에 데면데면하게 굴었던 것과 사람들과 있을 때 눈치 보던 것과 달리 서슴없는 모습에 세륜은 상한 기분이 조금 나아졌다. 낯선 사람들과 있다가 둘만 있으니 한결 편하다는 걸 보여주는 것과 다름없어 나쁘지 않았다.

"짧게 이야기할 테니까 듣고 가."

당장 카페를 나가고 싶은지 계속 문 쪽을 바라보던 연수가 자세를 바로 하는 걸 본 세륜은 나직이 한숨을 내쉬었다.

헤어지고 난 뒤 상실감과 허탈감에 허우적거렸다. 그리고 연수를 생각하면 미안함과 애잔함, 그리움과 서글픔, 아쉬움과 절절함에 가슴이 묵직해졌다. 아주 느리게 이별을 받아들이고 있었지만, 반대로 되돌리고 싶은 마음도 생겨났다.

이렇게 기가 막힌 상황에서 다시 만났을 때 많이 놀랐지만, 반가웠고 어쩌면 우리는 정말 인연이 아닐까 싶었다.

그런데 연수는 계속 불편하고 싫은 기색만 내비치고 있었다. 도망가지 못해서 아주 안달이었다. 그게 서운하면서도 괘씸함이 들었다.

도망가려고 하는 걸 보면 죽어라 뒤쫓는 게 누구에게나 내제된

본능이었다. 세륜은 지금 연수를 잡고 싶은 욕구가 치밀어 올랐다.

'되돌린다라. 잡는다라.'

세륜은 눈을 가늘게 뜨고 앞에 앉아 있는 연수를 응시했다.

"뭘 그렇게 봐? 할 말 있으면 해."

'빤히 응시하니까 커다란 눈을 깜빡이며 입술을 삐죽이는 모습이 꽤 귀엽네. 헤어졌어도 여전히 별거 아닌 게 사랑스럽냐, 짜증나게.'

순간 세륜은 이렇게 사랑스러운 연수를 보지 않고, 그녀 없이 정말 살 수 있을지 자문했다.

연수와 헤어진 뒤 영혼이 빠진 사람처럼 굴었다. 연수 없이 잘 살겠다는 생각도 의지도 들지 않았다. 그냥 살아가지는 대로 살아야지 했을 뿐이었다. 오히려 연수가 내 전부였다는 걸 더 실감하고 있었다.

세륜의 눈이 아련하게 잠겼다.

'우리가 헤어졌던 이유. 그걸 해결하면 넌 돌아올까. 우린 예전으로 돌아갈 수 있을까.'

세륜은 난제로 남아 있는 이별의 이유를 생각하다가 미간을 접었다.

그건 당장 풀 수 없으니 차차 풀어가기로 하고 지금은 자신의 영역 안으로 들어온 연수부터 도망가지 못하게 잡아야 했다.

쉽게 되돌릴 수 없을 거다. 단번에 잡을 수 없을지도 모른다. 지금까지 몇 번 겪었던 이별과는 차원이 달랐다. 그럼 어떻게 해야 하지?

세륜은 연수를 너무나도 되찾고 싶어졌다.

연수가 이러다가 점심시간이 다 끝나겠다고 하자 그는 짧은 감성에서 벗어났다.

"봤다시피 회사 사람들 우리가 헤어진 거 몰라."

그건 사무실에서 처음 마주했을 때 세륜의 애인분이 아니냐는 질문에 바로 알아차렸다.

"왜 말 안 했어?"

순간 세륜의 표정이 일그러졌다.

"왜? 네가 이야기하지 그랬어? 사람들이 내 애인 맞느냐고 물었을 때 아니라고 하지 그랬어? 진우가 헛소리 지껄일 때 막지 그랬어?"

정말 사람 환장하게 만드는 데 도가 텄다. 좀 분위기 잡고 잘해보려는데 정떨어지는 말로 초를 쳤다.

세륜은 대체 왜 자신이 이런 연수가 좋아 죽는지, 헤어졌어도 이렇게 질척대는지, 답 없는 얼뜨기 같은 자신에게 속이 터질 것 같았다.

"왜 화를 내?"

"네가 따지니까 그렇지!"

"내가 뭘 따졌다는 거야?"

"헤어진 걸 왜 말 안 했냐고 따졌잖아! 그래, 너는 헤어지자마자 네 전 회사 사람들한테 다 말했나 보지? 온 동네방네 소문이라도 냈나 보지? 나랑 아직도 사귄다는 소리 듣는 게 그렇게 싫어? 지금이라도 우리 헤어졌다고 소문 다 낼까? 어?"

"왜 이렇게 흥분해? 누가 소문 내달래? 나도 아무에게도 말 안 했어! 그냥 왜 말 안 했냐고 물은 거야! 진세륜, 내가 너 혼자 멋대로 판단하고 화내지 말라고 늘 말했지!"

연수의 지적과 아무에게도 자신들의 이별에 관해 이야기를 하지 않았다는 말에 세륜의 입이 다물렸다. 연수의 얄미운 말에 순간 욱했던 그는 퍼뜩 드는 생각에 눈썹이 위로 올라갔다.

지금처럼 아무것도 아닌데 늘 연수의 말에 휘둘렸다. 언제나 아쉬웠던 건 자신이었다. 만나고 이별하고 모든 관계의 주도권은 연수에게 있었다. 목마른 사람이 우물을 판다고, 늘 자신이 애걸복걸했다.

'쟤는 진짜 아쉬움이 하나도 없나? 지금 나만 이러는 거야?'

자기 혼자 감성에 빠지고, 아련해하는 것 같아 짜증이 팍 솟았다.

'확 들쑤셔 볼까?'

연수와 다시 잘해보겠다는 생각을 한 지 얼마 지나지 않았는데 약이 오른 세륜은 그녀도 자신처럼 감정에 허우적거렸으면 했다. 그는 흥분을 가라앉히기 위해 카페인으로 속을 진정시켰다. 그리고 너도 한번 우리의 지난 관계에서 질척대 보라고 받았던 질문을 되돌렸다.

"너야말로 왜 말 안 했는데."

"내가 먼저 물었잖아."

"좀 먼저 대답하면 안 돼? 꼭 내 속내를 먼저 알아내야 직성이 풀려?"

"내가 뭐?"

"넌 늘 그랬어. 우리 감정에 있어서 꼭 이기고 싶어했어. 아니, 이기고 지는 게 이상한 거지. 사랑하는 사이에 먼저 이야기한다고 체면이 깎여? 창피해? 왜 내가 먼저 이야기하고 나면 그 뒤에 나도 그랬어, 라는 말로 우위를 차지하려는 건데."

"누가 이기려 했다고……."

연수의 말이 흐려졌다. 세륜의 말이 틀리지 않았기 때문이다. 한 90퍼센트 정도는 세륜이 늘 먼저 숙이고 들어왔다. 연수는 자신이 크게 잘못한 것 말고는 꼿꼿하게 굴었다.

잠시 짧은 침묵이 흘렀다.

헤어지고 난 뒤로도 왜 서로의 단점을 지적하고 잘잘못을 따지고 있는지, 문득 연수는 이런 자신들이 어이없어 고개를 저었다.

"우리 지금 뭐 하는 거야? 우리 헤어졌잖아."

"그러게. 우리 지금 왜 이러는 걸까? 헤어진 남녀가 우리처럼 일터에서 만날 수도 있어. 어차피 끝난 사이니 일에만 몰두할 수 있어. 그런데 우린 왜 이러고 있는 걸까? 왜라고 생각해?"

"……왜 이러는 건데?"

"무관심할 수 없으니까."

"무관심할 수 없기는. 너 점심시간이 될 때까지 쉬지도 않고 일에 집중만 잘했잖아."

세륜은 연수의 말이 왜 나에게 무관심하게 굴었느냐는 투정으로 들려 입술이 올라가려 했다. 그는 일부러 기침하면서 입을 가렸다.

'작정하고 들쑤셔 놓고 겨우 이런 작은 반응에 좋아하는 꼴을 보일 수는 없지.'

세륜은 연수의 이런 반응도 좋았지만, 자신들의 지난 관계에 연수가 질척거리기를 바랐다.

"집중하기는. 나 계속 실수했어. 마지막엔 문서 저장도 하지 않고 꺼버렸어. 진우 녀석이 그거 보고 비웃더라."

세륜의 대답을 듣고 연수는 더는 따지질 못했다.

그도 동요했다는 것에 오전에 비틀렸던 심기가 가라앉았다.

"솔직해져 보자. 우리가 지금 이러는 거 남들에게 헤어진 걸 이야기하지 않은 이유와 같겠지."

진우, 한준, 여환은 오랜 친구라 평소와 다른 자신의 모습을 보고 말하지 않아도 두 사람이 정말 헤어진 걸 눈치챈 거지 먼저 말하지는 않았다.

"말하지 않은 건……."

말하지 않은 이유. 그저 남에게 사생활을 잘 이야기하지 않기 때문이라고 할 수 있을까.

연수는 자신을 주시하는 세륜의 눈빛에 성급히 대답할 수 없다.

"점심시간 끝나간다. 퇴근하고 마저 이야기해."

세륜은 연수의 손에 핫초코와 쿠키를 들려주고 자리에서 일어났다.

오후 업무가 시작되었지만, 연수는 좀처럼 일에 집중하지 못했다. 점심시간에 세륜과 했던 이야기 때문이었다.

사람들에게 세륜과 헤어진 걸 이야기하지 않은 이유.

"하 주임, 이거 전략 3팀에 가져다주고 내가 요청한 보고서가 있는데 그거 받아서 이거랑 같이 검토해 줘. 혹시나 오류 난 부분 있으면 체크 좀."

"아, 네."

되도록 회사 내에서는 이름을 부르지 않았으면 좋겠다는 연수의 부탁에 진우는 하 주임이라는 호칭을 사용하기로 했다. 그리고 연수는 그가 대리로 직급이 높아 깍듯이 존대하기로 했다.

연수는 진우가 주는 서류철을 가지고 일어났다. 마침 어디를 가려던 것인지 세륜이 자리에서 일어났다.

어쩌다 보니 그의 뒤를 따르게 되었는데 연수는 세륜이 사무실 문을 열고 기다려 주자 짧게 목례를 했다. 자신에게 예의 차리는 모습에 그가 인상 쓰는 걸 보지 못한 연수는 옆 사무실로 향했다.

"팀장, 아니, 과장님."

원호가 연수를 보고는 반가워하며 자리에서 일어났다.

"어쩐 일이야?"

"디스플레이 쪽 전략기획서예요. 그리고 정진우 대리님께서 요청하신 보고서 받으러 왔어요."

"그거 연 대리가 가지고 있는데 곧 올 거야. 그보다 일은 어때?"

"아직은 잘 모르겠어요."

원호는 그래도 하 주임이라면 잘해낼 거라 믿는다는 표정을 지었다.

"사내 커플인데 눈치 안 받아?"

"아, 네. 조금요."

대답을 한 연수는 입안에서 자신의 혀를 깨물었다.

"애인이 잘생겼던데. 진세륜 대리 맞지? 지나가면서 봤어. 전략팀에서도 인기 많던데. 그래서인지 하 주임에 대해 많이 궁금해하더라고."

전에 세륜이 기획조정 2팀이라는 걸 듣고 잊지 않은 원호는 오늘 아침에 부서와 팀 배정을 받을 때 애인과 같은 팀 아니냐며 놀라워했었다.

그때도 그랬고 그전에도 세륜과 헤어진 걸 이야기하지 않았다. 그리고 지금도 세륜과 커플인 걸 부정하지 않고 있었다.

다행히도 원호와의 대화는 짧았다. 담당자가 돌아와서 일을 본 연수는 원호에게 인사했다.

"과장님, 가볼게요."

"그래. 수고해."

인사를 하고 나온 연수는 사무실이 아닌 화장실로 향했다. 물이 닿지 않는 곳에 받아온 서류를 두고 세면대 물을 틀었다.

차가운 물로 세수를 하고 싶었지만 화장 때문에 손만 씻어 페이퍼 휴지로 물기를 닦았다.

"헤어졌어요."

연수는 아무에게도 하지 못한 말을 조용히 읊조렸다. 그런데 말을 하고 나자 가슴에 통증이 일었다.

"아⋯⋯."

원호가 애인과 같은 회사에 다니게 되었다고 했을 때, 애인과 같은 부서인 것에 놀라워했을 때, 사내 커플인데 눈치받지 않느냐고 물었을 때, 전부 다 세륜과 헤어졌다고 말하지 않은 이유.

'헤어졌지만, 남이 헤어진 걸 알기를 원하지 않았던 거다. 왜? 우린 끝났는데, 왜?'

긴 시간을 사랑했으니까 쉽게 끊어내지 못할 거라는 건 각오하고 있었다. 그런데 그것과 헤어진 걸 말하지 않은 건 별개였다.

팀은 몰랐지만 기획부로 배정될 거라는 건 알았다. 어떻게든 세륜과 한 번은 마주치게 될 거라는 걸 알았다. 그런데도 아무에게도 말하지 않았다.

혹여나 나중에 원호가 우리가 이미 헤어졌었던 걸 알게 된다면 오늘의 일을 얼마나 난처하겠는가. 이런 일을 예상하지 않았던 것도 아닌데 왜 말하지 않았지?

그리고⋯⋯.

'세륜의 동료들이 자신을 아직 그의 애인으로 알고 있을 때 분명 안도했었다.'

긴장감으로 숨쉬기가 어려워 짧게 호흡을 했는데 세륜의 애인이 아니냐는 질문에 긴장이 탁 풀려 길게 숨을 들이마시고 내쉬었다.

"아⋯⋯."

남들이 자신을 계속 세륜의 연인이라고 알고 있기를 바랐다. 아직 미련이 남아 있는 거였다. 아직 세륜을 놓지 못한 거다. 마음 깊은 곳에서 세륜을 붙들고 있었다. 세륜이 내 사람이 아니라는 걸 남들이 알게 되는 게 싫었다.

세륜도 마찬가지였던 거다. 그리고 나와 똑같은 그의 행동에 무언가를 기대했다.

'너, 세륜을 지울 자신 없지? 아니, 그러고 싶지 않지? 지금 이걸 기회 삼아 그가 잡아주기를 바라고 있는 거 아니야?'

연수는 내면에서 자신의 목소리가 울리는 걸 느꼈다. 자신의 질문에 그녀는 부정을 하지 못했다.

"내가 헤어지자고 한 거잖아. 세륜이 상처받는 걸 원치 않아서 헤어졌잖아. 반복되는 싸움이 힘들어서 그만하자고 했잖아. 이해하지 못하는 그에게 억지로 이해를 강요해서 헤어졌잖아. 죄 없는 그에게 사과까지 다 받고 헤어졌잖아. 그런데 왜…… 그가 잡아주기를 바라는 거야? 왜 또 그를 비참하게 만들려고 해. 염치없다, 나."

연수는 세륜에게 미안하고, 면목 없고, 창피해서 도망치고 싶었다.

퇴근 시간이 되자 모두 어떤 기대를 품고 세륜과 연수를 쳐다봤다. 세륜은 그들의 기대에 부응해 연수와 같이 퇴근을 했다. 사람들의 시선 때문인지 군말 않고 그를 따랐던 연수는 차에 올라타자마자 고개를 창 쪽으로 돌려 불만을 표했다.

세륜은 심술 맞게 웃고는 둘이 자주 가던 식당으로 차를 몰았다.

"식당 말고 카페로 가면 안 돼?"

식당 주차장에 주차하고 차에서 내리기 전 연수가 요청했지만 세륜은 고개를 저었다. 지금 먹지 않으면 연수가 저녁 식사를 건너뛸 거라는 걸 알기 때문이었다.

"난 배고파. 밥부터 먹고 이야기해."

결국 연수는 룸 안에서 세륜과 마주 보고 앉았다.

세륜은 뭔지 모르게 처연하게 잠긴 연수의 얼굴을 보고 속이 타들어갔다. 뭘 얼마나 생각을 했기에 저렇게 가련한 표정인가 걱정이 되면서도 싫지는 않았다. 어쨌든 자신에 대해 아직은 감정이 남아 있다는 뜻이었으니 말이다.

완전한 타인이라 생각했다면 저런 표정이 나올 정도로 고심하지 않았을 거다.

세륜은 자신이 던진 돌에 잔물결이 일어난 게 만족스러워 웃음을 삼켰다.

"식사부터 하자."

"……응."

주문하자 곧바로 음식이 차려졌고 식사가 시작되었다. 조용히 먹기만 하는데도 연수가 밥그릇을 비워내는 속도가 느렸다. 세륜은 묵묵히 그녀의 속도에 맞췄다.

식사를 마치고 카페로 자리를 옮기자고 했지만 연수는 이곳에서 이야기하기를 원했다. 더는 시간을 끌고 싶어하지 않는 기색이라 세륜은 후식으로 나온 수정과를 앞에 두고 그녀의 입이 열리기를 기다렸다.

"생각해 봤어."

"그래. 계속 이야기해."

"주변 사람들에게 너와 헤어진 걸 이야기하지 않은 이유는……
아직 내가 정리가 덜 돼서야. 너도 그런 것일 테고."

'벌써 정리가 됐다면 서운하지. 절대 안 될 말이지.'

맞는 말이기에 세륜은 고개를 끄덕였다. 그보다 그는 그녀가 이
렇게 순순히 인정하자 내심 놀랐다.

연수가 '이야기할 타이밍이 없었다' 이런 같잖은 핑계를 댈 줄
알았다.

"그래서 말인데……. 정리할 시간을 갖는 게 어때?"

"정리할 시간?"

"우린 6년을 넘게 함께했어. 그런데 헤어진 지 2주도 되지 않아
이렇게 만나게 돼버렸잖아. 너랑 나, 정리할 시간이 부족했어."

"정리라. 그게 진짜 네 속마음이야? 혹시 이런 생각은 안 해봤
어? 우리가 다시 시작할 기회가 주어졌다고."

"……어쩌면 했던 것도 같아."

기대하지 않고 한 말에 연수가 동의하자 세륜의 눈이 살짝 커졌
다. 그의 눈에 기대감이 서렸다.

"그런데?"

"우리 헤어질 때 반복하지 말자고 했잖아. 우린 그때 끝났어. 되
돌려서는 안 돼."

세륜의 눈이 원래 크기로 되돌아갔다. 아무리 설득해도 여지없

이 헤어지자고 했던 게 떠올라 불에 찬물을 끼얹은 듯 기대감이 단번에 사그라졌다.

"우리에게는 정리할 시간이 필요해. 내가 회사를 그만두는 게 맞는 것 같아."

세륜의 얼굴에 '그럼 그렇지!' 하는 표정이 스쳐 지나갔다.

쉬울 거라 생각하지 않았다. 이런 반응을 예상했기에 세륜은 덤덤했다. 그녀라면 이렇게 결론을 내릴 거라 생각했고, 자신의 생각대로 나오자 담담했다. 그래도 답답하고 짜증이 나는 건 어쩔 수 없었다.

이 시점에서 연수는 자신의 의견에 동의해 주기를 바랄 것이었다.

'원한다면 그렇게 해주는 척한다, 내가.'

"그래. 정리할 시간을 갖자."

"……내일 사표 쓸게."

"왜 사표를 써?"

연수의 표정이 의문으로 들어찼다. 지금 내내 그 이야기를 했는데, 왜 그러냐는 눈빛이었다.

"하연수, 현실적으로 생각해. 취업하기 어려운 때에 이렇게 대기업으로 이직했는데 사표가 말이 돼?"

"하지만……."

"그보다 사표 사유는 뭐라 할 건데? 나랑 헤어져서 불편하다고?"

"다른 사유로……."

"다른 사유 뭐? 뭐가 있는데? 당연히 결혼은 아니고. 뭐? 유학이라도 간다고 할래? 납득할 만한 이유 댈 수 있어?"

이유야 생각하면 얼마든지 있었다. 그런데 세륜은 연수가 생각할 틈도 주지 않고 몰아붙였다.

"없으면 그냥 다녀. 다니면서 정리하자. 당장 헤어졌다고 하면 너나 나나 더 귀찮은 일이 발생할 거야. 그러니까 시간을 두고 나중에 헤어진 거로 하자. 우리가 정리되면 그때 이야기하자."

"정리될 때까지…… 계속 사귀는 척하자고?"

"오늘 다정하게 같이 퇴근까지 했는데, 뭐 어때. 그리고 네가 이곳에 자리 잡는 데에도 이게 더 나아."

"그래도……."

세륜의 회유에 연수는 마음이 흔들렸다.

솔직히 까놓고 이야기하면 자신은 아직 이 회사의 이방인이나 다름없었다.

공채나 상시 채용과 같은 정당한 절차를 밟지 않았다. 운이 좋아 인수합병으로 원래 다니던 회사와는 비교도 되지 않는 곳으로 옮겨왔다. 이런 자신을 달가워하기는 쉽지 않았다. 굴러온 돌처럼 껄끄러울지도 몰랐다.

원호가 가장 걱정한 부분이 그것이었다.

결속력이란 사회생활에서 아주 큰 영향을 끼치는 무서운 것이었다. 이미 결속력이 형성된 무리에서 새 사람을 받아들이기까지 시간이 걸렸다. 그 시간이 길어지면 결국엔 겉돌게 된다.

원호는 그의 밑에서 일했던 부하직원인 자신의 성격을 어느 정도는 알고 있어 더 걱정했었다. 게다가 눈칫밥 먹는 사내 커플이라니.

"오전에 소문 싹 돌았을 거야. 내 오랜 연인인 네가 같은 부서로 들어왔다는 거."

"……알고 있어."

"회사에 사내 커플이 몇 없어. 그래서 아마도 많이들 관심 있어 할 거야."

그 관심이 얼마나 부담스러운지 알고 있느냐 세륜의 표정에 연수는 입술을 깨물었다.

사내 커플은 일을 잘해야 본전이었다. 일을 못하면 연애하느라 그것에 정신 팔려서 그런다고 핀잔을 듣는다. 혹시나 기분이 다운되어 있으면 무조건 싸웠다는 말이 나온다. 그리고 애인과 싸우고 풀이 죽어 일을 소홀히 한다는 말을 듣게 된다. 공과 사를 구분하지 못한다는 질타를 받게 된다.

세륜이 지적하지 않아도 연수는 그와 자신의 사소한 사생활이 사회생활에 큰 영향을 끼칠 거라는 걸 잘 알고 있었다.

그럼에도 헤어진 것보다는 사귀는 게 더 나을 거다. 당장 헤어졌다고 하면 세륜과 자신의 눈치를 보느라 모두 불편해질 테고, 고스란히 그 여파가 되돌아오게 된다. 낯선 자신은 그 불편함 속에서 더 배척될 게 분명했다.

하지만 이러든 저러든 세륜과 함께 일하는 건 편치 않을 거다.

이 모든 걸 다 감수하지 못한다면 과감하게 사표를 쓰는 게 백배 나았다.

"세륜아."

자신의 회유에 흔들리던 연수가 다시 다른 결론을 내리려 한다는 걸 알아차린 세륜은 재빨리 그녀의 말문을 막았다.

"그만둔다는 말하지 마. 나 때문에 네가 직장 잃으면 내 속은 편하겠어? 날 미안하게 만들지 마."

이러지도 저러지도 못하게 됐다. 자신의 불편함에 일을 그만두면 세륜의 마음이 불편해지는 건 당연했다. 더는 그에게 피해주기 싫은데…….

"이런 상황에서 어떻게 정리해?"

"그건 솔직히 나도 잘 모르겠어. 하지만 네가 퇴사하는 건 정말 아니야."

정리할 시간을 갖자고 했는데 어떻게 가져야 할지를 모르겠다.

"일어나자. 너무 오래 있었다."

세륜은 연수가 어떠한 결론을 내리기 전에 자리에서 일어났다. 지금 당장 결론을 내면 연수가 자신을 두고 고민하는 시간이 조금이라도 짧아질지도 모른다는 생각에 그는 흐지부지하게 이야기를 끝냈다.

집으로 돌아온 연수는 세륜의 바람대로 내내 그를 생각했다. 그를 생각하느라 잠을 이루지 못했다.

도망가야겠다는 생각밖에 없었는데 그것도 얼마나 이기적이었는지를 미처 생각하지 못했다. 자신의 퇴사가 세륜에게 또 다른 죄책감을 생기게 할 수가 있었다. 더는 그에게 그런 고통을 안겨 주고 싶지 않았다.

"끝이 너무 어려워."

왜 헤어진 직전보다 시간이 흐른 지금 세륜을 지워내는 게 이리도 어렵게 느껴지는 걸까. 이제야 새삼 이별을 실감하는 걸까.

"바보처럼 세륜을 보니까 실감하나 보다."

그런데 마음 한편으로는 이렇게라도 그를 봐서 좋았다. 아마도 그가 보고 싶었던 거겠지.

사랑할 때는 최소한 보고 싶으면 언제든 볼 수 있었다. 헤어지면 이런 우연이 아니면 볼 수 없다. 연수는 사랑보다 이별이 힘들다는 걸 깨닫고 있었다.

그 시각, 세륜도 연수를 생각하고 있었다.

"쉬울 거라 생각 안 했잖아. 초조해하지 말자."

문득 처음 연수를 쫓아다녔을 때가 떠오른 세륜은 여전히 어려운 그녀가 너무나 괘씸해서 심술이 생겨났다. 그는 이 심술을 어떻게 풀까 고민하기 시작했다.

'너도 잠시나마 다시 시작할 기회가 주어졌을지도 모른다고 생각했었다, 이거지.'

다 끝이라고 생각해서 체념하고 있었던 것인지 연수는 생각지도 못하게 솔직했다. 그래서 세륜은 그녀의 마음을 쉽게 엿볼 수 있었다.

'나에게 흔들린다는 거잖아.'

사귈 땐 연수의 사랑을 불안해하며 모래처럼 손안에서 흘러내려 빠져나가는 그녀에게 초조해하고, 조급해하고, 아쉬워하고, 안타까워했었다.

헤어진 마당에까지 그러고 싶지 않다. 아니, 지금 보니 그럴 필요가 없었다. 연수도 우리의 지난 감정에 질척거리고, 허우적거리고 있지 않은가.

'지금까지 그랬던 것처럼 나 혼자 쩔쩔맬 거라 생각했다면 오산이다, 하연수. 어쩌지. 네 패를 읽어버렸는데. 너도 나 쉽게 못 잊어.'

사귈 때는 연수가 직접적으로 보여줘야 사랑을 믿었는데 지금은 말 한마디에, 표정 하나에 사랑이 보였다.

자신의 영역으로 들어오고 가진 패를 보인 하연수. 승리를 확신할 수 없자 그녀는 지금 도망치려고 하고 있었다.

곱게 놓아줄 수는 없지. 어디 잘 도망가 봐.

"너 잘 걸렸다."

세륜은 입술을 감아올렸다.

눈을 뜬 세륜은 곧장 휴대폰으로 시각부터 확인했다.

'5시 35분. 가, 말아?'

잠들기 직전까지 했던 고민을 잠에서 깨자마자 다시 시작했다. 어차피 같은 회사에 출근하는 거, 그는 연수의 집에 들러 데리고 갈까 고민했다.

'일을 그만두겠다는 걸 억지를 써서 붙잡아뒀는데 같이 다정하게 출근하자고 하면 퍽이나 좋아하겠다.'

"너무 앞서가지 말자, 진세륜."

자신 혼자 헤어진 연인과의 사내 연애에 들떠 있는 걸 다독인 세륜은 단숨에 몸을 일으키고 침대에서 벗어나 욕실로 향했다.

샤워하고 나와 일찍이 출근 준비를 마친 그는 거울 앞에 서서 머리카락을 만지작거렸다.

문득 머리를 자른 연수가 떠올랐다.

사귀는 동안 헤어스타일을 바꾸는 일이 많지는 않았지만 미용실에 갈 때면 늘 서로 상의를 했었다. 대부분이 길이를 이 정도 다듬자는 시시한 상의였다. 그런데 이번에 연수는 그 시시한 상의도 없이 머리를 잘랐다. 그것도 싸우고 헤어지자고 한 뒤에 말이다. 예전에 있었던 일이 떠올라 정말로 자신과 끝내려 한다는 생각에 불안했었다. 더군다나 전화까지 받지 않아 분노했었다.

지금 생각해 보니 그다음 날 자신을 만나러 왔던 걸 생각하면 연수도 그때는 우리가 진짜 끝났다고 여겼던 건 아니었던 것 같다. 전화가 배터리 방전으로 생긴 오해였듯이 머리를 자른 데 다른 이유가 있었을지도 모른다.

갑자기 머리를 자른 이유가 궁금해졌다.

"그때 물어볼걸. 아니, 연수의 말대로 혼자 짐작해서 화내지만 않았어도. 그날 집으로 돌아가 버리지 않고 그 자리에서 물어보기만 했어도 이렇게까지 되지 않았을 텐데."

또 진한 후회가 피어오르자 세륜은 얼굴을 일그러뜨렸다.

거울을 통해 험악한 얼굴을 확인한 그는 표정을 풀었다.

"나도 좀 바꿔볼까."

상의 없이 머리를 바꾸면 자신처럼 연수가 동요할까. 하겠지. 어제 본인의 입으로 흔들렸던 걸 인정했으니.

어제 연수에게서 자신에 대한 미련을 읽었던 게 떠오르자 세륜은 다시 즐거워졌다.

세륜은 가르마를 바꿔보았다. 잘 어울리는지 꼼꼼히 살펴보다가 헝클어트리고 앞머리를 내렸다가 넘겨보기도 했다.

"염색을 해볼까? 아니면 파마?"

예전에 염색했다가 부작용으로 눈이 한동안 따끔거렸던 적이 있어서 염색에서는 고개를 저었다. 그리고 파마는 해본 적이 없어 어울리는지 가늠이 되지 않아 그것도 고개를 저었다.

세륜은 어떻게 스타일을 바꿀까 고심하던 중, 오래전 어느 날 일이 떠올랐다.

'세륜아, 너는 이마를 드러내는 게 더 예뻐.'

'그래? 너무 번지르르해 보이지 않아? 느끼한 것 같은데.'

'아닌데? 이마가 반듯해서 예뻐. 눈매도 더 잘 드러나서 좋은데. 넌 눈매가 가장 멋있어.'

연수의 작은 손이 직접 앞머리를 넘기고 매끈한 이마를 손가락으로 훑었다. 그 느낌이 좋아 세륜은 눈을 감았다.

'그럼 앞머리 좀 자르고 넘기고 다닐까?'

'너 앞머리 넘기는 거 싫어하잖아. 괜히 잘랐다가 후회한다. 그냥 뒤에 다듬기만 해.'

'넘기는 게 더 예쁘다며.'

군인일 때 말고는 늘 앞머리가 이마를 덮었다. 그냥 이마를 드러내는 게 싫었다. 그런데 연수가 예쁘다고 하니 고민이 되어 빨리 결정해 달라고 그녀의 팔을 잡아 흔들었다.

머리를 넘기라고 하면 넘기고 다니겠다고 하면서도 세륜의 표

271

정에는 작은 거부감이 실려 있어 연수는 고개를 저었다.

'다음에 넘기고 오늘은 길이만 다듬자.'

머리를 넘겼던 손이 차분하게 머리카락을 정돈하고 내려갔다. 자신은 흔쾌히 연수의 의견에 동의하고는 고개를 끄덕였다.

오래전 일을 떠올리는 세륜의 입가에 따뜻한 미소가 실렸다. 그는 거울에 얼굴을 더 가까이 가져가 연수가 그랬듯이 머리를 넘겨 보았다.

그 뒤로 연수는 가끔 손으로 앞머리를 넘겨보고는 했었다. 말은 하지 않았지만 연수가 좋아하는 스타일이 이런 것이었나 보다.

"머리를 넘기려면 왁스가 필요한데."

곰곰이 생각하던 세륜은 재킷을 걸치고 코트와 차 키를 챙겨 들었다.

며칠 잠이 부족했는데 어제도 잠을 푹 자지 못했다.

어제 세륜과 나눈 대화를 곱씹으며 고민하느라 잠을 자지 못했다. 현실을 생각해서 잠시 세륜과 사귀는 척을 하며 회사에 다닐지 고민했다.

그를 만나고 보고 싶었다는 걸 깨달았는데, 미련이 많은 걸 깨달았는데 잘 버틸 수 있을까.

아니, 당연히 그만두어야 했다. 하지만 세륜은 자신 때문에 그렇게 한다면 똑같이 일을 그만두겠다고 했다.

이러지도 저러지도 못하는 상황이지만, 자신이 그가 한 말에 이미 현혹되어 버렸다는 걸 알았다. 지금 자신의 상황을 따져 보면 이 회사를 놓치는 건 아주 어리석은 일이었다.

세륜의 회사를 부러워했었다. 높은 연봉, 좋은 수준의 복지, 능력에 따른 승진 제도, 누구나 다 알아주는 탄탄한 대기업.

세륜이 이야기한 회사의 조건이 탐나지 않을 수가 없었다. 하지만……

"진짜 자괴감이 든다."

지금까지 자신은 개인주의일지언정, 이기주의라고는 생각하지 않았다. 남에게 폐를 끼치면서까지 자신의 이익을 추구하지 않는다고 여겼다. 그런데 세륜에게만은 그러지 않았다.

내 멋대로 굴고 나만 생각하면서 세륜이 희생하는 일이 더러 있었다. 지금도 세륜은 우리의 이별보다 자신의 안위를 더 우선시하고 있었다.

"나는 진짜 무슨 면목으로 세륜이를 사랑한다고 했지?"

분명 사랑했다. 아직도 사랑한다. 하지만 이런 자신이 그에게 사랑을 받았다는 게 부끄러워졌다.

다른 누구에게도 그러지 않았으면서 왜 사랑하는 사람에게 그리 이기적으로 굴었는지, 자신이 창피했다. 세륜의 앞에 나설 자신이 없어졌다.

연수는 이불을 머리 위로 뒤집어썼다.

"안 되겠다. 그만두자."

한참 뒤 벌떡 일어난 연수는 사직 사유를 고민하면서 욕실로 들어갔다.

❖

사무실 문을 열고 들어온 연수는 곧장 세륜의 자리를 확인했다. 때마침 그가 고개를 돌렸다.

"……어?"

세륜의 얼굴을 확인한 연수는 평소와 다른 분위기에 고개를 기울였다.

'뭔가 다른데…… 아, 머리.'

사무실 문 앞에서 멍하게 자신을 보는 연수의 시선에 세륜의 손이 움찔했다. 그는 머리 위로 올라가려는 손을 꽉 주먹 쥐고 버틴 뒤 그녀에게 입 모양으로 인사했다.

세륜의 입술이 움직였다. '왔어?' 라고 묻는 그의 소리 없는 질문에 연수는 얼떨결에 고개를 끄덕였다.

"여기 서서 뭐 해?"

툭, 누군가가 등 뒤를 떠밀자 연수는 고개를 돌리면서 걸음을 옮겼다.

"아, 안녕…… 하세요, 정 대리님."

"진짜 불편한데 그냥 이름 부르면 안 돼?"

"그건 좀…….""

"남들 안 들을 때는 그냥 편히 하자. 다들 그러거든? 상사 앞이

나 회의 때 아니면 다들 편하게 한다고."

더는 연수의 존대를 못 견디겠다는 듯 진우가 부르르 몸을 떨었다. 연수는 그의 옆자리에 가방을 내려놓고 뒤를 흘끔거렸다. 세륜이 아예 의자를 돌리고 앉아 그녀를 응시했다.

"……왜요?"

어색한 존대에 세륜의 반듯한 이마에 주름이 잡혔다.

"편히 말해. 사내 연애 커플인 거 다 아는데 무슨 존대야."

사내 연애 커플에서 연수가 흠칫했다. 하지만 섣불리 반박할 수 없어 다른 식으로 항변했다.

"그래도 직위가 다른데……."

"공과 사를 구분하자고? 눈 가리고 아웅이지."

어색한 자신과 달리 세륜이 옅은 웃음을 지으며 스스럼없이 굴자 연수는 순간적으로 정말 자신들이 사내 연애 커플인 줄 착각할 뻔했다.

"연수가 원래 이렇게 고지식했어? 답답하게 우리끼리 위계질서를 따져?"

"그런 면이 있기는 해."

연수는 자신을 두고 이야기하는 두 남자를 흘겨보고는 자리에 앉았다.

세륜과 진우는 의자를 돌려 마주 보고 앉았고 연수만이 책상을 향해 앉았다. 두 남자가 계속 자신의 이야기를 이어가자 연수는 결국 진우를 향해 고개를 돌렸다.

"알았으니까 그만해."

"그래. 이렇게 편하게 하자."

눈을 찡긋거린 진우는 세륜의 눈빛이 안 좋아지자 절대 연수에게 끼 부린 거 아니라는 억울한 표정을 했다. 세륜은 그만 됐고 어서 자신이 시켰던 질문이나 하라고 연수를 향해 턱짓을 했다.

진우는 낮게 한숨을 내쉬고 세륜을 한심하게 쳐다봤다.

아침 일찍 갑자기 집으로 들이닥쳐 헤어왁스를 찾는 세륜에게 기함했었다. 자신의 거울 앞에 서서 헤어스타일을 고심하는 꼴을 구경하다가 왜 이러는지를 물었는데, 대답이 가관이었다.

연수가 머리를 넘기는 게 예쁘다고 했었단다. 예전에 이렇게 해 보라고고 했었단다.

도대체 왜 헤어진 여자의 말을 이제야 실천하는지 한심한 눈으로 보다가 둘이 다시 잘되어가는 건가 싶어서 머리 손질을 도와주었다.

살짝 옆으로 가르마를 타고 앞머리를 자연스럽게 넘겨주었더니 잘난 얼굴이 더 확 살았다.

그 매끈한 얼굴로 자신을 재촉하는 걸 보던 진우가 낮게 혀를 차고는 연수의 의자를 자신을 향해 살짝 돌렸다.

"왜?"

"그러고 보니 머리가 짧아졌네?"

"응? 나?"

"응, 너. 전에는 더 길었던 것 같은데."

머리를 자른 지 2주가 다 되어가는 시점에서 듣는 질문에 연수는 뭐 감출 일인가 싶어서 사실대로 이야기했다.

"전 회사 사람이 실수로 내 머리카락을 가위로 잘라 버렸거든. 그래서 잘랐어."

"아하, 그랬었군. 더 자르지 그랬어. 넌 얼굴이 작아서 단발도 잘 어울릴 것 같은…… 윽…… 데."

왜 연수 칭찬을 네가 하냐고 세륜이 진우의 정강이를 찼다.

연수는 진우가 말 도중에 신음을 흘리며 세륜을 노려보자 무슨 일인가 싶어 몸을 더 틀었다.

세륜의 시선이 진우에서 자신에게 옮겨오자 연수의 몸이 움찔 거렸다. 앞머리를 내렸을 때보다 인상이 차가워졌지만 단단한 남 성다움이 더 짙어졌다. 무엇보다 깊고 매력적인 눈매가 더 두각이 되었다. 그 속의 날카로운 눈과 마주치자 심장이 덜컥 내려앉았 다.

"안녕하세요. 이야기 나누고 계셨나 봐요…… 어? 진 대리님 헤 어스타일 바꾸셨네요?"

"좋은 아침입니다. 진 대리님, 이발하셨어요?"

같이 사무실로 들어온 윤주와 대영이 인사를 하다가 세륜을 보 더니 감탄했다. 이전에도 멋있었지만 지금이 더 잘 어울린다는 칭 찬에 세륜은 무표정한 얼굴을 고수했다. 반면 연수의 입술이 살짝 위로 올라갔다.

윤주와 대영의 칭찬에 왜 자신이 괜히 뿌듯해지는지 모르겠다. 잘생긴 걸 새삼 깨달을 정도로 바뀐 머리가 잘 어울려서 자신도 모르게 계속 세륜에게 눈길이 갔다.

'진작 자신이 앞머리를 세우거나 넘기라고 했을 때 말을 듣지.'

연수가 흐뭇하게 웃는데 윤주가 다시 칭찬을 한 뒤 물었다.

"이게 더 멋있으세요. 하 주임님이 해주신 거예요?"

보통 남자의 스타일이 바뀌는 건 여자의 손을 타서인 경우가 많았다. 내내 일정 스타일을 고수했던 세륜이 한결 세련되어진 걸 본 윤주는 당연히 그의 애인인 연수가 해줬겠거니 생각해 물었다.

"네? 아…… 아니요. 제가 해준 건 아니…… 에요."

"연수가 이런 스타일을 좋아해서 바꿔봤습니다."

당황한 연수와 달리 세륜은 태연하게 윤주에게 대답했다. 연수가 자신이 언제 이런 스타일을 좋아한다고 말했냐는 시선으로 바라봤지만 그는 입술 끝을 올려 웃기만 할 뿐이었다.

"진 대리님, 하 주임님께 잘 보이시려고 바꾸셨어요? 사귄 지 6년이 넘었어도 여자에게 멋있어 보이려고 노력하는 남자의 모습. 으음. 부럽다."

윤주는 정말 부럽다는 표정을 세륜을 애인으로 둔 연수에게 지어 보인 뒤 자신의 자리에 앉았다.

사무실에 사람들이 차기 시작하자 세륜과 진우가 의자를 바로 돌렸다. 연수도 업무 시작을 위해 자세를 바로 했다.

'나한테 잘 보이기 위해서라니.'

컴퓨터를 켜던 연수는 얼토당토않은 윤주의 말을 되새김하고는 코를 찡긋했다. 그러다 그녀는 자신이 세륜에게 잘 보이기 위해 꾸몄던 게 언제인지 기억을 더듬었다.

오래 사귀다 보면 외향적인 모습으로 상대방에게 감동을 주기 위해 꾸미는 시간이 줄게 된다. 흔히들 꾸미지 않은 본연의 모습까지도 사랑할 정도로 애정이 깊어졌다고는 하지만, 실상은 성의가 없어지는 거였다.

솔직히 내 연인이 나를 위해 어여쁘게 꾸미는 걸 싫어하는 사람이 어디 있겠는가.

연수는 가끔 세륜이 자신이 화려하게 꾸미는 걸 요구했던 걸 떠올렸다. 그는 자신이 평소에는 입을 엄두가 나지 않는 옷을 사서 오기도 했었다. 그걸 입히고는 예뻐 죽겠다는 듯 꽉 껴안았다.

"누가 이렇게 예쁘래. 예쁘네, 우리 연수."

"너무 짧지 않아? 등은 왜 이리도 파였대? 야한 진세륜. 이런 거 입혀놓고 좋다지."

"벗기는 것도 아니고 입히는 건데 야하기는. 마음에 안 들어? 별로야?"

"예쁘기는 한데……. 내가 이렇게 입고 다녔으면 좋겠어? 내 평소 옷차림이 좀 밋밋하지? 안 꾸며서 싫어?"

"아니. 그냥 너한테 어울릴 것 같아서 사온 거야."

말은 아니라고 했으면서도 자신이 사준 옷을 입고 꾸미고 나오면 눈빛부터 달라져 좋아했었다.

그런 표정을 봤던 게 언제였더라. 한껏 꾸미고 세륜과 데이트를 했던 기억이 가물가물했다. 세륜과 만나면서 점점 소홀해졌던 게 이것 하나만은 아니라는 생각이 들어 연수는 미안함과 함께 후회가 생겨났다.

연수는 딴생각을 하느라 회사를 그만두겠다고 결심했던 걸 잠시 잊어버렸다.

출근하자마자 바로 세륜과 이야기를 나누려 했었다. 그런데 다른 생각을 하느라 놓쳐 버렸고 점심시간 때까지 곤혹을 치렀다.

아침에 있었던 회의 때에 세륜과 나란히 앉아야 했다. 회의 시작 전 서 과장이 어제 퇴근 뒤에 데이트 잘했냐는 질문을 해서 당황했다. 세륜이 그냥 밥 먹고 집으로 갔다고 말을 하자 처음으로 같이 퇴근했는데 데이트 좀 하지 그랬냐는 장난 섞인 타박을 들었다.

그뿐만이 아니었다.

세륜의 헤어스타일이 변한 것에 관한 평가를 다 자신이 들었다. 다들 그를 어려워한 탓에 칭찬이 자신에게 넘어왔다.

다른 팀의 사원들이 친근하게 다가와 이제는 애인이 매일 눈에 보이니 직접 관리에 들어간 거냐는 질문을 했는데 뭐라 할 말이 없어 어색한 미소를 지었다.

세륜의 애인이라는 타이틀 때문인지 먼저 다가오는 사람들이 많았다. 덕분에 안면을 트는 데 도움이 되었지만, 자꾸만 그와 엮으려 해서 마음이 불편했다.

점심시간에도 당연하다는 듯이 세륜의 옆자리에 앉아야 했고, 주변의 따가운 시선 속에서 식사를 해야 했다.

"체할 것 같아?"

"조금."

연수는 점심시간에 세륜과 이야기를 해야 할 것 같아 문자로 조용히 그를 따로 불러냈다. 회사 내에서는 편히 이야기할 수 없을 것 같아 회사 건물 근처에 있는 카페로 향하던 중 세륜은 그녀의 하얗게 질린 얼굴을 보고 물었다.

'하여간 예민하기는.'

자신 못지않게 남에게 무심하면서도 연수는 자신을 향한 관심을 거북스러워해 신경이 날 선 상태면 몸 컨디션부터 나빠졌다.

세륜은 카페로 가는 길에 약국에 들러 소화제를 사서 연수에게 먹였다.

체인점 카페가 아닌 한적한 카페를 찾아들어 온 연수는 세륜이 시켜준 따뜻한 허브 티를 앞에 두고 목을 가다듬었다.

"생각해 봤는데……."

"일 그만두겠다고?"

"……응."

여지없이 도망갈 궁리만 하는 연수가 마음에 들지 않아 세륜의 눈썹이 꿈틀거렸다.

"왜?"

"헤어졌는데 사람들 속이는 것도 좀 그렇고, 너랑 계속 사귀는 것처럼 할 수 없을 것 같아. 난 자신 없어. 그리고 나만 생각할 수는 없잖아. 너한테 못할 짓인 것 같아."

어느 한쪽도 감정이 정리되지 않은 상태에서 헤어졌다. 그렇다고 해서 계속 상대방의 호의를 받을 수는 없는 노릇이었다.

연수가 하고자 하는 말을 알아들은 세륜은 이해했다는 듯 고개를 끄덕였다.

"어제 했던 이야기들을 다 도돌이표로 돌려놓네. 하연수, 나 때문에 일 그만두지 말랬지. 그리고 우리 서로가 정리되지 않은 거 인정했어. 정리할 시간을 갖고 차차 정리하자고 했잖아. 오로지 네 걱정만 해서 회사 그만두지 말라고 한 거 아니야. 정말로 내가 정리할 시간이 필요해서 그래."

"매일 보면서 어떻게 정리해."

세륜은 앞에 놓인 커피 잔을 집어 들었다. 목을 축이면서 머리를 굴려 연수를 어떻게 꼬여낼지 생각하는 그의 눈이 예리하게 빛났다.

작은 소음을 내며 커피 잔을 내려놓은 세륜은 눈을 내리깔았다.

"아직은 네가 내 사람 같아. 그러니까 넌 더는 내 사람이 아니라는 걸 보여줘."

"보여달라니?"

"경계를 하나씩 만들어가자. 너와 난 이런 경계가 생기고 있다는 걸 알아가자고."

"무슨 말이야?"

"남녀 사이에 친구 이상이 연인이잖아. 친구와 연인의 차이라고 할까? 친구끼리 할 수 있는 것과 연인끼리 할 수 있는 게 엄연히 다르잖아."

"……그래서?"

"연인끼리 할 수 있는 걸 하나씩 그만두자. 그러다 보면 친구가 될 수 있을 거야."

"친구…… 라니."

"하연수. 촌스럽게 헤어지면 남이라고 생각하는 건 아니지?"

"……."

연수는 세륜과 친구가 되는 걸 생각해 본 적도 없어서 대답을 하지 못했다. 그녀는 자신이 그와 친구가 되는 걸 상상하려 했지만 머릿속에 그림이 전혀 그려지지 않아 포기했다. 그러던 중 세륜의 입이 다시 열렸다.

"그리고 후회."

"……응?"

"너한테 후회 남기기 싫어. 나 후회하고 싶지 않아. 이렇게 억지로 보지 않고 살다가는 평생 후회로 남을 것 같아. 그렇게 끝나고 계속 후회만 생겨. 계속 미련만 남아서 정리가 안 돼. 너는 안 그래?"

'후회.'

그의 말대로 계속 후회만 생겨나고 있었다. 세륜에게 잘해주지 못했던 것만 떠오르고 미안함만 생각나고 있었다. 그도 마찬가지라는 사실에 순간 울컥해져 눈가가 뜨거워졌다.

연수는 재빨리 고개를 떨궈 얼굴을 감췄다.

"그 시간 동안 나는 남은 사랑 다 주고 끝내고 싶어. 그 사랑 다 털어야 후회가 남지 않을 것 같아."

"난, 나는……."

"가짜 애인으로라도 조금만 더 널 챙겨주고 싶어. 네가 잘 지내는 걸 직접 보고 싶어. 그러면 후회가 덜할 것 같아."

연수는 세륜의 말에 또 현혹되는 걸 느꼈다.

자신도 그 정리가 힘들었다. 아니, 정리를 하고 있었는지조차 의문이 들었다. 그냥 바쁜 일상에 지내오고 있었다. 그러다 틈틈이 세륜을 떠올리면서 후회를…… 했다.

연수는 자신도 똑같아 억지로 끊어내고 후회 속에서 미련만 쌓이고 있다는 세륜의 의견에 동의할 수밖에 없었다.

'그렇게 후회를 줄일 수 있다면 정리할 수 있을까.'

세륜은 연수가 고심하는 걸 지켜보면서 초조함을 감췄다. 잠시 뒤 연수가 동의로 고개를 끄덕였다.

회사로 돌아온 세륜은 곧장 화장실로 향했다. 빈칸으로 들어간 그는 칸막이에 기대서서 깊은숨을 내쉬었다.

"친구는 무슨. 사랑이 먼지냐. 털어낸다고 털어지게."

이것을 빼고 연수에게 한 말은 전부 다 진심이었다. 그래서인지 다행히도 연수도 공감했다.

그럴싸한 말로 연수를 현혹하느라 진땀을 뺀 세륜은 앞으로의 회사 생활이 기대돼 입매를 늘였다.

컴퓨터 화면에 영어로 작은 창이 하나 떴는데 무심결에 'Yes'

를 누른 연수는 진동 소리가 난 뒤 화면이 꺼져 버리자 당황했다.

"어?"

자판을 탁탁탁 두드리던 그녀는 전원이 아예 나간 걸 확인하고는 본체를 다시 켰다.

"뭐지? 바이러스인가? 걸릴 리가 없는데."

사용한 지 며칠 되지도 않았고 회사에 제공된 USB만 이용했다. 그리고 어떠한 프로그램도 깔지 않았기에 바이러스에 걸릴 일은 희박했다.

계속 엔터를 쳐 보던 연수는 결국 도움을 청하기 위해 주위를 두리번거렸다. 진우는 종일 윤주와 함께 회의실에 틀어박혀 보고서를 작성하고 있어서 옆자리가 빈 지 한참 됐다. 타인에게 도움을 청하는 게 익숙지 않은 그녀는 결국 세륜을 불렀다.

"저, 진 대리님."

서 과장의 눈치를 보며 작은 목소리로 불렀는데 들리지 않았는지 묵묵부답이었다. 크흠, 헛기침한 연수는 자리에서 일어나 다가가 세륜의 어깨를 두드린 뒤 속삭였다.

"세륜아."

"어, 왜?"

"컴퓨터 좀 봐줄 수 있어?"

"컴퓨터가 왜."

"갑자기 꺼지더니 이상해."

바쁘게 무슨 자료를 만드느라 눈도 마주치지 않던 세륜은 몸을 돌려 연수의 컴퓨터 화면을 확인했다. 5분만 기다려 달라는 말에 연수는 도로 자리에 앉아 맥없이 타자만 두드려 댔다.

"그러다 고장난다."

웃음기가 섞인 경고에 놀라 손을 거둔 연수는 두 팔이 어깨 옆으로 넘어오자 몸을 움츠렸다. 컴퓨터를 확인하려는 것인지 세륜이 뒤에서 손을 뻗어 자판을 두드렸다.

화면을 들여다보느라 낮게 숙인 몸과 뒤에서 뻗어져 나온 두 팔에 갇힌 연수는 그가 나직하게 내쉬는 숨이 자신의 정수리로 떨어지자 간지러움에 몸을 떨었다.

"세륜아, 잠깐만……."

"바이러스인 것 같은데?"

"응? 그럴 리가 없는데?"

"맞는 것 같은데. 무슨 작업하고 있었어?"

연수는 진우가 메일로 보내준 파일로 어떤 작업을 하고 있었는지 대답했다. 자료와 비교해 가며 틀린 부분이 있는지 검토하는 단순한 작업 도중 바이러스가 걸릴 가능성은 적었기에 세륜도 고개를 갸웃했다.

"메일 열어봤다고 했지? 진우가 바이러스가 있는 메일을 보냈나."

세륜이 더 몸을 숙이면서 얼굴 바로 옆으로 그의 얼굴이 붙었다. 무심코 고개를 돌리던 연수는 자신의 입술이 그의 볼에 스치자 놀라 눈을 동그랗게 떴다. 세륜도 느꼈는지 곁눈질을 했다.

눈이 마주치자 화들짝 놀란 연수가 다시 정면으로 고개를 돌리는데 바보처럼 그 거리감 그대로 유지하고 얼굴을 돌리는 바람에 또 입술이 볼을 스쳤다.

"미, 미안."

"처음은 실수인 것 같은데 두 번째는 일부러 그랬지?"

"아니야!"

"하긴. 네가 뽀뽀를 좋아하기는 했지."

"내가 언제?"

"나 잘 때 몰래 뽀뽀한 거 다 안다."

세륜의 말이 거짓이 아니었던지라 연수의 얼굴이 발개졌다. 세륜은 얼굴을 비스듬히 돌려 짓궂게 웃고는 눈을 가늘게 떴다.

고작 앞머리 하나 넘겼을 뿐인데 세륜의 매력지수는 껑충 뛰어올랐다. 실은 콕 집어 말하지는 않았지만 전에 세륜이 윤주에게 했던 말대로 지금 그가 하고 있는 스타일이 딱 자신이 좋아하는 스타일이었다.

왜 지금에 와서 자신의 심장을 떨리게 하는 모습을 하는 것인지 야속한 연수는 달아오른 얼굴을 굳혔다.

"정말 실수야. 그리고 그런 이야기는 하지 말아줘."

"농담인데 정색은. 하긴 하연수 재미없는 게 하루 이틀인가."

세륜은 웃어넘겼지만 연수의 표정은 풀리지 않았다.

헤어진 연인 사이. 친구가 되어가는 사이. 친구도 연인도 아닌 애매한 사이. 그 애매함이 그를 어떻게 대해야 할지 갈피를 못 잡게 했다.

어쩔 줄 몰라 허둥대는 자신과 달리 세륜은 그전처럼 편안하게 대했고 소소하게 잘 챙겨주었다. 적정선을 지키는 듯한 그의 행동에 자신도 한결 편해졌다.

그리고 사람들의 관심은 바쁜 일에 치이면서 생각보다 빨리 식어갔다. 가끔 이유 모를 따가운 시선이 따르고 커플을 배려한답시고 같이 붙여놓으려는 게 있었지만, 그것도 차츰 익숙해지기 시작했다.

보통 사내 커플이라면 떨어트려 놓기 마련인데 이곳은 붙여놓지 못해서 안달이었다. 그러다 일 실수하면 있는 대로 욕을 할 거면서 그랬다.

사람들과 잘 친해지지 못하는 연수로서는 어쨌든 남들보다 세륜이 더 편했기에 불만은 없었다. 오히려 그가 있어서 든든하기까지 했다.

시간이 흐르면서 어색했던 기류도 많이 사라졌다. 그런데 분위기가 급히 얼어붙을 때가 있다. 바로 지금과 같은 생각지 못한 스킨십이 있을 때면 서먹해졌다.

"거기 두 사람, 꼭 붙어서 뭐 하시나요."

지친 기운의 목소리가 두 사람을 놀리기 위해 이상한 음에 말을 실었다.

"내 컴퓨터가 이상해서 세륜이가 봐주고 있었어."

무서울 정도로 딱딱한 목소리에 진우가 세륜에게 쟤 왜 저러냐는 듯 쳐다봤다. 세륜은 어깨를 살짝 으쓱하고는 몸을 일으켰다.

세륜이 상체를 들면서 따스한 체온이 사라지자 일순간 한기가 드는 것 같아 연수는 자신의 몸을 감쌌다.

"어디 아파?"

몸을 감싸고 약하게 떠는 걸 본 세륜이 걱정에 이맛살을 구기고 다시 얼굴을 숙여 물었다. 가까이 얼굴을 들여다보는데 연수의 얼굴이 더 붉어졌다.

"아니. 안 아파. 나 잠깐 좀."

세륜을 조심스럽게 밀어내고 자리에서 일어난 연수가 사무실을 빠져나갔다. 미간을 좁혔다가 편 세륜은 연수의 의자에 앉아 본체 전원을 다시 껐다가 켰다.

진우가 자신의 자리에 앉아 연수의 컴퓨터를 보더니 바이러스인 것 같다고 의견을 실었다.

"들어보니까 지금 외부에서 서버 공격이 있었나 봐. 메일을 통해서 일부에 바이러스 퍼진 것 같다더라. 연수 뭐 메일 열어봤대? 아마 이상한 메일 하나 왔을 텐데. 그거 열어봤나 물어봐 봐."

건성으로 고개를 끄덕이는 세륜을 보고 진우는 그가 다른 생각에 빠졌다는 걸 알아차렸다.

"또 왜."

"감기인가."

"누구. 연수?"

"어."

"……넌 연수를 너무 걱정해서 탈이다. 걱정하기 전에 왜 그러는지부터 보지? 무작정 걱정 먼저 하냐."

"뭔 소리야?"

"뭐랄까. 너무 가까이에서 보려 하니까 초점이 안 맞아 오히려 더 못 본다고나 할까."

"뭐라는 거야."

"방금 딱 봐도 좋고 부끄러워서 얼굴 붉혔잖아. 표정 보면 몰라?"

"……뭐?"

"연수가 바뀐 네 스타일 좋아한다고."

"어?"

"몰랐냐? 요 며칠 연수가 네 얼굴 힐끔힐끔 보는 거."

"연수가?"

진우가 헛웃음을 삼키면서 쏟아내고 싶은 말도 삼켰다.

여환, 한준과 마찬가지로 세륜이 연수에게 목매는 걸 못마땅해했었다. 초기에는 연수 얼굴도 보기 싫었었다. 그러다 나중에 연수를 환영했던 건 그녀도 세륜을 꽤 좋아하는 게 보였기 때문이다.

'그러면 뭐 하나. 정작 본인은 그걸 매번 보지 못하고 혼자 노심초사했는데.'

세륜은 연수의 사랑에 자신감을 가질 필요가 있었다. 두 사람이 틀어진 이유를 모르지만 아마도 그것이 한몫하지 않았을까 싶다.

"6년을 만났으면서 연수가 좋아하는 걸 몰라?"

좋으면서 아닌 척 새침을 뗄 때는 정색한다. 그런데 묘하게 눈빛과 얼굴이 상기됐다. 바로 방금처럼.

"설마 몇 년을 봐온 내 얼굴 보고 얼굴을 붉혔다고?"

"너도 몇 년을 보고도 연수 예뻐 죽으려 했잖아. 연수도 새삼 그런가 보지. 하필 헤어진 연인에게 얼굴 붉히는 건 좀 이상하기하다. 그런데 너희 지금 도대체 뭐 하고 있냐?"

다시 만나는 거냐고 넌지시 물었는데 세륜은 '아직은'이라는 애매한 대답을 했다. 어떤 상황인지 읽어낼 수는 없지만 일단 사람들에게 헤어진 걸 알리지 않아서 더 지켜보는 중이었다.

"사내 연애 중이잖아."

"사내 연애는 개뿔. 헤어진 거 말 안 할 거야? 진짜 너희 무슨 생각이냐?"

"조용히 해라. 누가 듣는다."

낮게 경고를 하고는 자신의 얼굴을 만지작거리며 히죽 웃는 세륜을 보고 진우는 골칫덩어리 커플에게 더는 신경 쓰고 싶지 않아 고개를 돌렸다.

세륜은 진우의 말이 사실인지 알아보고 싶어 연수가 복사실로 가는 걸 보고 따라가다 잠시 화장실에 들러 자신의 외모를 점검했다.

거울을 보고 흐트러진 머리를 정돈한 세륜은 넥타이를 느슨하게 끌어 내렸다. 손목 단추도 풀어 소매를 말아 올린 그는 화장실에서 나와 복사실로 향했다.

"복사할 거 많아?"

"아, 조금."

세륜은 양팔을 뻗어 복사기를 짚고 자신과 복사기 사이에 연수를 가뒀다. 연수의 몸이 뻣뻣하게 굳어지는 걸 보고 그가 눈매를 좁혔다.

편하게 지내자고 했지만 그게 말대로 되지 않을 거라는 걸 알고 있다. 그래도 손이 스치거나 어깨가 스칠 때마다 티가 날 정도로 화들짝 놀라는 걸 몇 번 겪자 기분이 많이 상했었다. 조금 전에도 컴퓨터 봐줄 때 생긴 사고에 무섭게 반응해서 섭섭했다.

세륜은 지금도 마음에 들지 않는 연수의 반응에 한숨을 흘렸다. 그는 팔을 거두고 옆으로 선 뒤 그녀를 향해 상체를 숙이고 시선을 맞췄다.

"연수야."

"응?"

"내 머리 어때? 괜찮아?"

"응? 갑자기 왜?"

"그냥. 이번에는 내 마음대로 바꿔본 거라. 다들 괜찮다고 하는데 넌 아무 말 없으니까. 네가 괜찮다는 말 안 하니까 불안하네. 이상해?"

"아니. 안 이상해. 괜찮아."

"어딜 보고 이야기해. 나 좀 보고 이야기하지? 진짜 별로인가. 예전에 네가 넘기면 예쁘다고 해서 해본 건데."

세륜의 지적에 연수가 시선을 올렸다. 빤히 그녀를 내려다보는 그의 시선에 작은 짜증이 얽혀 있었다.

"더…… 멋있어졌어. 잘 어울려."

기분이 좋아졌는지 세륜의 눈에서 짜증이 가라앉고 기쁨이 차올랐다. 연수는 그 확연한 변화에 뭔지 모를 부끄러움이 생겨 얼굴이 화르르 달아올랐다.

"흐음. 그래? 다행이네."

눈매를 휘어 웃는 세륜을 보며 연수의 얼굴이 더 빨갛게 변했다. 자신도 모르게 본심을 내비친 연수는 고개를 돌리고 부산스럽게 움직였다.

세륜은 진우의 말대로 자신의 변한 스타일이 연수에게 먹혀들어 가는 걸 확인하고는 즐거운 마음으로 돌아서서 복사실을 빠져나갔다.

탁탁, 유쾌하게 타자를 두드리는 걸 보니 작업이 마무리된 듯했다. 어제부터 심혈을 기울여 열심히 만들고 있어서 무슨 보고를 위한 것인지 궁금해 물어보았는데 세륜은 묘한 웃음만 짓고는 말해주지 않았다.

기밀인가 싶어서 더는 묻지 않은 연수는 그가 보고를 잘 마치기를 기원했다.

"하 주임."

"네, 진 대리님."

"빈 회의실로 가 있어요."

"저만요?"

"네."

어깨를 살포시 쥐었다가 놓고 가는 세륜의 뒷모습을 보다 연수는 주위를 두리번거렸다. 다들 자기 일을 하느라 정신이 없어 보였다. 그녀는 업무용 수첩을 들고 사무실을 빠져나갔다.

연수가 회의실 쪽으로 향하는 걸 확인한 세륜은 화장실로 들어갔다. 거울 앞에 선 그는 자신의 외모에 허점이 보이지 않는지 꼼꼼하게 살폈다.

"오래 만나면서도 잘 보이려고 치장한 적이 없었는데."

자신의 외모에 연수가 넘어올 거였으면 사귀기 전 그렇게까지 튕기지 않고 비교적 쉽게 넘어왔을 거다. 연수가 자신이 잘생겨서 만난 건 절대 아니었기에 외모에 공을 들일 생각을 하지 않았었다.

몰랐는데 연수가 자신을 좋아하는 이유에 외모가 큰 부분을 차지하지는 않지만 어느 정도는 영향을 끼쳤었나 보다.

'이 외모가 연수를 흔들어놓는 데 도움이 된다면 써먹어야 하지 않겠는가.'

진우가 아니었다면 절대 몰랐을 사실을 알게 된 세륜은 자신에게 흔들린 연수를 완전히 함락시킬 기대감에 가득 차있었다.

다시 사무실에 들러 인쇄물을 챙겨 회의실로 향하는 세륜의 입술에서 작은 휘파람 소리가 흘러나왔다.

세륜은 연수가 덩그러니 홀로 앉아 있는 회의실로 들어갔다. 그리고 밖에서 아무도 볼 수 없도록 블라인드를 내렸다.

"왜?"

"뭐가?"

연수의 시선이 내려진 블라인드에 닿은 걸 보고 세륜이 별거 아니라는 듯 어깨를 으쓱였다.

"밖에 누가 지나가는 거 은근 신경 쓰이거든. 그리고 이거 틀 거라서."

세륜이 프로젝터를 켜고 스크린을 내렸다. 프로젝터에 연결된 노트북에 USB를 꽂고 들고 온 인쇄물을 연수에게 건네주었다.

"이게 뭐야?"

"간략한 회사 정보랑 기획부서가 맡고 있는 업무와 지금 우리 팀이 하고 있는 프로젝트에 관한 거."

실무를 하면서 일을 익히는 게 불필요한 시간 소모를 줄이는 장점이 있지만, 그렇다고 기초 정보가 필요하지 않은 건 아니었다. 내심 그 부분을 우려하고 있었던 연수는 자료를 들춰 보고 난 뒤 세륜에게 고마운 시선을 던졌다.

"이걸 다 만든 거야?"

"어. 덕분에 어제 야근했지."

커플이 따로 퇴근하는 것에 이상한 말이 나올까 싶어 며칠 세륜과 같이 퇴근을 했었다. 어제는 그가 야근한다며 먼저 들어가라고 해서 따로 퇴근했다. 그 야근 사유가 이것 때문이었다는 사실에 연수는 눈을 휘둥그레 떴다.

스크린에 화면이 뜨자 회의실 불을 끈 세륜은 리모컨을 들고 앞으로 나갔다.

"이렇게까지 고생해 가며 해주지 않아도 되는데. 고마워."

"딱 거기까지. 부담 갖거나 미안해하지 마. 이거 과장님이 시키신 일이기도 해."

세륜의 말은 거짓이 아니었다. 서 과장이 진우가 첫날 전반적인 걸 간략하게 설명해 주었겠지만 아무래도 부족할 테니 프로젝트 별로 자료를 만들어 연수에게 전달하라고 했다. 세륜은 자신이 하겠다고 자진했고 더 나아가 단둘만의 회의를 계획했다.

"혹시나 이해 안 가거나 의문 있는 건 바로 이야기해. 그럼 시작한다."

리모컨 작동이 잘되는지 PPT 페이지를 휙휙 넘기던 세륜은 연수에게로 시선을 돌렸다.

단둘이 있으니 당연히 그의 시선은 연수에게만 꽂혔다.

"올해 진행된 프로젝트는 총⋯⋯."

연수에게만 닿으면 되는 목소리는 크지 않았다. 듣기 좋은 저음의 목소리가 귓가에 감겨와 스며들었다. 연수는 그 목소리에 업무로 쌓인 긴장이 풀려 한결 나른해졌다.

세륜이 준 자료를 한 번, 그리고 설명하는 그를 한 번. 계속 번갈아가며 보던 연수의 시선이 세륜에게 고정되었다. 불을 끈 탓에 인쇄물이 잘 보이지 않았고 그의 등 뒤로 각종 도표로 잘 정리가 된 자료가 떠 있었기에 그쪽이 시선을 옮겨가는 게 더 편했다.

"이 프로젝트 같은 경우에는 전략팀에서 보강해서 내년에도 이어갈 거야. 우리는 그 부분만 체크해서⋯⋯."

프로젝터에서 나오는 빛 속에서 먼지가 유영하는 게 보인다. 그 빛이 커다란 스크린에 비쳤고 그 속에는 세륜이 있었다. 절반은 프로젝터 빛 안에 절반은 그 밖에 서서 그를 갈랐다.

연수는 빛과 어둠 속에 있는 세륜의 얼굴에서 눈을 떼지 못했다.

세륜이 잘생긴 건 익히 잘 알고 있었는데 요즘 들어 그걸 매일 새삼스럽게 느끼고 있다. 헤어스타일이 바뀌면서 그의 매력 포인트인 길고 깊은 눈매가 더 돋보이는 데 계속 시선이 갔다.

몇 번 화면을 오가던 연수의 시선은 세륜과 마주한 채 움직이지 않았다. 그가 설명하면서 리모컨 작동 때문에 눈을 내리떴다가 치켜뜰 때마다 연수의 몸이 미약하게 떨었다.

그냥 보는 건데 사람을 매료시키는 눈이 오롯이 자신에게만 꽂히자 연수는 조금씩 이상한 느낌에 사로잡히면서 점점 얼굴이 달아올랐다.

'꿀꺽.'

몸이 달뜨고 입안에 침이 고여 삼키던 연수는 소리가 생각보다 크게 나 눈을 도그르르 굴렸다. 잠깐 멈췄던 세륜의 목소리가 다시 이어졌다. 연수는 고개를 돌려 보이지 않는 인쇄물로 시선을 내렸다.

"지금 이 프로젝트는 마무리되는 중이니까 그냥 알고만 있으면 돼. 연말 워크숍에서 보고를 마치면 끝이야."

계속 말을 하는 세륜의 목소리가 조금씩 가라앉기 시작했다. 탁하게 가라앉는 목소리는 연수의 기억 하나를 끄집어냈다.

"연수야. 아아, 연수야."

같이 밤을 보낼 때 세륜은 늘 저렇게 탁하게 가라앉은 목소리로 애달프게 자신의 이름을 불렀다.

그 목소리가 지금은 다른 이야기를 하고 있었지만 연수의 머릿속에는 계속 그의 품에 안겨 들었던 자신의 이름이 왕왕 울렸다.

얼굴에 올랐던 열이 온몸으로 퍼졌다. 피부가 따끔거리며 저릿해지자 연수는 그 감각을 견디지 못하고 자리에서 벌떡 일어났다.

"왜?"

"저기, 마실 것 좀 가지고 올까? 너 목이 쉬어가는 것 같아서."

"그래. 그러면 고맙지."

순순히 고개를 끄덕인 세륜은 들고 있던 리모컨을 내려놓았다.

연수는 재빨리 문 쪽으로 걸어갔다. 문을 벌컥 연 그녀는 바깥의 환한 빛이 쏟아지자 눈을 질끈 감았다. 몸에 미열이 돌고 있었고 갑자기 시야가 확 밝아지면서 옅은 현기증이 일어 몸이 흔들거렸다.

"아!"

의지에 반해 몸이 휘청거리자 단말마의 소리를 내던 연수는 단단한 팔이 허리를 감싸오자 본능적으로 그 품에 기댔다.

"괜찮아?"

어디 한곳을 보지 못하고 이리저리 흔들리던 연수의 멍한 시선이 뒤늦게 세륜의 옆얼굴에 닿았다.

고개를 비스듬히 숙여 그녀의 상태를 살피던 세륜의 몸에 힘이 바짝 들어가면서 근육이 조여들었다.

풀린 동공과 발개진 얼굴. 살짝 벌어진 입술에서는 따스한 숨이 흘러나오고 있었다.

남자의 음험한 상상을 자극하는 연수의 표정에 세륜의 목울대가 크게 움직였다. 연수를 상대로 잠자리 쪽에 있어서는 주체를 하지 못하는 세륜은 빠르게 경험과 기억을 토대로 상상하기 시작했다.

세륜이 어떤 상상을 하는 줄 모르는 연수는 정신을 차린 뒤 다리에 힘을 주고 홀로 섰다.

"아, 고마워. 잠깐 어지러웠어."

뒤로 한 발짝 물러난 연수는 조용한 세륜에게 고개를 들었다가 깜짝 놀랐다.

묘한 빛으로 일렁거리는 시선이 그녀를 훑고 있었다. 마치 내면을 꿰뚫기라도 하듯 강렬했다.

연수는 혹시나 자신의 상태를 눈치채는 게 아닌가 싶어 민망함에 얼굴이 달아올랐다.

"자, 자판기에서 음료수 뽑아올게."

황급하게 회의실 밖으로 도망가는 연수를 보고 세륜은 길게 숨을 내쉬었다.

"미치겠네. 유혹하는 거냐, 당하는 거냐."

연수는 밝은 곳보다 어두운 곳에서 잘 무너졌다. 처음 관계할 때부터 어두운 걸 선호했었다. 그래서 일부러 회의실 불을 껐다. 그리고 공략에 나섰다.

눈매가 매력적이라고, 눈을 내리깔 때 섹시하다고 했던 기억에 아주 열심히 그 짓을 했다. 무슨 반응이 있어야 하는데 조용해서 짜증이 나려던 찰나, 연수의 침 삼키는 소리를 들었다.

희미하게 반사되는 빛에서 연수의 얼굴을 유심히 살펴 살짝 상기된 걸 알 수 있었다. 혹시 이게 자극이 되는 건가 싶어서 더 열심히 했는데 그 뒤로는 자신을 외면했다.

계속 혼자 주저리주저리 이야기하느라 목이 아파져 오던 찰나 연수가 음료수를 뽑아오겠다고 해서 오늘은 이 정도만 하고 그만두자 싶어 리모컨을 내려놓고 불을 켜려고 그녀의 뒤를 따랐다.

그런데 문을 연 연수가 갑자기 휘청거려 심장이 덜컥 내려앉았다. 간신히 잡아 안았는데 그때 본 표정이…….

"흠. 어쨌든 내 유혹이 통한 건가."

예상치 못한 반격을 받았지만 분명 통했다. 눈을 아래로 떴다, 위로 떴다 내내 눈 운동한 보람을 느낀 세륜은 유쾌한 손놀림으로 불을 켰다.

연수는 자판기가 있는 휴게실로 빠르게 걸어갔다.

그저 가만히 보고만 있었는데 자신 혼자 신열이 오르는 듯 몸이 뜨거워졌다.

혼자서 뭐 하는 짓인지 모르겠다. 세륜이 이상하게 여기지는 않았을까 창피함이 몰려오자 연수는 걷다 말고 서서 손으로 얼굴을 가렸다. 얼굴에 오른 열 때문에 손바닥이 뜨거워졌다.

"아, 덥다. 난방이 좀 세네."

이제는 추운 겨울인데 얼굴이 후끈후끈거리는 걸 연수는 회사 내의 난방이 너무 잘되는 탓이라고 우기고는 다시 갈 길을 갔다.

차가운 음료 2개를 뽑아 양쪽 얼굴에 대고 열을 식힌 후 회의실로 돌아온 그녀는 환하게 불이 켜진 것에 의아한 표정을 했다.

"뽑아왔어?"

"응."

머뭇거리며 들어왔는데 세륜은 심드렁한 얼굴로 의자에 삐딱하게 앉아 자신의 손에 들린 음료수에 더 관심을 보였다.

혼자 어떻게 할지 걱정하며 온 연수는 푸시식 하고 바람 빠지듯 긴장이 풀렸다.

세륜이 문을 닫으라고 손짓해서 팔꿈치로 문을 밀었는데 생각보다 힘이 가해졌는지 쿵 소리가 났다. 놀란 연수의 양어깨가 위로 올라갔다가 내려오는 모습을 보고 숨죽여 웃은 세륜은 빨리 오라고 손가락을 까딱거렸다.

어느새 자신이 앉았던 자리 옆에 앉아 있는 그에게 느릿하게 다가간 연수는 의자를 뒤로 빼주는 세륜에게 음료수 하나를 건네고 앉았다.

"꽉 잡아."

자신이 쥐고 있는 캔의 고리에 손끝을 살짝 밀어 넣은 세륜이 하는 말에 연수가 양손으로 캔을 붙들었다.

딱, 캔 뚜껑이 따지는 시원한 소리가 났다. 세륜은 연수에게 마시라는 눈짓을 한 뒤 자신의 캔 뚜껑도 땄다.

"다 끝난 거야?"

"거의. 생각해 보니까 우리 둘뿐인데 편하게 하자 싶어서. 계속 한 자세로 서 있었더니 몸이 찌뿌둥하네."

한 모금 마신 캔을 테이블 위에 올려두고 세륜이 머리 위로 팔을 뻗었다. 오른쪽 손목을 왼손으로 잡고는 자신이 앉아 있는 쪽으로 당겼다. 그의 팔꿈치가 어깨를 스쳤다.

크게 숨을 들이마셨다가 내쉬는지 탄탄한 가슴이 위로 팽창했다. 셔츠가 팽팽하게 당겨지고 그의 가슴근육 윤곽이 슬쩍 비쳤다.

이번에는 반대로 머리 위에서 왼쪽 손목을 오른손으로 잡고 반대쪽으로 당겼다. 마찬가지로 타고난 가슴근육과 날렵한 옆태가 비쳤다.

"하아. 뻐근하네."

그것만으로는 부족한지 그가 목을 천천히 돌렸다. 언제 단추를 풀었는지 옷깃 사이로 남성다운 목선이 목이 돌아갈 때 쭉 늘어지면서 보였다. 목이 뒤로 젖혀질 땐 툭 튀어나온 울대와 그 위로 날렵한 턱선이 두드러졌다.

그때 세륜이 곁눈질로 자신을 내려다보았다. 목은 여전히 뒤로 젖혀진 상태였고 눈꼬리가 느른하게 풀려 있었다.

세륜이 가볍게 몸을 푸는 걸 구경하던 연수는 마치 몰래 훔쳐보다 들킨 것마냥 움찔하며 눈을 돌렸다.

"너도 몸 좀 풀어. 계속 앉아 있느라 힘들었을 텐데."

"난 괜찮아."

"괜찮기는. 딱 봐도 근육들이 뭉쳐 있어 보이는데."

"정말 괜찮아."

"그럼 편히 앉든가."

의자 등받이는 장식용으로 둔 줄 아는지 꼿꼿하게 허리를 펴고 있는 걸 보고 세륜이 혀를 찼다.

저 반듯한 자세를 좋아하기는 하지만 종일 저러고 있는 건 허리에 무리가 갈까 봐 걱정됐다.

"하여간 말 안 듣지. 저 좋으라고 한 말인데."

못 말린다는 듯 고개를 흔든 세륜은 테이블 위에 올려두었던 캔을 집어 들었다. 남은 음료를 비워낸 그는 손에 힘을 주고 캔을 일그러트려 테이블 위에 올려두었다. 찌그러져 넘어질 듯 말 듯 아슬아슬하게 흔들리던 캔이 중심을 잡았는지 가만히 멈췄다.

"그럼 계속할까? 이거 보면서 하자."

미련 없이 프로젝터를 끈 세륜이 노트북을 앞으로 당겨오며 하는 말에 캔에서 시선을 뗀 연수가 고개를 끄덕였다.

끼익 소리에 눈을 돌리자 세륜이 의자를 끌고 더 바짝 붙었다. 왼손으로 자신의 의자 등받이를 잡고 몸을 튼 상태라 거리감은 더 줄어들었다.

자신보다 높은 그의 체온이 확 끼쳐 왔다. 더불어 그의 체 향까지도 풍겨왔다.

둘 다 향수를 쓰지 않았다. 그런데 아무런 향도 나지 않는 자신의 몸과 달리 세륜에게서는 늘 좋은 향기가 났다. 이런 향은 여자의 몸에서 나야 하는 게 아닐까 하는 불만을 품을 정도로 좋은 냄새였다.

익숙한 체 향에 기분이 나른해졌다. 그의 몸에 기대 안겨 푹 쉬었던 것처럼 몸이 풀어졌다. 지금 단단한 가슴에 뒷머리를 대고 눈을 감으면 곧장 잠이 쏟아질 것 같았다.

"졸려?"

커다란 손이 뒷머리를 감싸더니 끌어당겼다. 연수는 자신의 머리가 단단한 무언가에 닿자 화들짝 놀라 생각에서 깨고는 자세를 바로 했다.

갑자기 벌떡 몸을 세운 것에 놀랐는지 세륜이 뒷머리를 감쌌던 손 모양 그대로 허공에 든 채 눈을 키웠다.

"아, 미안. 잠깐 다른 생각에……."

"어허, 회사 선배가 일 가르쳐 주는데 다른 생각? 그런데 무슨 생각을 했는데 눈이 풀렸을까?"

"눈이 풀리다니? 언제? 너 표정이 왜 그래? 왜 그렇게 날 봐?"

"눈만 풀린 거 아닌데. 표정도……. 혼자 무슨 생각을 했을까? 혼자 하는 생각은 보통 야한 건데."

"야한 거라니? 그런 게 아니라……."

양손을 휘휘 저으며 동시에 고개를 흔드는 연수의 눈이 당혹감으로 물들었다. 볼이 붉은색으로 예쁘게 물드는 걸 본 세륜의 눈에 즐거움이 가득했다.

"흐음. 무슨 생각을 했을까, 응? 그런 거 아니면 말해봐."

"졸았어. 그래, 나 졸았어. 그러니까 그만해."

연수가 신경질적인 손놀림으로 인쇄물을 휙휙 넘겼다. 앞으로 얼마나 남았는지 보던 그녀는 거의 다 끝나가는 걸 확인하고는 샐쭉하니 빨리 마저 하라는 눈으로 세륜을 봤다.

"네가 회사에서 졸기도 하는구나."

자기가 맡은 일에는 늘 열심인 연수는 학교 다닐 때 수업 시간에 학생의 본분을 지키고자 절대 졸지 않았다. 연수와 같이 있고 싶어서 도강을 들은 게 한두 번이 아닌지라 잘 알았다. 회사에서도 잠깐 쉴 때 아니면 절대 허튼짓을 할 사람이 아닌데 졸았다고 하니 걱정이 들었다.

"너무 걱정해도 탈이랬지. 걱정도 병이지 싶은 거 나도 안다."

진우가 걱정부터 하고 보는 자신에게 한 소리 했던 게 떠올랐지만 세륜은 눈을 깜빡이는 연수의 뒷머리를 감싸고 힘을 줘 눌렀다.

"어? 뭐 하는 거야?"

"졸린다며. 좀 자라고. 엎드려"

"이거 남은 거 다 하고……."

"남은 것들은 나중에 너 혼자 읽어봐. 좀 자라. 나도 좀 쉬자."

다시 일어나지 못하게 뒷머리를 꾹 누르자 연수는 결국 힘을 빼고 편안하게 자세를 잡았다. 힘이 빠진 손이 부드럽게 머리를 쓰다듬더니 일정한 속도로 손가락이 작게 두드렸다. 연수는 그 박자에 맞춰 조심스럽게 자장가를 붙여보았다.

'자장자장.'

"지금 근무 시간인데 이래도 돼?"

눈을 깜빡인 게 열 번도 되지 않았는데 벌써 눈을 떴다 감는 속도가 현저하게 느려졌다. 말소리가 늘어지자 세륜이 낮게 웃었다.

"십 분만 자. 혹시 불면증 도졌어?"

"……조금."

"그럼 졸릴 때 자. 깨워줄게."

연수의 눈이 완전하게 감기고 고른 숨이 흘러나왔다.

세륜은 조심스럽게 손을 거뒀다. 그는 턱을 괴고 잠든 연수를 고민이 가득한 얼굴로 응시했다.

너, 잘 걸렸다고 어디 한번 잘 도망가 보라고. 내가 너 꼭 다시 붙잡고 말겠다고 결심했지만 의욕만큼 뭘 하지는 못했다. 그저 이걸 어떻게 손에 넣나 고심에 고심을 했다.

할 수 있는 건 다 해보자는 심정으로 외모 좀 팔아봤다. 먹히기는 하는 것 같은데 부족했다.

'아아, 안타깝게도 연수의 이성은 자신보다 견고했고, 자신의 이성은 바닥을 잘 드러냈다.'

조금 전 연수의 표정에 홀려 상상했다. 더 시간이 흘렀다면 키스했을지도 모른다는 생각에 세륜은 혀를 내둘렀다.

아직은 자신의 진짜 속내를 보여서는 안 된다. 정리하겠다는 그럴싸한 말로 안심시켜 놨는데, 실은 너랑 다시 잘해보려고 한다는 걸 알면 연수는 당장 일을 그만두고 사라질지도 모른다.

눈치채지 못하게 접근해서 함락시켜야 했다.

의지는 큰데 방법을 모르겠다. 태연한 척하지만 연수가 자신과 닿을 때마다 놀라 몸을 피하면 애가 타 죽을 것 같았다. 자꾸 철벽을 치니 미치겠다. 그 탓에 뭔가를 생각하려 해도 훅 열이 받쳐 머릿속이 새하얘졌다.

"화 작정하고 유혹해서 베드인 해?"

남자들의 이기적이고 치기 어린 최악의 계략인 몸부터 공략하는 것까지 떠올린 세륜은 한심함에 한숨을 쉬었다.

몸으로 해결될 거면 벌써 해결됐지. 다른 건 다 안 맞아도 속궁합은 천생연분이었으니까.

연수도 자신에게 미련이 있으니 쉬울 줄 알았는데 더 어려웠다. 연수가 죽자고 몸을 사리니 다가갈 수가 없었다.

'둘이 있을 때 벽을 세우니…… 다 같이 있을 때를 공략해야 하나?'

그것도 연수가 남들 눈치를 보니 한계가 있었다.

세륜은 머리가 아파져 오자 연수처럼 엎드렸다.

밖에서 들리는 소음에 번쩍 눈이 떠졌다. 연수는 자신 쪽으로 엎드려 누워 잠이 든 세륜을 보고 벌떡 몸을 일으켰다.

"몇 시지?"

시각을 확인해 보니 약 20분 정도 흐른 것 같았다. 그 잠깐 사이 누가 엎어가도 모를 정도로 깊게 잠이 들었단 사실에 연수는 볼 안쪽 살을 깨물었다.

세륜을 보고 이상한 생각을 하지 않나, 잠이 들지를 않나 오늘따라 자꾸 풀어졌다.

낯선 일에 적응하느라 요즘 긴장하고 지냈는데 세륜의 앞에서 그 긴장이 풀리고 허물어졌다.

연수는 자신의 긴장 끈을 놓게 하는 무서운 존재가 된 세륜의 잠든 옆얼굴을 바라봤다. 그녀는 자는 세륜의 어깨로 조심스럽게 손을 가져갔다. 탄탄한 어깨를 살짝 쥐고 흔들면서 그를 속삭이듯 작은 목소리로 깨웠다.

"세륜아. 세륜아, 일어나."

팔꿈치에 올려져 있던 손이 위로 올라오더니 어깨를 흔들고 있는 작은 손을 감싸 쥐었다. 연수가 손을 빼려고 했지만 가해지는 힘이 더욱 세지면서 더 꽉 잡혔다.

"일어났어? 일어났으면 장난하지 말고 손 좀 놔줘."

세륜의 눈꺼풀이 잘게 떨리는가 싶더니 느릿하게 올라갔다. 잠에서 덜 깬 그가 연수를 발견하고는 입꼬리를 올렸다. 잠에서 깨어나자마자 그녀의 얼굴을 보는 게 오랜만인 그는 기분 좋은 기상에 날렵한 눈매도 접어 웃었다.

흐릿한 동공이 그녀를 담는 순간 그의 어깨를 쥔 손이 움찔했다. 그의 미소에 연수는 손끝이 간질거리는 걸 느꼈다.

연수는 또 자신의 이상 반응에 불편한 얼굴로 눈동자를 굴렸다. 그 모습을 본 세륜의 얼굴에서 미소가 서서히 사라졌다.

"아, 나도 자버렸네. 몇 시지?"

세륜은 잡고 있던 연수의 손을 여상하게 놓고 몸을 일으켰다. 연수는 손을 재빨리 거둔 뒤 인쇄물을 모아 챙겼다.

"우리 너무 오래 있었던 것 같아. 빨리 자리로 돌아가자."

"잠깐만. 연수야, 뭐가 그리 급해."

세륜은 연수의 손목을 그러쥐고 잡아당겨 일어나는 그녀를 도로 앉혔다.

"일해야지."

"그 모습으로 간다고?"

"내 모습이 왜?"

"너 볼이 빨개."

그의 지적에 연수는 인쇄물로 자신의 얼굴 절반을 가렸다. 빠끔 내놓은 눈동자에는 당혹스러움으로 물들어 이리저리 흔들렸다.

또 세륜을 보고 얼굴이 붉어진 것인지 당황해하는 연수에게 그는 자신의 오른쪽 볼을 보여주었다.

"나도 빨개? 엎드려 잔 티 나지?"

엎드리고 자느라 팔에 눌린 볼이 불그스름했다. 세륜의 오른쪽 볼을 본 연수는 그가 무슨 의미로 얼굴이 빨개졌다고 한 것인지 이해하고는 지레 찔린 마음이 민망해 코를 찡그렸다.

"별로 안 빨개. 나는 빨개?"

슬쩍 인쇄물을 내린 연수의 얼굴을 비스듬히 고개를 숙이고 본 세륜은 인쇄물 끝자락을 잡고 다시 올려 가렸다.

"어. 나갈 거면 계속 그렇게 가리고 가."

쿡, 짧게 웃은 세륜은 테이블 위에 있는 빈 캔을 챙겨 들고 일어났다. 그가 회의실 문으로 향하자 연수도 일어나 따라 움직였다.

"어? 진 대리님! 마침 노크하려던 참이었어요."

세륜이 연 회의실 문 앞에 주먹 쥔 손을 허공에 들고 있는 은정이 서 있었다.

"무슨 일입니까."

"과장님께서 이거……."

세륜에게 환하게 웃으면서 이야기를 하던 은정은 그의 뒤에서 자신이 빠져나갈 공간을 찾는 연수를 발견하고는 말을 멈췄다. 미미하게 찡그려지는 은정의 눈가를 본 세륜이 고개를 돌려 연수를 응시했다.

"두 분이…… 계속 같이 여기 계셨어요?"

"무슨 문제 있습니까."

세륜의 서늘한 말에 은정이 잠시 뒤 고개를 저었다. 그녀는 들고 있던 서류를 세륜에게 보여주었다.

"이거 과장님께서 저와 대리님이 같이 작성하라고 하셨어요. 사무실에서 하기 좀 불편할 것 같은데 회의실에서 할까요?"

은정이 보여주는 서류를 확인한 세륜은 은정과 같이 작업을 할 서류라면 그게 더 편하고 빨리 끝날 것 같아 걸음을 뒤로 물렸다.

세륜은 다시 고개를 돌려 연수를 내려다보며 고개를 까딱였다. 비켜준 길로 그만 가보라는 그의 고갯짓과 적개심이 가득한 시선으로 자신을 보는 은정에게 연수는 기분이 팍 상했다.

그녀에게 두 사람의 시선이 '너는 방해자야'라는 무언의 말처럼 들렸다.

"저는 이만…….'"

연수는 자신이 비켜줘야 하는 분위기에 세륜이 만들어준 공간으로 은정을 스쳐 회의실을 나갔다.

"권은정 씨, 노트북 챙겨서 와요."

"네."

뒤에서 사심이라고는 하나 없는 무뚝뚝한 세륜의 목소리에 언수는 뭔지 모르게 기분이 좋아졌다. 하지만 얼마 안 가 자신을 부르는 호칭에 불쾌해졌다.

"저기요."

이 회사에 늦게 들어왔다고는 해도 직급이 더 높았다. 그리고 나이도 더 많았다. 그런데 호칭이 저기요라니. 하다못해 이름을 불렀다면 덜 불쾌했을 거다.

"저기요!"

연수는 되바라진 호칭을 못 들은 척 그냥 가버리려 했지만, 다시 날카롭게 울리는 목소리에 걸음을 멈추고 몸을 돌렸다.

"뭐죠?"

"여기 회사예요."

"네?"

"여기 회사라고요. 다들 사내 연애 커플이라 봐준다고 해도 일터라는 것을 잊으시면 안 되죠."

"은정 씨가 무슨 말을 하는지 잘 모르겠어요."

은정은 뻬딱하게 서서는 턱을 기울여 올리고 눈을 옆으로 돌렸다. 혼잣말을 하는 거라고 보여주듯 연수와 시선을 마주치지 않은 상태로 중얼거렸다.

"운이 좋아 굴러들어 왔으면 남들보다 더 배로 일할 것이지. 멀쩡히 일 잘하는 남자 꼬드겨 회의실에 처박혀서 뭐 하는 짓이람."

"……지금 그거 제 이야기인가요?"

은정은 혼잣말을 왜 엿듣고 난리냐는 것과 네 험담이 맞는다는 표정으로 연수를 쳐다봤다. 아니꼬운 그녀의 시선에 연수의 눈이 차가워졌다.

"권은정 씨. 그거 제 이야기이냐고 물었어요."

"제가 그쪽 질문에 일일이 다 대답을 꼭 해야 하나요? 그리고 그쪽 이야기가 맞다면요?"

"무슨 근거로 그런 말을 하는 거죠?"

은정이 모르냐고, 어디서 발뺌을 하려고 하느냐는 시선으로 보다가 하, 비웃고는 연수를 공격하기 시작했다.

"아니, 뭘 했기에 입술을 가려요? 티 다 나거든요? 회의실 블라인드 다 내리고 그 안에서 단둘이서 뭐 했는지 지금 그쪽이 광고하고 있잖아요. 진짜 회사에서 그러고 싶을까. 이래서 사내 커플은 둘 중 하나가 그만둬야 한다니까. 회사에 연애하러 와서 남들한테 피해만 끼치고…… 쯧."

연수는 시선을 내려 자신의 얼굴 절반을 가리고 있는 인쇄물을 응시했다. 그녀는 그제야 은정이 무엇을 오해하고 있는지 깨달았다.

사귀는 두 남녀가 회의실에 오랫동안 둘이서만 있었다. 한참 뒤에 나올 때 여자가 마치 번진 립스틱을 가리는 것처럼 입술을 가렸다.

즉, 자신이 세륜과 회의실에서 은밀한 행동을 했다고 생각해 비난하고 있었다.

연수는 얼굴을 가리고 있던 인쇄물을 거뒀다. 그녀는 자신의 입술에 닿는 은정의 시선을 느끼고는 입매를 비틀었다.

"과장님께서 제가 업무에 관한 전반적인 내용을 다시 숙지할 수 있도록 도우라고 하셨어요. 진 대리님께서 그걸 맡으셨고, 사무실에서는 여의치 않아 회의실에서 진행했어요. 블라인드는 진 대리님께서 밖에 오가는 사람들이 신경 쓰인다고 내렸습니다. 진 대리님과 저는 단지 일을 했을 뿐인데, 권은정 씨한테 무슨 근거로 이런 비난을 들어야 하는 거죠?"

연수의 말에서 은정은 꼬투리를 잡을 걸 찾지 못했다. 세륜은 과장님이 시킨 일을 수행했을 뿐이었고, 자신은 배움을 받은 것뿐이라는 당당한 태도에 은정은 달싹이던 입술을 닫았다. 무엇보다 인쇄물로 가려졌던 입술에 립스틱이 잔뜩 번져 있을 거로 생각했던 은정은 조금 전 세륜의 말끔했던 얼굴을 떠올리고는 항변하지 못하고 죄 없는 입술을 짓이겼다.

"제가 업무 시간에 다른 짓을 하는 걸 직접 봤어요? 혹은 저와 진 대리님이 같이 시시덕거리는 걸 봤어요? 저희는 오히려 사내 연애 커플이라 더 조심하고 있어요. 도대체 저희가 누구에게 어떤 피해를 끼쳤다는 거죠? 있다면 이야기해 봐요."

"……."

"그리고 운이 좋아 굴러들어 왔다고 했나요? 우리는 회사를 잃은 게 먼저예요. 회사가 없어진 게 운이 좋은 건가요? 같이 일하던 사람들은 뿔뿔이 흩어졌고, 다들 적응하기 위해 아등바등하고 있어요. 이게 운이 좋아 보여요?"

"어쨌든 여기 온 거 그쪽한테는 행운이잖아요!"

연수는 팔을 앞으로 교차해 팔짱을 끼고 고압적인 자세로 은정에게 말했다.

"권은정 씨, 저 은정 씨보다 늦게 이 회사에 들어왔지만 엄연히 상사입니다. 상사에게 '저기요'나 '그쪽'이라는 말을 사용하는 개념 없는 행동 삼가세요. 그리고 앞뒤 안 가리고 무작정 비난부터 하는 행동도 삼가세요."

"개념…… 없다고요?"

"네. 지금 권은정 씨 행동 상식에서 벗어났다 거 몰라요?"

"상식에서 벗어나요?"

은정은 굉장히 황당한 말을 들었다는 표정으로 연수를 쏘아봤다.

"우리 둘의 사고체계가 다른가 보군요. 누가 맞는지 다른 사람에게 물어보죠, 그럼."

"이봐요! 아, 아니, 하 주임님!"

연수가 곧장 다른 사람에게 자신의 상식 없고 개념 없는 행동을 일러바칠까 봐 은정은 재빨리 연수를 붙잡았다.

연수는 냉랭한 시선으로 은정을 응시했다. 지금 사과하지 않으면 그녀가 정말로 다른 사람에게 자신의 되바라진 행동을 고할 거라는 걸 알아차린 은정은 기세가 팍 꺾였다.

"죄송합니……."

웅얼웅얼 입안에서 하는 말에 연수가 이맛살을 구겼다.

"뭐라고요?"

"죄송하다고요. 죄송합니다."

연수는 사과하고 푹 얼굴을 숙인 은정의 표정에 불만이 가득할 거라는 걸 알아차렸다. 그녀의 정수리를 노려보던 연수는 고개를 들면서 한 눈동자와 마주쳤다. 세륜이 회의실에서 반쯤 나와 그녀 쪽을 보고 있었다.

다 들었는지 그는 입술을 감아올리고 웃고 있었다. 연수는 업무 시간에 같이 짧은 낮잠을 잔, 아니, 같이 졸았던 공범인 세륜에게 웃지 말라고 눈을 흘겼다.

어깨를 으쓱인 세륜은 슬쩍 뒤를 응시하고는 그만하라고 입 모양만 움직여 말했다. 연수는 사람들이 이쪽으로 오고 있는 걸 확인하고는 고개를 끄덕였다.

"앞으로는 주의해 주세요."

은정에게 마지막 주의를 준 연수는 몸을 돌려 사무실로 향했다.

9. 오래된 이야기

　회의실 앞을 지나치던 연수는 조금 전과 달리 블라인드가 위로 걷어 올라가 내부가 훤히 보이는 걸 확인하고는 걸음을 멈췄다. 그 안에는 세륜과 은정이 있었다.

　"당돌하네."

　세륜이 오래 만난 연인을 꽁꽁 감춰서 자신의 존재가 불명확해 은정이 그에게 마음을 품고 이리저리 찔러봤다는 걸 알고 있었다. 자신이 떡하니 이 회사에 왔는데도 은정은 세륜을 포기하지 못한 것 같았다. 조금 전 자신을 비난하는 것도 다 질투심에서 비롯되었던 것 같다.

　연수는 슬쩍슬쩍 세륜의 옆으로 몸을 기울이는 은정을 보고 눈살을 찌푸렸다. 누가 봐도 일부러 그의 팔에 자신의 몸을 스치고 있었다. 그때마다 세륜은 쓱 팔을 거두고 있었다. 팔을 거둬도 다시 스치는데 은정을 밀어내지 않는 그에게 짜증이 났다.

"진세륜, 지금 즐기고 있는 거 아니야?"

실제론 헤어졌어도 다들 자신과 사귀는 줄 알고 있는데 누가 보면 어쩌려고.

연수는 애인이 바람피우는 현장을 목격이라도 한 듯 불쾌감이 치솟았다. 하지만 그녀만큼이나 세륜의 얼굴에도 짜증이 서려 있었다.

세륜은 자신의 팔뚝에 닿는 몸이 거북해 노트북을 은정 쪽으로 돌려주며 편히 보고 밀어주었다. 더 있다가는 자신에게 몸을 기댈 판국이라 그는 노트북을 밀어주고는 의자를 옆으로 움직여 간격을 벌렸다. 하지만 연수는 그 모습을 보지 못하고 지나갔다.

자리로 돌아온 연수는 업무를 마무리 지었다. 곧 퇴근할 시간이 다 되어서 정리를 하던 그녀의 눈에 세륜이 뽑아준 인쇄물이 들어왔다.

"진세륜, 행동 조심해. 내가 다 보고 있어."

"세륜이가 뭐?"

모니터에 빠져 들어갈 듯 집중하고 있던 진우는 용케도 연수의 입에서 세륜의 이름이 흘러나오는 걸 듣고는 그녀에게 물었다. 연수는 진우를 쓱 보고는 고개를 돌렸다.

"뭔데? 세륜이가 뭐 했어? 뭘 조심해?"

물어봐도 자신은 세륜을 언급한 적이 없다는 듯 정리에 여념이 없는 연수를 보던 진우는 막 사무실로 들어오는 두 사람을 발견했다.

"어? 세륜이 오네."

진우는 자신의 말에 고개를 돌려 세륜과 은정을 본 연수가 펜을 신경질적인 손놀림으로 연필꽂이에 꽂는 걸 보고 흠, 낮게 목소리를 울렸다.

"세륜이하고 또 싸웠어?"

"우리가 싸울 일이 뭐 있어."

"아니면 왜……."

"자자! 다들 정리하고 건너편에 삼겹살집으로. 오늘 기획부 전체 회식!"

진우는 서 과장이 큰 목소리로 자신의 말을 끊어내고 알리는 회식 소식에 얼굴을 구겼다. 연수의 눈가도 찌푸려졌다.

갑작스러운 회식이 반가운 사람들과 불금을 또 회사에 헌납해야 한다는 불만이 가득한 사람들로 나뉘었다. 불만 가진 사람 중 몇몇이 자신의 과장님께 오늘 회의에 참석하지 못하는 이유를 대기 시작했다. 그걸 본 연수의 시선이 서 과장에게로 향했다.

"이런. 늦었다. 늘 김 주임이 빠르지."

진우도 연수와 똑같은 생각을 했었는지 아쉬움이 담긴 목소리로 말했다.

이미 범기의 앞에는 윤주가 서 있었고 그에게 무어라 말한 그녀는 인사를 하고 가방을 챙겨 사무실을 빠져나갔다.

"설마 연수, 너 빠지려고 하는 건 아니겠지? 첫 회식인데 말이야. 응? 그리고 이미 늦었어. 두 명은 안 보내준다고."

엉덩이를 들썩이는 연수의 어깨를 꽉 쥔 진우가 고개를 저었다.

"뭐 해. 다 챙겼으면 일어나. 빨리 가야 좋은 자리 잡는다."

진우는 연수의 어깨 위에서 자신의 손을 거둬내는 세륜을 올려다보고는 코웃음을 쳤다.

단 한 번도 회식 때 자리를 걱정해 본 적이 없었다. 자리를 맡는 건 팀 막내의 몫이었다. 이미 대영이 서 과장의 말이 끝나기가 무섭게 자리를 잡으러 튀어나갔다.

진우는 아니꼬운 눈으로 세륜을 노려보고는 컴퓨터를 끄고 일어나 먼저 사무실을 나섰다.

회식에 가고 싶지 않은지 연수의 행동이 느렸다. 전 회사에서 좋은 점을 꼽으라면 회식이 적다는 것이었다. 술이 약해서 즐기지 않을뿐더러 취하면 일명 블랙아웃됐다. 무슨 일이 있었는지 기억하지 못하는 게 불쾌해 작정하고 술을 마시는 자리를 싫어했다.

세륜은 대신해서 연수의 컴퓨터를 끄고 그녀의 팔을 잡아 일으켰다.

사무실을 나와 엘리베이터에 가득 타는 사람들을 보고 다음 걸 타기로 한 두 사람은 한쪽으로 비켜섰다.

"그건? 다 했어?"

"뭐?"

갑자기 대뜸 묻는 말에 되물은 세륜은 연수의 찌푸려진 눈가에 갸웃했다.

"일. 권은정 씨랑."

"아아. 아니. 조금 더 남았어. 빨리 끝날 줄 알았는데 좀 걸리네.

다음 주에 더 해야지. 그건 왜?"

"……일할 때 두 사람 너무……. 아니야. 됐어."

아니야. 됐어.

따로 쓰일 때는 별거 아니지만 그 두 단어가 같이 쓰이면 굉장히 신경 쓰이는 말이 된다. 여기에서 '아니야'는 '맞아'였고, '됐어'는 '안 됐어'였다. 어떻게 이 두 단어는 같이 붙어서 부정으로 뒤바뀌는 것인지 모르겠다.

세륜은 연수가 무언가를 마음에 들어 하지 않고 있음을 알아차렸다.

"일할 때 뭔데? 왜 이야기를 하다 말아, 신경 쓰이게. 이야기해 봐."

"됐다고."

"두 사람이 뭐? 나랑 권은정 씨 말하는 거야?"

연수의 입이 다물렸다. 세륜은 자신이 맞췄다는 걸 알아차리고는 조금 전 연수와 은정의 모습을 떠올렸다.

은정이 연수에게 되바라지게 구는 모습을 보고 한 소리 할까 하다가 잠자코 기다렸다. 역시나 연수가 가만있지 않았다. 찍소리도 못하게 은정을 내리누르는 걸 보고 속이 통쾌했고, 업무 시간에 졸아놓고 그런 적 없다고 앙큼 떠는 연수가 귀여웠다.

'그보다 권은정이 거슬리는 건…….'

은정이 연수에게 했던 말을 되짚어본 세륜은 두 여자의 싸움 중심에 자신이 껴 있었다는 것을 뒤늦게 인지했다. 그는 은정이 자신에게 어떤 마음을 품고 있는지 잘 알고 있었다. 그뿐만 아니라 소문이 다 나 부서 사람들도 은정의 마음을 알고 있었다.

세륜은 혹시나 하는 마음으로 물었다.

"질투해? 아니면 단속?"

"그런 거 아니야."

"그럼?"

"……우리 정리할 시간을 갖는 거 아니었어? 정리하기도 전에 이상한 소문나면 좀 그렇잖아? 조심하자는 거야."

연수의 말에서 세륜은 뭔가가 기분이 나빴다. 그는 그녀의 말을 되짚어보고는 인상을 썼다.

"이상한 소문? 나랑 권은정 씨랑? 지금 권은정 씨랑 소문나지 않게 조심하라고 경고하는 거지? 내가 뭘 했다고 소문이 나? 뭔가 억울한 오해받고 있는 것 같은데."

세륜의 목소리가 낮아졌다. 그만큼 기분도 바닥으로 가라앉고 있다는 걸 뜻했다. 반대로 연수는 그의 불쾌함을 읽고 꽁했던 게 풀리고 있었다. 하지만 말은 계속 좋지 않게 나왔다.

"네가 아니라 해도 남들이 볼 때……."

"남들이 뭘 보고. 뭐 어쨌다고, 내가?"

"너도 알고 있잖아. 권은정 씨가 너한테 마음 있는 거. 다들 알고 있는 것 같은데. 네 행동에 지금처럼 오해가 생길 수 있어."

"나한테 네가 있다는 것도 다들 알아. 그런데 내가 행동 실수할 것 같아? 하라 해도 싫어. 그보다 지금처럼 오해가 생겨? 너 무슨 오해했는데?"

"……."

"하연수, 너 날 그렇게 몰라? 내가 언제 너 두고 한눈판 적 있어? 나 지금 너 못 잊었어. 너한테 후회 남기기 싫어서 가짜 애인으로라도 조금만 더 챙겨주고 싶다고 했던 거 그새 잊었어? 너는 지금 우리 상황이 이런데…… 젠장."

'너는 지금 우리 상황이 이런데 내가 다른 생각을 할 겨를이 있을 것 같으냐고. 지금 널 다시 갖는 방법을 생각하느라 다른 건 눈에 들어오지 않는다고!'

세륜은 남은 말을 욕설에 감추고 속으로 소리 질렀다. 엘리베이터가 다시 올라올 때쯤 사무실에서 또 쏟아져 나오는 사람들을 보고 그는 엘리베이터 앞으로 걸음을 옮겼다.

연수는 세륜의 말에 할 말을 잃었다. 지금 두 사람은 이별 유예 기간을 갖고 있었다. 서로가 아직 감정이 남아 있었고, 두 사람은 그걸 잘 인지하고 있었다.

이런 상황에서 그가 다른 여자에게 의미 있는 행동을 할 리가 없다는 걸 알면서도 책잡으려고 했다.

이렇게 자신이 짜증이 나서 그를 몰아붙이려고 했던 건…… 질투 때문이었다.

연수는 세륜에게 접근하는 여자가 있다는 것이 싫고, 그에게 가까이 붙어 있는 여자에게 질투가 나고, 그를 탐내는 여자가 있으면 경계하게 된다는 걸 인정했다.

세륜은 어디를 가든 늘 인기가 많았고 그것에 자신도 익숙해서 이렇게 곤두선 적이 없었다. 신경이 쓰이지 않은 건 아니었지만 그에 대한 확신이 있었기에 불안하지 않았다.

그런데 지금은 별거 아닌 것에 이렇게 수틀려 버렸다. 그리고는 기분이 내키는 대로 그를 할퀴려 들었다. 마치 그의 사랑을 다시 확인받고 확신하고 싶은 것처럼.

연수는 헤어짐을 준비하고 있으면서도 모순된 자신의 행동에 자괴감이 들었다. 그러면서 그녀는 그에게, 그의 마음에 예의를 저버렸고 자신이 정도를 넘었다는 걸 자각했다. 그녀는 자신에게서 몇 발짝 멀어진 세륜의 옆얼굴을 응시했다.

미안하다고 사과를 하려 입술을 달싹이는데 엘리베이터 문이 열렸다. 세륜은 사람들이 빠르게 올라타는 걸 보고는 팔을 뻗어 연수의 팔꿈치 부근을 강하게 잡아당겼다. 엘리베이터 안에 올라타자마자 손을 놓은 세륜은 자신을 올려다보는 시선을 외면했다.

바로 옆으로 붙어서는 사람들과 눈을 마주치지 않는 세륜을 보며 연수는 사과를 삼켰다. 이렇게 사과할 타이밍을 놓치면 더 사과하기가 힘들어진다는 걸 알기에 그녀는 한숨을 내쉬었다.

회식 장소에 도착했을 때 연수는 당연하다는 듯이 비워진 두 자리를 보고 머뭇거렸다. 세륜은 그녀가 머뭇거리든 말든 그냥 가서 앉으려다가 자신들을 보고 있는 몇몇 사람들의 시선에 연수의 등에 손을 가볍게 올리고 걸음을 옮겼다.

세륜은 연수가 코트를 벗자 손을 내밀었다. 그에게 조심스럽게 코트를 건네던 연수는 순간 움찔했다. 그동안 자각하지 못했는데 그녀가 입고 다녔던 코트는 바로 그가 사주었던 와인색 코트였다. 세륜은 그 코트를 잠시 보고는 말없이 옷걸이에 걸었다.

굳어진 세륜의 얼굴과 그의 눈치를 살피며 자리에 앉는 연수를 보고 맞은편에 먼저 와 있던 진우가 혀를 차고는 소주병을 들었다.

진우가 세륜의 잔을 채우면서 눈빛으로 무슨 일이 있냐고 물었지만 그는 진우의 시선에 눈썹을 위로 올렸다가 내리는 것으로 질문을 묵살했다.

"자, 연수도 받아야지? 첫 회식이네. 그러고 보니 우리 환영회를 안 했구나."

진우의 말에 그의 옆에 앉아 있던 대영과 옆 테이블에 있던 이호, 은정이 연수에게로 시선을 모았다.

"우리 2팀, 다 같이 건배할까? 연수의 환영과 원활한 회사생활을 위해?"

진우의 제안에 연수가 싫은 내색을 표했지만 대영이 냉큼 잔을 들어 환호했다. 대영의 옆에 앉은 은정과 연수의 옆에 앉은 이호는 분위기 때문에 마지못해 잔을 들었다. 부장님을 모시느라 다른 테이블에 앉아 있던 범기가 내내 자신의 팀원들을 주시하고 있다가 다 같이 건배를 하려는 걸 읽었는지 슬쩍 잔을 들었다. 그걸 본 세륜도 잔을 들었고 연수도 어쩔 수 없이 잔을 들었다.

"자, 건배! 앞으로 함께 잘해보자!"

"하 주임님, 환영합니다! 이렇게 뵙게 돼서 좋아요!"

진우의 환영에 이은 대영의 말에 옅은 미소를 지은 연수는 모두와 잔을 맞춘 뒤 고개를 돌렸다. 오른쪽에 이호가 있어서 세륜 쪽으로 돌린 그녀는 잔을 비운 뒤 소주의 쓴맛에 인상을 썼다. 그 보습을 보던 세륜은 낮게 혀를 찬 뒤에 소주잔을 빼앗아 그 손에 물잔을 들려주었다.

세륜은 메뉴를 보고 벨을 눌러 직원을 호출했다.

"왜? 뭐 더 시키게?"

"목살. 연수가 그나마 목살은 좀 먹어."

고기를 싫어하는 연수가 먹을 만한 게 보이지 않아 세륜은 목살과 누룽지를 주문했다. 누룽지는 조금 늦어진다는 말에 미간을 접었지만 어쩔 수 없기에 목살을 빨리 가져다 달라고 부탁했다.

화가 난 상태에서도 자신을 챙겨주는 세륜이 연수는 매우 고마우면서도 미안했다. 지금이라도 사과를 하고 싶었지만 다른 사람들 때문에 그녀는 세륜을 보고 남몰래 한숨을 폭 내쉬었다.

목살이 나오자 세륜은 대영의 손에서 집게를 빼앗아 고기를 불판 위에 올렸다.

"어? 대리님, 제가 구울게요. 드시고 계세요."

"내가 해."

다 익어가는 삼겹살을 가위로 자른 세륜은 진우와 대영의 앞쪽으로 밀어주고 목살 하나를 더 올렸다.

"버섯 먹을 거지?"

"응? 응."

세륜은 익은 버섯을 집게로 들고 입으로 호호 불어 식힌 뒤 연수의 접시에 놓았다. 작은 목소리로 뜨겁다고 주의까지 주는 그 모습을 보던 대영이 눈을 반짝거렸다.

"진 대리님, 엄청 자상하시네요."

"놀랐냐? 나도 볼 때마다 놀란다. 진세륜이 다정다감이라니. 앞으로는 더 놀랄 일이 많을 거다."

심드렁한 진우의 말에 세륜은 눈썹을 꿈틀거렸고, 연수는 젓가락으로 버섯을 집다가 놓쳤다. 반면 대영은 더 눈을 빛냈다.

"하 주임님, 진 대리님이랑 소개팅으로 만나셨다고 들었어요. 그런데 고등학교 동창이라 원래 아시던 사이셨다고……. 혹시 두 분 오랫동안 서로를 남몰래 짝사랑하셨던 거 아니에요? 그러다 우연히 소개팅에서 만나……."

"아니요. 그건 아니에요."

"아니야."

세륜과 연수의 입에서 동시에 부정이 나왔다. 뭔가 흥미로워지자 대영이 몸을 바짝 앞으로 당겼다.

"그럼 누가 먼저 고백했어요?"

대영은 예전에 세륜에게 묻지 못했던 질문을 연수에게 했다. 연수는 반사적으로 세륜에게 고개를 돌렸다. 시선이 마주친 그가 눈썹을 위로 추켜올렸다.

"진 대리님이 먼저 하셨어요?"

"……네."

연수의 대답에 대영과 은정, 이호 모두가 놀랐다. 은정과 이호는 이 여자의 어디가 마음에 들어서 먼저 고백을 했냐는 시선으로 세륜을 응시했다.

"세륜이 지 녀석이 처음으로 고백한 여자가 연수야."

말을 덧붙인 진우는 더 놀라는 사람들을 보고 씩 웃었다.

은정의 시선은 더 뾰족했다. 그도 그럴 것이 입사하자마자 세륜을 쫓아다녔다. 오랜 연인이 있다고 해도 아무도 보지 못했다고 해서 관계가 소원해졌다든가, 아니면 없는데 있다고 하는 거라 여겼다.

그런데 정말 있었고 회식 장소에 온 여자를 보고 낙담했었다. 하지만 그 후 회식 때 본 것과 다른 모습의 연수를 보고 은정은 내심 자신감이 생겼다. 외모가 자신보다 못한 연수한테서 세륜을 빼앗을 자신이 있었다.

하지만 세륜은 연수에게만 미소를 보였고, 그녀에게 하는 행동이 남들을 대하는 것과 확연하게 차이가 나는 걸 보고 자신감이 하락했다.

모든 면에서 자신보다 떨어지는 것 같은데 세륜의 애정을 받고 있는 것이 못마땅해 꼬투리를 잡아 오늘 연수를 공격했다가 도리어 당했다.

연수가 미워 죽을 지경인데, 세륜이 먼저 고백을 했었다는 말을 들은 은정은 시샘이 솟았다.

"진 대리님이 먼저 고백했다고요? 나는 하 주임이 한 줄 알았는데."

은정은 자신이 하고 싶은 말을 대신하는 이호의 의견에 동의한다고 고개를 끄덕였다.

이호가 절대 좋은 뜻으로 하는 말이 아니라는 걸 알기에 세륜이 고기를 뒤집다 말고 그를 노려봤다. 그 입 다물라는 시선이었는데도 이호는 입을 놀렸다.

"뭐 다른 건 모르겠지만 솔직히 외모 차이가 좀……."

세륜이 가장 싫어하는 것이 바로 연수와 자신의 외모 비교였다. 외모만 보고 따져서 자신이 아깝다는 말을 듣는 것을 그가 진저리 치게 싫어하는 걸 알기에 진우가 낮게 혀를 찼다.

이호의 적나라한 지적에 연수가 기분이 나빠지기도 전에 세륜이 먼저 나섰다.

"제가 먼저 연수 얼굴에 반해서 쫓아다녔습니다."

세륜의 말에 대영은 멋있다고 낮게 환호했고, 연수는 놀란 토끼 눈으로 그를 쳐다봤다. 뒤늦게 부끄러움이 찾아드는지 연수의 얼굴이 붉어졌다.

이호는 세륜의 사나운 시선에 바로 기를 죽였다.

"진 대리님이 쫓아다니셨어요? 진짜? 오……. 두 분 사귀시기까지 그 과정을 조금 더 이야기해 주시면 안 돼요? 궁금해요. 고등학교 동창이었으니까 친구에서 연인이 된 거잖아요. 전 그런 거 좋더라고요."

연수와 세륜은 이야기해 달라는 그의 말에 동시에 과거를 떠올렸다.

두 사람의 시작은 대영이 기대하고 생각하는 그런 것과 달랐다.

사물함에 책을 넣고 자물쇠를 잠근 연수는 피곤함에 잠시 기대서서 눈을 감았다.

"저기, 연수야."

연수는 조심스러운 부름에 눈을 떴다. 자신의 앞에 서 있는 같은 과 동기인 여자를 보고 몸을 바로 세웠다.

"응?"

"강의 다 끝났지? 혹시 지금 시간 있어?"

같이 강의를 듣는 동기의 조심스러운 질문에 연수는 바로 조별 과제를 떠올렸다.

"왜? 조별과제 자료 찾는 것 때문에? 아르바이트 가기 전에 시간 좀 있어."

"그건 아니고. 아르바이트 몇 시에 가는데?"

넉넉잡아 한 시간 정도 시간이 있다는 말에 동기의 얼굴에 화색이 돌았다. 뭔지 모르지만 자신의 시간이 동기에게 꽤 필요한가 보다고 생각한 연수는 부탁해 오면 들어줄까 말까 고민했다. 나중에 부탁할 일이 생길지도 모르니 들어주기로 결심한 그녀는 동기의 부탁을 듣고 고개를 저었다.

"미안. 난 소개팅은 별로."

"한 번만. 응? 원래 지선이가 하기로 한 건데 갑자기 일이 생겼다며 학교를 안 나왔어."

"그럼 다른 날로 미루면 되잖아."

"안 돼. 내가 엄청 어렵게 잡은 소개팅이단 말이야. 얼마나 공들여서 날짜 잡았는데. 이거 펑크 내면 완전 끝이야! 그냥 끝내기에는 남자가 엄청 대박이란 말이야. 놓치기 진짜 아까워!"

그렇게 대단한 남자면 하겠다는 애들도 많을 테니 아무나 데리고 가라고 했는데 동기는 하필 지금 다들 어디로 사라졌는지 과방에 아무도 없다고 우는소리를 했다.

"솔직히 말할게. 남자 쪽 주선자가 내 중학교 동창이야. 내가 걔를 좋아하거든? 옛날부터 좋아했단 말이야. 이번 소개팅 주선자로 오늘 우리도 보기로 했는데 소개팅이 무산되면 나 그 애 못 보잖아."

"나중에 따로 보자고 연락해서 만나면 되잖아."

"이런 거 아니면 볼 수 없으니까 그렇지! 걔가 엄청 비싸게 군다고. 한 번만 도와주라, 응? 내가 오죽하면 너한테 다 털어놓으면서까지 부탁을 하겠어?"

간곡하게 애원을 하는 동기가 이번에 듣는 전공의 족보까지 걸자 연수는 고개를 끄덕였다.

소개팅 장소에 도착한 연수는 낯선 남자와 이곳에서 밥을 먹거나 차를 마시며 이야기를 해야 한다는 걸 뒤늦게 깨닫곤 족보에 넘어간 것을 후회했다.

"아직 안 왔네? 일단 앉아. 내가 주선자한테 연락해 볼게."

연수는 흥얼거리며 남자 쪽 주선자에게 문자를 보낸 뒤 화장을 고치기 시작하는 동기를 보며 누가 소개팅을 하러 온 것인지 헷갈렸다. 어차피 이 소개팅에 흥미가 없었던 터라 그녀는 무심한 얼굴로 눈을 낮게 뜬 뒤 반듯하게 앉아 시간이 빨리 흐르기를 기다렸다.

"왔다! 여기야…… 어? 누구지? 헉! 진세륜 아니야?"

멍하게 테이블을 보던 연수는 낯설지 않은 이름에 눈을 깜빡여 정신을 차렸다. 두 개의 걸음걸이 소리가 들리더니 앞에 자리가 채워졌다.

연수는 고개를 돌려 옆에서 호들갑을 떨던 동기가 새초롬한 얼굴로 앉아 있는 걸 먼저 확인했다. 그 뒤에 느릿하게 고개를 돌려 주선자라는 남자의 얼굴을 봤다. 그리고 자신의 앞에 앉아 있는 남자의 얼굴을 눈에 담았다.

그곳엔 고등학교 동창이자 군대를 가기 전에도, 군대를 가서도, 제대를 해서도 학교에 유명세를 떨치고 있는 세륜이 앉아 있었다.

술병이 나서 도무지 학교에 나가지 못하겠으니 대리출석을 부탁한다는 진우의 문자를 짜증스러운 눈으로 확인한 세륜 걸음을 돌렸다.

살짝 열린 강의실 문을 발로 밀어 열고 들어간 세륜은 같은 과 동기인 석한의 옆에 앉았다.

"너, 이 교양 안 듣잖아."

"진우가 못 온다고 부탁하더라. 이거 출석이 중요하다고."

단과 교양인지라 타과 학생들이 많았다. 넓은 강의실을 둘러본 세륜은 수십 명의 학생을 보고 대리출석이 걸릴 일은 없을 것 같아 편하게 마음을 먹었다.

"어라? 뭐야. 쟤들 왜 손을 잡고 와?"

석한의 말에 고개를 돌린 세륜은 다정하게 손잡고 강의실로 들어와 빈자리에 앉는 두 남녀를 봤다. 둘 다 같은 과 동기였지만 학년은 달랐다. 남자는 아직 군대에 다녀오지 않았고 여자는 당연히 군대에 가지 않으니 둘 다 군필인 세륜보다 학년이 높았다.

"뭐야? 야, 뭐냐고."

석한의 커다란 목소리에 남자가 여자에게 양해를 구하더니 가까이 다가왔다.

"세륜이 너는 왜 여기 있어."

"지금은 정진우란다. 그보다 너, 뭐야?"

세륜 대신 대답한 석한이 남자를 추궁하기 시작했다. 남자는 이렇게 됐다, 미안하다, 그거 취소해 달라는 말을 하고는 교수님이 강의실 안으로 들어오자 냉큼 제자리로 돌아갔다.

"아, 저 새끼가."

"왜?"

출석이 시작되자 목소리를 낮춘 석한이 욕을 읊조리더니 이야기했다.

"중학교 동창 여자애가 하나 있거든? 걔가 과에 진짜 예쁜 여자애한테 소개팅을 부탁받았다는 거야. 나한테 자꾸 괜찮은 남자 좀 주선해 달라고 며칠 동안 귀찮게 해서 저 녀석 소개팅해 주려고 했지. 저 녀석 인기 많잖아. 그런데 저 봐라."

이야기하는 도중에 석한은 자신의 이름이 불리자 손을 들었다 내렸다.

"이이씨, 취소해야 하나."

"해야지."

"취소하면 또 귀찮게 굴 텐데."

짜증을 내는 석한의 이야기를 금세 흘려버린 세륜은 진우의 이름이 불리자 손을 들었다 내렸다. 할 일을 다 한 그는 도중에 걸리지 않고 강의실을 벗어날 수 있을지 생각했다. 하지만 문 앞도 아니고 조용히 빠져나갈 수는 없을 것 같아 포기했다.

"야, 네가 해라."

"뭘?"

"소개팅. 너 여자 친구 없잖아."

"생각 없어."

"해라. 응? 내가 밥 거하게 살게. 아니, 술도 살게."

제대하고 복학도 했겠다, 이제 너도 캠퍼스 연애를 좀 해봐야 하지 않겠느냐고 석한이 세륜을 꼬드기기 시작했다. 석한은 싫다고 질색하는 세륜의 귀에 대고 강의 시간 내내 소개팅을 졸랐다. 그 노력이 통했는지 석한은 세륜을 데리고 소개팅 장소로 향할 수 있었다.

파스타 가게 겸 카페인 소개팅 장소에 도착한 석한은 나란히 앉아 있는 두 여자를 보고 한숨을 내쉬었다.

"엄청 예쁘다 했는데……."

석한은 자신을 발견하고 손을 들어 흔드는 동창에게 가볍게 고개로 인사하고는 세륜의 눈치를 봤다.

세륜은 석한에게 손을 흔드는 여자의 옆에 앉아 있는 사람을 눈에 담았다. 그는 반듯한 자세로 앉아 눈을 살포시 내리깔고 있는 여자가 낯익다는 느낌을 받았다.

석한이 여자들에게 다가가자 세륜도 걸음을 옮겼다. 세륜의 시선은 여자에게서 떨어지지 않았다. 그는 눈을 가늘게 뜨고 낯익은 여자를 자세히 살폈다.

모두가 다 동적인데 혼자만 정적이었다. 고요한 분위기가 나쁘지 않았다.

세륜은 그녀가 자아내는 분위기가 마음에 들었다.

고개를 옆으로 든 여자가 친구를 보고, 석한을 보고, 자신에게로 고개를 돌렸을 때 세륜의 눈이 살짝 커졌다.

묘하게 무료한 표정. 그러면서도 살짝 지쳐 무기력해 보이기도 했다. 그 무력함이 자신 안에 있는 무언가를 건드렸다. 당장 손을 뻗어서 잡아주고 싶은…… 그런 거.

기묘한 기분이 들게 하는 여자의 표정을 살핀 세륜은 마침내 그녀와 시선을 맞췄다. 그 순간 그의 심장이 반응했다.

'하연수.'

세륜은 순식간에 과거의 어느 시점으로 되돌아갔다.

수능이 끝나고 규율과 규제에서 벗어나는 자유로운 성인이 되는 것에 대한 기대감에 빨리 시간이 흘러 졸업식을 했으면 했다. 그런데 막상 졸업식이 되었을 때 허전함과 허탈함이 들었다. 학교에 큰 애정이 없었는데 졸업식이 끝나도 발길이 떨어지지 않았다.

그래서 피시방에 가자는 진우와 한준, 여환을 보내고 혼자 학교에 남았다.

텅 빈 교실에 혼자 있는데 가슴이 싸해졌다. 자신 안에서 피어나는 이상한 감정들이 일렁거리는데 순간 울컥했다.

한참을 교실에서 혼자 멍하니 있다가 복도를 나섰다. 세상이 죽어버린 듯 고요한 복도. 더 감정이 북받쳐 올랐다.

드르륵.

얼굴을 구기고 있는데 정적을 깨는 소리가 갑자기 들렸다. 놀라서 뒤로 물러나 몸을 숨겼다. 그리고 난 뒤 살포시 고개를 내밀어 누구인지 확인했다.

"하연수."

교실 문을 닫고 돌아서서 걸어가는 사람은 연수였다. 자신 취향의 외모에 흥미로운 인격을 갖고 있어서 참 인상 깊었던 아이.

세륜은 발소리를 죽이고 연수를 따라갔다.

연수는 한 번도 뒤를 돌아보지 않고 건물을 벗어났다. 미련이라고는 없다는 듯 걸어갔다. 운동장을 가로지르고 교문에 다 다를 때까지 멈추지 않고 계속 걸어가기만 했다. 그런 그녀의 뒤에서 이유도 없이 괜히 가슴이 조였다.

연수가 교문을 벗어나자 따라가던 걸 멈췄다. 연수가 학교에 남아 있었던 이유가 자신처럼 허전함과 허탈함에 선뜻 이곳을 떠나지 못해서라고 생각했다. 그런데 저렇게 시원시원하게 걸어가는 걸 보니 동질감은 순식간에 사라졌고 서운함이 남았다.

"잘 가라."

이곳에 남겨지는 사람처럼 멀어져 가는 연수에게 인사했다. 그런데 그대로 걸어갈 줄 알았던 연수가 교문을 넘고 서너 걸음 걸어간 뒤에 갑자기 몸을 돌렸다. 너무 놀라 반사적으로 자신도 몸을 돌렸다. 그리고는 다른 방향으로 빠르게 걸어갔다.

몸을 숨기고 다시 연수를 훔쳐봤다. 학교를 한참 바라보던 연수가 느릿하게 몸을 돌리고 멀어져 갔다.

그날 이후로 때때로 그녀의 마지막 모습이 떠오를 때가 있었다. 그 잔상은 꽤 오래 갔었다.

세륜은 그때의 기억을 떠오르게 하고 아련한 감정을 들쑤시는 연수의 얼굴을 한참 동안 바라봤다.

조용히 연수를 보는 세륜을 본 석한은 앞에 앉아 있는 동창에게 눈을 부라렸다. 굉장한 미인은 어디 갔느냐고, 내가 원래 소개팅해 주려던 애보다 더 잘난 놈을 데리고 왔는데 어떻게 이럴 수 있느냐는 시선을 했다. 그때 세륜의 목소리가 들렸다.

"오랜만이다, 하연수."

"아…… 응."

"둘이 아는 사이야?"

"연수야, 너 진세륜…… 씨 알아?"

교내에 진세륜을 모르는 사람이 없었다. 잘난 외모 때문에 타과에도 그는 유명했다. 1학년 내내 누구에게 고백을 받았다는 소문이 떠돌았다. 무용과, 음대생, 미대생 등 과의 알아주는 미인들이 그를 쫓아다녔다고 했다.

1학년을 마치고 군대에 간 그가 제대하고 이번에 복학했다, 개강 첫날부터 후배들에게 인기가 장난이 아니라는 등 그의 최근 근황에 관한 이야기를 연수도 들었다.

너무 유명해 본의 아니게 소문으로 근황을 들었던 동창이 지금 그녀의 눈앞에 앉아 있었다.

"고등학교 동창이야. 여기서 만나네."

세륜의 말에 연수는 뭔지 모르게 이 상황이 민망해서 시선을 내렸다.

"아, 어떡하지. 원래는 다른 친구가 오기로 했는데 갑자기 일이 생겨서 연수가 대신 왔거든. 동창회가 되어버렸네."

"야, 너는 그럼 약속을 깨자고 했어야지!"

"그러는 너도 지금 다른 사람 데리고 왔잖아."

두 사람 다 같은 행동을 했기에 서로를 비난하던 걸 멈췄다. 어쨌든 깨진 소개팅이 되어버렸다.

그렇든 말든 석한을 봐서 좋은 연수의 동기는 싱글싱글 웃었다. 이렇게 넷이서 밥을 먹고 같이 시간을 보내면 더 석한과 오래 있을 수 있겠다는 생각에 그녀는 웃음이 절로 나왔다. 그런데 그녀의 예상과 다르게 흘러갔다.

"일어나자. 여기 파스타 별로 맛없어."

세륜이 이 말을 하면서 자리에서 일어나 버리는 것이었다. 연수가 시선을 들어 자신에게 하는 말이냐고 쳐다봤다. 그는 짧게 고개를 끄덕였다.

"어? 야, 가게?"

"주선자들이 안 비켜주니 우리가 가야지. 간다."

세륜은 석한의 어깨를 툭 친 뒤 걸음을 옮겼다. 잠깐 당황해하던 연수는 가방을 들고 그를 따라나섰다.

아무런 방해자가 없는 룸 안에 둘만 자리했다. 세륜은 자꾸 자신의 안에 있는 무언가를 건드리는 연수를 빤히 쳐다봤다.

외모가 한층 성숙해졌다. 더 제 취향인 외모가 계속 눈길을 끌었다. 그보다 분위기가, 그녀만의 특유한 분위기가 자신의 마음을 흐트러트렸다.

확실히 외양적으로 아름다운 여자는 쉽게 남자의 눈길을 끈다. 하지만 예쁜 여자는 분위기 있는 여자를 이기지 못한다. 아무에게서나 느낄 수 없는 분위기를 가진 여자는 굉장히 매력적이었다.

세륜은 자신이 연수가 자아내고 있는 분위기에 심취했다는 걸 깨달았다. 아까부터 쿵쿵 울리던 그의 심장이 시간이 갈수록 더 두방망이질 치고 있었다.

도무지 음식이 넘어가지 않아 세륜은 파스타를 말던 포크를 내려놓았다. 그는 입이 바싹 말라오자 물 잔을 집어 들었다. 물을 마시면서도 계속 그녀를 주시했다. 물을 다 비운 그는 연수의 식사가 끝나기를 기다렸다.

자신처럼 절반이나 남긴 연수가 식사가 끝났다는 의미로 포크를 내려놓았다.

"그만…… 갈까? 나 아르바이트 가야 하거든."

여자 앞에서 처음으로 느끼는 짙은 긴장감에 무슨 말을 해야 할지 몰라 가만히 있는데 연수가 자신과 눈을 맞추고 그만 일어나자고 하자 세륜은 반사적으로 고개를 끄덕였다.

짐을 챙겨 일어난 연수를 보고 뒤늦게 정신을 차린 세륜은 다급하게 그녀의 손목을 잡았다.

'젠장.'

순간 찌릿하며 전기가 통했다. 연수도 느꼈는지 손을 움츠리며 팔을 뺐다.

세륜은 자신의 손바닥을 내려다봤다. 연수의 손목을 잡은 손이 뜨겁게 달아올랐다. 그는 전기 때문에 놓친 연수의 가녀린 손목을 응시했다. 세륜은 자리에서 일어나 다시 그 손목을 잡고 그녀를 내려다봤다.

"아르바이트 어디서 하는데?"

대답하기 전까지 놓아주지 않겠다는 듯 그가 연수의 손목을 더 꽉 쥐었다.

주문받은 커피를 내리고 있는데 다른 아르바이트생인 서희가 다가와 연수의 어깨를 툭툭 두드렸다. 연수는 곧장 몸을 돌려 입구 쪽을 확인했다. 오늘도 어김없이 세륜이 와 있었다.

"언니, 주문받으러 다녀오세요."

술집도 겸하는 카페라 7시가 넘으면 직원이 주문을 직접 받으러 손님이 있는 테이블로 가야 했다. 연수는 지금 바쁘니 네가 주문받으러 가라는 시선을 했다.

"제가 가봤자 메뉴판만 계속 보고 있을 텐데요."

다른 아르바이트생들이 몇 번 주문을 받으러 갔는데 세륜은 쳐다보지도 않고 연수를 불러달라고 한 뒤 무심히 메뉴판만 뒤적거렸다. 그리고는 그는 연수가 주문받으러 오기 전까지 절대 입을 열지 않았다.

"후우. 이것 좀 해줘."

"네."

연수는 서희에게 하던 일을 맡기고 세륜에게 향했다.

뒤에서 다른 아르바이트생들이 일제히 자신을 쳐다보는 게 느껴졌다. 하기야 그럴 법도 했다. 아르바이트생 중 같은 학교에 다니고 있는 사람들이 절반인지라 그들도 세륜의 소문을 들어 그를 잘 알고 있다. 그렇지 않다고 하더라도 훤칠하고 잘생긴 세륜이 벌써 2주일이 넘게 자신을 만나러 오고 있으니 얼마나 재미난 구경거리겠는가.

연수는 요즘 자신의 신경을 건드리는 세륜을 향해 곱지 않은 시선을 보냈다.

"주문하시겠어요?"

주문 종이를 보느라 낮게 내리뜬 시선이 자신에게 닿을 때까지 세륜은 입을 꾹 다물었다. 결국, 연수가 시선을 들었다.

어쩌다 소개팅에서 만난 동창. 그 동창이 갑자기 자신에게 관심을 보이고 있었다. 매일 아르바이트를 하는 가게에 찾아와 눈도장을 찍고 있었다.

연수는 자신이 알고 있던 진세륜과 전혀 매치가 되지 않는 지금의 진세륜을 응시했다.

"주문 안 해?"

서늘한 눈매가 접히더니 그의 입꼬리가 올라갔다.

"커피 뭐 좋아해?"

여덟 번째 반복되는 질문. 세륜은 주문 전에 이걸 꼭 물어봤다. 그동안 대답해 주지 않았지만 이제 연수는 자포자기한 심정으로 알려줬다.

"카페모카랑 카라멜모카."

"단거 좋아하는구나."

"빨리 주문해 줄래? 지금 바쁘거든."

"카페모카로 줘. 테이크아웃 아니니까 머그잔에."

그동안 빨리 사라져 달라는 의미로 테이크아웃 잔에 커피를 줬던 연수는 낮게 한숨을 흘리며 고개를 끄덕였다.

일하는 내내 세륜의 시선이 느껴졌다. 누군가의 시선이 계속 뒤따르는 건 상당히 불편했다. 그것이 노골적으로 자신에게 관심이 있다고 따라다니는 남자의 시선이라면 불편함을 넘어섰다.

긴장감. 불편함에 긴장감이 더해져 안 하던 실수도 하게 됐다.

연수는 오늘 아메리카노에 엉뚱한 시럽을 넣는 실수를 했다.

아르바이트가 끝날 시간이 되자 연수는 직원 휴게실에서 가방을 가지고 나왔다. 곧장 그녀는 세륜이 앉아 있던 자리를 확인했다. 이미 그는 가게를 나갔는지 보이지 않았다.

"방금 나갔어요. 그런데 하나도 마시지 않을 거면서 왜 시켰는지 모르겠어요."

서희가 들고 있는 트레이에는 세륜이 시켰던 커피가 있었다. 겨우 한 모금 마셨을까 싶다.

단거 안 좋아하는구나.

뜻하지 않게 그의 커피 취향을 알게 됐다.

"그럼 왜 카페모카를 시킨 거야."

괜히 거슬렸다. 그가 뭘 마시든 자신과는 상관이 없는데 말이다.

연수는 고개를 흔들고는 인사를 하고 카페를 나섰다. 카페 앞에는 세륜의 차가 세워져 있었고, 그 차 앞에는 그가 있었다.

"데려다줄게."

연수는 이제 그와 제대로 된 대화를 해야 할 때라는 걸 느꼈다. 그전에는 무시하면 그가 어련히 그만두겠지 했는데, 2주일이 넘어가니 그냥 두어서는 안 된다는 걸 깨달았다.

"그래. 데려다줘."

당연히 거절할 줄 알았는데 흔쾌히 받아들이고 다가오자 세륜은 잠시 당황했다. 그는 재빨리 기대고 있던 차에서 등을 떼고 조수석을 열었다.

조수석 문을 닫아주는 그의 표정이 잔뜩 신나 있어서 연수는 마음이 불편해졌다.

"집이 어디야?"

연수는 집을 알려주는 게 잘하는 짓인지 고민을 하다가 그가 차 시동을 켜자 알려주었다.

무릎 위에 올린 손을 내려다보는 연수의 옆얼굴을 세륜은 틈틈이 훔쳐봤다.

연수는 서로 피차 대타로 소개팅을 나온 것이니 가볍게 생각했던 것 같다. 식사 내내 말이 없었던 자신이 설마하니 관심을 가졌을 거라고는 생각 못 했다. 어쨌든 명목은 소개팅이니 형식상 밥을 먹는 거라 여겼는지 식사가 끝나자마자 제 갈 길을 가려고 했다.

그런 그녀를 붙잡아 아르바이트 장소까지 데려다주고 집으로 돌아갔다.

한동안 멍하니 넋이 나갔던 것 같다. 한참 뒤 정신을 차렸을 때 얼굴에 열이 올랐다. 그리고 이상 증세가 시작되었다.

하연수.

이름만 떠올려도 심장이 두근거리고 기묘한 흥분이 피어오르면서 잠을 설칠 정도로 감정이 주체가 안 됐다. 결국 잠을 포기하고 일어나 앉아 본격적으로 연수를 생각했었다.

그 결과, 지금 한창 연수에게 열을 올리고 있는 중이었다.

남들이 들으면 기가 찰지도 모르겠다. 아니, 이해할 수도 있을 거다.

예전에 알았던 한 소녀가 가슴 설레게 하는 여자가 되어 눈앞에 나타났다. 한 번도 여자에게 설렘을 느껴본 적이 없는 자신은 순식간에 반해 버렸다.

"여기야. 여기서 세워줘."

"여기?"

연수의 말에 짧은 생각에서 벗어난 세륜은 갓길에 차를 세우고 주위를 훑었다.

"저 골목 안이야. 여기서 내리면 돼."

연수가 당장 내릴 것 같아 세륜은 그녀의 손목을 잡았다. 벌써 가려고 하느냐는 시선에 그녀가 낮게 한숨을 내쉬었다.

"저기, 카페에 이제 그만 왔으면 좋겠어."

"왜?"

"일하는 데 불편해."

"그럼 밖에서 만날까?"

돌려서 말하는 거절을 못 알아듣는 건지, 아니면 일부러 그러는 지 모르겠다.

연수는 일단 세륜의 손에 잡힌 손목을 뺐다. 그러자 그의 표정이 굳어졌다. 그 얼굴을 본 연수는 그가 일부러 못 알아듣는 척한다는 걸 알아차렸다.

"미안한데 난 연애에 관심 없어. 소개팅은 알다시피 대타로 갔던 거야."

연수는 너도 대타로 나온 소개팅이지 않았느냐, 그런데 왜 이러느냐는 눈빛을 했다.

"눈치챈 것 같으니까 말할게. 하긴 이 정도 따라다녔는데 모를 리가 없지. 나 너한테 관심 있어. 너랑 만나고 싶어."

"연애를 하고 싶은 거면 다른……."

"여자랑 연애를 하고 싶은 게 아니라, 하연수랑 연애하고 싶다고."

"갑자기 나한테 왜⋯⋯. 왜 나야?"

왜 너냐고 물으면 할 말이 없다. 나도 왜 너한테 갑자기 반했는
지 모르니까.

연수는 자신을 일렁거리는 눈으로 보는 세륜의 시선이 부담스
러워 외면했다.

"미안한데 난 정말 연애 생각 없어. 공부에만 전념하고 싶어. 아
르바이트 때문에 여유도 없고. 네 관심은 고마운데 난 싫어. 이만
갈게. 오늘 데려다준 건 고마워."

싫다는 말을 참 쉽게 내뱉고 차에서 내리는 걸 망연히 보던 세
륜은 재빨리 안전벨트를 풀고 차에서 내려 그녀를 쫓아갔다.

연수의 앞을 가로막은 그는 가슴을 크게 들썩인 뒤 억울한 표정
으로 물었다.

"이유가 고작 그거야? 그럼 공부랑 아르바이트에 지장 안 가게
만나면 되잖아."

"나는 누구를 만나고 할 여유가 없어."

"그럼 그 여유 언제 생기는데?"

연수의 시선이 돌아갔다. 여유가 생겨도 너는 안 만나겠다는 그
런 반응. 세륜은 초조해지기 시작했다.

"나, 너 좋아해."

"갑자기 좋아한다니⋯⋯."

"좋아한다고. 널 좋아하니까 그동안 쫓아다녔어."

"진세륜, 너⋯⋯."

"사귀자. 잘할게. 네 시간 많이 안 빼앗을게. 최대한 너한테 맞출게. 그러니까 사귀자."

세륜의 첫 번째 고백. 연수는 멍한 표정으로 그의 얼굴을 보다가 뒷걸음질 쳤다.

웬만한 배우들보다 잘생겨 인기가 상상초월 하는 남자가 자신에게 고백하는 게 연수는 당혹스러웠다. 특히나 진세륜이, 자신과 엮일 거라고는 생각도 못한 인물이 다가오자 그녀는 위화감마저 느꼈다.

"싫어."

"왜? 내 어디가 마음에 안 드는데?"

마음에 들고 안 들고의 문제가 아니었다. 전혀 생각지도 못했던 사람이 만나자고 하는데 누가 좋다고 냉큼 사귀겠는가.

"마음에 안 드는 거 있으면 이야기해 봐. 다 고칠게."

연수는 세륜이 이럴 정도로 자신을 좋아하는 건가 싶어 놀라웠다. 한편으로는 믿기지 않았다.

그가 이렇게나 애절한 표정을 할 거라고는 생각도 못했다. 뭐든 다 하겠다는 간절한 얼굴을 보니 딱 잘라 거절하기 어려웠다.

사람에게 벽을 세우면 다들 그 벽에 놀라 물러났다. 뒤도 안 돌아보고 떠나는 사람이 있었고 벽 너머에서 적당한 거리를 유지하는 사람이 있었다. 한데 그렇지 않은 사람이 딱 한 명 있었다. 그런데 그 사람도 결국에는 떠났다.

연수는 어차피 세륜도 자신을 포기할 때가 올 거라고 생각했다. 그러니 그가 지쳐서 스스로 떨어질 때까지 기다릴까 했다. 그게 오래 걸리지 않을 거라 여겼다.

그녀는 우선 아무 핑계나 댔다.

"담배. 담배 피우는 남자 싫어."

차 안에서 났던 희미한 담배 냄새. 그리고 그가 카페 밖에서 담배 피우며 기다렸던 게 떠오른 연수는 그 핑계를 댔다.

"끊을게."

당장 금연하겠다며 세륜은 자신의 주머니 안에서 담뱃갑을 꺼내 연수의 손에 쥐어주었다.

그날 이후 두 달이 흘러 기말고사가 일주일 뒤로 다가왔다. 도서관 자리 쟁탈전도 치열해져 새벽부터 자리를 잡는 전자시스템 앞에 사람들이 줄을 서는 진풍경이 벌어졌다.

9시, 이미 모든 자리가 다 예약이 되었을 시각이다. 몇몇이 전자시스템 앞에 서서 클릭을 하다가 자리가 없는 걸 확인하고는 짜증을 내고 돌아섰다. 연수는 그 모습을 흘끗 본 뒤에 3층으로 올라갔다.

책상과 의자를 올해 초에 다 바꾼 3층은 시험 기간이 아니어도 빈자리를 찾기가 힘들었다. 시험 기간인 지금은 당연히 더 빈자리가 없었다.

그런데도 연수는 사람들로 가득 찬 열람실 안으로 들어갔다.

지난주부터 도서관에 다니기 시작했다. 요즘 내내 틈만 나면 자신을 따라다니는 세륜도 도서관에 다니기 시작했다. 그러면서 아침마다 그가 도서관 자리를 잡고 있었다.

연수는 세륜이 잡아놓았다고 문자를 보낸 그 자리로 향했다.

한 자리가 비워져 있어야 하는데 모두 차 있었다. 연수는 남들이 다 공부하느라 정신이 없을 때 엎드려서 자고 있는 두 남자의 뒤로 갔다.

세륜의 어깨를 잡고 살짝 흔들자 그가 일어났다. 그는 일어나 연수를 확인하고는 입 모양으로 인사를 했다.

잠기운이 묻어나는 느른한 눈매를 접고 씩, 웃는 그를 본 연수가 살포시 입매를 늘였다. 미소를 되돌려주는 그녀에게 세륜은 더 환하게 웃었다.

그는 자리에서 일어나 연수의 품에 들린 책을 빼앗아 책상 위에 올렸다. 그리고는 옆에서 엎드려 자고 있는 남자의 등을 두드렸다.

"으음, 왜 깨…… 읍!"

깨우는 게 불만인지 투정을 부리는 남자의 입을 틀어막은 세륜은 그에게 조용히 일어나라 손짓했다.

크게 기지개를 켜고 자리에서 일어나는 사람이 진우라는 걸 확인한 연수는 눈을 키웠다.

"잠깐 나가자."

고개를 숙여 귓가에 작게 속삭이는 낮은 목소리에 연수는 목을 움츠렸다. 귀여운 반응에 세륜이 쿠쿠 웃자 그녀의 얼굴이 살짝 달아올랐다.

귓가에 그의 웃음소리가 맴돌았다.

연수는 먼저 앞서가는 두 남자를 따라가며 세륜이 속삭였던 귀를 손으로 덮었다.

열람실을 나오자 진우가 다시 기지개를 켰다. 연수는 세륜의 옆에 서 진우를 눈짓하며 물었다.

"어떻게 된 거야?"

"어제 오랜만에 애들 만나서 술 마셨거든. 마시다 보니 4시가 넘었더라고. 집에 갔다가 오기에는 시간이 좀 애매해 근처에서 진우랑 시간 죽이다가 도서관 자리 잡았어."

"밤새운 거야?"

"응. 자리 잡고 나니 둘 다 갑자기 졸음이 쏟아져서 잠깐 잔다는 게 너 올 때까지 계속 자버렸다."

다정한 눈으로 연수를 보면서 자세하게 설명하는 세륜을 본 진우가 기가 찬 웃음을 흘렸다.

'진세륜이 여자를 쫓아다닌다.'

세륜이 좋아하는 여자가 있다는 소문을 과에서 자신이 가장 마지막에 들었다. 황당하게도 그의 친구인 자신이 가장 늦게 소문을 접했다. 처음에는 너무 황당한 소문이라 웃었는데 그러고 보니 세륜이 이상했었다.

복학하고 얼마 뒤부터 빈 강의 시간에 잠깐씩 어디를 다녀왔고 최근에는 강의 시간 아니면 얼굴을 보기 힘들었다. 무슨 일이 있냐고 물었을 때 그는 나중에 이야기해 주겠다고 했었다.

세륜에게 좋아하는 여자가 생겼다는 걸 알자마자 당장 여환과 한준에게 연락했다. 그 결과 어제 세륜을 소환해 탈탈 털었다.

　어떻게 좋아하는 여자가 생겼는데 그동안 친구들에게 말하지 않을 수가 있느냐고, 소문으로 듣게 하느냐고 갖은 타박을 다 들은 뒤에 세륜이 입을 열었다.

　"하연수."

　세륜은 간단하게 자신이 좋아하는 여자라고 이름을 말한 뒤 넋이 나간 친구들의 얼굴을 무심하게 응시했다.

　"그게 다야? 그렇게 말하면 누군지 우리가 어떻게 알아?"

　좋아하는 여자가 생긴 것도 놀라운데 고작 그것만 알려주자 여환이 이맛살을 구겼다. 더 털어놔 보라는 말에 세륜이 기억나지 않느냐고 했다.

　"혹시 걔야? 반장? 맨날 반장만 하던 애?"

　한준이 혹시 같은 고등학교에 나온 그 반장이냐고 물었다. 여자 이름을 잘 기억하지 못하는 그가 연수의 이름을 기억한다는 게 의아했지만 세륜은 곧장 짧게 고개를 끄덕였다. 한준과 달리 진우와 여환은 바로 기억해 내지 못했다.

　"누구지? 반장? 우리들 반 반장 중에 하연수라는 애가 있었나? 진우, 너 기억나?"

　"아니. 우리 반 반장 이름도 기억 안 난다. 누구지? 한준아, 누구냐?"

　"1학년 때 김정화 반 반장. 김정화 찾는다고 옥상에 올라오기도 했는데."

여환이 펄쩍 뛰며 자신의 머리를 문으로 쳤던 그 애냐고 인상 썼다. 여환은 쫓아다녀도 왜 그런 애냐고 말했다가 세륜의 차가운 시선을 받았다.

"연수가 뭐 어때서. 예쁘기만 한데. 더 예뻐졌어."

세륜의 말에 세 사람은 뜨악한 표정을 지었다. 그가 진심으로 좋아해서 쫓아다니고 있다는 걸 확인한 그들은 경악했다. 아무리 기억을 더듬어봐도 연수가 뛰어난 미인은 아니었다. 그냥 평범했 었다. 그동안 엄청난 미인들과 숱하게 어울려 놀았는데 세륜의 눈 이 그렇게 낮을 수 있나 하는 충격을 받았다.

"걔 성형수술 했어?"

"자연 미인이야. 많이 안 변했어. 더 성숙해졌을 뿐이야."

여환과 자신이 한마디 하자 세륜은 정색하면서 연수를 감쌌다. 연수에 대해 안 좋은 말을 참아주지 않겠다는 그의 딱딱한 표정에 다들 입을 다물었다.

다른 테이블의 여자들이 합석하자고 다가왔는데 세륜이 나서서 거절했다. 다른 여자는 쳐다보지도 않겠다는 그의 태도에 다들 또 한 번 그의 진심을 느끼고는 다들 대경실색했다.

진우는 어디, 얼마나 예뻐졌기에 천하의 진세륜이 쫓아다니는 건지 구경이나 해보자는 생각에 따라왔다.

도서관 자리를 잡아야 한다고 집에 가지도 않고 도서관 근처 벤 치에 앉아서 자리 예약이 시작될 때까지 기다리는 모습에 정말 기 가 찼다. 여자에게 잘 보이겠다고 그동안 새벽같이 학교에 나와 자리를 잡았었다는 말에 뒤로 넘어가는 줄 알았다.

그리고 지금……

연수를 보고 좋아 어쩔 줄 몰라 하는 꼴을 본 진우는 진심으로 경악했다. 세륜이 이렇게 변하는 모습을 볼 줄은 꿈에도 몰랐다.

남에게 무관심한 애가, 특히나 그게 여자한테는 더한 애가 한 여자를 쫓아다닌다는 소문이 났을 때부터 알아봤어야 했다.

"염치도 없네. 밤새가며 자기 공부할 자리 잡아줬는데 고맙다는 인사도 없네."

진우의 비꼬는 말에 연수의 어깨가 흠칫했다.

"야, 정진우."

세륜이 그의 이름을 불러 경고했다. 그러자 진우의 얼굴이 와락 일그러졌다.

친구가 여자에게 쩔쩔매고 아양 떨고 있는 모습을 누가 좋아하겠는가.

진우는 자신의 눈에 잘난 친구가 아주 아까웠다. 하지만 세륜의 표정이 험악해지자 입을 닫고 고개를 돌렸다.

"연수야, 잠깐 집에 가서 씻고 다시 올게. 이따가 11시에 수업 들어가지? 수업 끝나고 같이 밥 먹을까?"

같이 밥을 먹었으면 좋겠다는 표정에 연수는 고개를 끄덕였다. 세륜은 그녀의 허락에 환하게 웃으며 열람실에 두고 온 가방을 챙기러 들어갔다.

"저기."

연수는 진우의 옷자락을 잡아당기며 그를 불렀다. 진우가 마지

못해 고개를 돌렸다.

"왜?"

"고마워. 자리 잡아주고 있어서."

"그건 세륜이한테 하지?"

"응. 할게. 고마운 일인데 정말 염치없이 인사도 안 했네."

순순히 인정하는 모습을 보고 진우가 코웃음을 흘렸다.

"보니까 세륜이가 너한테 푹 빠진 것 같은데 넌 아니라면 단호
하게 거절해 줬으면 좋겠다. 세륜이 호의 받을 거 다 받으면서 미
지근하게 구는 거 좀 아니라고 본다. 쟤는 진심이야. 사람 진심을
즐기는 거 아니다."

연수의 눈이 커졌다. 이내 그녀의 입술이 바르르 떨리더니 닫혔
다.

잠시 뒤 세륜이 나오자 진우는 먼저 걸어갔다. 세륜은 이따가
시간 맞춰서 강의실 앞으로 가겠다고 다시 점심 약속을 확인하고
사라졌다.

연수는 지난 두 달간의 일을 떠올렸다.

좋아한다는 고백 뒤에 자신의 싫은 점을 다 고치겠다던 세륜은
정말 금연을 했다. 설마 진짜 단번에 담배를 끊을 줄은 몰랐다. 자
신이 알기로는 그는 고등학생 때부터 선생님들 몰래 담배를 피웠
었다.

담배를 끊은 2주일 만에 그는 다시 고백했다. 좋아한다고 만나자고.

또 거절했다. 그는 실망한 눈치였지만 포기하지 않겠다고 하더니 더 적극적으로 다가왔다.

지금까지 하루도 빠짐없이 아르바이트가 끝날 시간에 카페 앞에 찾아와 기다렸다. 그리고는 집에까지 차를 태워 데려다주었다.

한 달 전 계속 조르기에 자신의 시간표를 뽑아주었더니 강의가 끝나는 시간에 맞춰서 강의실 앞에서 기다렸다가 얼굴을 보고 갔다. 식사 시간에 맞춰 보러 올 때면 맛있는 음식을 많이 사주었다.

세륜은 자신에게 잘 보이려고 굉장히 노력하고 있었다.

처음에는 세륜의 고백을 진심으로 생각하지 않았다. 그런데 그의 행동 하나하나에서 진심이 묻어났다.

자신을 쳐다보는 눈빛, 자신을 발견하면 늘어나는 입매. 그리고 가끔씩 닿으면 움츠러드는 그의 손.

어쩌다 손이 스치면 세륜은 주먹을 꽉 쥐었다. 그러다 눈치를 보며 조심스럽게 손이 아닌 손가락을 잡아왔다. 자신이 그 손을 빼면 아쉬운 표정으로 웃었다.

한 남자가, 그것도 잘생기고 인기 많은 남자가 자신을 따라다니는 것은 솔직히 기분이 나쁘지 않았다. 세륜이 자신에게 맞춰주고 살뜰하게 챙겨주는 게 솔직히…… 좋았다.

"나도 여자의 허영심이 있었나. 좋아하는 거 뻔히 알면서 즐겼었나."

세륜의 호의를 받으면서 미지근하게 구는 걸 하지 말아줬으면 한다는 진우의 말에 가슴이 찔렸다.

연수는 진우의 말대로 아니라면 단호하게 거절해야 한다고 생각했다. 그러자 그동안 자신에게 지극정성으로 잘해준 세륜에게 미안해지기 시작했다.

강의실을 나오자 사람들이 다 어느 한곳을 주시하고 있었다. 그곳에는 세륜이 벽에 등을 기대고 서 있었다.

갑자기 이곳에 나타나 한 여자를 쫓아다니기 시작한 진세륜. 그의 인기 때문에 덩달아 자신도 유명세를 치르고 있었다.

"수업 잘 들었어?"

"응."

세륜은 자연스럽게 연수의 손에서 책을 빼앗아 들었다. 그는 묘하게 가라앉은 연수의 얼굴에 걱정스러운 눈빛을 했다.

"어디 아파?"

"아니. 그냥 피곤해서."

"아르바이트…… 아니다. 점심 뭐 먹을까? 보양식으로 먹을까? 삼계탕이나 장어 덮밥. 어때?"

"저기, 이야기 좀 해."

불길한 예감에 등골이 스산해질 때가 있다. 세륜은 지금 그걸 느꼈다. 그는 흔들리는 눈으로 연수를 응시했다.

"밥 먹고 하자."

애써 입꼬리를 올린 그는 걸음을 옮겼다. 연수는 그의 팔을 잡아 세웠다. 갑자기 닿는 그녀의 손길에 놀란 세륜이 몸을 돌렸다. 연수는 그의 손에 들린 자신의 책을 도로 가져갔다.

"세륜아, 그만해."

"뭐를?"

"너 이런다고 해도 너 안 만날 거야."

"갑자기 왜 이래? 우리 서로 가까워지고 있던 거 아니었어?"

조금씩 연수의 마음이 열리고 있다고 생각했던 세륜은 갑작스러운 거절에 당황했다.

"아니었어."

"아침까지만 해도 같이 밥 먹기로 약속했고……. 아, 혹시 진우 때문에 기분 상했어? 그래서 그래?"

연수는 고개를 저었다.

"이제 그만 그냥 둬서는 안 될 것 같아서. 나는 네가 금방 포기할 줄 알았어. 그래서 그냥 둔 건데 너무 길어졌어. 네가 진심인 거 알겠어. 그래서 이렇게 거절하는 거야. 네 진심 받아줄 수 없으니까."

"……거절은 이미 두 번이나 받았었어."

"이번엔 진짜야. 나 다시는 너 안 봤으면 좋겠어. 미안해."

연수는 고개를 숙여 사과한 뒤 걸어나갔다. 정중한 거절에 당황하던 세륜은 뒤늦게 그녀를 쫓아가 잡았다.

"내가 뭐 잘못했어?"

"아니."

"그럼? 부족해? 더 잘할게. 네가 부담 느낄까 봐 눈치 보느라 잘못했나 보다. 더 잘할게. 그러니까⋯⋯."

"이러지 마. 정말 이러지 않았으면 좋겠어. 앞으로는 이곳에 오지 마. 카페 앞에도. 어디서든 너 안 봤으면 좋겠어."

냉정하게 거절한 연수는 차갑게 내쳐진 세륜을 두고 자리를 떴다.

시험 기간이라 공부를 해야 하니 도서관에 올 줄 알았다. 그런데 연수는 오지 않았다. 텅 빈 옆자리에 몇 명의 사람들이 와서 자리가 비었냐고 물을 때마다 세륜은 찢어 죽일 듯이 노려봤다.

"갑자기 왜."

연수가 아르바이트하는 가게 앞에서 그녀를 기다리며 그는 뭐가 잘못된 것인지 생각했다.

한참 뒤 연수가 나오자 세륜은 다가가 그녀의 앞에 섰다.

"오지 말라고 했잖아."

"왜, 왜 안 되는 건데? 내가 그렇게 싫어? 뭐 때문에? 다 고친다고 했잖아."

"싫은 게 아니야. 네가 좋아지지 않아서 그래."

"싫은 게 아니면 조금 더 시간을 줘. 내가 더 노력할게, 날 좋아할 수 있게 노력할게."

"아니. 더 노력해도 널 좋아하는 일은 없을 거야."

"연수야!"

세륜이 팔을 잡자 연수는 팔을 휘둘러 떨쳐 냈다. 거칠게 내쳐진 자신의 손을 망연히 보던 그가 흔들리는 눈으로 연수를 응시했다.

"미안. 그리고 여기 오지 말아줘."

눈을 보며 다시 거절한 연수는 지하철역으로 걸어갔다.

그녀를 따라가고 싶었지만 다리가 움직이지 않았다. 절대 오지 말아달라고 따라오지 말라는 그 차가운 시선에 다리가 얼어붙었다.

"왜…… 왜 안 되는 건데. 내가 널 얼마나 좋아하는데."

연수를 따라다니면서 감정이 더 커졌다. 좋아 미친다는 게 어떤 건지 알아버렸다. 연수가 가끔씩 자신에게 보여주는 미소에 행복했다. 그런데 연수가 절대 자신을 좋아할 일은 없을 거란다.

세륜은 제 사랑을 외면 받은 아픔과 거절당한 고통에 가슴이 뻐근해졌다.

헐레벌떡 달려왔는데 도서관 자리는 다 차버렸다. 짜증 섞인 한숨을 내쉰 연수는 이제 갓 7시가 넘은 시각을 확인하고는 허탈하게 웃었다.

"도대체 몇 시에 와야 하는 거야?"

좋은 자리는 아니더라도 남아 있을 줄 알았는데 하나도 없다니.

연수는 어떻게 할지 고민했다. 이제 기말고사만 남았다. 다음 주 시험까지 강의도 없었다. 도서관에서 종일 시험공부를 하려고 했던 그녀는 자리를 잡지 못해 발을 동동 굴렀다.

장학금을 놓치면 또 휴학해야 할지도 몰랐다.

지금 이렇게 발을 동동 굴릴 시간도 없다고 생각한 연수는 일단 열람실 안으로 들어갔다.

빈자리에서 공부하다가 자리 주인이 오면 다른 자리를 찾고, 그렇게 메뚜기 짓을 세 번 하자 집중도가 떨어지면서 짜증이 팍 솟았다.

연수는 포기하고 집으로 돌아갔다.

다음 날 6시에 온 연수는 황당해서 웃음도 나오지 않았다. 길게 줄을 선 사람들을 보고 넋 놓고 있다가 누군가가 줄을 서자 재빨리 뒤에 섰다.

한참 기다렸는데 저 앞에서 사람들이 벌써 자리가 다 찼다며 짜증을 냈다.

1학년 때는 시험 기간에 아르바이트로 바빠 도서관을 아예 이용하지 않았었다. 2학년 때부터 학과 건물 안에 있는 도서관을 이용했었다. 학과 건물 안에 있는 도서관이 저번 중간고사 후에 재정비한다고 문을 닫아 이번에 어쩔 수 없이 학교 도서관을 이용하기로 했다. 시험 기간에 학교 도서관을 처음 이용했기에 이렇게까지 자리 경쟁이 치열할 줄은 몰랐다.

"세륜이는…… 몇 시에 와서 자리를 잡았던 거야?"

말을 내뱉은 연수는 자신의 얼굴을 감쌌다.

그제 본 세륜의 얼굴이 계속 잊히지가 않았다. 너무나 상처받은 표정. 어떻게 해야 할지 모르겠다는 듯 아득한 얼굴. 그리고 뒤이어 그가 웃는 얼굴이 떠올랐다.

자신을 보며 서늘한 눈매를 접어 웃었던 그 얼굴이 상처받은 얼굴과 반복해서 아른거렸다.

"왜 생각나지?"

자신이 좋다고 쫓아다니는 세륜과 사귈 생각은 정말 없었다. 그와 연애 생각은 전혀 없었다. 그러니 그의 몇 번의 고백에 계속 거절을 해왔었고, 진우의 이야기를 듣고 그의 진심에 대한 예의가 아니라 생각이 돼서 정식으로 거절했다. 조금 신경이 쓰이겠지만 괜찮을 줄 알았다. 그런데 생각 이상으로 그가 머릿속에 맴돌았다.

"공부해야지."

낮게 한숨을 내쉰 연수는 고개를 들고 포기한 얼굴로 도서관을 나섰다. 그때 누군가가 그녀의 팔을 잡았다.

놀라 몸을 움찔하고 돌아선 연수는 세륜인 걸 확인하고 눈을 크게 떴다.

겨우 이틀 만에 보는 건데 그가 굉장히 낯설었다. 아니, 그의 모습이 변해 있었다.

눈이 퀭했다. 입술은 부르텄고 얼굴은 창백했다. 어딘가 많이 아파 보였다.

"자리 못 잡았어?"

"어?"

"내 자리에서 공부해."

세륜은 자신이 들고 있던 자리 예약 종이를 연수의 손에 쥐어주었다. 그리고는 그는 쌩하게 도서관을 빠져나갔다.

멍하니 눈을 끔뻑거리던 연수는 손에 들린 종이를 물끄러미 내려다봤다.

"이게…… 뭐지?"

방금 자신에게 무슨 일이 일어난 것인지, 갑자기 세륜이 나타나서 왜 자신의 자리를 넘겨주고 간 것인지 곰곰이 생각하던 그녀의 눈이 커졌다.

"설마…… 나 때문에 자리 잡은 거야?"

아니겠지. 공부하려고 자리를 잡았는데 몸이 안 좋아서 가려다가 내가 보였던 거겠지. 한눈에 봐도 상태가 안 좋아 보였으니까.

연수는 그렇게 생각을 하며 침을 꿀꺽 삼키는데 목이 따가웠다.

그보다 자신이라면 자기를 찬 여자에게 이렇게 친절을 베풀 수는 없을 것 같았다. 봐도 못 본 척할 텐데.

갑자기 세륜이 자신에게 얼마나 잘했는지 머릿속에 스쳐 지나갔다. 생각해 보니 일방적인 그의 호의가…… 많이 고맙고 감동적이었다.

"쟤…… 뭐야?"

왜 갑자기 눈가가 뜨거워지는지 모르겠다.

연수는 속에서 뭔가가 뜨겁게 올라오자 재빨리 화장실로 향했다.

강의가 없는데 굳이 학교에 갈 필요가 있나 싶어서 독서실을 일 권으로 끊어서 다녔다. 그러다 시험이 있는 날 학교에 나와 시험을 치르고 도서관으로 향했다.

혹시나 했는데 역시나 자리가 없었다. 시무룩하니 도서관을 나서려고 하는데 누군가가 막아섰다.

흠칫 뒤로 물러난 연수는 고개를 들고 더 몸을 떨었다.

"세륜…… 아?"

"그동안 안 보이던데. 어디서 공부했어?"

지난주보다 더 초췌해진 몰골에 잔뜩 갈라진 목소리로 묻는 말에 연수는 작은 목소리로 독서실이라고 대답했다.

"오늘 시험 잘 봤어?"

"응? 응. 그런데 너…… 어디…….'

아프냐고 물으려던 연수는 입을 다물었다. 지금 눈앞에 있는 남자는 자신 때문에 이런 모습이라는 걸 여자의 직감으로 알아차렸다.

"자리 못 잡았으면 내 자리에서 해. 난 일이 있어서 가야 하거든."

이렇게 딱 맞춰서 기다리고 있었다는 듯이 타이밍을 제대로 맞춰서 나타나는 세륜을 보고 연수는 심경이 복잡해졌다.

"너…… 내 어디가 좋아서 이래?"

세륜은 자신의 핑계가 통하지 않았다는 걸 알아차렸다. 연수가 내내 자신이 이곳에서 자리를 잡고 기다리고 있었다는 걸 눈치채자 그는 쓸쓸하게 웃었다.

어디든 오지 말라고 해서 그녀가 올 곳에 기다렸다. 도서관에 오지 말라는 말은 없었으니 이곳에서 기다렸다.

이제는 이곳도 오지 말라고 하는 건가 싶어 세륜은 슬프게 웃었다.

"안 좋아해."

마지막이면, 지금이 보는 게 마지막이면…… 마지막으로 고백해 보자.

"사랑해. 사랑한다, 하연수."

그가 고개를 숙였다.

까칠하게 갈라진 입술이 자신의 입술에 닿자 연수는 놀라 반사적으로 그의 어깨를 살짝 밀어냈다.

잠깐 떨어지는가 싶더니 다시 입술이 닿았다. 그런데…….

세륜의 입술이 바르르 떨리고 있었다.

어디선가 야유 소리가 들렸다. 그제야 연수는 지금 도서관 안이라는 걸 인식했다. 세륜도 정신을 차렸는지 상체를 들고 물러났다.

"미안, 가자."

세륜은 연수의 손을 잡고 걸음을 옮겼다. 이 작은 손을 잡고 싶어서 눈치 보며 전전긍긍했던 기억에 그의 손에 힘이 실렸다.

연수를 자신이 주차해 놓은 차 앞까지 끌고 온 세륜은 막상 그녀가 순순히 끌려오자 어찌할 바를 몰랐다. 그저 가만히 자신이 쥔 작은 손을 내려다봤다.

"독서실 데려다줄게."

"세륜아."

연수의 부름에 세륜은 눈을 질끈 감았다. 이번에 거절받으면 이젠 정말로 물러날 결심을 했다. 자신은 절대 아니라는 여자를 놓아주려고 했다.

연수는 눈가에 주름이 질 정도로 눈을 꽉 감고 부르튼 입술을 잘근 깨무는 세륜의 얼굴을 올려다봤다. 그녀는 조심스럽게 그에게 잡히지 않은 손을 뻗었다. 볼을 손끝으로 매만지자 그의 볼이 씰룩거렸다.

잠시 뒤, 눈에 주름이 풀리고 그가 서서히 눈을 떴다.

자신을 보고 늘 웃었던 그가 지금은 고통스러운 얼굴로 자신을 보는 게 안타까웠다. 그러지 않았으면 좋겠다는 생각이 들었다. 그가 다시 자신을 보며 웃었으면 좋겠다.

연수는 그의 진심에 자신이 졌다는 걸 깨달았다. 이렇게 온몸으로 자신이 좋다고 울부짖는 그에게 희미하게 웃었다.

"나는…… 네 마음만큼이 아니야."

"……."

"그래도 괜찮다면…… 네 고백 받아들일게."

세륜의 동공이 흔들렸다. 그의 눈가가 일그러지는가 싶더니 그가 환하게 웃었다.

세륜은 근 세 달을 쫓아다닌 끝에야 얻은 사랑을 애지중지했다.

여환, 한준, 진우가 혀를 내두를 정도로 연수에게 헌신했다.

그런 그의 행동에 연수가 받는 감동은 커졌고, 그녀도 빠르게 그에게 마음을 열었다. 그렇게 6년을 넘게 두 사람은 사랑했다.

10. 우린 어쩌고 싶은 걸까

회상에서 벗어난 연수는 채워진 소주잔을 비웠다.

"술 먹지 말고 고기 먹어."

연수는 자신의 앞 접시에 올려진 살코기를 물끄러미 응시했다. 그리고는 고기를 굽느라 손에서 놓지 않았던 집게를 잠시 내려놓고 고기를 먹은 세륜이 다시 집게를 집는 걸 바라봤다. 그는 추가한 버섯이 다 구워지자 연수의 앞 접시에 놓아주고는 딱딱하게 식은 고기를 집어가 자신이 먹었다.

그러고 보니 세륜은 시간이 지나 식은 음식은 먹이지 않았다. 뜨거운 걸 먹지 못하니 호호 불어서 따뜻하게 식혀주었지만, 차갑게 식은 음식은 맛없다고 먹지 못하게 했다.

"누룽지 나왔습니다."

식당 직원이 쟁반에 누룽지 한 그릇을 들고 왔다. 세륜은 손을 뻗어 그 뜨거운 걸 받아 들고는 연수의 앞에 놓아주었다. 그리고는 자연스럽게 물을 붓고 숟가락으로 휘휘 저어 식혔다.

"먹어."

"응."

먹기 좋게 반찬도 가까이 밀어서 챙겨주는 세륜의 행동이 자연스러워 내내 보고 있던 대영이 또 감탄했다. 나중에 자신도 여자 친구가 생기면 세륜처럼 잘해줄 거라고 다짐도 했다. 대영의 말에 연수는 심장이 저릿했다.

사귀면서 세륜은 더 자신에게 잘했다. 매일 감동일 정도로. 그런데 언젠가부터 그 감동은 무뎌졌다.

어쩌다 감동을 느끼지 못했을까. 그리고 왜 헤어진 지금 다시 감동을 느끼는 걸까.

이곳에 오기 전 세륜과 싸운 게 생각나자 가슴이 따가웠다. 후회를 남기기 싫어서 더 챙겨주고 싶다고 하는 그를 추악한 질투 때문에 비난했던 게 다시 또 너무 미안해졌다.

세륜이 식혀준 누룽지를 한 입 먹은 연수는 목이 꽉 막힌 듯 넘어가지 않았지만 억지로 삼켰다. 그녀는 세륜이 정성껏 식혀준 누룽지를 꾸역꾸역 다 먹었다.

식사가 얼추 끝나자 다들 술을 마시는 데 집중했다. 연수도 그에 휩쓸려 꽤 술을 마셨다. 아니, 스스로 술잔을 집어 들고 마셨다. 그 모습을 본 세륜이 몇 번 말렸지만 그녀는 계속 술을 들이 컸다.

연수는 술을 마시면 창백하게 얼굴이 질려갔다. 그런데 자세는 여전히 반듯해서 사람들은 그녀가 취했다는 걸 눈치채지 못한다. 하지만 세륜은 익히 잘 알기에 이맛살을 구겼다.

"술 그만 마셔. 술도 안 좋아하는 애가."

세륜은 아예 연수의 잔을 빼앗았다. 그 모습을 앞에서 보고 있던 진우가 입술을 비죽였다.

"야, 첫 회식인데 마셔줘야지."

"연수 취했어. 그만 줘."

새 잔에 술을 따라서 주려는 진우의 손을 밀어내던 세륜은 작은 손이 튀어나와 그 잔을 가져가자 낮게 한숨을 내쉬었다.

"왜 그러는데. 아까 싸운 것 때문에 그래?"

권은정 때문에 싸운 게 짜증이 나서 이리 술을 마시는 건가 싶은 세륜은 그녀의 귀에 대고 작게 물었다.

"그것 때문에 그러느냐고. 알았어. 내가 잘못했어. 행동 조심할 게."

"아니야. 그것 때문이 아니야."

"그럼 뭔데? 표정이 왜 그래."

흐려지는 연수의 얼굴에 세륜이 그녀의 등에 손을 올리고 다정하게 문질렀다.

"자! 2차 갑시다!"

누군가의 말에 모두가 잔을 내려놓고 주섬주섬 일어나 옷을 챙겼다. 세륜도 자신의 코트와 연수의 코트를 챙겼다.

"아!"

자리에서 일어나던 연수가 비틀거리자 재빨리 세륜이 손을 뻗어 부축했다.

"코트부터 입어."

연수의 팔 하나를 코트 안에 넣은 세륜은 사람들이 먼저 빠져나가도록 길을 비켰다. 마지막으로 그녀를 부축하고 나온 세륜은 진우에게 들어간다는 눈짓을 보내고 건너편에 있는 회사를 응시했다.

대리를 부르고 회사로 돌아가 차를 가져가기에는 번거로워 그는 택시를 잡았다.

기사님께 연수의 집 주소를 말하고 고개를 돌린 그는 깜짝 놀랐다. 연수의 눈에서 눈물이 흐르고 있었다.

"연수야, 왜 울어."

"흑! 흐윽⋯⋯."

"연수야."

세륜은 그녀의 어깨를 끌어안았다. 연수는 그의 가슴에 얼굴을 묻고 작게 흐느꼈다.

집에 도착할 때까지 연수는 계속 울었다. 세륜이 몇 차례 이유를 물었는데 그녀는 고개를 절레절레 흔들고는 대답도 없이 계속 울었다. 묻지 말아달라는 그녀의 행동에 세륜은 그저 그녀의 눈물을 닦아주기만 했다.

집 안으로 들어와 보일러 온도부터 높인 세륜은 연수의 코트를 벗겼다.

"흡…… 흐으윽…… 흐아앙……."

집에 들어오자 연수는 숨죽이며 울던 걸 터트렸다.

"도대체 왜 우는 건데. 연수야. 하연수. 하아, 연수야."

"미, 미안…… 끅…… 흐으읍!"

"미안하다니 뭐가. 뭐가 서러워서 이렇게 우는 거야. 연수야, 그만 울어. 응?"

끅끅거리며 우는 걸 잠자코 지켜보던 세륜은 코트와 재킷을 벗었다. 넥타이도 벗고 소매 단추를 푼 그는 울고 있는 연수의 옷에 손을 가져갔다.

"계속 울 거야?"

연수가 고개를 끄덕였다. 세륜은 지금 그녀가 술을 많이 마셔서 더 감정적이라는 걸 깨달았다. 이럴 때 울게 되면 조절이 안 된다는 걸 알기에 그는 울지 말라는 말을 포기했다.

"옷 갈아입자."

연수가 입은 블라우스 단추를 푼 그는 자신의 손을 밀어내는 걸 가볍게 치워내고 벗겨냈다. 안에 입은 민소매 티도 벗겨낸 뒤 연수가 잠옷으로 입는 원피스를 머리 위로 씌웠다.

"팔 넣어."

고분고분하게 팔을 넣는 연수의 뒷머리를 잘했다고 쓰다듬은 그는 치마 지퍼를 내렸다. 치마를 벗겨 내면서 원피스 자락을 내려 그녀의 허벅지를 가렸다. 그는 원피스 자락 안으로 다시 손을 넣어 스타킹도 벗겨냈다.

"우리 연수 뭐가 서러워서 계속 울까."

연수는 입술을 달싹였다.

세륜이 해준 것들을 떠올리자 미안해서 눈물이 쏟아졌다. 그가 자신에게 해준 것만큼 자신은 해준 게 없어서 미안해서……. 너는 많은 걸 해줬는데 그래도 부족하다고, 더 해주고 싶다는 너에게 면목이 없어서…….

"미, 미안…… 끅! 해서."

"뭐가 미안하다는 건지 모르겠다. 난 너한테 사과받을 거 없는데."

연수가 더 서럽게 울기 시작했다. 세륜은 자신이 말을 잘못한 건가 싶어 고개를 기울였다.

"알았어. 연수야, 알았어."

세륜은 연수를 품에 안고 등을 토닥거렸다. 그러자 연수의 울음이 잦아들었다. 그는 지금 그녀에게 필요한 건 온기라는 걸 깨닫고는 입을 닫고 가만히 안아주었다.

한참 뒤 세륜은 우느라 기운이 빠진 연수를 침대에 눕히고 그 옆에 누워 팔베개를 해주었다. 연수가 몸을 돌려 그의 가슴에 다시 얼굴을 묻었다. 그 상태로 조금 더 흐느낀 뒤에야 연수의 눈물이 완전히 멎었다.

"다 울었어?"

"……응."

"내일 일어나면 머리 아프겠다. 술 마시고, 울고."

"미안해. 너무…… 미안해."

"그래. 알았어. 용서할게. 괜찮아. 연수야, 다 괜찮아."

뭘 사과하는지도 모르면서 다 괜찮다고 하는 그의 말에게 그러지 말라고, 너무 그렇게 자신에게 너그럽지 말라고 연수가 주먹으로 그의 가슴을 때렸다.

세륜은 자신의 가슴을 맥없이 때리는 손을 잡았다.

"기력도 다 빠졌으면서. 가만히 누워 있어. 물 가져다줄게, 마시고 자."

연수는 일어나 침대를 벗어나는 세륜의 팔을 붙잡았다. 그가 의아한 눈으로 돌아봤다.

"왜? 뭐 필요한 거 있어?"

"넌 왜 늘…… 그래?"

"뭐가? 내가 늘 뭘 그랬는데?"

다시 그렁그렁해지는 눈에 세륜이 낮게 탄식했다. 자꾸 울어서 속상하게 하는 그녀의 눈을 손으로 덮어 가렸다.

"하연수. 사람 미치는 꼴 보고 싶어? 왜 또 울려고 그래."

"네가 너무…… 잘해주니까."

"내가 잘해주면 뭘 얼마나 잘해줬다고."

"아니야, 너는…… 넌 다 해줬는데 난 해준 게 없어. 너에 비하면 난……. 그래서 너무 미안해."

세륜은 왜 연수가 계속 미안하다고 사과했는지를 알아차렸다. 그런데 그 이유가 그는 황당했다.

"너하고 날 왜 비교해. 그리고 너도 나한테 잘했어. 내가 네 옆에서 행복했으면 된 거잖아."

"아니야. 네가 해준 게 얼만데. 나는…… 다 받기만 한 것 같아."

"연수야, 네가 미안해하고 사과할 게 아니야. 네가 나 때문에 편하고, 즐겁고, 행복했다면 다 돌려받은 거야. 네가 웃으면 난 더 행복했어."

세륜은 손바닥이 젖어들자 손을 떼고 다정하게 눈물을 닦아주었다.

"내가 어떻게 해야 할까? 잘해줬다고 이렇게 울면 난 어떻게 해. 내가 너한테 잘하는 건 당연했는데 왜 갑자기 그런 이유로 우는 거야. 이건 울 만한 이유가 안 되는데."

"네가 너무 다정하니까……."

"내가 짜증 내고 화내고 못되게 굴었던 거 기억 안 해주는 건 고마운데, 이렇게 너무 날 좋은 남자로 생각해 주는 것도 좀 아니다."

세륜은 손가락을 가볍게 튕겨 연수의 이마를 때렸다. 무슨 큰일이라도 난 것처럼 울어서 걱정했더니 이유가 허무했다. 그래도 나쁘지는 않았다. 그는 연수가 자신의 좋은 것만 기억하고 있으니 기분이 좋았다. 그리고 그녀가 굉장히 사랑스럽게 느껴졌다.

세륜은 우느라 열이 오른 연수의 얼굴을 손으로 감싸고 고개를 내렸다.

촉.

참지 못하고 붉은 입술에 가볍게 키스했다. 부드럽고 촉촉한 입술에 살짝 닿은 것뿐인데 고작 그것 하나에 그의 몸에 확 열기가 돌았다.

거리가 아주 가까웠다. 예전에는 시도 때도 없이 이 거리간을 즐겼었다. 오로지 둘만 존재한다는 듯 꼭 붙어 있었다.

흐트러진 세륜의 숨이 자신의 얼굴 위로 뿌려지자 연수의 눈꺼풀이 잘게 떨렸다.

세륜의 숨소리만 들어도 그가 자신을 원하고 있다는 걸 알 수가 있었다.

자신은 전혀 모르겠는데 그는 자신의 체 향이 좋다고 했다. 이렇게 가까이 있을 때면 숨을 깊이 들이마시고는 내쉬기 싫다는 듯 느릿하게 숨을 내뱉었다. 평소보다 숨을 내쉬는 게 느려지면서 그의 호흡은 흐트러졌다.

천천히 세륜이 내쉬는 숨 일부가 연수의 들숨이 되었다. 세륜의 향이 가득 담긴 숨을 쉰 그녀의 몸이 익숙한 향기에 조금씩 반응하기 시작했다.

"연수야."

애타는 목소리. 늘 자신을 품을 때면 간절하게 부르는 낮은 목소리.

몽롱하게 이성을 녹이는 달콤한 부름에 연수가 흐느끼듯 대답했다.

"으응."

세륜은 이대로 고개를 내려 더 입을 맞추고 싶었다. 깊이 입을 맞추고 연수를 품고 싶었다.

그는 열망이 가득한 눈으로 연수를 내려다봤다. 그의 강렬한 시신을 그녀가 알아차리지 못할 리가 없었다.

세륜과 시선을 맞춘 연수의 눈도 그에게서 옮아 열망이 담기기 시작했다.

　서로를 느끼지 못한 지 일 년이 지난 것도 아니었다. 반년은커녕 겨우 몇 주인데 몸은 너무 오래 떨어져 있었다는 듯, 그래서 많이 그리웠다는 듯 빠르게 달아올랐다.

　연수의 손이 올라왔다. 세륜은 그 손이 자신을 밀어낼 거라 생각했다.

　"연수야."

　'제발.'

　뒷말을 속으로 삼킨 세륜은 그녀의 이마에 자신의 이마를 댔다. 너무 가까워 시야 확보가 되지 않자 연수는 눈을 질끈 감았다.

　"세…… 륜아."

　연수의 손이 세륜의 어깨에 닿았다. 그의 어깨가 축축하게 젖어 있어서 놀란 그녀가 손을 움츠리며 뗐다.

　연수의 손이 조금 위치를 이동해 그의 가슴에 닿았다. 그곳도 젖어 있자 연수의 감은 눈이 잘게 떨렸다.

　자신의 눈물로 이렇게 다 젖었는데도 그는 아무런 말이 없었다. 젖은 옷을 입고 있으면서 조금의 불쾌함이 들었을 텐데 그는 전혀 그런 내색을 비추지 않았다.

　연수는 그의 다정함이 손에 느껴지자 심장이 요동쳤다. 이 순간 그의 다정함이 고맙고 너무나 사랑스럽게 와닿았다.

　연수가 턱을 들고 세륜의 입술에 자신의 입술을 비볐다. 실수로 스치듯 닿은 게 아니라 의도적으로 와닿는 입술에 세륜의 몸이 움찔했다.

"나 못 참는 거 알잖아."

싸우다가도 몸이 훅 달아올라 참을 수 없을 때가 많았다. 그런데 그녀를 잡고 싶어서, 다시 갖고 싶어서 미치는 지금 더 참기 어려웠다.

세륜의 말에 연수는 지금 자신들이 이래서는 안 된다는 생각이 들었다. 하지만…….

결국 참지 못한 세륜이 연수의 입술을 빨아들였다. 입술을 빨아들이고, 핥고, 깨무는 그의 키스에 연수의 사고가 멈췄다.

"으응…… 하아…….."

연수의 신음에 세륜의 가슴이 크게 부풀었다가 가라앉았다. 완전히 흥분한 그는 연수의 입안으로 혀를 밀어 넣으면서 그녀의 몸을 타고 올랐다.

연수의 허벅지를 자신의 다리 사이에 가두고 올라간 그는 고개를 꺾어 더 깊이 연수의 입안을 맛봤다.

고른 치열을 건드리고 볼 안쪽의 여린 살을 찌르고 훑은 혀가 숨어들어 가는 혀를 잡아챘다. 끈적하게 비벼지던 혀가 통째로 뽑힐 정도로 빨아들이자 연수가 작은 고통을 토하면서 그의 목에 팔을 감았다.

"으음…….."

머리카락 안으로 들어온 작은 손이 자신의 머리칼을 헤집는 야릇한 감각에 세륜의 입에서도 신음이 흘러나왔다.

세륜의 손이 옷 위로 연수의 가슴을 더듬었다. 그리고는 옆으로 흘러내려 가 허리선을 따라 움직이다 골반을 틀어쥐었다.

"아아!"

입술을 벗어난 뜨거운 입술이 턱 아래로 내려가 목덜미를 깨물었다. 아찔한 통증에 연수가 몸을 비틀자 세륜이 더 강하게 골반을 쥐었다. 그의 혀가 깨문 자리를 뭉근하게 문지르면서 깨물던 것과 다른 감각을 선사했다.

"하아, 하아……. 계속 괜찮겠어?"

골반을 벗어난 손이 치맛자락을 끌어 올리고 있었다. 팬티 선까지 끌어 올린 치마 안으로 손을 넣은 세륜이 물었다.

눈을 뜬 연수가 흐릿해진 시선으로 그의 얼굴을 응시했다. 열에 들떠 탁해지고 위험하게 빛나는 눈동자가 그녀를 담고 있었다. 연수는 그의 눈동자 안에 자신의 모습을 보고 한숨처럼 신음을 흘렸다.

자신의 색정 어린 표정을 그의 눈동자 속에서 확인한 연수는 거짓말을 할 수가 없었다. 지금 그녀는 그 누구보다 세륜을 원하고 있었다.

"계속…… 해."

말이 끝나기가 무섭게 세륜은 연수의 원피스를 끌어 올려 벗겨 냈다. 원피스를 끌어 올리는 것에 맞춰 몸을 들썩이던 연수는 침대 밖으로 던져지는 원피스를 보고 마른침을 삼켰다.

세륜은 상체를 일으키고 셔츠 단추를 풀었다. 얼마 안 가 셔츠도 원피스와 마찬가지로 침대 밖으로 던져졌다. 그리고 곧장 금속이 부딪치는 소리가 났다.

연수는 바지 벨트를 풀고 바지 지퍼를 끄른 그가 거침없이 바지를 내려 발아래로 차서 벗는 걸 보고 눈을 감았다.

뜨거운 온기가 온몸을 덮쳐 왔다. 연수는 그가 다시 상체를 숙이고 자신을 가두는 걸 느꼈다.

"이상해. 처음보다 더 떨리는 것 같아."

6년 전, 여행지에서 연수를 안을 때의 그 떨림을 아직도 잊지 못한다. 그때보다 지금 더 흥분되고 떨려서 등골이 오싹할 지경이었다.

세륜은 조심스럽게 연수의 등 뒤로 손을 넣었다. 브래지어 훅을 손쉽게 풀어낸 그는 고개를 숙여 이로 끈을 물어 내렸다. 브래지어 끈을 물 때 이가 살갗을 긁자 연수가 몸을 떨었다. 세륜은 그녀의 팔꿈치 부근까지 브래지어 끈을 내린 뒤 고개를 들었다. 마찬가지로 반대쪽 끈도 이로 끌어 내렸다.

입으나 마나 한 것이 되어버린 브래지어는 연수의 몸에서 분리되어 가슴 절반을 드러냈다. 세륜은 연수의 팔을 접어 브래지어를 벗겼다.

둥그스름하게 모양이 좋은 가슴 위로 그의 손이 올라갔다. 양손으로 가슴을 가볍게 쥐고 부드러운 살과 탄력을 음미한 그가 그곳에 얼굴을 묻었다.

"미칠 것 같아, 연수야. 어떻게 이렇게 부드러울 수 있지?"

그녀의 가슴 사이에 코를 묻고 체 향을 맡은 세륜은 허리 아래로 피가 쏠리자 몸서리쳤다.

세륜이 가슴 윗부분보다 더 부드러운 아래부터 공략했다. 가슴 아래를 입술로 비비고 빨아 깨문 뒤 혀로 길게 가슴을 핥았다. 그는 아래부터 가슴을 가로질러 위에까지 쭉 핥아 올렸다. 중간에 툭 튀어나온 유두가 혀에 튕겨졌다.

"아앙! 아흐응……."

연수가 신음하며 자신의 머리를 끌어안자 그는 본격적으로 애무를 시작했다.

가슴이 아릿해질 정도로 계속 이어지는 애무에 연수의 신음이 짙어져 갔다. 혀에 희롱당하는 유두와 그의 손가락에 괴롭힘당하는 유두를 본 연수가 가슴을 들썩였다.

입안으로 빨려 들어갔다가 뱉어지는 가슴이 그의 타액으로 젖었다. 혀끝으로 유두를 여러 번 튕기다가 핥아 올리던 그가 눈을 위로 치떴다.

섹시한 그의 눈매에 연수가 목이 말라오자 자신의 혀로 입술을 축였다. 그걸 본 세륜이 그녀의 가슴을 강하게 쥐고 비틀었다.

"하아, 아아…… 하아, 하아."

간헐적인 연수의 숨에 세륜이 입매를 말아 올렸다. 그는 손을 내려 그녀의 허벅지를 쓸어 만졌다. 매끈하고 촉감이 좋은 살결이 그를 더 흥분시켰다.

연수의 다리 하나를 접어 올린 그는 도톰한 종아리를 깨물었다. 강하게 빨아들여 키스 마크를 새긴 그는 허벅지 안쪽으로 상체를 숙였다.

자신의 몸과 달리 연수는 몸 전체가 다 부드러웠다. 이대로 먹어치우면 입안에서 녹아 형체도 없이 사라질 것 같았다.

세륜은 연수를 삼키고 싶은 강한 욕망에 이를 세워 자국을 남겼다. 연수가 시트 자락을 쥐고 허리를 휘며 다리를 거둬 가려 힘을 주자 그는 가녀린 발목을 낚아채고는 고개를 흔들었다.

"지금은 다 내 거야."

그러니 빼앗아가지 마.

이 순간은 네가 내쉬는 숨도 다 내 것이다. 너마저도 너를 내게서 가져갈 수 없다.

세륜은 강한 소유욕이 피어오르자 그녀의 온몸을 결박하듯 자신의 몸으로 내리눌렀다.

그의 손이 골반에 걸쳐진 팬티를 끌어 내렸다. 무릎 아래로 밀어 내린 팬티에서 연수의 다리 하나를 빼내고는 그대로 다리를 가르고 자리를 잡았다.

세륜은 연수의 손을 잡아 자신의 하체로 가져갔다. 드로어즈를 뚫을 기세로 크게 부푼 그의 페니스를 감싼 연수는 그가 내뿜는 열기에 현기증이 일었다.

연수가 자신을 매만지는 사이 세륜은 그녀의 다리 사이로 손가락을 가져갔다. 음모를 헤치자 도톰한 클리토리스가 만져졌다. 살살 누르고 흔들어 자극하자 연수가 상체를 들썩였다.

"으응…… 흐으응…… 아앗!"

위아래로 비비던 손이 아래로 내려가 촉촉한 입구 안으로 무례하게 침범했다. 예고도 없이 이루어진 그 침입에 연수의 미간이 찌푸려졌다.

"연수야…… 크윽!"

여성 안을 손가락으로 긁어내고 문지르자 연수가 그의 속옷 안으로 손을 집어넣어 페니스 기둥을 훑어 내렸다. 저 아래 단단하게 뭉친 곳을 손안에서 굴려 만지고 다시 기둥을 훑고 올라와 귀두를 엄지로 문질렀다.

눈앞이 캄캄해질 정도로 전율이 치솟자 세륜은 등을 굽혔다. 여성의 안에서 손가락을 뺀 그는 성급하게 드로어즈를 벗고 연수의 다리를 넓게 벌렸다.

여성 입구에 자신의 페니스를 가져간 그는 콘돔을 끼지 않은 걸 인지하고는 가까스로 허리를 뗐다.

"콘돔 버리지 않았지?"

"……으응."

세륜은 늘 놓아둔 서랍을 열어 콘돔 하나를 꺼냈다. 이로 비닐을 찢은 뒤 콘돔을 페니스에 씌운 그는 단번에 연수의 안으로 들어갔다.

"하악!"

"큭!"

동시에 두 사람이 신음을 흘렸다. 세륜은 연수의 얼굴 옆으로 손을 짚은 뒤 허리를 느릿하게 움직였다. 당장 빠른 피스톤 운동을 하고 싶었지만 그러면 연수를 안는 시간이 짧아질 것 같아 참아냈다.

땀이 흥건하게 배어 나온 그의 등을 연수가 감싸 안았다. 땀에 손이 미끄러졌다. 그녀는 그의 등에 팔을 두르고 깍지를 꼈다.

"연수아, 아아…… 하연수. 연수야."

세륜의 두 손이 연수의 몸 뒤로 들어갔다. 한 손은 그녀의 뒷머리를 감쌌고, 다른 손은 허리를 감쌌다. 그는 그녀를 바짝 끌어당기고 허리를 움직였다.

"흐읏! 흐응응…… 하앗!"

"하아, 아흑! 크읏!"

도저히 참을 수 없는 감각에 신음은 높아졌다.

세륜은 연수의 얼굴 곳곳에 입을 맞췄다.

연수를 안을 때면 여러 감정이 한꺼번에 터졌다. 그 감정들은 다 찬란하고 영롱했다. 다채로운 감정들은 세상 그 누구보다 자신을 행복한 사람으로 만들어준다.

한 사람을 품는 데 육체적으로가 아닌 정신적으로 이런 희열이 있을 거라고는, 이런 황홀이 있을 거라고는 연수를 만나기 전에는 몰랐다.

세륜의 허릿짓이 점점 빨라지기 시작했다. 관절이 하얗게 될 정도로 깍지 낀 손에 힘을 준 연수는 그의 어깨에 얼굴을 묻고 흐느꼈다.

"세륜아…… 아앗!"

"응. 조금만 더……."

허리를 감싼 손이 내려가 엉덩이를 꽉 쥐었다. 세륜이 더 빠르고 강하게 안으로 파고들자 연수는 그 격렬함에 전율했다.

여성 안을 찌르고 문지르는 남성에 아랫배에 힘이 잔뜩 가고 발등이 굽어졌다. 단단한 남성이 안을 휘저을 때마다 머릿속이 새하얘졌다.

어느 순간 연수가 숨이 턱 막히는 소리를 내고 깍지 낀 손을 풀어 세륜의 등을 손톱으로 긁었다. 세륜은 숨이 가빠하는 그녀에게 입을 맞춰 자신의 숨을 불어넣었다.

여성이 잔뜩 수축하고 경련하는 걸 느끼며 세륜은 더 피치를 올렸다.

"크윽! 크흣!"

근육이 크게 팽창하는가 싶더니 세륜도 절정에 도달했다.

오랜만에 깊은 잠을 잤다. 아예 잠을 못 자는 정도의 심각한 수준의 불면증은 아니었지만 요즘 잠을 깊이 못 자서 자다가 여러 번 깼다. 그런데 어제는 잠을 잔 뒤로 새벽에 단 한 번도 깨지 않았다.

숙면에 기분 좋게 눈을 뜬 연수는 커다란 손을 먼저 발견했다. 자신이 누군가의 팔을 베고 있다는 걸 깨달은 그녀는 등에 닿는 체온에 천천히 고개를 돌렸다. 아직 잠이 든 세륜의 얼굴을 본 그녀는 어제의 일을 떠올렸다.

세륜과 두 번 몸을 섞었다. 그 두 번이 다 뚜렷하게 기억이 났다.

취기에 잠을 잔 게 아니었다. 그렇다고 그의 몸이 그리워서 잔 것도 아니다. 어제는…… 그가 사랑스러워서 그를 원했었다.

"아아……."

헤어진 연인. 그래도 아직 사랑하는 사람. 하지만 같이 자는 건······.

연수는 머릿속이 복잡하게 얽혀 들어갔다.

그녀는 세륜의 품에서 벗어나기 위해 바르작거렸다. 허리에 둘러진 팔을 거두는데 뒤에서 낮은 목소리가 들렸다.

"더 자."

세륜은 연수의 허리를 끌어당기고 그녀의 등을 자신의 가슴에 붙였다. 연수는 몸을 돌려 그의 가슴에서 몸을 떼고 엎드렸다.

"세륜아, 우리······."

베개에 얼굴을 묻고 연수가 입을 열자 세륜이 그녀의 말을 끊었다.

"연수야. 그냥 잠깐만 가만히 있자. 이대로 잠깐만."

세륜은 연수의 가녀린 등을 커다란 손으로 매만졌다. 상체를 들어 그녀의 어깨에 얼굴을 묻고 낮은 한숨을 내쉬었다.

"우리 어제는······."

"쉿. 네가 무슨 생각하는지 알아."

세륜은 연수의 툭 튀어나온 날개뼈를 감쌌다. 그는 그녀의 등으로 얼굴을 내려 다정하게 입을 맞췄다.

헤어진 연인과 하는 아침 인사치고는 굉장히 야릇했다.

아니, 헤어진 연인과 아침에 같은 침대에서 눈을 뜨는 있어서는 안 되는 상황에서 이런 인사에 놀라고 있다니. 도대체 자신은 지금 뭐 하고 있는 거지?

"세륜아."

"그냥 아무 생각도 하지 마."

"어떻게 생각을 안 해. 우리는 헤어졌잖아. 이래서는 안 되는 거잖아."

"안 된다는 법 있어?"

"진세륜! 우리…… 친구가 되자며. 연인이 하는 거 하나씩 줄이자고……. 그런데 이건……."

"너는 말 들으라고 할 때는 듣지도 않으면서 왜 꼭 이런 건 다 기억하고 따지고 들어."

연수는 고개를 돌려 그를 흔들리는 눈으로 쳐다봤다.

"어제 우리 좋았잖아. 그럼 된 거지."

"너는 대체…… 무슨 생각인 거야?"

"글쎄. 무슨 생각인 걸까. 몰라. 지금은 생각 안 할 거야."

세륜은 연수의 몸을 다시 돌리고 껴안았다. 부드러운 여체에 몸이 깨어나고 있었지만 그는 잠자코 포옹만 했다. 하지만 그의 하체 쪽의 상황을 눈치챈 연수가 엉덩이를 뒤로 뺐다.

"세륜아, 팔 좀 풀어봐."

"하연수. 그냥 좀 가만히 있지? 너 이럴 때 진짜 짜증나."

헤어졌는데 잠을 잤다. 술김에 한 일은 분명 아니었다. 두 사람 다 이성이 있었다. 서로가 서로를 원했고, 뜨겁게 사랑을 나누었다. 아직은 둘 다 서로를 사랑하고 있으니 단순한 섹스가 아니었다. 어제 분명 감정적인 교류가 있었다. 사랑을 나눈 거였다. 그렇지만 자신들은 헤어진 사이였다.

여러 가지가 복잡하게 얽히고설켜서 뫼비우스 띠처럼 연결되어 어디서부터 잘못된 것인지 알기 어려웠다. 그런데 연수는 기어코 어디서부터 잘못된 건지 찾아내 끊으려고 했다.

자신은 복잡해서 그냥 내버려 두고 싶은데, 지금 중요한 건 우리가 같이 있다는 건데 연수는 그러지 않으니 짜증이 난다.

"일어나 봐. 우리 이야기 좀 해."

"무슨 이야기."

결국 세륜은 몸을 일으켰다. 그는 이불로 몸을 가리는 연수에게 이야기를 해보라고 턱짓했다. 그런데 한참 동안 연수는 입을 열지 못했다.

"……."

"무슨 이야기를 해야 할지 모르겠지? 지금 이렇게 된 게 누구의 실수가 아니었으니 널 탓할 수도 날 탓할 수도 없어. 그렇다고 서로가 원했다고 인정하기에는 우린 지금 헤어지고 있는 애매한 상황이지."

세륜은 실수가 아니라고 정확하게 꼬집으면서 술김에 일어난 실수였다고 하며 도망가는 걸 미연에 방지했다. 그리고 헤어지고 있는 중이라 표현하면서 은근슬쩍 헤어질 수도 있고, 아닐 수도 있다는 걸 표했다. 물론 연수는 그의 말에 섞인 의도를 다 알아차리지 못했다.

"세륜아, 우리는……."

"우리가 지금 뭘 하고 있는지 모르겠지?"

연수가 고개를 끄덕였다.

"뭐가 뭔지 모르겠어. 나는…… 난……. 그러니까 우리는……."

"모르겠지. 여기까지 오는 데 모순이 많았거든."

이별 자체가 모순이었다.

세륜은 눈을 깜빡이는 연수의 팔을 잡아끌어 침대에 눕혔다.

자신의 힘에 이끌려 털썩 침대에 누운 연수의 몸 위로 이불을 더 끌어 올려준 세륜은 몸을 돌려 바닥에 발을 내렸다. 침대에 걸터앉은 상태로 그는 긴 한숨을 흘렸다.

"어렵다. 진짜 너무 어렵다."

"세륜아……."

"무슨 생각이냐고 물었지? 나야말로 네가 무슨 생각인지 묻고 싶다. 차라리 어제 내가 입을 맞췄을 때 밀어내지 그랬어. 어제 일이 술김이 아니라는 걸 아니까 더 그러네."

헝클어진 머리를 더 헤집은 세륜은 머릿속을 정리했다.

어제 연수를 안으면서 자신은 이렇게 생각했다. 그녀도 자신을 원한다고, 사랑한다고. 우리가 다시 예전으로 돌아가게 되었다는 생각에 안도했다. 두 번째 서로를 탐할 때는 연수가 더 적극적으로 자신을 원하는 걸 보고 완전히 마음을 놓았다.

자신의 다정함에 미안해서 우는 게 자신의 다정함을 그리워해서라고 생각했다.

아침에 일어나 머뭇거리는 연수를 보고 전에 헤어지자고 했던 사람이 그녀인지라 그걸 민망해하는 줄 알았다. 민망해서 엎드려 얼굴을 감춘 줄 알았다. 그래서 자신의 얼굴을 보지 못하는 그녀에게 네가 무슨 생각하는지 안다고 다독거리며 등에 키스했다.

그때 자신이 착각했음을 알았다.

등에 키스를 하는데 연수의 몸이 움찔거리더니 굳어졌다. 어젯밤과 달리 자신의 스킨십을 거부하듯 굳어지는 몸에 그녀가 자신과 다른 생각을 한다는 걸 알았다.

그래서 생각을 하지 말라고 했다. 나와 다른 생각이라면 그 생각을 하지 말라고. 그러면서 모르는 척 끌어안아 봤지만 소용이 없었다.

세륜이 어제와 오늘의 간극에서 정신을 차리지 못하는 사이 연수가 목소리를 냈다.

"······미안해."

연수의 사과에 세륜의 얼굴이 딱딱하게 굳었다. 순간 훅 올라오는 분노에 그가 짧게 몸을 떨었다.

"지금 '미안해'는 어제 네가 울면서 이야기했던 '미안해'와 다르겠지?"

"세륜아."

"하! 이게 그런 건가? 같이 밤을 보내고 받는 사과가 지독하다더니. 진짜 사람 비참하게 만드는 데 일가견 있어, 하연수."

"세륜아! 그런 거 아니야!"

"그럼 이게 무슨 사과인 건데!"

상체를 일으키고 앉은 연수를 세륜은 고개만 돌려 어깨너머로 노려보며 어깨를 들썩였다. 그가 많이 화가 난 걸 안 연수는 그의 팔을 붙잡고 고개를 흔들었다.

"서로 정리하고 있는 중인데 내가 널······. 그러니까 어제 내가 널 유혹한······ 게 미안하다는 거였어."

세륜이 먼저 입을 맞췄다고 해도 그는 그만두려 했다. 그런데 자신이 계속하라고 했다. 그의 이성을 무너트렸다.

연수는 고개를 푹 숙이고 눈을 질끈 감았다.

"요지는 날 네 맘대로 흔들어서 사과하는 거다? 그대로 휘둘린 내가 멍청한 거겠지. 어제 일은 네가 사과할 일이 아니라고 보는데."

"그렇게 이야기하지 마. 세륜아……."

"어젯밤이 아니라, 지금 네 행동을 사과받고 싶은데, 나는?"

"미안해."

"……사과 한번 빠르네. 사과받고 빨리 내가 사라져 줬으면 하는 건가?"

"그런 거 아니야. 왜 계속 꼬아 듣는 건데?"

도대체 어느 부분을 좋게 들어야 하는 건지. 전부 다 자신의 피를 말리게 하는 말뿐인데 어떻게 꼬아 듣지 않을 수가 있는지 모르겠다.

세륜의 목울대가 크게 꿀렁였다. 그는 고함이 터져 나오려는 걸 간신히 삼켰다. 그렇게 분노를 삼키자 허무함이 남았다.

"하아. 중요한 순간에는 꼭 넌 내 뜻대로 된 적이 없는 것 같아. 그게 날 허탈하게 만들어."

"세륜아?"

"무슨 생각이었냐고 물었지? 널 다시 내 여자로 만들 생각. 후회 남지 않도록 잘해주고 싶다, 친구가 되자, 그따위 사탕발림하는 말로 널 안심시키고 다시 잡을 생각 했어."

"……."

"그런데 이건 생각 못했네. 쉽지 않을 거라고는 여겼지만 희망 고문당할 줄은 몰랐어."

"희망 고문이라니."

"희망 고문이 아니면 뭔데? 어젯밤에는 내 품에서 울고, 느끼고, 전율했으면서 눈뜨자마자 그런 적 없다는 듯 나를 밀어내고 있잖아. 내가 너한테 미련 남은 거 뻔히 알면서 이러는 거 희망고문 아닌가?"

"세륜아, 이러지 마. 나도…… 괴로워. 나도 너한테 이러고 싶지 않아. 하지만 우리는 헤어…… 졌잖아. 같이 눈뜨고 하는 건 안 되잖아."

세륜은 연수와 자신이 이렇게 맞지 않는다는 걸 새삼 실감했다.

자신은 헤어지고 있는 중이라고 결말은 어떻게 될지 모르는 거라고 말하지만, 연수는 계속 이미 헤어졌다고 끝이라고 말한다. 여전히 생각이 조금도 바뀌지 않았다. 흔들리는 건 그저 흔들리는 거고, 미련은 그저 미련일 뿐인 거다. 연수는 이미 끝났고, 찌꺼기를 정리하는 것뿐인 거다. 그녀에게는 '다시'는 없었다.

세륜은 확 와닿는 '끝'에 얼굴을 일그러트렸다. 몇 번이나 끝을 마주했으면서도 그는 여전히 혹시나 하는 기대로 물었다.

"다시 만날 수는 없어? 여전히?"

"……우리 반복하는 일……."

"없기로 했지. 그래. 또 도돌이표네. 그래. 같은 말을 반복하게 하는 게, 똑같은 상황을 만드는 게 네가 아니라 나였네."

세륜은 몸을 일으켜 속옷을 주워 입었다. 바지를 입고 셔츠를 주워 든 그는 엉망이 된 자신의 옷에 한숨을 내쉬었다. 세륜은 연수의 옷장 앞으로 걸어가 옷장을 열었다. 그 안에 자신의 셔츠가 다려져 옷걸이에 걸려 있는 걸 본 그의 얼굴이 흐려졌다.

세륜은 다려진 셔츠를 꺼내 연수를 향해 몸을 돌렸다. 이불을 어깨까지 끌어 올린 그녀가 그의 손에 들린 셔츠를 보고 고개를 떨궜다.

"이래도 넌……. 하연수. 너 도대체 뭐냐. 너야말로 뭐 하는 거야, 진짜."

말과 행동이 너무나 다른 연수 때문에 미칠 것 같은 세륜은 무릎을 접어 앉고 머리를 감쌌다.

절대 아니라는 말에 상처받았으면서도 고작 이거 하나에 안도해 다리에 힘이 풀렸다. 이 작은 여지에 또 기대를 하게 됐다.

세륜은 감정을 추스르고 자리에서 일어나 셔츠를 입었다. 재킷까지 주워 입은 그는 코트를 손에 들고 연수의 앞에 섰다.

옷을 다 갖춰 입은 세륜을 본 연수는 이불을 더 끌어 올려 몸을 가렸다.

"이미 들통난 거 다 까발릴게. 나, 너 못 놓아. 죽어라 잡을 거야. 덕분에 더 확고해졌어."

세륜은 너도 날 잊지 않았다는 걸, 잊지 못한다는 걸, 네가 전에 보였던 패 그 이상의 증거를 찾아냈다는 얼굴로 재킷을 벌려 자신이 입은 셔츠를 연수에게 다시 보였다.

연수의 눈망울이 흔들렸다. 그녀는 혀를 내밀어 바싹 마른 입술을 축인 뒤 입을 열었다.

"세륜아. 그때와 같아. 난 정말 반복하고 싶지 않아. 흔들린 거 인정해. 이렇게 인연이라는 듯 상황이 흘러가고 엮이는데 어떻게 안 흔들려. 그런데…… 나는 반복하고 싶지 않아."

"그래. 반복. 우리가 헤어졌던 이유 잊지 않았어. 다시 시작해도 아무것도 달라진 게 없고 해결된 게 없으니 또 반복된 싸움으로 헤어지게 될 거라고 생각하는 거지? 그런데 달라질 수 있어. 아니, 그런 거 다 배제하고 지금 네 감정은? 모든 상황을 다 잊고 지금 감정에 충실할 수는 없어?"

"……."

이것저것 다 따지는 짓 좀 그만하라고, 지금 서로가 서로를 원하는 것만 보자는 세륜의 말에 한참 뒤 연수는 고개를 저었다.

"진짜 하연수, 저 고집을……."

자신의 허벅지 위에 엎드려 눕히고 엉덩이를 까 손으로 때려서라도 저 망할 고집을 꺾고 싶어 세륜은 코트를 바닥에 던지고 다가가 그녀의 어깨를 잡았다. 그런데 그녀의 맨살이 손에 쥐어지자 눈앞이 탁하게 흐려졌다.

"아, 진짜. 이럴 땐 나도 내가 진짜 싫다."

세륜은 연수를 어떻게 하는 대신 그녀의 어깨에 얼굴을 묻었다. 흠칫하는 여체를 꽉 끌어안고 그는 눈을 지그시 감았다.

"네가 아까 그랬지. 같이 눈을 뜨는 건 안 된다고. 그럼 같이 눈을 감는 건 돼?"

"세륜아!"

경악할 만한 말에 연수의 몸이 버둥거렸다. 세륜은 팔에 힘을 줘 벗어나지 못하게 한 뒤 말을 이었다.

"잠자자는 거 아니야. 어제처럼 같이 잤어. 그런데 내가 너 눈뜨기 전에 사라지면 지금 이 상황보다는 괜찮을까? 내가 널 한낱 욕정 풀이 대상으로 여기는 것처럼, 할 거 다 하고 조용히 사라지고 없던 것처럼 굴면 더 나았겠어?"

세륜의 질문에 연수의 몸이 굳어졌다.

그저 하룻밤 즐긴 상대 취급을 받아도 괜찮겠냐는, 그게 더 나았을 거냐는 질문이 너무 잔인하다. 어떻게 네가 나한테 그런 말을 꺼낼 수 있어.

순간적으로 세륜이 원망스러워진 연수는 그가 자신의 행동에 이런 기분을 맛봤을 거라는 걸 깨달았다.

"……아니."

"뭘 어쩌고 싶은 거야. 마음이 가는 대로 행동할 수는 없고, 행동대로 마음먹을 수 없고. 너는 도대체 어쩌고 싶은 거야. 마음은 나한테 있잖아. 그런데 왜 도망가."

"……미안해."

그래도 요지부동인 연수의 사과에 세륜의 팔에서 힘이 빠졌다.

분명 그녀도 과거의 우리에게 질척거리는 감정이 남았는데 그걸 외면하는 게, 그 꼴을 보는 것에 진저리가 났다.

세륜은 완전히 틀어져 버렸다. 그는 자리에서 일어나 코트를 주워 든 뒤 연수의 집을 빠져나갔다.

◆

정말 뭐가 뭔지 하나도 모르겠다. 계속 반복되는 싸움에 지쳐서, 세륜을 상처 주고 싶지 않아서, 그가 비참해하는 모습을 더는 보기 싫어서 헤어졌다. 그런데 헤어지고 난 뒤 이별의 이유가 모호해졌다. 하지만 그땐 이미 헤어졌기 때문에 이유는 더는 의미가 없을지도 모른다고 생각했다.

이별에 혼란스러울 때 세륜과 같이 일을 하게 되면서 자신의 마음은 더 복잡하게 꼬여갔다. 그에게 흔들리면서도 밀어냈다. 그러면서 또 상처를 줬다.

헤어져서도 세륜과 다퉜고, 그에게 상처를 줬다. 이러면 이별의 이유가 무색해져 버린다.

세륜은 여기까지 오는 데 모순이 많았다고 했다. 아마도 자신의 마음과 행동이 모순됐기 때문이겠지.

"나는 왜 모순투성이인 걸까."

혼잣말로 중얼거린 연수는 그제의 일을 반복해서 떠올렸다.

세륜이 모든 상황을 잊고 지금 감정에 충실하자고 했을 때 그녀가 고개를 저은 건 싫어서가 아니었다. 모르겠어서, 그의 말에 순간 혹했는데 정말 그래도 되는 것인지 모르겠어서 고개를 저은 거였다. 마지막의 사과도 고집을 부리는 게 아니라 그의 이야기를 듣고 보니 아침에 한 자신의 행동이 정말 잘못된 것이었다는 걸 깨달아서 한 사과였다.

그런데 세륜은 그 모든 걸 다 거절과 거부로 받아들였다.

연수는 자신의 반응과 말이 세륜에게 잘못 전달이 됐다는 걸 몰랐다. 그녀는 세륜이 분노한 걸 모르는 채 주말 동안 혼자 고민했다.

연수는 세륜이 이야기했던 자기가 정말 뭘 어떻게 하고 싶은지 생각했다. 생각 끝에 그녀는 그의 말에 동의했다.

마음은 세륜에게 가 있다. 그런데 행동은 도망가고 있었다. 하고 싶은 건 당연히 마음대로였다. 자신이 하고 싶은 건 그의 곁에 있는 거였다.

염치 불고하고 그래도 되는 걸까. 우리가 헤어졌던 이유, 그때의 상황을 전부 다 뒤로하고 마음이 가는 대로 해도 되는 걸까.

계속 고민을 하던 연수는 해도 되는 건지가 아니라 하고 싶은 것에, 제 마음에 더 집중했다.

세륜과 함께하고 싶고, 못해줬던 걸 해주고 싶다. 여전히 사랑하는 것처럼 앞으로도 그를 사랑하고 싶다.

그 결론에 이르자 연수는 6년이 넘는 연애 기간을 회상했다.

행복한 시간이 아주 많았다. 그건 부정할 수 없는 사실이었다. 그 행복을 되찾고 싶었다.

"감정에만 충실해도 돼?"

다시 세륜과 시작할 생각을 하자 연수는 숨이 막힐 정도로 심장이 빠르게 뛰었다.

기대감과 설렘. 그리고 작은 두려움.

연수는 요동치는 심장 위에 손을 올렸다. 자신의 세찬 심장박동에 그녀는 입꼬리를 올렸다.

이제는 생각을 줄이고 마음 가는 대로 하겠다고 결심하자 홀가

분해졌다.

그녀는 옅은 미소를 지으며 사무실 문을 열고 들어갔다.

"안녕하세요."

먼저 출근해 있는 사람들에게 인사를 하면서 연수는 세륜의 자리를 확인했다. 그는 자리에 있었으나 연수의 인사에 고개를 돌리지 않았다. 연수는 자신의 자리에 핸드백을 내려놓고 컴퓨터를 부팅한 뒤 시각을 확인했다. 업무 시작까지 여유 있게 시간이 남은 걸 확인한 그녀는 세륜의 옆으로 다가갔다.

"저기, 세륜아."

조심스럽게 부르자 그가 고개를 비스듬하게 들었다. 세륜과 눈을 맞춘 연수는 그의 눈빛에 움찔했다.

다정함이 싹 사라진 눈동자. 선뜩하리만치 시린 눈빛이었다. 그 매서운 눈빛에 그의 눈매가 더 날카로웠다.

연수의 입가에 걸린 미미한 미소가 서서히 사라졌다.

"뭡니까."

한 톨의 애정이라고는 없는 무뚝뚝한 말투. 사무실 안이라고는 하지만 그는 이렇게 딱딱하게 존대를 하지 않았다. 하 주임이라고 부르고 존대를 할 때에도 따스함이 서려 있었다. 다른 여직원들을 부르던 것과는 확연하게 차이가 났었다.

연수는 다른 여직원들을 대할 때와 차이가 없는 그의 말에 순간 당황했다.

"하 주임, 무슨 일이냐고 물었습니다."

"아, 이야기 좀…… 해요."

세륜은 들고 있던 볼펜을 툭, 책상 위로 던졌다. 그가 의자를 뒤로 살짝 밀고 일어나자 단번에 시선의 위치가 뒤바뀌었다.

"휴게실로 갑시다."

앞서가는 세륜을 따라가는 연수는 갑작스러운 그의 변화에 두려움이 커졌다.

아무도 없는 휴게실 구석에 선 세륜은 연수에게 할 말이 있으면 해보라는 시선을 했다. 묘하게 거칠고, 사납고, 날카로운 칼날처럼 벼려진 그 시선에 연수의 입술이 쉽게 열리지 않았다.

"할 말이 뭡니까."

단둘만 있어도 그는 말을 놓지 않았다. 연수는 견고한 벽을 마주하고 있는 기분이 들었다.

"세륜아, 왜 그래?"

"뭐 말입니까."

"지금 네 말투 말이야."

세륜은 미간을 찌푸리며 연수를 삐딱하게 내려다봤다.

"지금 내 말투 지적할 때인가? 할 말이 있어서 불러낸 거 아니야. 그 이야기나 해."

"갑자기 왜 이러는 거야?"

"내가 뭐."

"그날 일로 아직 많이 화났어? 내가 사과했잖아."

"네가 사과하면 나는 그 사과 무조건 받아들여야 해?"

자신을 죽어라 잡겠다던 세륜이 차갑게 나오자 연수는 당혹스러움과 함께 민망함이 찾아왔다. 자신이 이제껏 한 행동에도 염치

397

불고하고 그의 말만 믿고 다가가려 했는데, 이렇게 냉대를 하자 그녀는 어쩔 줄을 몰랐다.

"무조건 받아들이라는 게 아니라⋯⋯. 진세륜, 너 뭐야."

감정에 충실하자고 해놓고, 다시 다가가게 만들어놓고 언제 그랬냐는 듯 싸늘하게 자신을 보는 세륜에게 연수는 배신감이 생겨났다.

"너야말로 뭐야. 또 희망 고문이야? 하연수, 정도껏 해. 내가 너한테 미쳐 있다고 해도 자존심 없이 굴고 매달리는 짓을 하는 것도 한계가 있어."

"내가 뭘 어쨌다고 그래? 내가 언제 또 희망 고문을 했다고 그래? 이야기하자는 게 그렇게 화낼 일이야?"

"그럼 화 안 나게 생겼어? 그제만 해도 싫다고 해놓고 지금은 웃으면서 다가오는데, 날 갖고 놀고 있는데 화 안 나?"

"무슨 소리야? 내가 널 언제 갖고 놀았어? 너야말로 왜 그날과 다른 건데!"

"왜? 그날처럼 납작 엎드려서 설설 길고 매달리지 않아서 그게 배알 꼴려?"

"진세륜! 말 그따위로 할 거야?"

"너는 그따위로 행동해도 되고?"

"진세륜!"

"젠장! 뭐!"

"너 대체 왜 이래!"

"왜 이러긴! 정리하려고 한다! 너랑 헤어진 거 받아들였다고! 남은 사랑이고 뭐고 다 접으려고 한다!"

세륜의 말에 연수의 눈이 화등잔만 해졌다. 그녀는 머릿속이 얼얼해지며 아득해지는 정신에 몸을 휘청거렸다. 세륜은 재빨리 그녀를 붙잡았지만, 연수가 바로 서자마자 그는 손을 뗐다.

잠시 정적이 흘렀다. 그사이 격해진 감정이 차갑게 식었다.

"감정에 충실하자고 했잖아."

"싫다며. 싫다고 고개를 저었잖아."

"내가 언…… 아, 그건 싫어서가 아니었어. 모르겠어서, 그래도 되는 건지 모르겠어서 그랬어."

"너, 나한테 미안하다고 했잖아."

연수는 낮게 한숨을 내쉬고는 고개를 들었다.

"또야. 또 너는 멋대로 판단하고 화내잖아."

세륜은 연수의 말에 그제야 무언가가 엇갈렸다는 걸 눈치챘다.

싸울 때는 아주 기가 막히게도 잘 어긋났다. 그는 이마를 감싼 뒤 연수처럼 한숨을 내쉬었다.

"상황이 그랬잖아. 하연수, 너는 말 좀 하면 안 돼?"

"너야말로 자기 혼자 오해하고 화내는 것 좀 안 하면 안 돼?"

"……그래. 내가 잘못했다."

"그렇게 마지못해 말하지 마."

"내가 뭘 마지못……."

순간 드는 기시감에 세륜은 말을 멈췄다.

'늘 이렇게 대꾸하다가 당했었다.'

그 생각을 끝남과 동시에 연수의 입술이 달싹였다.

"귀찮아서 회피하듯이 하는 사과 하지 말라고. 정말 잘못했다고는 생각하지 않잖아! 사람 화는 다 돋우고, 불평할 거 다 하고, 할 말 다 한 뒤에 잘못했다고 말하는 건 사과가 아니라 무마하려는 거잖아!"

"회피가 아니라 정말 잘못해서 하는 말이야."

"회피가 아니라면 뭘 잘못했는지 알아? 알고서 그 말 하는 거야?"

세륜은 세상 모든 남자가 난관에 봉착한다는 그 질문을 받고 침을 꿀꺽 삼켰다.

분명 처음은 자신이 아주 호기로웠는데 말 한마디 잘못했다가 순식간에 전세가 역전되었다. 몇 번이고 경험했으면서도 또…….

"뭘 잘못했는지 아냐고!"

"……알아. 내 멋대로 판단하고, 오해하고, 화냈잖아."

"알면서도 그래? 왜 늘 똑같은 잘못을 반복하는데?"

세륜은 억울한 표정을 지었다. 지금 자신만 잘못해서 생긴 상황이 아닌데 저만 쥐 잡듯이 잡는 연수를 향해 불퉁한 시선을 던졌다. 그런데 항변할 수 없었다. 지금 그걸 지적하면 연수가 할 말이 무엇인지 알기 때문이다.

'지금 누가 더 잘못했는지 따져 보자는 거지? 그래 해보자!'

그러고는 과거의 잘못이 비엔나소시지처럼 줄줄이 나오겠지. 이럴 때 연수의 기억력은 세계 최고인 것 같았다.

세륜은 재빨리 표정을 풀고 상체를 숙였다.

"정말 잘못했어. 그보다 우리 중요한 이야기 하다 말았는데. 지금 그러니까 감정에 충실해서……."

"됐습니다. 다시는 진 대리님 희망 고문할 일 없어요! 이참에 오늘 다 정리하시죠!"

"연수야!"

"방금 그랬던 것처럼 매달리지 마세요!"

휙 돌아 멀어지는 연수의 손목을 잡았지만 다른 손이 매섭게 손등을 때려 떨쳐 냈다.

연수가 나가고 혼자 휴게실에 남은 세륜은 허공을 본 뒤 허탈한 한숨을 내쉬었다.

"진세륜, 잘하는 짓이다."

연수의 마음을 다 돌려놓고 막판에 제대로 깽판 친 10분 전의 진세륜에게 욕을 한 바가지 쏟아낸 뒤 그는 휴게실을 빠져나갔다.

주말 내내 세륜과 잘해볼 고민을 했던 연수는 단단히 화가 나 계속 그를 외면했다. 세륜은 눈 한번 맞춰보려고 그녀의 주위를 맴돌았지만 연수는 틈도 주지 않고 피해 다녔다.

"하 주임, 이거 작성 좀 도와줬으면 좋겠는데요. 예산안 수정돼서 올라온 건데……."

"주세요. 작성 후 메일로 보내 드릴게요."

"회의실에서 같이하죠?"

"조금 전에 보니 빈 회의실이 없더라고요."

싱긋 웃고 하는 연수의 말에 회의실을 먼저 확인하고 왔어야 했다는 자신의 아둔함에 세륜이 미간을 찌푸렸다.

"이건 됐고. 이야기 좀 하죠."

"하세요."

지금 여기서 하라는 연수의 말에 세륜이 짜증 섞인 눈으로 그녀를 응시했다. 하라고 해서 한다면 연수가 더 화를 낼 게 분명했다. 사람들이 다 듣는데 사적인 이야기를 한다면 불난 집에 기름을 붓는 격이라는 걸 알기에 세륜은 물러나야만 했다.

"곧 퇴근이니 그때 봅시다."

말이 끝나기도 전에 연수가 고개를 돌렸다. 진짜로 들리지는 않았지만, 그녀의 '흥!' 하는 콧소리를 들은 것 같았다.

세륜은 슬금슬금 올라오는 짜증을 참아내려 눈을 지그시 감고 심호흡을 했다.

시간이 지나 퇴근 시간이 되었는데도 연수는 요지부동이었다.

"퇴근하게 일어나."

"먼저 가세요. 저는 일이 남아서요."

"일어나지?"

"야근해야 한다고요."

"……기다릴게."

"남은 사랑이고 뭐고 정리하신다는 분이 왜 매달리실까?"

자리에서 일어난 연수가 세륜을 흘겨보고는 복사실로 향했다. 잠시 뒤 그녀의 뒤를 바짝 쫓은 그가 나직이 속삭였다.

"과거 일은 좀 묻어두지? 꼭 다 꼬투리 잡아야 해?"

"말 좀 하라고 과거 일을 꼬투리 잡은 건 누구셨더라?"

"진짜 이러기야? 나랑 다시 잘해보려고 했다며."

"난 그런 말 한 적 없는데요."

"감정에 충실해지기로……."

"지금 다분히 감정에 충실하고 있어요."

"그만하지? 나 사랑하는 거 안다고. 우리 뻔히 알잖아. 그만 빙빙 돌자."

복사할 매수를 지정하고 시작 버튼을 누른 연수가 몸을 돌려 앞으로 팔짱을 꼈다. 그리고 단호하게 말했다.

"네, 그만둔다고요. 그 아는 사랑 그만한다고요. 빙빙 돌지 않고 깔끔하게 끝!"

"자꾸 이렇게 나오면 나도 엇나간다? 달래줄 때 그만……."

"누가 달래주래?"

"야, 하연수. 잘못했다고."

"여기 오지 말았어야 했어. 당장 사표를 쓰든가……."

"하연수. 그만. 너 사표 쓰면 나도 쓴다고 했지."

"그러니까 그만해."

"도대체 넌 왜 그래? 한 번 어긋나면 아주 죽자고 어긋나려 해? 그래. 네가 계속 이러면 나도 안 해!"

세륜이 화를 내고 돌아서자 연수는 입술을 잘근잘근 깨물었다. 그가 복사실을 나가기 전 연수가 입을 열었다.

"우리 지금 뭘 어떻게 하든 잘 안 될 것 같아."

연수의 말에 세륜의 걸음이 멎었다. 그가 느릿하게 몸을 돌렸다.

"길 안 될 것 같다니?"

"다시 시작한다고 해도 난 불안해. 너랑 또 잘못되면…… 나 그 때는……. 어쨌든 우리 헤어진 이유들 하나도 해결 안 됐으니 부 딪히게 돼 있잖아. 마음이 가는 대로 하고 싶은 대로 해도 결국에 는 똑같잖아."

세륜은 연수의 앞으로 걸어갔다. 그는 불안정하게 떠는 동공을 마주하고 그녀의 어깨를 잡았다.

"나 이제는 믿을 수 있어. 네가 날 사랑한다는 거 의심하지 않 아. 집착하지 않을게. 불안해하지 않을게. 다시는 멍청한 짓 안 해. 아버지 일도 다 이해할 수 있어. 반복되는 일 없게 할게. 그러 니까 제발 부탁이다. 연수야, 한 발만 물러나 줘."

"……."

"그래. 말하고 보니 해결된 게 없네. 변한 것도 없어. 지금은 그 저 말뿐이네. 약속만 할 뿐이네. 그 약속 수도 없이 깼었는데 또 약속만으로 널 잡으려고 했네. 방법이 잘못됐어."

세륜은 말하면서 자신이 연수를 다시 잡는 방법이 잘못됐음을 깨달았다. 무작정 잡아놓고 하나씩 해결하는 방법이, 일단 잡아보 고 해결하자는 게 옳은 게 아니라는 걸 알았다. 약속을 하는 게 아 니라 실천부터 했어야 했다. 그녀를 잡는 게 아니라, 그녀가 자신 에게 잡혀줄 수 있도록 했어야 했다.

"방법이 잘못됐다니?"

세륜은 설명 대신 침묵했다. 한참의 침묵 뒤 그가 입을 열었다.

"내 말대로 지금은 뭘 하든 안 될 것 같다."

"뭐야? 왜 이랬다저랬다야?"

"자기 말에 동의해도 뭐라 하니, 나 원 참."

분명 화가 났었는데, 화가 나서 돌아섰던 세륜이 갑자기 묘하게 가라앉고 시큰둥한 걸 본 연수가 고개를 갸웃했다.

"또 화났어?"

"화는 아까부터 났었고."

화가 났다는데 목소리에 화가 실려 있지 않았다. 갑자기 화가 풀렸을 리는 없었다. 아니, 화보다는 세륜은 지금 다른 생각에 빠진 듯했다.

자신을 빤히 보면서 무슨 생각을 하는 것인지 연수는 궁금해졌다.

"지금 무슨 생각해?"

"화나서 아무 생각도 안 드는데."

"지금 무슨 생각 하고 있잖아."

"복사 다 끝났다. 야근할 거라고 했지? 그럼 일해라. 난 간다."

"진세륜!"

세륜은 연수의 부름에도 복사실을 나가 버렸다.

집으로 돌아온 세륜은 그녀가 한 말을 곰곰이 되씹었다.

'헤어진 이유들이 하나도 해결이 안 됐으니 다시 시작하기 불안하다.'

너무 안일하게 생각해서 잘못된 방법을 택했다. 연수와 다시 시작하기 위해서는 다른 방법을 생각해 봐야 할 것 같았다. 가장 문제가 되는 이별의 원인부터 해결봐야 했다.

그건 그거고. 오늘 종일 무시하고 전에 그렇게 알아듣게 말했는데 사표 이야기까지 꺼낸 건 정말 화난다. 자신의 말을 도대체 뭐로 듣는 건지.

"그런데 생각할수록 진짜 화나네."

그리고 분명 마음에도 없는 말일 텐데 거침없이 쏟아내는 게 진짜 짜증이 났다. 풀어주려고 애쓰는데 더 엇나가는 게 신경질 난다. 이럴 때는 애정이 하나도 없…… 없어야 하는데 말이지.

나는 대체 왜 하연수가 좋아 죽는 걸까.

6년을 넘게 하는 고민을 다시 하며 세륜은 한숨을 폭 내쉬었다. 그는 한숨을 흘리면서 중얼거렸다.

"하연수를 어떻게 혼내주지?"

주말 내내 진짜 연수를 놓아주어야 하는 건가 고민했다. 그러면서 많이 괴로웠다.

주말 동안 자신을 지옥에 몰아넣었으면서 그것도 모자라 오늘 그렇게 자신을 무시해?

혼자 지옥을 오간 것이 짜증나고, 쌍방 잘못 같은데 자기 혼자 쓴소리 들은 게 억울했다.

"생각하연 할수록 진짜 어이없네?"

꼭 연수와 싸우고 나면 뒤에 가서 후회했다. 그 후회 속에는 이런 황당함도 더러 있었다. 생각해 보면 자신이 정말 억울하게 당한 게 적지 않았다. 그때는 싸움을 끝내고 싶은 게 먼저였고, 그녀의 화를 풀어주려고 갖은 아양을 다 떠느라 이런 생각을 하지 못했다. 언제나 집에 와서 돌이켜 생각해 보고 기가 막혀 했었다.

"왜 늘 이기려고 하느냐고 불평할 게 아니라, 견디지 못하고 먼저 숙이고 들어가는 내가 답이 없는 거였네."

이러니 매번 연수에게 지지.

꼭 한 번은 이겨보겠다고 버티고 버티다가 결국에는 늘 자신이 숙이고 들어간 걸 떠올린 세륜은 예전에도 늘 그랬듯이 이번에는 마음을 단단히 먹겠다고 생각했다.

"이번에는 절대 먼저 사과 안 한다."

그 다짐을 한 세륜은 다른 고민으로 빠졌다. 그는 기억을 더듬어 자신들이 헤어진 이유를 정확하게 꼬집으면서 해결 방안을 모색했다.

11. 작은 이해에 풀리는 마음

그날 밤의 일과 주말에 각자가 했던 고민들과 월요일의 싸움으로 세륜은 세륜대로, 연수는 연수대로 화가 났다.

금요일인 오늘까지 두 사람은 냉랭했다. 두 사람 사이의 냉랭함을 가장 먼저 읽은 사람은 당연히 진우였다.

"요즘 나는 시한폭탄을 옆에 두고 사는 것 같아."

"뭐라는 거야."

세륜은 자신의 옆으로 의자를 끌고 와 앉아서 이상한 소리를 해 대는 진우를 흘끗 본 뒤에 다시 모니터로 시선을 돌렸다.

"너랑 연수. 보고 있으면 터질까 봐 조마조마하다고."

"뭐가 터져."

"뭐기는……."

진우가 설명하려는데 다른 목소리가 불쑥 끼어들었다.

"진 대리님. 파일 수정했습니다. 확인해 보세요."

"5분 늦었군요. 4시까지 파일 넘겨야 한다고 했잖습니까. 사회생활에서 약속 시간을 지키는 게 얼마나 중요한지 몰라요?"

"······죄송합니다."

세륜에게 혼이 난 연수는 깍듯이 묵례한 뒤에 자리로 돌아갔다. 그 모습을 본 세륜은 눈가를 찡그린 뒤 고개를 홱 돌렸다. 먼 자리에서 이 모습을 보며 이호가 입술을 비죽이는 걸 발견한 진우가 혀를 찼다.

"야. 사무실이야. 보는 눈이 많은데 그렇게 혼을 내야겠어?"

"잘못했으면 혼나는 게 당연한 거지."

"그래도 연수잖아. 애인을 별거 아닌 걸로 혼내면 사람들이 뭐라 생각하겠어?"

"이게 왜 별거 아니야. 그리고 일에 애인이 어디 있어."

"지난주만 해도 티 나게 연수 챙기던 건 너였다. 잘되는 것 같더니 왜 이래?"

"시끄러워. 자리로 돌아가."

"이번 주 내내 둘이 좀 그렇다? 퇴근도 계속 따로 하고. 너네 싸운 거 아니냐는 말 나오더라. 그러다가 헤어진 거 들통······."

세륜이 노려보자 진우는 의자를 끌고 다시 제자리로 돌아갔다. 진우는 옆자리의 연수가 무표정한 얼굴로 서류 하나를 들여다보고 있는 걸 보곤 고개를 저었다. 펜을 쥔 연수의 손이 부들부들 떨리고 있었다.

집으로 돌아온 연수는 핸드백을 바닥으로 던지고는 씩씩거리며 부엌으로 향했다. 정수기 앞에 선 그녀는 컵에 냉수를 가득 따라 꿀꺽꿀꺽 시원하게 마셨다.

"후우."

한겨울임에도 열이 받아 더운 연수는 손으로 부채질을 하면서 숨을 내뱉었다. 그녀는 씩씩대며 세륜과 싸운 일을 다시 떠올렸다.

자신이 다시 시작하려고 어떤 고민을 했는지 안다면 이럴 수는 없었다.

불안감과 두려움이 들었어도 그를 사랑하는 마음이 더 크다는 걸 깨달아서 다시 잘해보려고 했다. 헤어지면서, 헤어지고 난 뒤 세륜에게 했던 말과 행동들 때문에 스스로가 부끄럽고 창피했지만 꾹 참고 다가갔다. 그런데 그는 또 오해해서 자신을 냉대했다.

잘해보기도 전에 싸워 버리니 당연히 화가 났고, 또 불안해졌다. 우리는 어떻게 해도 결국에는 안 되는 건가 두려웠다. 불안감을 감추려고 더 화를 표출했다. 그러다 보니 달래던 세륜도 심기가 틀어져 버렸다.

더는 그만 싸우고 싶어서 그가 말 좀 하라는 대로 솔직하게 털어놨다. 난 이래서 다시 시작하는 게 불안하다고 이야기를 했다. 그랬더니 세륜은 뜻 모를 말을 하고 화났다면서 그냥 가버렸다.

그 뒤로 세륜은 또 자신을 차갑게 대하고 있었다.

"잘못했다면서 왜 자기가 화내?"

그의 말대로 마음이 가는대로 하려고 했고 솔직하게 불안한 것도 털어놨다. 그런데 왜 또 꼬인 건지 모르겠다.

연수는 그의 이유모를 화에 짜증이 나 발을 동동 굴렸다.

다 자기를 위해서 하는 말인데 듣지도 않고, 마음에도 없는 말을 하면서 상처 주고, 그렇게 자존심을 세워 자신을 깔아뭉개는 그녀의 태도 때문에 세륜이 화가 났다는 걸 연수는 알지 못했다.

그의 분노를 모르는 연수는 다시 시작하자고, 죽어도 자신을 놓지 않겠다는 세륜이 한순간에 돌변해 자신의 결심을 허무하게 만들어 버리고 그 뒤로 보이는 행동에 속에서 열불이 났다.

"진세륜이 이렇게 치사할 줄은."

지난 며칠 세륜은 꽁한 걸 일로 풀었다.

문서 작성이 급하다고 해서 다른 일을 제치고 그걸 먼저 했는데 알고 봤더니 마감 기한이 3일이나 더 남아 있었다. 그 덕분에 미뤄두었던 일을 하느라 퇴근이 늦어졌다. 자신이 야근하는 사이 세륜은 쌩하니 퇴근했다.

화요일에 겪은 일을 오늘도 당했다. 다들 일찍 퇴근한 금요일, 팀에서 가장 늦게 회사를 나섰다.

이건 약과였다. 이보다 더 기분 나쁜 일도 당했다. 아주 사소한 걸로 트집을 잡혔고 잔소리를 들었다. 그것도 사람들 앞에서.

다른 사람이 그랬다면 바로 시정하거나 부당한 거였다면 듣고 흘렸을 거다. 하지만 세륜이 그러자 기분이 상하면서도 서러웠다. 일을 하면서 서러워보기는 또 처음이었다.

"진 대리. 그래, 너는 대리다 이거지?"

직위가 낮은 게 이리도 아쉬울 줄은 몰랐다.

"계속 그래 봐. 내가 가만히 있나."

직위를 이용해 교묘하게 괴롭히는 세륜에게 어떻게 맞설지 고민을 하는데 휴대폰이 울렸다. 연수는 컵을 내려놓고 내팽개친 핸드백을 응시했다. 그녀는 곧장 걸어가 핸드백을 주워 들어 휴대폰을 찾아 꺼냈다.

발신자는 세륜의 누나인 세인이었다. 흠칫한 연수는 혀로 입술을 축인 뒤 전화를 받았다.

"여보세요."

[연수야, 안녕. 잘 지냈어?]

"네. 언니도 잘 지내셨어요?"

[나야 뭐. 서림이 보느라 정신없지. 세륜이하고는 잘 지내지?]

"네? 아, 네."

대답하는 목소리가 확 줄어들자 세인이 낮게 혀를 찼다.

[혹시 싸웠니? 6년을 넘게 연애해도 싸울 게 있어? 하기야 결혼해서도 싸우는데 뭐.]

"음……."

딱히 할 말이 없어 연수는 미약한 신음을 흘리다 말았다.

[빨리 화해해. 아, 그럼 세륜이한테 이 이야기 못 들었으려나?]

"무슨 이야기요?"

[내일 가족들 다 같이 모여서 점심 식사하고 난 뒤에 강원도에 있는 호텔로 가는 거.]

"……내일이요?"

[원래는 다음 주에 가려고 했거든. 마침 금요일이 크리스마스라 주말까지 하면 3일을 쉴 수 있잖아. 그런데 갑자기 아빠가 모임이 잡혔다고 하셔서 급히 당겼어. 이번에는 연수도 왔으면 좋겠는데. 부모님도 그랬으면 하셔.]

"아, 저도요?"

세륜의 가족은 여름과 겨울에 다 같이 여행을 간다. 그의 집안이 호텔 사업을 하고 있어서 보통 그 호텔에서 묵었다. 낯선 여행지를 가는 것보다는 익숙한 장소에서 가족들끼리 오붓한 시간을 갖는 걸 선호했다.

사귄 지 2년이 지나고 나서야 세륜의 집에 인사를 갔던 연수는 다음 해에 가족 여행에 동참하게 됐다. 가기 전부터 내키지 않아 불편했던 그 여행 이후로 그녀는 세륜의 가족 여행에 함께하지 않았다.

[어제 세륜이한테 말했더니 너 바쁘다고 딱 잘라 거절하더라. 바쁘니?]

그동안 세륜이 자기 대신 적당한 핑계를 대줬었다. 그런데 이번에는 그냥 바쁘다는 말을 하고 말았나 보다.

바쁘다고 하면 세인은 분명 무슨 일로 바쁘냐고 꼬치꼬치 캐물을 게 뻔해 변명거리를 찾으려고 머리를 굴리는데 세인이 더 빨랐다.

지금 두 사람이 싸운 줄로 알고 있는 세인은 연수의 대답이 늦어지는 걸 다르게 받아들였다. 싸운 상태라 세륜이 연수에게 여행 이야기를 해주지 않고 멋대로 그녀가 바쁘다고 이야기를 했다고 생각한 세인은 연수가 세륜의 말에 맞춰야 할지 말아야 할지 고민을 하는 거라 여겼다.

[이 녀석이 싸웠다고 그랬나 보네? 이번에는 같이 갈 수 있지? 그럼 내일…… 11시? 그쯤에 오면 되겠다. 짐은 갈아입을 옷만 챙겨와.]

"아, 세인 언……."

연수가 재빨리 세인을 부르려 했지만 수화기 너머로 들리는 소리에 말을 멈췄다.

[내일 연수 온다는데? 응. 연수 바쁘다고 한 거 아닌가 봐. 세륜이? 뭐 하러 연락해. 둘이 연락하고 같이 오겠지. 11시에 오라고 했어. 차? 오빠네 차에 아빠 타고, 우리 차에 엄마 타고, 세륜이랑 연수랑 같이 가면 되지 않을까? 차 두 대만 가면 좁을 것 같은데.]

세인은 통화 도중 누구와 대화를 나누었다. 수화기마저 뗐는지 그녀의 목소리가 점점 줄어들었다. 연수는 가만히 들으면서 기다릴 수밖에 없었다.

[그럼 내일 보자. 옷만 챙겨와. 다른 건 필요 없어.]

"언니, 저 아무래도……."

[두 대는 불편하다니까. 서림이는 유아 카시트에 앉아서 가야 해. 유아 카시트 때문에 우리 차는 네 명밖에 못 타. 엄마랑 아빠 세륜이 차 타려고? 그냥 둘이 편히 오라고 하지?]

못 갈 것 같다고 말을 하려던 연수는 세인이 대화하고 있는 상대방이 한 명이 아닌 세륜의 부모님을 포함해 여러 명이라는 걸 확인하고 또 말을 멈췄다. 이미 세인이 어르신들에게 간다고 했는데 곧바로 안 간다고 할 수 없었다.

[어머! 서림이 운다. 연수야, 끊을게.]

갑자기 들리는 아이 울음소리에 세인은 인사를 하고는 전화를 뚝 끊었다. 연수는 통화가 끊긴 휴대폰을 들고 울상을 지었다.

골목으로 들어서면서 서서히 속도가 줄어들었다. 그리고 본가에 도착할 때는 거의 기어가는 수준이 되었다. 세륜은 멀뚱히 서있는 연수를 발견하고는 거북이 속도로 차를 몰았다.

"쟤가 왜 여기 있어?"

어제 똑같은 수법에 당해 야근을 하게 된 연수는 퇴근하는 자신을 보고 이를 갈았다. 그것에 대한 복수를 하려고 했다면 본가가 아닌 자신의 집으로 쫓아왔을 거다. 그럼 복수는 아닐 테고……

세륜이 주차를 위해 더 가까이 다가가 담 쪽에 붙여 차를 세우자 연수의 고개가 돌아갔다. 그제야 그의 차를 발견한 그녀는 주춤주춤 몇 걸음 떼다가 멈춰 섰다. 그 모습을 본 세륜은 차에서 내린 뒤 팔짱을 끼고 가볍게 차에 기대섰다.

네가 다가와라. 아니, 네가 다가와라.

누가 먼저 다가갈 것인가를 두고 두 사람의 기 싸움이 벌어졌다.

연수를 노려보던 세륜은 찬바람이 쌩하게 불자 차에서 기댄 몸을 뗐다. 몸을 움츠리고 덜덜 떠는 연수를 보고 한숨을 내쉰 그는 걸음을 옮겼다.

"여기서 뭐 해?"

"진 대리님 만나러 왔을까 봐요?"

싸운 이후로 딱딱하고 비아냥이 섞인 존대를 하면서 서로의 신경을 긁었다. 세륜은 눈을 가늘게 뜨고 연수를 응시하면서 똑같이 응대할까 잠시 고민했지만 그녀의 희게 질린 얼굴을 보고 말았다.

"밖에 얼마나 서 있었어? 오늘 기온 뚝 떨어진 거 몰라?"

"누군 밖에 서 있고 싶어서 있는 줄 알아요?"

"내가 서 있으랬어? 왜 나한테 짜증 내?"

녹아날 듯이 다정하게 굴어 자신을 흔든 모습은 온데간데없었다. 하지만 까칠한 말투 속에 자신을 걱정하는 게 들어 있었다. 한없이 다정하면 오히려 더 투정을 못 부릴 때가 있다. 세륜은 모르겠지만 퉁명하게 자신을 살피는 모습이 더 투정부리게 만들었다.

연수는 익숙한 세륜의 태도에 풀어지는 자신을 잡았지만 이미 반쯤 풀어져 버렸다. 연수는 존대를 버리고 투정 섞인 말을 했다.

"그럼 어떡하라고. 너 없이 어떻게 들어가."

"도대체 여긴 왜 왔는데?"

"어제 세인 언니한테서 전화 왔었어. 네가 그냥 나 바쁘다고 했다며. 그럼 이야기해 주든가 했어야지. 아무것도 모르는 상태에서 전화 받아서 말도 제대로 못하는 사이 세인 언니가 안 바쁘면 오라고 한 뒤 전화를 끊어버렸단 말이야."

세륜의 눈썹이 위로 올라갔다.

그제 여행 일정을 당기자는 연락이 왔다. 그러면서 연수는 못

오냐고 물었을 때 그냥 바빠서 못 온다고 하고 말았다. 그 뒤로 별 이야기가 없어서 그냥 넘어간 줄 알았는데 어제 자신 몰래 연수에게 전화를 걸어 확인했나 보다.

세륜은 가족들이 기대하는 게 있어서 그런다는 걸 말 못하고 속으로 끙, 앓았다.

"연락하지 그랬어."

그놈의 망할 자존심에 자신에게 연락하지 않았을 게 뻔해 세륜이 비죽거리며 말했다.

"짜증나, 진세륜."

입술을 비스듬히 올려 응수한 세륜은 시선을 내려 연수의 옆에 놓인 작은 캐리어를 눈에 담았다. 그의 눈이 살짝 커졌다. 설마하니 같이 여행을 가려는 건가, 묻는 시선에 연수가 눈가를 찡그렸다.

"가방은 내 차에 두자. 점심 먹은 뒤 적당히 빼내줄게."

세륜은 연수가 자신의 가족과 여행가는 걸 달가워하지 않아하는 걸 알기에 이런 방안을 제시했다. 그는 연수의 캐리어를 자신의 차 트렁크에 넣어둔 뒤 그녀를 데리고 현관 앞에 섰다.

"잠깐!"

초인종을 누르려는 손을 막은 연수가 바람에 헝클어진 머리를 정돈하고 자신의 옷차림도 살폈다. 핸드백에서 거울을 꺼내 확인하려는지 뒤적거리는 걸 본 세륜이 이번에는 그녀의 손을 막았다.

"화장 뭉친 데 없고 립스틱 안 번졌어. 너 얼굴 창백해진 거 빼면 예쁘니까 그냥 들어가자. 감기 걸려서 또 누굴 고생시키려고."

거울을 찾느라 고개를 숙이고 있던 연수가 얼굴을 들어 세륜을 응시했다. 금요일 밤, 펑펑 우는 자신을 달랬던 것처럼 그의 눈이 따뜻해 연수의 눈망울이 흔들렸다.

월요일에 싸운 후부터 어제까지 자신에게 화가 나서 차가운 시선을 하고 치사한 방법으로 괴롭히던 것과는 많이 달랐다.

지난 금요일 밤처럼 뭐든 다 괜찮다고 해줄 것 같은 그런 시선에 연수는 가슴이 뭉클해졌다.

평일 내내 세륜의 냉대에 솔직히 힘들었다. 따뜻하고 아늑했던 그의 품에 안겼던 게 아직 선명한데 그가 차갑게 대해서 서글펐다.

한참 빤히 세륜을 올려다보던 연수는 뒤늦게 그가 바람 부는 방향에 서서 자신을 감싸고 있다는 걸 알아차렸다. 오늘은 왁스로 머리를 올리지 않아 바람이 불자 그의 머리가 흩날렸다.

"너, 화난 거 아니야?"

"화났는데. 왜?"

"그런데 왜 이래? 왜…… 다정하게 굴어?"

"화는 화고, 이건 이거지. 난 누구완 달리 화났다고 해서 행동까지 변하지는 않거든."

예전이라면 당연하게 받아들였을, 아니, 고마운 줄 몰랐을 그의 다정함을 본 연수의 표정이 흐려졌다. 그녀는 눈가가 뜨거워지자 고개를 숙이고 괜스레 타박했다.

"직권 남용하면서 괴롭혔으면서. 쌩하니 먼저 퇴근하고. 그건 행동 변한 거에 속하지 않나 봐?"

"그거 아니면 언제 내가 네 위에 서보는데? 그동안 먼저 숙이고 들어간 게 억울해서 그것 좀 만끽해 봤다."

"매번 져준 척하지 마."

"양심 없는 하연수."

"그래! 나 양심 없다!"

"그럼 이번에 양심 좀 챙겨보든가. 나 화난 거 알면 좀 풀어줘 보지? 뭐 잘했다고 자기도 화를 내나 모르겠네."

"정확하게 왜 화가 난 건데? 분명 네가 먼저 오해해서 싸운 거다."

"와, 진짜. 우리가 같이 자고 난 뒤에 자신이 한 행동은 하나도 생각 안 나나 봐? 내가 잘못한 것만 기가 막히게 필터링해서 기억하지."

"……."

"그리고 지금 너, 내가 왜 화난 건지 진짜 몰라? 내가 왜 화났냐고 물었어봐. 왜 화났는지도 모르냐고 고래고래 소리 지르겠지. 가만 보니까 진짜 양심 없다? 내가 왜 화났는지 알아볼 생각은 하지 않고 똑같이 화내?"

"……."

말싸움을 하다가 연수가 말문이 막힌 건 드물었다. 세륜은 자신이 당했던 걸 고스란히 돌려주었지만 속이 후련하기는커녕 더 답답하고 짜증나고 껄끄러움이 남았다.

"이겨도 좋을 거 하나 없네."

혼자 중얼거린 세륜은 초인종을 눌렀다. 그때까지 고개를 숙이고 있는 연수의 이마를 그가 가볍게 손가락을 튕겨 때렸다. 단번에 그녀가 고개를 들고 흘겨봤다.

세륜의 시선은 여전히 따뜻했다. 이것저것 따지듯 내뱉은 말과 다른 눈빛에 연수가 혼란스러운 표정을 지었다.

"너, 왜 이랬다저랬다야."

"내가 뭘 이랬다저랬다 했어."

"그랬어. 지금 그러고 있어."

"뭔 소리야. 들어가기나 해. 감기만 걸려봐. 병원 끌고 가서 주사 맞힌다."

싫어하는 주사로 협박하자 연수가 발로 그의 정강이를 차려 했다. 재빨리 피한 세륜은 열린 대문을 밀고 연수의 팔꿈치를 잡아 걸음을 옮겼다.

집 안으로 들어가자 세인이 두 사람을 보더니 고개를 돌려 모르는 척했다. 세륜은 자신 몰래 연수에게 따로 연락한 누나를 노려본 뒤 부모님께 인사했다.

"저희 왔어요."

"안녕하셨어요."

세륜의 인사에 이어 단정하게 인사한 연수는 따뜻한 집 안 공기에도 몸이 풀리기는커녕 더 긴장해 빳빳하게 굳었다.

"어서 와라. 밥 먹어야지?"

세륜의 모친인 주연이 며느리인 채희에게 고개를 끄덕였다. 밥을 차리라는 무언의 말에 채희가 부엌으로 향했다.

"저도 도울게요."

역시나 연수가 안절부절못하며 말을 떼었다.

"두 사람 것만 차리면 되니까 금방 차려. 도울 거 없을 텐데 앉아 있어."

세인의 말에 자신에게 달려든 석훈을 안아 든 세륜이 눈썹을 올렸다.

"두 사람? 우리?"

"응. 아침을 안 먹었더니 배고파서 우리 먼저 먹어버렸어."

세륜은 석훈을 내려놓고 연수의 표정을 살폈다. 입가에 미소를 띠고 있지만 진짜 웃음이 아니었다. 그는 석훈에게 나중에 놀아주겠다고 한 뒤 연수에게 시선을 내렸다.

"우리가 차려 먹자, 그럼."

"응? 응."

"형수님! 저희가 차려 먹어요!"

두 사람은 코트를 벗은 뒤 나란히 부엌으로 들어갔다. 마저 차려주겠다는 제희를 거실로 몰아낸 세륜은 직접 상을 차렸다. 연수도 그를 거들었다.

"국 뜨겁다. 천천히 먹어."

주의를 주면서 세륜은 연수가 좋아하는 오이소박이를 먹기 좋게 가위로 잘라 앞에 놓아주었다. 그리고 그녀가 먼저 한술 뜨는 걸 확인한 뒤에야 그는 식사를 시작했다.

예전이라면 남이 차려주는 것도 아닌데 편하게 굴라고 했을 세륜이 먼저 나서서 자신들이 차려 먹겠다고 해서 연수는 식사 내내 그를 생경한 눈으로 쳐다봤다.

식사를 마치고 세륜은 뒷정리를 하고 연수는 설거지를 했다. 먼저 뒷정리를 마친 세륜이 싱크대 옆에 기대섰다.

"설거지 마치면 집에 데려다줄게."

"뭐라고 하고?"

"핑계야 많지. 회사 일, 결혼식, 상, 꼭 참석해야 하는 모임. 골라봐. 내가 잘 이야기할게."

"전부 다 써먹은 거잖아."

"다 기억하시겠어? 잘 이야기하면……."

말을 하며 고개를 돌리던 세륜은 똘망똘망한 눈과 마주쳤다. 언제 온 것인지 석훈이 개구쟁이 미소를 짓고 앞에 서 있었다.

"연수 이모 오늘 회사 가고 결혼식 가고 상 받아?"

석훈의 목소리에 연수의 손이 멈췄다. 그녀는 고개를 돌려 어깨 너머로 석훈을 내려다봤다.

자신이 말한 상이 장례식을 뜻하는 상인데 어린아이의 해석이 귀여워 세륜은 픽, 웃었다. 그러다 그는 난처한 얼굴을 했다.

"연수 이모 집에 가?"

석훈이 울상 어린 표정으로 물었다. 회사 가고 결혼식 가고 상 받아야 해서 같이 못 노는 거냐는 질문이 이어졌다. 두 사람이 대답이 없자 실망한 석훈이 울먹이며 몸을 돌리고 뛰어가려는 태세를 취하자 세륜이 재빨리 잡았다.

석훈이 거실로 나가 무슨 말을 할지 몰랐다. 들은 말을 다 이야기하면 큰일이었다. 연수도 물을 잠그고 고무장갑을 벗은 뒤 석훈과 눈을 맞췄다.

"아니야. 석훈아, 이모 안 가."

세륜이 팔꿈치로 연수를 치면서 애한테 거짓말하면 안 된다는 눈짓을 했다. 잘 타일러야 한다고 눈으로 말했지만 이미 석훈은 해사하게 웃으며 연수의 말을 받아들였다.

"거기 수영장도 있어. 이모 안 가봤지? 석훈이 수영하는 거 보여줄게! 맛있는 것도 많이 있어! 석훈이가 구경시켜 줄게! 진짜 재미있어!"

몇 번 가본 석훈이 신이나 연수에게 눈을 반짝거렸다.

"……그래. 재미있겠다."

연수를 구경시켜 줄 생각에 신이 난 석훈은 세륜과 그녀의 대화를 엿들은 걸 까맣게 잊고 방방 뛰다가 거실로 나갔다.

"석훈이가 있는 줄 몰랐어."

"이미 가기로 했던 건데, 뭐."

세륜이 빼주겠다고 했지만 반쯤 각오하고 왔었다. 연수는 마저 설거지를 하기 위해 돌아섰다.

"그냥 편하게…… 아니다."

아무리 편하게 생각하라고 말해도 그러지 않았던 연수인지라 세륜은 말을 말았다.

설거지를 마치고 거실로 나와 가족과 같이 자리했다. 근황을 묻는 말에 가볍게 대답을 했고, 이야기는 친가 외가의 이야기로 이어졌다.

잘 알지 못하는 이야기에 연수는 묵묵히 듣고만 있었다. 그녀는 이럴 때면 늘 자신이 섞이지 못한 부유물 같아 이질감에 사로잡히

곤 했다. 이번에도 똑같은 기분이 들었고 옆에 있는 세륜이 타인
처럼 멀게 느껴져 가슴이 선득해졌다.

내내 가족과 이야기하던 세륜은 무심코 고개를 돌렸다가 시선
을 내리고 꼿꼿하게 앉아 있는 연수를 보고 이마를 찡그렸다.

분명 옆에 앉아 있는데 홀로 다른 공간에 있는 것 같았다. 섞일
생각이 없다는 듯 대화에 동참도 하지 않고 가만히 앉아 있…….

연수의 태도에 불만을 갖던 세륜은 갑자기 드는 생각에 눈을 질
끈 감았다가 떴다.

지금까지 대화한 것에서 연수가 제대로 아는 게 없었다. 아버지
와 사이가 안 좋고 어머니가 돌아가시면서 외가와는 아예 연락이
끊긴 연수는 가족이나 친척들 이야기에 불편해했었다. 그러다 보
니 자신도 이야기를 꺼내지 않았었다.

세륜은 문득 연수가 자신의 가족을 두고 추악한 질투를 했다고
고백한 걸 떠올렸다. 그리고는 왜 그녀가 그런 생각을 하게 됐는
지 오래전 일을 더듬었다.

가족에게 연수를 소개한 뒤 자주 만남을 가졌다. 자신의 가족과
빨리 친해졌으면 하는 마음에 본가로 자주 데리고 왔다. 연수는
그걸 내켜 하지 않았지만 자주 봐야 친해지지 않겠느냐고, 친해지
면 가족처럼 편해질 거라고 달랬다.

하지만 반년이 지나도 연수는 가족에게 낯을 가렸다. 그래서 더
친해졌으면 하는 마음에 가족 여행에 데리고 갔다. 여행에서도 연
수는 가족들과 어울리지 못하는 모습을 보여 한숨이 나왔었다. 괜

히 데리고 갔나 싶었다.

그 여행 뒤로 분위기가 좋지 않았다. 연수는 계속 날카롭게 굴었고 그걸 맞춰주느라 힘들었다. 그러다 참지 못해 왜 그러느냐고 화를 냈더니 연수는 여행 이야기를 꺼내며 많이 불편했다고 온갖 짜증을 냈다.

너무 질색하는 게 마치 자신의 가족을 이상하게 취급하고 꺼려하는 것 같아 불쾌해 다시는 같이 여행 가는 일 없도록 하겠다고 받아치며 크게 싸웠었다.

그 이후로 여행은 피했지만 연수가 가족들과 친해졌으면 하는 건 여전했기에 만남은 계속 가졌다.

하지만 몇 년이 지나도 여전히 연수는 가족을 불편해하고 있었다. 그리고 그녀는 자신과 가족에게 좋지 않은 생각을 가졌다.

연수가 자신의 가족에게 뭘 해주기를 바라서 어울리게 한 건 아니다. 단지 가족이 없어서 외로운 그녀에게 가족의 정을 느끼게 해주고 싶었던 거였다. 그런데 연수는 정을 느끼기는커녕 열등감과 자격지심이 생겼다.

'왜 자신의 의도와 다르게 연수는 그런 생각을 한 걸까. 내가 자신의 아버지를 험담해서? 내 가족과 은연중에 비교해서?'

지금도 그런 생각을 하고 있는지, 그래서 어울리지 못하고 있는지, 세륜은 예전에 다 헤아리지 못했던 연수의 심정을 이해하기 위해 생각에 잠겼다.

"왜 그렇게 봐?"

뒤늦게 세륜이 자신을 빤히 보고 있는 걸 알아차린 연수가 당황해하며 물었다. 세륜의 그런 행동이 가족들도 의아했는지 모두 시선을 모았다.

"연수 얼굴 뚫어지겠다. 엄마, 쟤 왜 저래?"

세인의 말에 주연은 어깨를 으쓱였다.

"그냥 보는 거야."

세륜은 무릎 위에 올려진 연수의 손을 감싸 쥐었다. 놀란 토끼 눈이 되어 자신을 보는 그녀를 지그시 보던 그는 세인의 말에 입꼬리를 올렸다.

"눈에서 꿀 떨어진다?"

"보기 좋은데 너는 왜 그러니."

주연이 딸을 타박하고는 연수에게 인자한 미소를 보였다.

"그러고 보니 연수, 네가 회사 일이 많이 바빠서 오랜만에 보는구나. 바쁜 건 괜찮아졌니?"

"네. 직장 옮겨가면서 적응하느라 조금 고생한 거 말고는 괜찮아요. 세륜이가 최근에는 더 많은 도움을 줬어요."

자신만 알아듣는 가시가 박힌 말에 세륜은 낮게 웃었다.

"연수, 직장 옮겼니?"

"직장 옮겼어? 세륜이가 무슨 도움을 줘?"

주연과 세인이 동시에 하는 질문에 연수가 세륜을 쳐다봤다. 그 사이 다른 가족들도 궁금한 얼굴을 했다.

"말씀 안 드렸었어."

세륜이 그걸 이야기할 정신이 있었겠느냐는 표정으로 말하자 연수가 고개를 끄덕였다.

"전에 다니던 회사가 세륜이가 다니는 회사에 인수합병되었어요."

"그럼 세륜이와 같은 회사에 다니고 있니?"

"네. 같은 부서예요."

"같은 팀이고요. 연수가 제 부하직원으로 들어왔어요."

세륜이 설명을 덧붙였다. 부하직원이라는 말에 연수가 눈을 흘기자 그가 뭐 틀린 게 있느냐는 시선으로 응수했다.

"어머! 세륜이랑 연수 인연이기는 한가 봐. 신기하다. 어떻게 그런 일이 일어나지?"

세인의 말에 가족 모두가 고개를 끄덕이며 신기해했다.

그 신기함이 당사자들만 하겠는가. 더군다나 헤어지고 난 뒤에 그 상황을 겪어 더 놀랐었다. 그 생각을 한 연수는 지금 자신과 세륜이 미묘한 상황에 있다는 걸 깨닫고는 마른침을 삼켰다. 그녀의 생각을 알아차렸는지 세륜이 감싸 쥔 손의 손등을 툭툭 두드리며 괜찮다고 다독였다.

화제가 두 사람의 회사생활이 되면서 연수의 입이 수차례 열렸다가 닫혔다. 가족들과 이야기 나누는 걸 보는 세륜의 머릿속에 섬광이 지나갔다.

아까처럼 친척들 이야기가 오갈 때 한 번도 설명해 주지 않았다. 연수가 그런 주제의 이야기를 싫어하니까, 라는 이유로 설명하지 않았다. 아무것도 모르니 대화에 동참할 수 없었는데 그걸 그냥 내버려 뒀다.

그것뿐만이 아니었다. 다른 이야기를 할 때에도 자신은 연수가 대화에 동참할 수 있도록 이끌어준 적이 없었다. 그러면서 늘 수동적인 그녀의 태도를 못마땅해했다.

생각해 보면 자신은 연수를 데려와 놓고 방관했다. 스스로 가족들과 친해져 봐라, 가만히 있지 말고 어서 무언가를 해봐라, 지켜보면서 답답해했었다.

자신은 연수에게 가족들과 친해지라고 강요하면서 해주는 것 없이 그녀를 내팽개쳤다. 연수 앞에서 가족들과 어울리며 자신도 은연중에 그녀를 배척했던 거다.

가족들과 어울리지 못한다고 다그칠 게 아니라 도움을 줬어야 했다. 이야기에 동참하지 못하면 설령 그녀가 싫어하는 주제라도 설명을 해줬어야 했다.

세륜은 생각해 보니 이것 말고도 그녀를 내팽개친 적이 있다는 걸 떠올렸다.

"나 혼자 두지 마."

"뭘 혼자 둬. 가족들이랑 같이 있잖아."

"너 없으면 불편해."

"뭐가 불편해. 가족처럼 편하게 해주시는데. 너도 편하게 굴어."

석훈이 놀아달라고 해서 놀이방에서 놀다 왔을 때 연수가 하는 불평에 그렇게 대꾸했다.

가족처럼 편해지라고……. '가족처럼'이라고 하면서 자신은 그녀가 처음부터 '가족'으로 행동하기를 바랐다. 그녀의 말이 맞았다. 자신에게나 가족이지 연수에게는 아니었다. 그러니 불편한 게 당연했다. 그런데 그녀를 혼자 둔 적이 더러 있었다.

세륜은 자신이 자리를 뜰 때마다 연수의 눈동자가 불안하게 흔들렸던 걸 떠올리자 미안함이 생겨났다. 그동안 몇 번이고 그녀의 불편함과 혼자 남겨지는 두려움을 외면했었다.

"네 잘못이 아니야. 나라도 그랬을 거야. 네가 그런 생각을 하게 된 건, 내가 널 배려하지 못해서 그런 거야."

정작 뭘 어떻게 배려하지 못했는지 전부 알지도 못하면서 사과했다. 그때는 그 말의 본질을 제대로 모르면서 했었다. 헤어지면서 했던 말을 이제야 진심으로 할 수 있을 것 같았다.

세륜은 가족들과 이야기를 끝낸 연수가 자신을 보자 미안한 표정을 지었다. 영문을 알 수 없는 그의 표정에 그녀가 고개를 기울였다.

"삼촌. 우리 저기 가서 놀자."

어른들의 이야기에 지루해졌는지 석훈이 세륜의 팔을 잡아당기며 놀이방으로 가자고 했다. 설핏 굳어지는 연수의 얼굴을 본 세륜은 고개를 저었다.

"나중에. 삼촌이 나중에 놀아줄게."

그의 거절에 석훈이 칭얼거리기 시작했다.

"석훈아, 이제 출발해야 하니까 가서 놀자. 알았지?"

석훈은 엄마의 부드러운 타이름에 다행히 더는 떼쓰지 않고 물러났다.

　슬슬 출발하자는 의견에 다들 일어나 옷을 챙겨 입고 짐을 챙겼다. 세륜과 연수는 코트를 입고 먼저 집 밖으로 나왔다.

　"연수야."

　"응?"

　"아니다. 가자."

　세륜은 연수의 손을 잡고 걸음을 옮겼다. 뭔가 이상한 느낌에 그녀가 그의 표정을 살폈다.

　"혹시 나 실수한 거 있어?"

　"실수라니?"

　"아버님이나 어머님께."

　"아니. 없어."

　"그럼? 내가 아직도 불편해서 그래? 그거 가지고 뭐라 하는 거 이제 그만하면 안 돼?"

　세륜의 가족과 만나면 늘 크고 작든 다투었다. 또 그것 때문에 이러는 건가 싶어 연수가 이맛살을 구겼다.

　"그런 거 아니야."

　"그럼 뭔데?"

　"미안해서."

　"미안하다니?"

　"친해지라고 강요한 거. 그러면서 너 혼자 내팽개친 기."

　"……응?"

　조수석 문을 연 세륜은 올라타라고 고갯짓을 했지만 연수가 가만히 서서 자신을 올려다보자 한숨을 내쉬었다. 그녀가 자신이 한 말이 뭔지 알아차리는 기색에 세륜은 또 미안한 표정을 지었다.

"우리가 헤어진 이유 중 내가 잘못한 걸 알아가는 중이야. 그리고 고치려고."

"그게…… 뭔데?"

"나라도 그랬을 것 같아. 그런 생각했을 것 같아. 도움 없이 너 알아서 하라고 등을 떠미는데 방법은 모르겠고. 아는 게 없어서 끼어들 수 없고. 그래서 더 멀게 느껴지고. 너 빼고 다들 웃고 있었으니, 나마저도 즐거워했으니 네가 많이 외로웠을 거라는 거 이제 알았어."

"……"

"이럴 거면 왜 나를 데리고 왔나. 나는 하나도 즐겁지 않고 불편하기만 한데. 그게 쌓이고 쌓이면 네가 했던 생각 했을 것 같아."

연수는 자신이 그 추악하고 창피한 생각을 했던 걸 꺼내자 쥐구멍으로 숨어들어 가고 싶었다. 그런데 세륜이 정말로 이해한다고, 공감한다는 표정으로 자신을 보자 그녀는 내면의 무언가가 와르르 무너지는 걸 느꼈다.

"그런 생각만 한 거 아니야. 네 가족들 정말 좋아. 네가 가족들과 행복한 것도 좋아. 그 모습을 보고 있으면 가슴이 따뜻해질 때가 더 많아. 같이 끼고 싶은데 그러지 못해서…… 그래서…… 내가 함께하지 못하니까……. 미안해. 못나게 굴어서 미안해."

"알아. 좋아하는 거 알아. 그런데 연수야."

"……응?"

"네 잘못이라고 생각하지 마. 이건 내 잘못이야. 그러니까 창피해하지 말고 자책도 하지 마."

세륜은 연수의 볼을 감싸고 괜찮다고 웃어 보였다.

차 안은 적막감에 휩싸였다. 연수는 오늘 세륜이 본가에서 보인 행동과 그가 한 말을 곱씹었다.

세륜이 어떤 마음으로 자기 가족들과 친해지기를 바랐는지 안다. 하지만 자신은 준비가 되어 있지 않았다. 갑자기 마주한 그의 가족들에게 어떻게 해야 할지 몰랐다.

세륜의 여자 친구라는 것만으로 두 팔 벌려 환영해 주는 그의 가족이 감사했지만 처음으로 겪는 일이라 어리둥절하기만 했다.

당연히 예쁨받고 싶었다. 하지만 예쁨받는 법을 몰랐다. 뭘 해도 자신은 미움을 받았었다. 어릴 때부터 그 미움에 익숙해서 사랑받는 것에 두려움이 있었다.

자신의 어떤 모습을 보고 실망하고 미움받게 되면 어떡하지?

그 걱정에 행동이 밉보일까 봐 조심했는데, 그 조심성 때문에 더 가까이 다가가지 못했다. 세륜은 그걸 못마땅해했고, 자신을 이해해 주지 않는 그에게 반감이 생겨 버렸다. 그 반감을 엉뚱하게 그의 가족에게 더 벽을 세우는 걸로 표현했다.

오랫동안 이어지면서 그의 가족 앞에서 긴장하는 게 습관이 되어버린 것 같다.

그의 가족을 만나는 것에 대한 부담감을 이해해 준 적이 없었는데, 오늘 세륜이 자신의 마음을 헤아려 주자 그동안 켜켜이 쌓였던 서운함이 사르르 풀렸다.

그저 알아주면 되는 거였나 보다. 진작 속내를 털어놨다면 그가 더 빨리 알아줬을 텐데.

연수는 세륜이 말 좀 하라고, 털어놓으라고 닦달했던 걸 떠올리고는 입술을 사리물었다.

"세륜아."

"음?"

살짝 고개를 틀어 연수의 얼굴을 흘끗 본 세륜은 다시 전방을 주시했다. 듣고 있으니 말해보라는 듯 그가 오른손을 뻗어 손가락 등으로 볼을 건드리고 손을 거뒀다.

"내 잘못이 맞는 것 같아. 나는 노력을 안 했어. 그저 네가 뭘 해주기를, 이끌어주기를 바랐어."

"내가 뭘 못 해주고 안 이끌어준 거지, 그럼."

"아니. 내 잘못이야."

"내 잘못이라니까."

"내 잘못이라고."

"내가 잘못했대도?"

서로가 잘못했다고 우기던 두 사람은 동시에 힘 빠진 웃음을 흘렸다.

"내가 우리가 헤어진 이유들이 하나도 해결이 되지 않아 다시 시작할 수 없다고 해서 이러는 거야?"

"그럼 왜 이러겠어? 난 지금 너랑 다시 잘해볼 생각밖에 없어."

"그걸 다 해결하면 우린 괜찮아질까?"

"지금보다는 나아지겠지."

"그런데…… 우리 왜 헤어졌지?"

분명 그때는 아주 심각한 이유였는데, 하나가 풀어지는 지금 모든 게 별거 아니었던 것 같다. 나머지들도 이렇게 대화로 풀 수 있는 사소한 문제이지 않을까 하는 생각이 들었다.

"솔직히 나도 그 생각 많이 했거든? 막연하게는 알겠는데, 뚜렷하게 딱 뭐 때문인지 말 못 하겠다. 우리 사이의 문제를 풀 방안을 고심하느라 애먹고 있었어. 그런데 그걸 나한테 물으면 어떡해. 네가 헤어지자고 했었잖아. 아, 갑자기 짜증나려 해."

RPM이 확 올라갔다. 급격하게 높아지는 속도에 연수가 안전벨트를 꽉 쥐었다.

"진세륜! 안전운전!"

오랜만에 듣는 연수의 잔소리에 피식 웃은 세륜이 액셀러레이터를 밟은 발의 힘을 뺐다.

"하연수. 복잡하게 생각하지 마. 마음 가는 대로. 오빠가 하자는 대로 하니까 얼마나 좋아."

"뭐가 좋은데?"

"최소한 지금 같이 있잖아. 오빠가 나머지도 다 해결해 줄 테니 걱정 마."

그의 귀여운 허세에 연수가 코를 찡긋했다. 그녀는 다 하지 못한 말을 이어갔다.

"……가상 큰 이유는 그거였어. 네 사랑이 다치는 게 싫었어. 내가 솔직하지 않을 때가 있어서 네가 나 때문에 늘 불안해하고……."

"집착이 늘어갔지. 다 알아야 한다고 닦달하면서 네 입을 더 다물게 만들었고, 네 사랑도 힘들게 했지. 전부 다 누구 한 명의 문제가 아니야."

"……."

"하연수. 그냥 오빠 믿고 따라와."

"자꾸 오빠래. 내가 더……."

"생일 빠르거든?"

연수의 레퍼토리를 빼앗은 세륜은 큭큭, 낮게 웃다가 돌연 정색했다.

"아 참. 나 아직 화났다."

"갑자기 뭐야?"

"화는 화고, 이건 이거고. 여튼 나 화났어."

"흥! 나도 화났거든?"

"……끝까지 뻔뻔한 하연수. 이런 널 나 아니면 이렇게 사랑해 줄 사람 있을 것 같아? 잘 좀 하지?"

"누구는 뭐 안 그러나?"

"흐음. 너만큼 나 사랑해 줄 사람 없다고?"

세륜의 눈매가 가늘어지면서 휘었다. 그가 의기양양하게 웃는 걸 본 연수가 눈가를 샐그러뜨렸다.

"일관성 있게 행동하지? 화난 거 맞아?"

"풀렸나 보지."

연수가 기가 찬 웃음을 흘렸다.

"그런데 우리 지금 그러면 헤어지고 다시 시작하는 중인 거야?"

"하여튼 또 이상한 것만 따지고 들려고 하지."

"계속 포지션이 애매하잖아. 어떻게 해야 할지 모르겠단 말이야."

"네가 원하는 대로 하자. 이제 와서 뭐든 상관없지."

연수가 검지로 제 입술을 두드리면서 생각에 잠겼다.

"그래도 내가 헤어지자고 했는데 다시 아니라고 하면…… 좀 없어 보이지?"

"아니. 있어 보여. 아주 많이 있어 보여."

"아니야. 없어 보이지."

"누구 약 올려? 내 대답 무시할 거면 왜 물어? 아, 이게 싫다고! 너 내 말 좀 들어라!"

"왜 화를 내? 그래 헤어져! 헤어진 거지!"

세륜은 근 시일 내에 꽤 여러 차례 차이고 헤어진 기분을 맛봐서인지 이 정도 연수의 앙탈에는 코웃음을 쳤다.

"그래. 헤어졌다 쳐."

"헤어졌다고 친 게 아니라 헤어진 거야."

"그래. 헤어지고 다시 시작하는 단계. 됐어?"

"너 좀 변했어."

"……갑자기 또 왜."

"나 좋다고 쫓아다닐 때에는 이렇게 나한테 소리친 적 없었어."

"와, 이야기가 왜 거기로 튀어? 애가 또 사람 미치게 하네. 너 진짜 고약한 거 알지? 내가 그 말 질색하는 거 알면서 그러는 거지?"

"그러니까 잘 좀 해."

아까 자신이 했던 말을 다시 돌려받은 세륜이 하, 짧은 숨을 토해냈다.

"이 이상 어떻게 잘해? 내가 너한테 들인 정성이면 나라도 세웠어!"

"그 나라 두 번 세우면 되겠네."

기가 차서 연수를 쳐다본 세륜은 다시 전방을 주시하면서 얼굴을 일그러트렸다.

"이왕 다시 시작하는 거 나도 콧대 좀 세워봐야겠다. 하연수, 너도 나라 세우는 정성으로 나 꼬셔라."

"꼬시라고?"

"어. 누가 먼저 넘어가나 해보자. 너는 내 진가를 모르는 것 같아. 그러니 이리 막 대하지. 너무 쉽게 내가 네 손에 쥐어져서 그런가."

투덜대던 세륜은 연수에게 오른손을 내밀었다. 손가락을 까딱이는 걸 보고 그녀가 그 손 위에 자신의 손을 올렸다.

"진가 잘 아는데. 나한테 네가 가장 소중해."

"……넘어갈 뻔했네."

피식 웃은 세륜이 손을 꼭 쥐었다.

"그런데 우리 좀 이상하지 않아? 분명 싸우고 심각했는데 지금 이러고 있잖아."

"너랑 있으면서 정상적이었던 적이 별로 없는데."

"……뭐지? 기분 나빠해야 하는 말이지?"

손등에 날카로운 손톱이 박혔다. 손등만큼이나 옆얼굴이 따가워지자 세륜은 잡은 손을 놓고 힘을 줘 빼냈다.

❖

처음 여행에 동행했을 때는 방과 화장실이 여러 개 딸린 VIP 객실에서 함께 묵었고, 세인이 결혼하기 전이라 같이 방을 썼었다. 이번에도 그러겠거니 했던 연수는 세륜이 따로 카드키를 받아 들자 당황했다. 그녀는 자신의 캐리어와 그의 짐 가방을 들고 가는 세륜의 코트 자락을 잡아당겼다.

"왜?"

"우리 둘만 따로 써?"

"응. 내가 따로 잡아달라고 한 거 아니다."

"그럼 세인 언니인가? 다 같이 한 객실을 쓰는데 우리만 어떻게 따로 써?"

"넌 그게 더 편하잖아. 그냥 쓰자."

"……싫어. 나도 노력할 거야."

연수는 자신의 말에 부드럽게 웃는 세륜에게서 카드키를 빼앗아 세인에게 다가갔다.

"세인 언니, 저희 따로 객실 안 주셔도 돼요."

"응? 아, 그거? 엄마하고 아빠가 그렇게 하라고 하셨어."

"어머님하고 아버님께서요?"

"응. 석훈이하고 서림이 때문에 편히 못 논다고. 엄마가 너 살

빠진 것 같다고 걱정하시더라. 직장 옮기면서 일 때문에 제대로 쉬지도 못했을 텐데 우리 신경 쓰지 말고 푹 쉬라고 하셨어. 오늘 그냥 둘이 놀고 쉬어. 내일 아침 먹을 때나 보자."

"아, 괜찮아요."

연수가 고개를 절레절레 젓는데 주연이 두 사람이 대화하는 걸 보고 다가왔다.

"왜 그러니? 객실 때문에? 연수야, 괜찮으니까 푹 쉬어. 여기 마사지 받는 것도 있으니까 꼭 받고. 먹고 싶은 것도 많이 먹고 그래. 세륜이, 너는 같이 일한다면서 연수 살 빠진 거 안 보였니? 네 아버지가 너 가만 안 둔다고 하시더라."

가만히 서 있던 세륜은 자신에게 타박이 쏟아지자 눈가를 찡그렸다. 모친의 엄한 눈초리에 그는 잘못했다는 듯 가볍게 고개를 끄덕였다.

"어머님, 저 정말 괜찮아요."

"그렇게 해. 안 그러면 나도 아버지한테 쓴소리 듣는다. 애들 나가 사는 거 뻔히 알면서 한 번도 안 살폈냐고 노발대발하시더라. 오늘 푹 쉬고, 내일 보자."

"아니, 어머님……."

"그렇게 할게요. 가요. 엘리베이터 잡고 기다리고 있네요."

연수는 끼어든 세륜에게 그러지 말라고 눈빛으로 이야기했지만, 그는 한 손에 짐을 다 들고 그녀의 어깨를 감싸 걸었다. 그에게 이끌려 간 연수는 엘리베이터에 올라탄 뒤 고개를 푹 숙였다.

객실 층수가 달랐다. 먼저 내리는 가족들에게 인사히는 연수이 얼굴이 발개졌다. 다시 엘리베이터 문이 닫히고 둘만 남게 되자 연수가 손으로 얼굴을 가렸다.

"왜 그래?"

"민망해."

"뭐가?"

"우리 둘만 따로 객실 주신 거. 그것도 어머님하고 아버님이 그러셨다잖아."

"뭐가 민망해? 감사한 거지."

"……다른 방을 쓰실 거라고 생각하시고 그러신 거겠지?"

세륜은 부모님이 따로 객실을 준 이유에 밤에 남녀 사이에서 일어나는 일을 배려하고자 하는 게 포함되어 있지는 않았는가 걱정을 하는 그녀를 보고 실소를 흘렸다.

"6년 넘게 아무 일 없었다면 부모님이 내 신체 건강을 걱정하시겠지. 당연히 한 침대 쓰겠거니 하실걸."

"진세륜!"

연수는 마침 열리는 엘리베이터를 쏙 빠져나가는 세륜을 눈을 흡뜨고 노려보았다.

객실로 들어와 안절부절못하는 연수를 놔두고 세륜은 태연하게 자기 짐 가방을 열어 수영복을 꺼냈다.

"혹시 수영복 가져왔어?"

"우리 지금이라도 객실 옮기자. 분명 가족들 있는 객실 클 거 아니야? 방 남는 거 있겠지?"

"수영복 없으면 대여하자."

"무슨 수영이야!"

연수는 세륜의 손에 들린 수영복을 낚아챘다. 도로 그녀의 손에서 낚아챈 세륜은 눈매를 좁혔다.

"내일 내가 부모님께 우리 손만 잡고 잤다고 말씀드릴게. 그럼 됐지?"

"다른 방을 썼다고 말해야지!"

"……그래. 그런데 그게 의미가 있을까 싶다."

"아니, 이게 아니지. 그런 말 하는 게 더 이상하지!"

"연수야, 네가 간과한 게 있는데."

"뭐를?"

"객실을 옮겨간다고 해도 부모님은 우리 같은 방 주실걸. 그리고 너 불편한 거 보고 싶지 않아."

세륜은 그만 포기하고 재미있게 놀다가 가자고 달랬다.

"……노력한다고 했잖아. 같이 해결해 나가기로 했잖아. 나도 더는……."

세륜은 연수의 뒷머리를 커다란 손으로 감싸고 부드럽게 매만졌다.

"천천히. 처음부터 너무 많은 걸 하려고 하지 말자. 오늘은 그 생각한 것만으로도 족해. 나도 이제 겨우 널 이해했어. 당장 해결될 게 아니잖아."

"그렇게 말하면 너무 아득해. 아주 오래 걸리면 어떡해?"

"흐음. 너 마음먹으면 당장 끝을 봐야 하는 성격이었지. 오래 걸릴 것 같지는 않은데. 그건 나도 싫고."

세륜은 씩, 웃고는 연수의 뒷머리를 자신의 가슴으로 끌어당긴 뒤 꽉 껴안았다.

"이봐, 전 여친."

"……왜 전 남친."

"그런데 우리 사이의 문제 다 푸는 거 말고도 하나 더 있잖아?"

"뭐?"

"나 꼬시라니까. 내가 그냥 만나줄 것 같아? 어림없지."

"그 말 진짜였어?"

"어."

"그럼 너도 나 다시 꼬실 거야?"

"나야 뭐. 한 번 꼬셨는데, 두 번째는 쉽지."

연수가 그의 가슴에서 얼굴을 떼고 그를 흘겨봤다.

그만 빙빙 돌아가자고, 서로 피차 다 아는 거 시간 낭비하지 말자고 해서 세륜이 자신을 꼬시는 순간 넘어가려고 했다. 더는 억지로 그를 밀어내고 복잡하게 고민하지 않으려고 했다. 그런데 저렇게 얄밉게 말하고 있었다.

"쉽게 넘어가 주려 했는데 안 되겠다. 그래, 네 말대로 누가 먼저 넘어가나 해보자."

"……쉽게 넘어와 주려 했었어? 그럼 방금 그 말 취소."

"비켜주시죠? 전 남친 씨. 그리고 왜 짐을 한 방에 풀죠? 전 남친 씨. 각방 쓰죠? 전 남친 씨."

"어느 부분에서 삐친 걸까?"

세륜은 연수가 갑자기 삐쳐서 화낼 때면 굉장히 곤혹스러웠다. 그녀의 감정을 따라가기 벅차다고 느낄 때면 우연히 인터넷에서 읽었던 글귀를 떠올려 깊은 공감을 하곤 했다.

「남자는 절대 여자를 이해할 수 없다.」

「남자가 알기에는 여자의 세계는 매우 복잡하다.」

「여자는 기쁘고, 즐겁고, 행복을 느끼면서 동시에 슬프고, 괴롭고, 불행을 느낀다.」

「여자는 자기 자신을 모를 때가 있다. 그러니 너도 모르는 걸 놀라워하지 마라.」

누군가가 여자 친구와 싸운 이야기를 세세하게 적어 왜 싸웠는지 모르겠다고, 알려달라고 인터넷에 글을 올렸는데, 밑에 남자들이 줄줄이 이렇게 댓글을 달았다.

그때 세륜도 한 글자 적었었다.

「?」

수많은 남자 동지들이 있다는 것에 위안을 받았다. 그렇다고 해서 연수가 뜬금없이 토라질 때 손 놓고만 있을 수 있는 건 아니었다.

세륜은 자신의 짐을 다른 방으로 빼는 연수를 말렸지만 결국 달래는 데 실패했다.

뭔지 모르지만 토라진 연수를 억지로 끌고 나와 수영장으로 내려온 세륜은 먼저 수영복을 갈아입고 나와 여자 탈의실 입구 근처에서 그녀를 기다렸다.

여자가 한 명씩 나올 때마다 확인하던 세륜은 드디어 기다리던 연수가 나오자 반가워하다가 얼굴을 굳혔다.

대여한 수영복이라 연수가 입은 건 원피스 수영복이었다. 비키니도 아니니 크게 걱정할 거 없겠지 했던 세륜은 뒤늦게 그녀의 몸매가 얼마나 환상적인지 자각했다.

늘씬한 다리부터 위로 쭉 훑어 시선을 올리던 세륜이 유려한 곡선의 몸매에 낮게 신음했다.

"수영 못하는 거 알잖아."

그는 나오자마자 투덜대는 연수의 몸을 돌려 등을 떠밀었다.

"잠깐만 딱 10분만, 아니, 15분만 탈의실에 있다가 나와라."

"왜?"

"잠깐 다녀올 데가 있어서. 딱 15분이면 돼. 절대 그 안에 나오지 마."

세륜은 연수가 탈의실 안에로 들어가는 걸 확인한 뒤 뒤돌아 뛰었다. 남자 탈의실로 들어가 번개 같은 속도로 옷을 갈아입은 그는 곧장 객실로 향했다. 자신의 옷가지 하나를 챙겨 다시 탈의실로 돌아와 수영복으로 갈아입은 뒤 수영장으로 들어섰다.

헉헉 숨을 몰아쉬는 그의 가슴근육이 크게 팽창했다. 세륜은 눈동자를 굴려 연수가 아직 탈의실에서 나오지 않은 걸 확인하고는 호흡을 가다듬었다.

1분도 지나지 않아 연수가 탈의실에서 나왔다.

"이거 입자. 수영복 위에 옷 입어도 된다고 하네. 추우니까 입자."

후드 집업 래쉬가드가 수영복 가방 안에 같이 들어 있었다. 비치도 아니고 입을 것 같지 않아 두고 내려왔었다. 세륜은 이걸 챙겨온 자신을 속으로 수 번 칭찬하며 연수에게 입혔다.

실내 수영장과 실외 수영장이 연결이 되어 있어 왔다 갔다 하는 사람들을 보던 연수는 다들 위에 옷을 걸치고 있어 고분고분하게 입었다.

드러난 다리가 거슬리기는 하지만 그래도 위에는 가렸다. 물속에 들어가면 다리는 보이지 않으니 이 정도면 괜찮았다.

세륜은 짧게 고개를 끄덕인 뒤 풀 쪽으로 그녀를 데려갔다.

"난 구경할게. 수영해."

"수영 안 해. 누가 수영하고 있어. 다들 물놀이하는 거지."

연인끼리, 혹은 가족끼리 온 사람들은 다 옹기종기 모여 물속에서 놀고 있었다. 세륜은 연수의 팔을 잡아 어깨를 돌렸다.

"뭐 하는 거야?"

"준비운동. 물놀이 전에 필수인 거 몰라?"

눈을 흘긴 연수는 그의 손이 허리를 잡자 벗어나면서 찌릿하게 노려봤다. 양손을 항복하듯 올려 다른 뜻이 없었다는 걸 표한 세륜은 물속으로 먼저 들어갔다. 조심스럽게 다리만 물속에 집어넣고 앉은 연수의 앞에 선 그는 가볍게 물을 그녀의 몸에 뿌렸다.

"들어와. 안 높아. 발 닿는 곳이야."

"물 무서워하는 거 알잖아."

첫 여행을 바다로 갔을 때 연수가 먼저 물에 들어가자 했기에 물을 무서워하는지 몰랐다. 그때 연수 혼자 발만 담그고 말아서 그 사실을 몰랐다가 처음 수영장에 같이 놀러 간 날 알았다.

바다는 얕은 곳이 있고 수면이 점차 높아지니 자신이 괜찮은 곳까지만 들어가면 되지만 수영장은 그게 조절이 안 돼서 무섭다고 했다.

연수가 물을 무서워해서 수영장에 가본 게 다섯 손가락 안에 꼽혔다. 워터파크는 아예 가본 적이 없었다.

"내가 너 물에 빠지게 둘까 봐? 기억 안 나? 우리 작년에 놀러 갔을 때 재미있게 놀았었잖아."

세륜의 말에 그때를 떠올린 연수의 입매가 위로 휘었다. 그가 풀 빌라를 예약해서 놀러 갔었다. 개인 풀이라 둘만 이용했었다. 그때 세륜은 커다란 튜브를 챙겨와 그 위에 자신을 앉히고 지칠 때까지 끌고 왔다 갔다 했었다.

"여기는 튜브 없잖아."

"튜브 말고. 이렇게도 놀았잖아."

세륜은 연수의 손목을 잡아당겼다. 불시에 당해 앞으로 넘어지는 그녀를 받아 안고 그는 뒤로 물러났다. 연수가 놀라 그의 목을 감싸 안았다.

"진세륜!"

"잠수한다, 숨!"

세륜의 경고에 연수가 숨을 크게 들이쉰 뒤 눈을 질끈 감았다.

포르르 물 안으로 빨려 들어갔다. 잔뜩 몸을 움츠렸던 연수는 세륜이 등을 쓰다듬자 조금씩 힘을 뺐다.

"푸하!"

몸이 올라가는 느낌이 들고 물 밖으로 나왔다. 연수는 숨을 토해내고는 두 손으로 얼굴을 훔쳤다. 물기를 다 닦아내고 흘러내린 잔머리를 넘긴 그녀는 세륜의 어깨를 꽉 붙들었다. 자신을 안은 채로 고개를 세차게 흔들어 물기를 털어내는 걸 보고 연수가 한 손으로 그의 얼굴을 닦아주었다.

세륜이 감았던 눈을 떴다. 연수가 더 위에 있어서 살짝 눈을 치떴는데, 그 모습을 본 그녀가 몸을 약하게 떨었다.

자신이 가장 좋아하는 그의 매력 포인트인 길고 깊은 눈매가 눈을 치켜뜨면서 더 섹시해지자 매료된 연수가 이끌리듯 손가락으로 조심스럽게 눈가를 더듬었다. 세륜이 눈을 지그시 감았다가 한참 뒤 다시 떴다.

촉촉하게 젖은 잡티 하나 없는 피부에 물방울이 또르르 흘렀다. 자신의 손가락에 닿은 물방울에 연수의 눈이 살짝 커졌다.

"재미있지?"

"재미는……. 놀랐잖아!"

연수는 태연한 척 굴며 그의 얼굴에서 손을 뗐다.

"잠수 좋아했잖아."

혼자서 물에 들어가라면 절대 안 들어가겠지만, 세륜이 꽉 안아주면서 같이 들어갈 때는 잠수가 재미있었다.

"갑자기 들어가니까 놀라 숨 막혔어."

"알았어. 또 할까? 숨 들이마시고."

눈을 질끈 감고 숨을 들이마시는 귀여운 모습에 세륜이 키득키득 웃었다. 그는 다시 몸을 낮춰 물 안으로 들어갔다.

바깥의 소음이 사라지고 물속의 소리가 귀에 웅웅 울렸다. 세륜 덕분에 처음으로 물에도 소리가 있는 걸 알게 되었다. 그 소리를 듣고 있으면 마음이 편안해졌다. 물 안에서 붕 뜨는 기분이 허공에 있는 것 같았다. 하지만 세륜이 붙잡아주고 있어서 안정감도 있었다. 뜨면서도 지탱되는 느낌이 너무 좋았다.

연수는 점점 숨이 차오르자 세륜의 어깨를 톡톡 두드렸다.

물 밖으로 나온 연수는 기분이 좋아 소리 내 웃었다. 그녀의 웃음소리에 세륜도 웃었다.

연수가 물에 익숙해지자 세륜은 그녀를 조심스럽게 내려놓고 손을 잡아주었다. 연수는 그의 손을 잡고 물 안에서 콩콩 뛰며 물놀이를 즐겼다.

2시간이나 물놀이를 하고 나오자 허기졌다. 두 사람은 뷔페를 이용하는 대신 룸으로 음식을 시켰다. 넉넉하게 시킨 음식을 앞에 두고 연수는 기분이 좋은지 연신 방긋거렸다.

세륜은 연수의 이런 미소를 오랜만에 보는 것 같아 덩달아 기분이 좋은 한편 마음 한구석이 묵직해졌다.

"재미있었어?"

"응. 오랜만에 진짜 재미있게 논 것 같아. 우리 여행도 오랜만이지 않아?"

오랜만. 세륜은 그 단어에 가슴 아래가 욱신거렸다.

둘 다 바빠서 한동안 데이트가 영화 보는 게 전부였다. 주말에는 집에서 쉬었고, 마지막으로 교외로 데이트를 간 게 꽤 됐다. 언제부턴가 데이트 패턴이 똑같아졌다. 예전에는 재미있는 곳, 좋은 곳에 데려가고 싶어서 열심히 돌아다녔었다.

세륜은 문득 소홀해지는 것에 익숙해졌다는 걸 느꼈다. 서로에게 익숙해지는 만큼 소홀해졌다. 그는 예전에 연수와 주고받던 메신저 기록을 보면서 그때도 소홀해졌다는 걸 깨달았던 걸 상기했다.

"그러게."

"그런데 진짜 우리끼리만 놀아도 돼?"

"어. 저녁 먹고 마사지 받으러 갈 거야."

"진짜 마사지도 받아?"

"응. 너만 받아. 나는 별로."

세륜은 마사지여도 모르는 사람이 자기 몸을 만지게 둘 사람이 아니었다.

그는 연수가 좋아하는 음식을 앞에 놓아주고 와인 병을 집어 들었다. 마실 거냐고 묻는 행동에 연수가 고개를 저었다.

"이따가 마사지 받고 마실래."

"그래, 그럼."

배가 고팠는지 연수는 빠르게 식사했다. 반면 세륜의 속도는 느릿했다. 연수가 먼저 식사를 마치고 수저를 내려놓자 그도 식사를 마쳤다.

"피곤해?"

"응? 아니. 왜?"

"좀 가라앉은 것 같아서."

"······좀 피곤한가 보다. 운전도 했잖아, 나."

"아, 그랬지. 나 마사지 받고 올 테니 먼저 쉬어, 그럼."

"조금 있다가 가. 먹자마자 누워서 마사지 받으면 소화 안 돼. 가뜩이나 소화불량을 달고 사는 애가."

세륜은 접시를 정리하는 연수의 손을 떼어내고 직접 정리한 뒤 직원을 호출했다. 직원이 왔다 간 뒤 그는 혼자 와인을 마시기 시작했다.

"먹으니까 졸려."

"그럼 잘래?"

"음······. 마사지 받고 싶은데."

"마사지 받다가 자는 거 아닌지 몰라."

연수는 설마 그러겠느냐고 대꾸하면서 세륜의 어깨에 얼굴을 기댔다. 그가 편히 기댈 수 있게 자세를 잡아주었다.

"우리 헤어지고 회사에서, 그것도 같은 팀으로 너 만나게 됐을 때 나 완전 패닉에 빠졌었는데. 네가 사표 쓰지 말라고 했을 때 그때 실은 정말 고마웠어."

"왜 또 그 이야기야."

"고맙다고. 네가 나 잡아줘서 고마워. 노력해 보자고 해서 고마워. 고마운 게 너무 많아."

"내가 너 잡으려고 말도 안 되는 핑계를 대느라 고생하기는 했지."

"치이."

"치이는 무슨. 내가 여러 가지로 고생했지. 나한테 미련 있는 거 알고 기회다 싶어 노력했잖아. 내 취향도 아닌데 머리 세우고. 그 거 큰 노력이다? 내가 머리 세우는 거 싫어하는 거 알지?"

"나, 그거 좋았어. 좀 설레었어. 너 머리 올린 거 좋아."

세륜은 와인 잔을 테이블에 내려놓고 손으로 이마를 덮은 머리 를 만지작거렸다.

"진짜 설레었었어? 맞아?"

"응. 너 잘생긴 거 새삼 느꼈다고나 할까."

"혹시나 했는데 진짜였네. 하연수가 내 외모에 설레었어."

세륜은 고개를 숙여 가볍게 이마를 부딪쳤다.

"지금도 설레. 가슴이 막 뛰어. 이런 거 느끼는 거 오랜만이야."

세륜의 눈이 휘었다. 그는 자신이 느끼고 있는 걸 사랑스럽게 다 이야기하는 연수의 손을 잡았다.

연수가 자신의 감정을 솔직하게 이야기하는 건 드물었다. 가끔 술을 마실 때나, 그게 아니면 정말 기분이 좋을 때였다. 지금 술을 마시지 않았으니 기분이 좋은 거였다.

"오랜만이라니. 나는 설렌 게 많았는데."

"진짜?"

"응. 너 보면서 설렌 적 많지."

"거짓말. 뭐, 그래도 듣기 좋네."

"듣기만 좋아? 설레지는 않아?"

연수는 웃으면서 그의 어깨에 얼굴을 비볐다. 잠시 가만히 있던 연수가 다시 입을 열었다.

"나 솔직히 많이, 정말 많이 창피했어. 다시는 네 앞에 설 수 없겠구나 싶었어. 지금까지 계속. 여기 오기 전까지 많이 부끄러웠어. 너한테 했던 말들, 행동······."

"지금은 설레는 이야기만 하자."

세륜은 그녀의 말을 자른 뒤 몸을 틀었다. 기댄 얼굴을 떼는 연수의 목 뒤로 팔을 넣고 다시 기대게 한 그가 눈을 감았다.

마사지 받는 곳에 연수를 데려다주고 온 세륜은 다시 생각에 잠겼다. 이번 여행에서 깨달은 게 많다고 여길 무렵 마사지를 다 받은 연수가 돌아왔다.

"노곤노곤하니 졸려. 와인 안 마시고 그냥 잘래."

"그래. 졸릴 때 빨리 자야지. 그만 자자."

세륜은 자연스럽게 연수를 따라 방으로 들어왔다. 그녀가 같이 자려는 거냐고 눈으로 묻자 그가 고개를 저었다.

"너 자는 거 보고 다른 방 가서 잘게. 낯선 곳에서 잠 못 자잖아."

세륜의 말이 맞았다. 아무리 피곤해도 낯선 곳에서 잠을 자지 못했다. 불면증이 더 심해져 밤새 뒤척일지도 몰랐다. 그런데 이상하게 그가 곁에 있으면 낯선 곳이어도 잠이 솔솔 잘 왔다.

긴 시간 세륜은 자신의 불면증을 고쳐 보려 노력했다. 그러면서 그도 덩달아 고생을 많이 했다.

처음에는 밤에 깨어 있는 자신이 심심해할까 봐 그는 밤새 문자를 하고 통화했다. 덕분에 세륜도 잠이 모자라 둘 다 학교에서 피곤해했었다. 그는 아르바이트까지 하는 자신을 걱정하느라 전전긍긍했었다.

세륜은 어떻게든 자신을 재워보겠다고 불면증에 좋은 음식이나 차를 꾸준히 사줬다. 잠은 아무 때나 자더라도 일어나는 시간은 일정해야 좋다는 말에 그는 아침마다 같은 시간에 깨우러 직접 집으로 오기도 했었다.

좀처럼 일어나지 못하는 자신을 억지로 깨우면서 많이 미안해했다. 가끔 도저히 못 깨우겠다고 그냥 자게 두기도 했다.

덕분에 불면증이 괜찮아졌는데 갑자기 심해진 적이 있었다. 그때 세륜은 아예 자신의 집에서 밤을 보내면서 재우려고 노력했다.

비몽사몽으로 자신의 등을 두드리며 자장가를 부르는 세륜의 노고 덕분인지 불면증이 차츰 나아졌다. 시간이 지나면서 그가 재워주는 것에 익숙해졌는지 그가 곁에 있으면 빠르게 잠이 들었다.

연수는 침대에 누워 재워주겠다고 자신의 옆에 걸터앉은 세륜을 응시했다. 어둠 속에서 그의 얼굴 윤곽을 더듬는데 눈 위로 커다란 손이 올라왔다.

"눈을 감아야 자지."

연수가 눈을 감자 눈썹이 손바닥을 살짝 긁었다. 간질거리는 느낌에 세륜이 눈가를 찡긋했다. 그는 손을 거두고 그녀의 가슴을 작게 토닥였다.

"자장, 자장."

"하암."

연수의 하품 소리에 세륜이 낮게 웃고 다시 자장가를 불렀다.

세 번의 자장가가 반복될 때 연수가 뒤척였다. 반듯하게 한 자세로 누워 있으니 몸이 뻐근했나 보다. 세륜은 그녀가 자신을 향해 돌아눕자 어깨를 토닥였다.

"졸린데……. 분명 졸린데…… 잘 것 같은데."

잠이 들 듯 말 듯 정신이 혼곤했다.

"그래? 곧 자겠네. 하암."

세륜의 말끝에 하품이 묻어났다. 미안한 마음이 든 연수가 이마에 주름을 잡았다.

"졸리면 가서 자. 나 곧 잘 것 같아."

"퍽이나."

고개를 돌려 굳은 목을 푼 세륜은 고민을 하다가 침대 위로 올라가 누웠다. 연수가 뒤로 물러나자 편하게 몸을 뉘이고 그녀의 목 아래에 팔을 밀어 넣었다.

"가서 자라니까."

몸을 일으키려는 걸 꽉 껴안아 막은 세륜이 그녀의 뒷머리를 매만졌다.

"이따가. 이따가 갈게. 너 자면. 앉아 있기 힘들어서 잠깐 누운 거야."

자신을 재우려고 노력하는 게 고맙고 미안해서 연수는 가만히 누웠다. 어서 잠이 들어야겠다는 생각에 눈을 감았다.

머리를 가볍게 매만지는 손이 등을 쓸어 만지고 다시 머리를 매만졌다. 그 기분 좋은 터치에 몸이 한결 더 나른해졌다.

쿵. 쿵. 세륜의 일정한 고동 소리가 들렸다. 낮게 가라앉은 그의 자장가 소리와 섞여 듣기 좋다. 그리고 그의 체취가 좋았다.

연수는 자신도 모르게 그의 품으로 더 파고들었다. 그리고 세륜의 목덜미 부근에 얼굴을 묻고 숨을 쉬었다.

얼마 가지 않아 연수의 숨이 고르게 변했다. 세륜은 그녀가 잠이 든 걸 확인하고 자장가를 멈췄다.

조금만 더 있다가 가야지, 하면서 연수의 온기를 만끽하던 그는 이내 까무룩 잠이 들어버렸다.

갑자기 울리는 벨 소리에 세륜은 번쩍 눈을 떴다. 그는 자신의 품 안에 있는 연수가 꼼지락거리자 재빨리 손을 뻗어 호텔 내선전화를 받았다.

[일어났어? 아침 먹게 내려와.]

세인이었다. 세륜은 가만히 연수를 내려다보며 고민했다.

깨울까 말까. 밥을 먹기는 해야 할 텐데.

그때 연수가 얼굴을 찡그리고는 뒤척였다. 반사적으로 그녀를 토닥이던 세륜은 작게 속삭이듯 말했다.

"우리는 나중에 먹을게. 연수가 그동안 잠을 좀 못 잤나 봐."

연수의 불면증은 가족들도 어느 정도는 알고 있다. 세인이 걱정하자 세륜은 지금 연수 잘 자고 있으니 걱정하지 말라고 한 뒤 전화를 끊었다.

연수는 점심시간이 다 돼서야 일어났다. 그녀는 가족들과 점심을 같이하면서 죄송해했다. 그런 그녀에게 다들 괜찮다고 더 자지 그랬느냐며 세륜이 깨운 건 아닌지 눈초리를 세웠다. 연수는 온 가족이 자신을 걱정하자 죄송하면서도 가슴이 뭉클해졌다.

　식사 후 다 같이 산책을 한 뒤에 서울로 돌아왔다.

　세륜과 연수는 이번 여행에서 서로를 이해하고 많은 걸 느꼈다. 그리고 서로가 얼마나 소중한지 다시 한 번 깨달았다.

『2권에 계속…』